1+X职业技术·职业资格培训教材

软件质量保证技术

（四级）

主编　李正海

编者　王凌云　吴伟昶

　　　钱世德　沈吴敏

主审　沈建雄

上海交通大学出版社

内 容 提 要

本书是《软件质量保证技术》系列书籍的第四册,主要内容包括:软件质量保证人员职业道德和职业活动规范、软件质量保证概述、文档编制、集成的软件能力成熟度模型CMMI受管理级、ISO 9000质量管理体系日常质量管理、合同评审、需求管理、设计评审、软件测试、软件维护、软件项目管理、软件配置管理等。

通过本书的阅读,使读者能胜任软件质量保证的软件生命周期中各个环节的相关质量管理以及软件项目跟踪和配置管理等工作,达到国家职业资格软件质量保证技术人员(四级)应掌握知识点和操作技能的标准要求。

图书在版编目(CIP)数据

软件质量保证技术．四级／李正海主编．—上海:上海交通大学出版社．2006

1+X职业技术职业资格培训教材

ISBN 7-313-04486-0

Ⅰ．软…　Ⅱ．李…　Ⅲ．软件质量－技术培训－教材　Ⅳ.TP311.5

中国版本图书馆CIP数据核字(2006)第070521号

软件质量保证技术

（四级）

李正海　主编

上海交通大学出版社出版发行

(上海市番禺路877号　邮政编码200030)

电话:64071208　出版人:张天蔚

上海交大印务有限公司印刷　全国新华书店经销

开本:787mm×1092mm 1/16　印张:17.25　字数:425千字

2006年7月第1版　2006年7月第1次印刷

印数:1～3 050

ISBN 7-313-04486-0/TP·625　定价:32.00元

前　言

职业资格证书制度的推行,对广大劳动者系统地学习相关职业的知识和技能,提高就业能力、工作能力和职业转换能力有着重要的作用和意义,也为企业合理用工以及劳动者自主择业提供了依据。

随着我国科技进步、产业结构调整以及市场经济的不断发展,特别是加入世界贸易组织以后,各种新兴职业不断涌现,传统职业的知识和技术也愈来愈多地融进当代新知识、新技术、新工艺的内容。为适应新形势的发展,优化劳动力素质,上海市劳动和社会保障局在提升职业标准、完善技能鉴定方面做了积极的探索和尝试,推出了1+X的鉴定考核细目和题库。1+X中的1代表国家职业标准和鉴定题库,X是为适应上海市经济发展的需要,对职业标准和题库进行的提升,包括增加了职业标准未覆盖的职业,也包括对传统职业的知识和技能要求的提高。

上海市职业标准的提升和1+X的鉴定模式,得到了国家劳动和社会保障部领导的肯定。为配合上海市开展的1+X鉴定考核与培训的需要,劳动和社会保障部教材办公室、上海市职业培训指导中心联合组织有关方面的专家、技术人员共同编写了职业技术·职业资格培训系列教材。

职业技术·职业资格培训教材严格按照1+X鉴定考核细目进行编写,教材内容充分反映了当前从事职业活动所需要的最新核心知识与技能,较好地体现了科学性、先进性与超前性。聘请编写1+X鉴定考核细目的专家,以及相关行业的专家参与教材的编审工作,保证了教材与鉴定考核细目和题库的紧密衔接。

职业技术·职业资格培训教材突出了适应职业技能培训的特色,按等级、分模块单元的编写模式,使学员通过学习与培训,不仅能够有助于通过鉴定考核,而且能够有针对性地系统学习,真正掌握本职业的实用技术与操作技能,从而实现我会做什么,而不只是我懂什么。

本教材虽结合上海市对职业标准的提升而开发,适用于上海市职业培训和职业资格鉴定考核,同时,也可为全国其他省市开展新职业、新技术职业培训和鉴定考核提供借鉴或参考。

新教材的编写是一项探索性工作，由于时间紧迫，不足之处在所难免，欢迎各使用单位及个人对教材提出宝贵意见和建议，以便教材修订时补充更正。

编 者 的 话

目前软件产品正以前所未有的速度渗透到各个应用领域,从军事、航天、科技、交通、制造业到人们的日常生活,软件产品已经改变了世界的模式,甚至是人们的思维方式。软件产业也是目前世界上增长最快的朝阳产业,随着国内的巨大需求和软件出口业务的不断扩大,我国的软件企业数量也在不断增加。然而,我国是个制造业大国,但不是制造业强国,中国的软件业大多处于手工作坊的状态,软件产品的质量还处于较低的水平。作为软件企业,需要以满足质量、时间、成本、服务要求为客户提供产品和服务,并不断改进。随着软件企业的发展,软件质量保证得到了越来越多企业的重视,我国政府在 ISO 9000 体系认证、软件成熟度模型 CMM 认证方面也进行了大力扶持。

而提高整体软件产品的质量,关键在于人,所以基于是否符合国际发展方向、是否符合上海市战略发展需要、是否有利于带动人民生活水平提高的标准,上海市劳动和社会保障局把软件质量保证技术人员作为一门新的职业,予以立项。笔者参照了国际 SQA 知识体系、国家质量保证的相关标准,结合上海市的软件行业现状、规划发展需要,制定了软件质量保证技术人员的职业标准,包括职业简介、职业标准、培训计划、培训大纲、鉴定模式、题库,推动软件质量保证技术人员的培训工作,并组织了培训教材的编写。

在项目执行和教材的编写过程中,我们得到了中国软件行业协会、上海市软件测评中心、上海交通大学、上海大学、上海应用技术学院、上海杰英管理咨询有限公司的大力支持;组织进行了对上海万申信息产业股份有限公司、上海宝信软件股份有限公司、上海新致软件有限公司、上海亚士帝信息工程有限公司、万达信息股份有限公司等著名软件企业的走访调研,了解了目前企业的质量保证的工作状况、人员情况以及企业对软件质量保证技术人员的职业标准的期望;组织专家对项目进行了多次评审,专家们积极参与项目,认真讨论研究,给予了大量的极为宝贵的指导性意见,对项目的顺利通过和教材的编写发挥了极为重要的作用。

本书的主要对象是从事软件质量保证管理研究的专家、学者、软件企业中的管理人员、负责软件质量保证管理、执行的技术人员、有志于从事软件质量保证工作的大专院校的学生。

软件质量保证技术人员是指具有良好的软件质量管理相关知识和技能,从事软件质量管理、咨询、监理和认证的专业人员。主要的工作内容包括:

（1）软件生命周期质量管理。

（2）软件项目质量管理。

（3）软件质量保证组织管理。

（4）软件度量与测量。

（5）软件过程管理与改进。

（6）软件质量标准、体系和评估。

我们希望通过本书使读者基本掌握各级别职业资格相应的知识要点、操作技能，能胜任软件质量保证、软件质量体系评估、软件度量与测量、软件过程管理与改进等业务工作，为提高职业水平、软件管理水平、软件产品的质量水平发挥积极作用。

本书的编写过程中，作者在极为有限的软件质量保证书籍中，精选了数本作为主要的参考文献，在此对这些从事软件质量保证工作、撰写、翻译、编著书籍的专家、学者表示感谢。在书后的参考文献中对这些书籍予以列举，有兴趣的读者可以参阅。

由于软件质量保证是一门不断发展、朝气蓬勃的学科，其管理理论、系统框架、应用实践日新月异，而笔者自身学疏才浅，书中必然有很多的不足、缺点，恳请读者不吝赐教。

李正海

2006 年 5 月

目　录

第一章 道德和职业活动规范

知识要点：

(1) 了解软件开发的特点、影响以及与人的关系。

(2) 了解软件质量保证技术人员应该遵循哪些道德和职业规范。

(3) 了解对软件质量保证技术人员进行职业道德教育的作用及其重要性。

第一节 软件开发项目的特点、影响及其与人的关系

一、引言

随着计算机技术的迅速发展，计算机应用在各个领域的广度和深度迅速延伸，我们社会生活的各个层面对计算机的依赖性也越来越强。作为信息产业核心的软件产业，其从业人员的社会需求量也越来越大，从事与软件相关工作的人员的数量正在迅速增加。今天完成软件开发和软件项目管理任务对人员的要求已不仅仅是技术，软件工程正逐渐成为一种涉及经济、社会、组织管理、人力资源管理、人际关系等的综合性学科，因此，对开发人员的素质就提出了新的和更高的要求。

以往我们在软件工程管理中涉及人员的管理，主要考虑人力资源的配置、人员的技术水平、人员的组织和分工、各种规章制度的制定、人员的技术培训等，而对于如何提高从业人员的道德水平、规范从业人员的职业行为重视不够。但近年来出现的大量出人预料的事件提醒我们，必须把软件工程师的道德规范问题提到议事日程上来。有报道称，近年来我国利用计算机网络进行的各类违法活动正以 30％的速度递增。黑客的攻击方法已超过计算机病毒的种类，总数有近千种。

由于软件工程项目的特点及其影响、人的因素、人员的管理等在软件开发和管理中所处的特殊地位，软件人员的职业行为和职业道德水平越来越成为不可忽视的因素。

美国电气与电子工程师学会(IEEE)和美国计算机协会(ACM)于1994年成立了联合指导委员会,负责为软件工程职业制订一组标准,作为工业决策、职业认证和教学工作的参考。该委员会所属的"软件工程道德和职业实践组"是其一系列专题组之一。这一专题组起草并得到上述委员会审查的文件"软件工程道德与职业活动准则(Software Engineering Code of Ethics and Professional Practice)"对软件工程师的职业道德作了全面的阐述。以下介绍的内容均出自该文件。这些职业道德方面的要求值得软件工作者以及软件机构的负责人关心、理解,并在实践中加以体现。

二、软件开发项目的特点、影响及其与人的关系

(1) 软件项目和软件产品对社会和公众的影响越来越大。计算机正被越来越多地应用于国家的各种基础设施建设,如铁路和航空管制、银行金融系统、新闻出版、核电站的控制、医疗设备的控制,等等。因此软件系统的可靠性问题就成为整个社会安全和正常运转的极为重要的因素,出现任何问题,都会对人民的生命安全和国家的经济建设造成难以估量的损失。

例如,1990年1月15日,美国电话电报公司长途通信设备中的一个信号传递软件瘫痪,造成两千万个电话的延误,给公司和广大用户造成重大损失。经过18 h的紧急抢修,才在近一百万行的程序中发现了一个错误,而且该软件已经带着这个错误为用户服务了近30年而未被发现。

又如,为解决一个小小的"千年虫"问题,据估计全球需要付出6 000至10 000亿美元的代价。

(2) 软件的规模越来越大。由于人们对各种应用软件的需求越来越大,希望解决的问题也越来越复杂,导致软件规模不断扩大,开发难度急剧增加,费用高昂,同时开发项目的管理也变得更加困难,而参与软件开发的人们并没有足够的理论和技术来对付这种复杂性引起的困难。因此,导致许多开发项目的工期一再拖延,开发费用成倍增长,而作为产品的软件系统可靠性则很差,这对开发者、用户或雇主都是一种灾难,由此造成的损失也是非常惨重的。

例如,欧洲阿丽亚娜V型火箭是欧共体投资几百亿美元的大项目,在其一次升空过程中发生爆炸的原因,就是软件设计中对加速度问题估计有误,由此引起控制失灵,导致失败。

(3) 计算机行业的竞争十分激烈甚至是残酷的,软件开发同样面对激烈的市场竞争。一方面硬件设备更新很快,新的开发平台、新的编程工具层出不穷;另一方面软件规模越来越大,软件问题越来越复杂。为取得竞争的优势,只凭个人的力量在短时间内迅速完成软件开发任务,是不可能的,必须由精干的人员组成团队,靠集体的力量团结战斗而取胜。这对从业人员的协作精神、进取心和献身精神都提出了很高的要求,激烈的竞争对他们的精神和心理也是一种考验。而参与软件开发的人员大多具有较高的智力水平和较强的独立工作能力,企业的任务是认真考虑如何充分发挥每个人的能力,把这些人有效地组织好,相互协作,形成合力,这是软件管理所面临的重大挑战。可以说,软件开发项目的管理,特别是有关人员和人员协作的管理是顺利完成软件项目的关键,也是一个软件企业成功运转的关键。

近年来,我们会时常听到报道,个别道德不良的软件人员利用自己掌握的软件知识和技能在计算机网上进行危害他人,甚至危害社会的犯罪活动。

据统计,许多项目的失败并不是技术障碍造成的,问题常常出在人员的任用、人员之间的联系、对上级或对雇主的不满等。总之,这些人际关系问题直接影响软件项目的成败。

(4) 软件中的问题具有很大的隐秘性,产品的正确性验证和评价都存在一定困难。软件开发人员在客观上处于受到特殊信任的地位。一方面,软件开发人员的职业素质如何将直接影响软件的质量和可靠性。另一方面,为存有投机取巧、碰运气心理的人,为想出风头甚至怀有恶意,以至于通过非法手段牟取私利或从事破坏活动的人提供了可乘之机。

例如,计算机病毒就具有很大的隐秘性,而病毒的破坏活动小则可使一台计算机不能正常有效地工作,严重的则可能危害整个社会。1988 年,美国康乃尔大学的一名研究生制造的一个病毒,就曾使阿帕网(因特网的前身)上 6 000 台计算机突然陷入瘫痪,该网络当时连接了许多著名大学和研究机构,包括连接了很多担任国防研究任务的计算机,由此造成了严重的损失。

依据金融时报(*Financial Times*)的统计,全球平均每 20 s 就有一个网络遭到入侵。通过偷窃密码、非法进入电话系统和网际协议 IP、欺骗等手段,黑客正在不断地偷窃企业内部宝贵的数据资料。据估计,竟然有 80% 的攻击来自内部人员。

(5) 软件开发是一种高智力的创造性活动,其主要费用用于巨大的人力资源投入。据研究,全世界人力费用呈逐年加速增长之势,有效地利用好人力资源,不但可以最大限度地提高生产率,也可以节约大笔开支。此外,对于凝聚着高智力劳动成果的软件,如何保护开发者的权益不受侵犯已是当前软件企业面临的一个突出问题。盗版行为现已构成对整个软件产业的严重侵害,如何防范这种非法行为正成为一个新的课题。

(6) 软件开发是一个新兴的行业,具体从事开发的主要是年轻人,这些人智力水平和技术水平较高,但社会经历较少,碰到压力、挫折、不顺心时,个别人难免会出现一些偏激。

因此,提高他们的职业道德修养,使他们在技术能力和正确应付社会事务能力方面获得共同发展,可以更大地发挥他们的生产力和创造力,这对于整个行业甚至对于整个社会的发展都是非常有意义的。

(7) 由于计算机技术发展迅速,软件开发技术处于不断变化之中,本行业的从业人员必须不断学习。这种不断学习掌握新知识的能力,包括对现行政策法规的了解、对行业规范和标准的了解等,是对软件开发从业人员的基本要求,同时也是对从业人员适应能力的一种挑战。

(8) 软件质量保证人员是软件企业负责进行软件质量规划、组织指导和监督的人员,对软件项目质量负有最高职责。随着软件的发展,对软件质量保证人员提出了更多的人员配置要求,同时对人员的要求也日益提高。

随着计算机技术的发展和应用的普及,软件项目和产品的影响还将进一步向广度和深度扩展,软件开发所涉及的问题也将更加复杂多样。因此,为更好地发挥软件质量保证人员的作用,保证他们的工作对社会是有益的,同时促进软件行业的健康发展,为软件质量保证人员制定相应的道德和行为规范,使他们真正理解,并能在自己行动上得到体现则是十分必要的。

第二节　规范的内容

参照国外有关的"软件工程道德准则",介绍和讨论软件工程师所应遵循的一些道德和职业行为规范,软件质量保证技术人员也应该遵循这些道德和职业行为规范。

一、这些道德义务和行为规范包括三个层面的内容

（1）软件质量保证人员的道德。

（2）对会受到他们工作影响的人们所负有的特殊责任。

（3）与软件质量保证职业实践有关的义务。

二、软件质量保证人员在职业实践中需广泛地考虑

（1）谁将受到他们工作的影响。

（2）检查他们是否以应有的尊重对待他人。

（3）考虑如果公众充分地了解了各种情况，那么公众将怎样看待他们所做的决定。

（4）分析他们所做的决定将会产生怎样的影响和后果。

（5）考虑他们的作为是否够得上软件质量保证人员的理想的职业行为。

在职业实践中会有各种各样特殊的情况，这就要求软件质量保证人员应结合当时的环境，以与职业道德精神最一致的方式进行道德判断和采取行动。

三、软件质量保证人员的道德和职业实践规范可划分八个方面的基本准则

根据软件质量保证人员在职业实践中所涉及的一些主要方面，软件质量保证人员的道德和职业实践规范可划分八个方面的基本准则，即：社会与公众、客户和雇主、项目和产品、判断、管理、职业、同事以及本人。下面分别针对这八个方面的准则简要地列出其有关的内容和要求。

1. 社会和公众

由于软件对社会和公众的广泛影响，软件质量保证人员应该对社会和公众有很强的责任感，要处处、事事以公众的利益和安全为重，不但不能做破坏系统的黑客，还要努力提高系统的安全性和可靠性。因此，软件质量保证人员应尽可能做到：

（1）对他们所做的工作承担全部责任，同时处理好软件质量保证人员、雇主、客户以及用户的利益与公众利益的关系。

（2）对于任何软件，仅当有充足理由相信它是安全的、满足规格说明要求、通过了适当的测试，不会降低公众的生活质量、触及个人隐私或危害环境时，才同意或批准它投入运行，并且该软件最终的效果应该是对公众有益的。

（3）与软件或相关的文档、方法和工具有关的说明都要公正，避免欺骗，尤其对于公众关心的内容。对由软件及其安装、维护、支持或文档所引起的重大问题应努力合作，予以解决。对于他们有理由认为对用户、公众或环境构成实际的或潜在危险的软件或相关文档，应向有关人士或权威机构报告。

（4）开发软件时要尽可能地考虑和照顾到各种不同的情况，包括人体的缺陷、资源的分配、经济的不发达以及其他可能影响从软件中受益的因素。

（5）软件质量保证人员应该为能将职业技能献给社会和公众或为与该学科相关的公共教育事业贡献力量而感到自豪。

2. 客户和雇主

软件质量保证人员的主要工作是保证为客户和雇主开发的软件产品达到客户和雇主提出的质量要求，在保证与公众的利益相一致的前提下，他们应该处处尊重和维护其客户和雇主的利益。因此，软件质量保证人员应尽可能做到：

（1）只在他们的能力范围内提供服务，并且对他们的经验和学识的任何局限性要诚实和坦率,避免在毫无把握的情况下,盲目承担客户或雇主的项目。

(2) 保证他们依据的任何文档都获得授权人的批准。使用客户或雇主的财物应得到他们的同意。不要在知道的情况下使用非法或由不道德途径获得的或持有的软件。

(3) 对于在工作中获得的任何有关客户或雇主的机密信息予以保密,当然,这种保密要符合公众的利益和法律。

(4) 如果他们认为一个项目可能失败,或者证明费用太高,或者违反了知识产权法,或者存在任何其他问题,应认真辨别、收集证据、记录在案,并立即通知客户或雇主。在任何软件或相关文档中,对于他们知道的任何与社会有关的重要问题,也应认真辨别、记录在案,并向雇主或客户报告。

(5) 不接受对其主要雇主的工作不利的其他工作,也不去支持与他们雇主或客户的利益相反的利益方,除非需要服从一个更高的道德准则,此时应使雇主或另一个适当授权人或机构了解他们的道德理念。

3. 项目和产品

软件质量保证人员应该保证他们开发的项目和产品满足可能的最高行业标准。软件质量保证人员应尽可能做到:

(1) 辨别、定义和阐明与工作的项目相关的道德、经济、文化、法律和环境等问题。开发的软件和相关的文档要努力做到尊重那些将受到该软件影响的人的各种权利,特别是隐私权。

(2) 对于他们从事的和将要从事的任何项目,应保证沿着正确的方向和达到可以实现的目标。对项目的费用、工期进度、人员、质量和支出,给出一个切合实际的预算,对这些预算作出估计。为高质量、可接受的费用和合理的工期而努力,保证重大的折衷安排对雇主和客户是清晰的、可接受的。

(3) 通过适当的教育、培训和经验的结合,保证从事和将要从事项目的人员都是合格的。对于他们从事的和将要从事的任何项目,保证使用一种恰当的方法。努力遵循可以用到的最适合于当前工作的行业标准,只有在道德上或技术上的依据可以背离这些标准时才不遵守。

(4) 尽力充分理解他们工作项目的软件规格说明。保证他们工作的软件项目,其规格说明已形成良好的文档,能满足用户的需求,并获得适当的批准。对于设计和开发的软件和有关文档,保证充分地测试、排错和评审。对于任何项目都应给出充分的文档,包括发现的重要问题和采取的解决方案。

(5) 注意只使用通过道德的和合法手段得来的准确数据,并且只以适当授权的方式使用。维护数据的完整性,对于过时和有问题的数据要保持敏感。

(6) 对于所有形式的软件维护都要以与开发新软件相同的职业态度严肃对待,因为在改正错误的过程中又极有可能给软件带来新的错误。

4. 判断

软件质量保证人员应该维护他们职业判断的正直性和独立性,并应尽可能做到:

(1) 以支持和维护人的价值来调和所有的技术判断。

(2) 对于要求他们评价的任何软件或相关文档,应保持职业的客观性。只在那些在他们的监督下准备好的,或者在他们的能力范围内并经他们同意的文档上签字。

(3) 对于那些不能合理地避免或避开的利益冲突,要向有关的所有各方公开。

(4) 不从事诸如贿赂、双倍收费或其他不恰当的或欺骗性的经济活动。凡与他们自身、他们的雇主或他们的客户具有未公开的潜在利益冲突的软件,应拒绝作为成员或顾问参与任何与该软件有关的私人、政府或专业团体的事务。

5. 管理

软件质量保证的管理者和领导者应该支持并促进以道德的方式对软件质量保证进行管理。特别是,那些管理和领导软件质量保证人员的人应尽可能做到:

(1) 对于他们从事的任何项目保证具有良好的管理,包括为提高质量和降低风险的有效规程。

(2) 在要求软件质量保证人员遵守各种标准之前,应使他们都已了解这些标准。同时应使软件质量保证人员知道雇主为保护口令、文件以及雇主的或他人的秘密信息而采取的策略和规程。

(3) 分派工作时应适当考虑一定的教育和经验。对于有资格并适合于从事某个职位的员工,不能不公平地阻止其取得该职位。只通过对工作情况的全面和准确的描述来吸引可能承担任务的软件质量保证人员。

(4) 对软件质量保证人员提供公平合理的报酬。对于他们做出贡献的任何软件、研究工作、文章或其他的知识产品,对其所有权保证有一份公平合理的协议。

(5) 对于他们从事的和将要从事的任何项目的费用、工期进度、人员、质量和支出,保证给出一个切合实际的预算,并且对这些预算做出估计。

(6) 在听取对违反雇主的政策或本规范的指控之后应给出必要的处理。不要求软件质量保证人员去做任何与本规范不一致的事情。

6. 职业

软件质量保证人员应努力提高该职业在与公众利益相一致上的正直性和声誉。特别是软件质量保证人员应尽可能做到:

(1) 帮助发展一种有利于按照道德行事的组织环境。

(2) 通过适当参与专业组织、会议和出版,扩充软件工程知识,并促进公众对软件质量保证人员的了解。

(3) 服从所有管理他们工作的法规,除非当这种服从有悖于公众的利益时才可以不遵守。作为职业成员支持其他软件质量保证人员努力遵循本规范。不要以本职业、客户或雇主的代价来发展自己的兴趣。

(4) 准确地陈述他们工作的软件的特性,不但要避免错误的断言,而且要避免有理由被认为是投机的、空洞的、欺骗的、误导的或令人怀疑的断言。对他们工作的软件和相关文档应履行检测、纠正和报告错误等职责。

(5) 保证客户、雇主和主管知道在本道德规范中软件质量保证人员所应承担的责任和义务,包括连带的责任和义务。

(6) 对与本规范相冲突的公司和组织应避免和他们建立联系。视违反本规范为与真正的职业软件质量保证人员不相符。当发觉有重大违反本规范的行为时,要对所涉及的人表示关注。当显然与涉及重大违反本规范的人进行磋商是不可能的或是阻碍生产的或是危险的时,要向相应授权机构报告。

7. 同事

软件质量保证人员应该公平地对待同事并给予支持。特别是,软件质量保证人员应尽可

能做到:

(1) 鼓励同事遵守本规范。协助同事全面了解当前的标准工作惯例,包括保护口令、文件和其他的保密信息,以及常规的安全措施等政策和规程。

(2) 协助同事的职业发展,而不要进行任何阻碍和干涉。但是出于对雇主、客户和公众利益的考虑,软件质量保证人员也有义务诚意地对同事的能力提出质疑。

(3) 充分信任其他人的工作,并以客观、公正和建立正规文档的方式评审其他人的工作。

(4) 认真听取同事的意见、所关切的事情甚至任何抱怨。

(5) 对于自己能力范围之外的工作,应征询相应领域的其他专业人员的意见。

8. 本人

软件质量保证人员应该参与与他们的职业实践相关的终身学习,并促进该职业道德水平的提高。特别是,软件质量保证人员应该始终努力做到:

(1) 进一步提高在软件和相关文档的分析、规格说明、设计、开发、维护和测试方面的知识水平,以及提高开发过程管理方面的知识水平。

(2) 提高在合理的时间内以合理的费用创建安全、可靠和高质量软件的能力。提高生成准确、信息丰富和语言规范的文档的能力。

(3) 提高对所工作的软件和相关文档的理解,以及对这些软件和文档将要应用的环境的理解。

(4) 提高对管理他们工作的软件和相关文档的有关标准及法规的了解。

(5) 提高对本规范、有关它的解释以及应用于自身工作的了解。

(6) 不要因为任何偏见而不公正地对待他人。不要怂恿其他人去从事任何违反本规范的活动。视个人违反本规范为与一个真正的职业软件工程师不相符。

四、职业道德教育的作用及其重要性

面对个别道德不良软件人员的犯罪现象,除了将其诉诸法律给予打击以外,我们必须对软件从业人员加强职业道德教育。

任何行业都有其特殊性,针对本行业的特点制定相应的道德规范,是对本行业的从业人员提出的一些特别的和较高的要求,这些要求既体现了从事本行业的人所特有的品质,他们的共同追求,也指出了本行业的从业者所负有的特殊责任和义务,只有具备了这些品质的人才能成为本行业的优秀人才。

对于新的从业人员,上岗培训中除了业务培训外,职业道德教育也是一项重要的内容,并且应在今后的工作岗位上不断地自觉加强修养。把道德规范和技术置于同样的地位加以学习、掌握,加强对违反规则所负的责任和后果的清楚认识,有助于内在地培养出自觉的公德意识和规则意识,提高软件工程师的社会责任感。

世界上其他国家对从业人员的职业道德和行为、敬业精神的教育都十分重视,如日本的松下电器公司,每年都要对职工进行培训,培训的首要内容就是松下纲领、松下精神,他们有一句名言:先生产先进的松下人,才能生产高质量的松下电器。

党的十四届六中全会所作的《中共中央关于加强社会主义精神文明建设若干重要问题的决议》确立了社会主义道德建设的科学体系,其中对社会主义职业道德提出了五条规范,即"爱岗敬业,诚实守信,办事公道,服务群众和奉献社会"。具体制定我国软件工程行业的道德规范,也应在这五条规范的指导下进行。

职业道德规范是与法律、法规相互配套的一个层面,它是一种针对性的制度,除了具有教育的作用外,还可以起到监督和约束的作用。我国有关计算机和软件开发行业的法律、法规尚不健全,及早制定相应的道德规范,不仅有助于规范从业人员的职业行为,减少违法违规行为的发生,而且也有利于我国软件行业的健康发展。

小　结

1. 软件开发项目的特点、影响及其与人的关系

(1) 软件项目和软件产品对社会和公众的影响越来越大。

(2) 软件规模不断扩大,开发难度急剧增加,费用高昂,同时开发项目的管理也变得更加困难,而参与软件开发的人们并没有足够的理论和技术来对付这种复杂性引起的困难。

(3) 计算机行业的竞争十分激烈甚至是残酷的,软件开发同样面对激烈的市场竞争。

(4) 软件中的问题具有很大的隐秘性,产品的正确性验证和评价都存在一定困难。

(5) 软件开发是一种高智力的创造性活动,其主要费用用于巨大的人力资源投入。

(6) 软件开发是一个新兴的行业,具体从事开发的主要是年轻人,这些人智力水平和技术水平较高,但社会经历较少,碰到压力、挫折、不顺心时,个别人难免会出现一些偏激。

(7) 由于计算机技术发展迅速,软件开发技术处于不断变化之中,本行业的从业人员必须不断学习。

(8) 随着软件的发展,对软件质量保证人员提出了更多的人员配置要求,同时对人员的要求也日益提高。

2. 软件质量保证人员和职业实践规范可划分八个方面的基本准则

(1) 社会和公众。由于软件对社会和公众的广泛影响,软件质量保证人员应该对社会和公众有很强的责任感,要处处、事事以公众的利益和安全为重,不但不能做破坏系统的黑客,还要努力提高系统的安全性和可靠性。

(2) 客户和雇主。软件质量保证人员的主要工作是保证为客户和雇主开发的软件产品达到客户和雇主提出的质量要求,在保证与公众的利益相一致的前提下,他们应该处处尊重和维护其客户和雇主的利益。

(3) 项目和产品。软件质量保证人员应该保证他们开发的项目和产品满足可能的最高行业标准。

(4) 判断。软件质量保证人员应该维护他们职业判断的正直性和独立性。

(5) 管理。软件质量保证管理者和领导者应该支持并促进以道德的方式对软件质量保证工作进行管理。

(6) 职业。软件质量保证人员应努力提高该职业在与公众利益相一致上的正直性和声誉。

(7) 同事。软件质量保证人员应该公平地对待同事并给予支持。

(8) 本人。软件质量保证人员应该参与与他们的职业实践相关的终身学习,并促进该职业道德水平的提高。

3. 职业道德教育的作用及其重要性

职业道德规范是与法律、法规相互配套的一个层面,它是一种针对性的制度,除了具有教育的作用外,还可以起到监督和约束的作用。

复习题

1.1 简述软件质量保证人员道德和职业实践规范在哪八个方面划分基本准则。

1.2 道德义务和行为规范包括三个层面的内容,请简述这三个方面并理解它们。

1.3 请用自己的话描述对软件人员进行职业道德教育的作用及其重要性。

第二章 软件质量保证概述

知识要点：

(1) 了解软件、软件质量和软件质量保证的定义。

(2) 了解软件错误、软件故障和软件失效的区别。

(3) 了解软件错误的各种起因。

(4) 了解软件质量保证活动的目标。

(5) 了解软件质量保证和质量控制之间的不同。

(6) 了解软件质量保证与软件工程之间关系。

(7) 了解为什么需要全面需求文档，并刻画这些文档的内容。

(8) 了解 McCall 经典因素模型的结构（类别与因素）。

(9) 了解由替代的软件质量保证模型建议的、不包括在 McCall 模型中的因素。

(10) 了解谁对质量需求的定义感兴趣。

第一节 软件质量

一、什么是软件

(1) 美国电子与电气工程师联合会（IEEE）对软件的定义：软件是计算机程序、规程以及可能的相关文档和运行计算机系统需要的数据。

IEEE 的软件定义几乎等同于 ISO 的定义，它列出了软件的四个组成部分：

① 计算机程序（"代码"）。

② 规程。

③ 文档。

④ 软件系统运行所必需的数据。

(2) 所有四部分都是必需的,以确保软件开发过程和未来若干年的维护服务的质量,理由是:

① 需要计算机程序("代码"),是它们完成计算机执行所需的应用。

② 规程是所需的,用于确定执行程序的顺序和进度安排,以及应用的方法。

③ 各种类型的文档对开发者、用户和维护人员是必需的。开发文档(需求报告、设计报告、程序描述等)使得开发组成员能够进行高效合作,能够进行对设计与编程产品的高效评审。用户文档("用户手册"等)提供可用应用的描述及其使用的适当方法。维护文档("程序员软件手册"等)向维护组提供关于代码和每个软件模块的结构和任务的所有需要的信息。在试图定位软件缺陷("bug")的起因或对已有软件进行更改或添加时,使用这种信息。

④ 包括参数、代码和名字表的数据,使软件适应特定用户的需要,它们对软件操作是必需的。另一种重要数据是标准测试数据,用于查明代码或软件数据中没有出现讨厌的更改和预计软件的哪些功能存在障碍。

总之,除了代码质量之外,软件质量保证总是包括规程质量、文档质量和必需的软件数据的质量。

二、软件错误、故障与失效

软件失效的根源在于由程序员造成的软件错误。错误可以是一个或多个代码行里的语法错误,或是实现一个或多个客户需求的逻辑错误。

然而,并非所有软件错误都变成软件故障。换句话说,在某些情况下,软件错误能够在一般应用或特定应用中引起软件的不正当功能。在许多其他情况下,出错的代码行不影响软件的整体功能,在部分这些情况里,这种故障将被后续的代码行改正或"抵消"。

我们主要对破坏软件使用的软件失效感兴趣。这就需要我们考察软件故障和软件失效之间的关系。所有软件故障都以软件失效告终吗? 不一定。当软件用户试图使用特定的、有故障的应用时,软件故障被"激活",才变成软件失效。在许多情况下,由于用户对特定应用不感兴趣,或是激活该故障所需的条件组合没有出现,软件故障从未被激活。

重要的是,如何看待软件产品的内部缺陷,开发者和用户有不同观点。开发者对软件错误和故障的排除以及防止其生成的方法感兴趣,而软件用户担心的是软件失效。

三、软件错误原因的分类

因为软件错误是不良软件质量的原因,重要的就是研究这些错误的原因以预防它们的产生。软件错误可以是"代码错"、"过程错"、"文档错"或"软件数据错"。应当强调的是,所有这些错误的原因都是人,是由系统分析员、程序员、软件测试人员、文档专家、经理、有时是客户和他们的代表造成的。即使在罕见的情况下软件错误是由开发环境(解释程序、向导程序、自动软件生成程序等)造成的,也有理由认为是人的错误引起了开发环境工具的失效。软件错误的原因可按它们发生在软件开发过程的阶段进一步分类如下。

1. 需求的不完善定义

通常由客户编写的需求的不完善定义是软件错误的主要原因之一。此类最常见的错误是:

(1) 需求的错误性定义。

(2) 缺少至关重要的需求。

(3) 需求的不完备定义。

（4）包括了不必要的需求、预期在最近的将来不需要的功能。

2. 客户与开发者之间的沟通失效

有缺陷的客户与开发者沟通带来的误解是开发过程早期阶段盛行的错误的另一原因：

（1）对于客户在需求文档中陈述的指令的误解。

（2）对于客户在开发阶段以书面形式向开发者提出的需求更改的误解。

（3）对于客户在开发阶段以口头形式向开发者提出的需求更改的误解。

（4）对于客户对开发者提出的设计问题的应答的误解。

（5）对关于需求更改的客户消息和客户对开发者从开发者一方提出的问题的应答缺乏注意。

3. 对软件需求的故意偏离

在若干情况下，开发者可能故意偏离文档化的需求，这种行动经常引起软件错误。在这些情况下，错误是这些更改的副产品。故意偏离的最常见情况是：

（1）开发者重用从以前项目拿来的软件模块，却没有对正确满足所有新需求所需的更改和适应进行足够的分析。

（2）由于时间或经费压力，开发者为应对这些压力删去部分需要的功能。

（3）开发者提出的未经批准的软件改进，引入的时候未得到客户批准，往往忽视那些对开发者看来微小的需求。这种"微小"的更改可能最终引起软件错误。

4. 逻辑设计错误

当设计系统的专业人员(系统架构师、软件工程师、分析员等)系统地阐述软件需求的时候，软件错误能够进入系统。典型的错误包括：

（1）通过错误的算法表达软件需求的定义。

（2）包含顺序性错误的过程定义。例如，一个公司的负债收集系统的软件需求将负债收集过程定义如下：若一个客户连续收到三封通知信件之后仍未还清债务，则将详情报告给销售部经理，他将决定是否走向下一步，即将这名客户转交给法律部。系统分析员不正确地表达这个过程为：在接连发出三封信件后若没有收到付款收据，该公司将把该客户的名字放到将由法律部处理的客户名单上。这个逻辑错误是由于分析员错误理解了负债收集过程里的销售部阶段造成的。

（3）边界条件的错误定义。例如，客户的需求说，对在同一个月采购超过三次的顾客将给以特别的折扣。分析员错误地定义这个软件过程为：给在同一个月采购三次或更多次的顾客提供折扣。

（4）漏掉需要的软件系统状态。例如，需要一个实时计算机化装置按温度和压力的组合做出反应，分析员没有定义温度超过120℃、压力在6～8个大气压时所需的反应。

（5）漏掉定义有关软件系统非法操作的反应。例如，在由顾客操作而没有操作人员界面的计算机化剧院售票系统里，要求软件系统限制每位顾客最多购10张票。因此，任何超过10张票的购买请求都是"非法"的。在设计中，分析员设置了一个消息说，售票被限制为每位顾客10张，但没有定义如果一位顾客(他可能没有仔细听这个消息)键入了大于10的数，系统将如何反应。当出现这种非法的请求时，由于没有对这种非法操作定义任何计算机化的反应，预期系统将要"崩溃"。

5. 编码错误

各种各样的理由使程序员产生编码错误。这包括误解设计文档、编程语言中的语言性错误、业务和其他开发工具的应用错误、数据选择错误等。

6. 不符合文档编制与编码规定

几乎所有开发单位都有它自己的文档编制与编码标准,这些标准定义文档的内容、次序和格式以及由组成员编制的代码。为支持这种要求,单位开发并公布了它的模板和编码规定。要求开发组或单位的成员遵从这些规定。

人们可能要问为什么不遵从这些规定就会引起软件错误。即使"不符合"软件的质量是可接受的,预计对这个软件(由开发与维护组)进行的未来处理也会增加出错率:

(1) 对于需要将其代码同"不符合"组员开发的代码模块协调的组员,当他试图去理解由其他组员开发的软件时,预计遇到的困难会比常见的多。

(2) 替换"不符合"组员(退休了或升职了)的人将会发现难以完全理解其工作。

(3) 设计评审组将发现难以评审由"不符合"开发组编制的设计。

(4) 测试组将发现更难以测试这种模块,因此,预计他们的效率会更低,留下更多未检测到的错误。此外,预计被要求去改正检测到的错误的组员会遇到更大的困难。他们可能只改正部分错误而留下一些错误,甚至因为没有完全掌握其他组员的工作而引入新的错误。

(5) 需要对用户检测到的缺陷进行处理以及更改或添加已有软件的维护组,在试图去理解软件及其文档时会面对难题。预计这会带来过多的错误和过多的维护工作消耗。

7. 测试过程的不足

测试过程的不足留下大量未检测到和未改正的错误,因而影响出错率。这些不足来自下列原因:

(1) 不完备的测试计划留下了未处理的软件部分或应用功能或系统状态。

(2) 检测到的错误和故障未被记入文档和报告。

(3) 由于没有合适地指出故障原因,未及时改正检测到的软件故障。

(4) 由于疏忽或时间压力,对检测到错误的不完全改正。

8. 规程错误

规程向用户指引每个处理步骤所需的活动。它们对复杂软件系统特别重要,因为处理是分若干步骤进行的,每一步都要输入各种类型的数据并且允许检查中间结果。

9. 文档编制错误

给开发和维护组制造麻烦的文档编制错误,是在设计文档中的错误和在文档编制中集成到了软件体中的错误。这些错误会在开发的以后阶段和维护中引起另外的错误。

另一类文档编制错误主要影响用户,它是在用户手册和软件中的"帮助"显示中的错误。此类典型错误是:

(1) 软件功能的遗漏。

(2) 给用户的解释和指令中的错误,会产生"死胡同"或不正确的应用。

(3) 列出不存在的软件功能,即开发早期阶段计划有的、而在以后取消的功能和在软件前一版本中有的、却在当前版本中取消了的功能。

四、软件质量定义

1. 美国电子与电气工程师联合会(IEEE)的软件质量定义

软件质量是:

(1) 系统、部件或过程满足规定需求的程度。

(2) 系统、部件或过程满足顾客或用户需要或期望的程度。

2. 由 Pressman 提出的软件质量定义

软件质量被定义为:符合明确陈述的功能和性能需求、明确文档化了的开发标准和所有专业开发软件预期的隐含特性。

Pressman 的定义为质量保证提出了要由开发者满足的三个要求:

(1) 特定功能需求,它主要是指软件系统的输出。

(2) 在合同中提到的软件质量标准。

(3) 反映当今水平的专业方法的良好软件工程方法(Good software Engineering Practices,GSEP)得以满足,即使在合同中没有明确提到。

实际上,Pressman 的定义提供了测试满足需求程度的操作方向。

五、软件质量保证定义与目标

软件质量保证(software quality assurance,SQA)的一个最常见的定义,它是由 IEEE 名词术语提供的。

1. 美国电子与电气工程师联合会(IEEE)的软件质量保证定义

软件质量保证是:

(1) 一种有计划的、系统化的行动模式,它是为项目或产品符合已有技术需求提供充分信任所必需的。

(2) 设计用来评价开发或制造产品的过程的一组活动。与质量控制有区别。

这个定义可以这样表征:

(1) 系统化地计划与执行。软件质量保证以计划和集成到软件开发过程所有阶段中的各种行动的应用为基础。这样做是为了建立客户对软件产品会满足所有技术需求的信念。

(2) 参照软件开发过程。

(3) 参照技术需求规格书。

虽然美国电子与电气工程师联合会(IEEE)的定义强调计划制定与系统化的执行,但还是从多个方面限制了软件质量保证的范围,不包括维护、进度表以及预算问题。这里采用软件质量保证更广的概念,虽然更广的定义为软件质量保证功能加上额外的负担,但预期会产生更好的结果和更大的顾客满意度。对 IEEE 定义的偏离主要是:

(1) 软件质量保证不应局限于开发过程。反倒应当把它扩展到覆盖产品交付之后的长年服务。所增加的同软件产品直接有关的问题引入了将软件维护功能集成到软件质量保证整体概念中去的质量问题。

(2) 软件质量保证行动不应局限于功能需求的技术方面,而应当包括同进度和预算有关的活动。在范围上进行这种扩展的理由是进度表或预算失效同满足功能性技术需求之间的密切关系。往往在项目有严格时间期限的时候,在项目进度安排上就做出那些可能严重损害满足功能需求可能的、在专业上"危险"的改变。由于预算限制与不能应对分配给项目及其维护的不足资源,所以预计对于项目有类似不愉快的结果。

2. 软件质量保证的扩展定义

软件质量保证是：

一个有系统的、有计划的行动集合，它是为提供软件产品的软件开发过程与维护过程符合其已建立的技术需求以及跟上计划安排与在预算限制之内进行的管理上的需求的充分信任所必需的。

3. 软件质量保证和软件质量控制

"质量控制"与"质量保证"是有区别的，这两个术语代表了独立而不同的概念：

(1) 质量控制被定义为"一组用以评估已经开发或制造出来的产品的质量的活动"，换句话说，活动的主要目标是扣下不合格的任何产品。因此，质量控制审查与其他活动是在产品的开发或制造完成之后，产品交付给顾客之前发生的。

(2) 质量保证的主要目标是贯穿开发与制造过程或阶段进行的各种活动，以使保证质量的费用最少。这些活动预防错误的成因，在开发过程的早期检测出来并改正之。其结果是，质量保证活动可观地降低了不合格交运的产品率，同时在大多数情况下减少了保证质量的费用。

总之：

(1) 质量控制与质量保证活动有不同的目标。

(2) 质量控制活动只是质量保证活动整个范围的一部分。

4. 软件质量保证活动的目标

(1) 软件开发(面向过程)：

① 以可接受的置信度确保软件符合其功能技术需求。

② 以可接受的置信度确保软件符合其管理上的进度安排与预算需求。

③ 启动与管理软件开发和软件质量保证活动的改进和更高效率的活动。这意味着在减少进行软件开发和软件质量保证活动的费用的同时增加对达到功能和管理方面需求的预期。

(2) 软件维护(面向产品)：

① 以可接受的置信度确保软件维护活动符合其功能技术需求。

② 以可接受的置信度确保软件维护活动符合其管理上的进度安排与预算需求。

③ 启动与管理改善与提高软件维护和软件质量保证活动效率的活动，这包括在降低费用的同时，增加达到功能和管理方面需求的预期。

六、软件质量保证和软件工程

美国电子与电气工程师联合会(IEEE)将软件工程定义为：

(1) 软件开发、操作与维护活动的有系统的、学科化的、可量化的方法应用，即工程对软件的应用。

(2) 对上述方法的研究。软件工程的特性，尤其是它的核心——有系统的、学科化的、可量化的方法，使软件工程环境成为实现软件质量保证目标的良好基础设施。软件工程使用的方法学与工具，在相当程度上决定着预期软件过程和维护服务的质量水平。所以，在做出有关软件方法学与工具的决定时，把软件质量保证问题加入到与软件工程相关联的效率与经济考虑之中是理想的。

通常接受这种观点：软件工程师与软件质量保证组之间的合作是实现高效且经济的开发与维护活动、并同时确保这些活动的成果质量的适宜方式。

第二节　软件质量因素

一、对全面软件质量需求的需要

为确保用户的完全满意,需要对需求有一个全面的定义,以覆盖软件的所有属性和软件使用的所有方面,包括实用性方面、可重用性方面、可维护性方面,等等。

如同在软件需求文档中定义的那样,与软件的各种属性和它的使用以及维护相关的多种多样的问题,可以被分类为名为质量因素的内容群。我们预期负责定义软件系统的软件需求的小组将会考察确定属于每个因素的需求的需要。预计软件需求文档在强调各种因素方面是有差别的,这是在软件项目之间所发现的差别的反映。因此,我们能够预计并非所有因素在所有需求文档中都完全一样地被"表示"出来。

二、软件需求按软件质量因素的分类

McCall 因素模型将所有软件需求按 11 个软件质量因素分类。这 11 个因素被分为如下的三个类别:产品运行、产品校正和产品转移。

(1) 产品运行因素:正确性、可靠性、效率、完整性、实用性。

(2) 产品校正因素:可维护性、灵活性、可测试性。

(3) 产品转移因素:可移植性、可重用性、互操作性。

三、产品运行软件质量因素

根据 McCall 模型,在产品运行类别中包括五个软件质量因素,每个都同直接影响软件的日常运行的需求有关。这些因素如下:

1. **正确性**

正确性需求定义在软件系统的所需的输出清单中,诸如一位顾客在销售会计信息系统中的余额查询显示、按照一个工业控制单元的固件规定的温度的函数供应的空气量。输出规格通常是多维的,某些常见的维包括:

(1) 输出使命(例如,销售发货单的打印、当温度超过 250℃时的红色告警)。

(2) 输出的所需准确度,这些输出可能受不准确数据或不准确计算的不利影响。

(3) 输出信息的完整性,它们可能受不完整数据的不利影响。

(4) 信息的及时性(被定义为事件和它被软件系统注意到之间的时间)。

(5) 信息的可用性(反应时间,被定义为获得所需信息的时间或安装在计算机装备中的固件的请求反应时间)。

(6) 软件系统的编码与文档编制标准。

例如,俱乐部会员信息系统的正确性需求的组成如下:

输出使命:一份明确的清单包括:11 种报告、4 种给会员的标准信函和 8 种查询,它们都将根据请求显示在监视器上。

输出的所需准确度:包含一个或多个错误的不准确输出的概率不超过 1%。

输出信息的完整性:关于一个会员、他在俱乐部活动的参与情况和付费的数据丢失的概率不超过 1%。

信息的及时性:有关参加活动的信息不超过两个工作日,录入有关会员付费记录事项和个人数据不超过一个工作日。

信息的可用性:查询的反应时间平均少于 2 s;报告的反应时间少于 4 h。

所需标准与指南:要求软件及其文档要符合客户指南。

2. 可靠性

可靠性同提供服务的失效有关。它们决定允许的最大软件系统失效率,可以是指整个系统或是它的一个或多个功能。

例子:

(1) 在医院的特别监护室运行的心脏监控部件的失效频度要求少于 20 年一次。要求它的心脏病发作检测功能的失效率小于百万分之一。

(2) 准备安装在独立银行的主分行的新软件系统将对 120 个分行操作,对它的一个需求是在银行的办公时间每月的失效时间不超过 10 min。此外,停止时间(off-time,所有银行服务的维修和恢复所需的时间)超过 30 min 的概率要小于 0.5%。

3. 效率

效率需求同所需的硬件资源有关,这些硬件资源和所有其他需求一致,是实现软件系统所有功能所需的。考虑的主要硬件资源是计算机的处理能力(计量的单位是 MIPS:每秒的百万指令数,MHz:每秒的百万指令周期数,等等)、存储器的数据存储能力或磁盘容量(计量单位是 MB:兆字节,GB:千兆字节,TB:百万兆字省,等等)和通信线路的通信能力(通常的计量单位是 KBPS:每秒千位数,MBPS:每秒兆位数,GBPS:每秒千兆位数)。需求还可以包括在软件系统或固件中使用的硬件资源的最大值。

另一类效率需求同系统可移植部件的重装时间有关,例如,便携式计算机中装的信息系统部件或室外安放的气象部件。

例子:

(1) 一个商店连锁店正在为一个软件系统考虑两份可供选择的标书。两份标书在连锁店总店和分店都用相同的计算机。两份标书只在存储器容量方面不同:每个分店计算机 20 GB,总店办公室计算机 100 GB(A 标);每个分店计算机 10 GB,总店办公室计算机 30 GB(B 标)。所需计算机通信线路的数量也有不同:A 标在每个分店和总店办公室之间需要三条 28.8 KBPS 的通信线路,而 B 标基于在每个分店和总店办公室之间同样容量的两条通信线路。在这种情况下,显然 B 标比 A 标更高效,因为所需硬件资源更少。

(2) 一个室外气象部件,装有 1 000 μA·h 电池,应该有能力提供至少 30 天的电力需求。该系统每小时测量一次,记录结果,每天将结果通过无线通信传送给气象中心。

4. 完整性

完整性需求同软件系统的保密性有关,即防止非授权人员的访问,区分允许看信息("允许读")的大多数人群和允许添加和更改数据("允许写")的受限小组等。

例子:

地方市政当局的工程部使用一个 GIS(地理信息系统)。这个部计划允许市民通过 Internet 访问 GIS 文件。软件需求包括可能的观看和拷贝,但不得在他们所访问的地图中插入更改,也不得在市政当局的区域插入任何其他的东西("只读"许可)。如果要进入正在制作的图或由部领导确定为受限访问文档的地图时,访问将被拒绝。

5. 实用性

实用性同培训新员工和操作软件系统所需的人力资源的范围有关。

例子：

由一个家庭用品服务公司启动的一个新服务台系统的软件实用性需求文档列出了下列规格：

（1）一位员工应当一天至少能够处理 60 个服务电话。

（2）训练一个新雇员不超过两天（16 个训练小时），训练完毕后，受训者立即能够每天处理 45 个服务电话。

四、产品校正软件质量因素

根据软件质量因素的 McCall 模型，由三个质量因素组成产品校正类别。这些因素同影响全范围软件维护活动的那些需求相关：改正性维护（软件故障和失效的改正）、适应性维护（使现有软件适应另外的环境和顾客，而无须更改此软件）和完善性维护（对已有软件的有限局部问题的增强与改善）。

1. 可维护性

可维护性需求确定用户和维护人员识别软件失效的原因、失效的改正、验证改正的成功所需的工作。这个因素的需求要参考软件的模块结构、内部程序文档和程序员手册和其他文档。

例子：

代表性的可维护性需求：

（1）软件模块的大小不超过 30 条语句。

（2）编程遵守公司的编码标准和指南。

2. 灵活性

灵活性需求覆盖了支持适应性维护活动所需的能力和工作。这些包括使一个软件包适应于同一行当的各种顾客、活动的各种程度、产品的不同范围等所需的资源。这个因素的需求还支持完善性维护活动，诸如对软件进行更改和添加，以改善其服务和使其适应公司的技术或商业环境的变化。

例子：

教师支持软件处理编制学生成绩的文档、计算最终分数、打印学期分数文档并给不及格学生的父母自动打印告警信。这个软件规格书包含了如下灵活性需求：

（1）这个软件应当对所有课程和所有年级的教师都适用。

（2）非专业人员应当能够按照学校教师的需求和或市里教育局的要求创建新类型的报告。

3. 可测试性

可测试性需求同信息系统的测试以及它的运行有关。有关易于测试的可测试性需求同程序中的那些帮助测试人员的专门特性相关联。例如，提供预先确定的中间结果和日志文件。同软件运行有关的可测试性需求包括在启动系统前由软件系统自动进行诊断，以发现是否软件系统的所有部件都符合工作要求，并得到一份关于检测故障的报告。这些需求的另一类同由维护技师使用的自动诊断检查有关，它们用以检测软件失效的原因。

例子：

一个工业计算机控制部件中编制有计算生产状态的各种测度、报告机器的性能等级、按预定义的情况运行报警信号的程序。提出的一个可测试性需求是在每个阶段为已知系统的预期正确反应开发一组标准测试数据。每天早晨在生产开始之前运行这个标准测试数据，以检查该计算机部件是否正确反应。

五、产品转移软件质量因素

根据 McCall，在产品转移类别里包含三个质量因素，这个类别涉及软件对其他环境的适应和它同其他软件系统的交互。

1. 可移植性

可移植性需求关注的是软件系统对由不同硬件、不同操作系统等组成的其他环境的适应。这些需求使得有可能在各种不同的情况下继续使用同一基本软件，或在各种不同的硬件和操作系统状况下同时使用它。

例子：

设计和编制一个在 Windows 2000 环境下运行的软件包，需要它能够以低费用转移到 Linux 和 Windows NT 环境。

2. 可重用性

可重用性需求同原先为一个项目设计的软件模块在当前正在开发的新项目中的使用有关。它们还可以使未来的项目使用当前正在开发的软件中的某个模块或一组模块。软件的重用是为了节省开发资源、缩短开发周期并提供更高质量的软件。更高质量的这些益处是基于这样的假设：大多数软件故障已经由对原软件进行的质量保证活动、由原先软件的用户和在它的较早重用期间检测出来。软件重用问题已经变成软件行业标准的一个主题。

例子：

要求一个软件开发单位为宾馆游泳池的运营和控制开发一个软件系统，该游泳池为宾馆客人和游泳池俱乐部成员服务。虽然管理人员没有定义任何可重用性需求，但是软件单位的项目负责人在分析了宾馆游乐场的信息处理需求后，决定加入可重用性需求，即游泳池的某些模块应当设计和编制得能够在游乐场的未来软件系统中重用，计划这个未来软件系统在下一年开发。这些模块能够进行：

(1) 会员卡和访问记录的入口确认检查。

(2) 餐厅付费。

(3) 会员资格延期信件的处理。

3. 互操作性

互操作性需求关心建立同其他软件系统或其他设备固件的接口（例如，生产机器和测试设备的固件同生产控制软件的接口）。互操作性需求能够规定那些需要接口的软件或固件的名字。它们还能够规定已经被接受为特定行业或应用领域标准的输出结构。

例子：

要求医学实验室的设备的固件根据标准数据结构处理其结果（输出），然后可以用作许多标准实验室信息系统的输入。

六、软件质量因素的替代模型

在 20 世纪 80 年代后期出现的两个因素模型，被认为是 McCall 经典因素模型的替代物：

Evans 和 Marciniak 因素模型(Evans and Marciniak,1987)、Deutsch 和 Willis 因素模型(Deutsch and Willis,1988)。

1. 替代模型的形式比较

因素模型的形式比较表明:

(1) 两个替代模型都只排除了 McCall 的 11 因素中的一个因素,即可测试性因素。

(2) Evans 和 Marciniak 因素模型由 12 个因素组成,这些因素被分为三个类别。

(3) Deutsch 和 Willis 因素模型由 15 个因素组成,这些因素被分为四个类别。

综合起来说,两个替代因素模型提出了五个新因素:

(1) 可验证性(两个模型都有)。

(2) 可扩展性(两个模型都有)。

(3) 安全性(Deutsch 和 Willis)。

(4) 可管理性(Deutsch 和 Willis)。

(5) 存活性(Deutsch 和 Willis)。

表 2-1 比较了各种因素模型中包括的因素。

表 2-1 McCall 因素模型和替代模型的比较

序 号	软件质量因素	McCall 经典模型	替 代 模 型	
			Evans 和 Marciniak	Deutsch 和 Willis
1	正确性	•	•	•
2	可靠性	•	•	•
3	效率	•	•	•
4	完整性	•	•	•
5	实用性	•	•	•
6	可维护性	•	•	•
7	灵活性	•	•	•
8	可测试性	•		
9	可移植性	•	•	•
10	可重用性	•	•	•
11	可操作性	•	•	•
12	可验证性		•	•
13	可扩展性		•	•
14	安全性			•
15	可管理性			•
16	存活性			•

2. 可验证性(Evans 和 Marciniak 提出)

可验证性需求定义那些使得能够进行设计与编程的高效验证的设计与编程特性。大多数可验证性需求指的是模块性、简明性、遵守文档编制和编程指南。

3. 可扩展性(Evans 和 Marciniak 与 Deutsch 和 Willis 提出)

可扩展性需求指的是为更大的人群服务、改进服务、添加新的应用以改进实用性所需的未来工作。这些需求的大多数已经被 McCall 灵活性因素覆盖。

4. 安全性（Deutsch 和 Willis 提出）

安全性需求是要排除过程控制软件的错误造成的那些对设备操作员有害的状况。这些错误能够造成对危险状况的不恰当反应,或者在软件检测到危险状况发生的时候不能发出告警信号。

例子：

在一个化工厂里,计算机系统根据生产中发生的压力和温度变化控制酸的流动。安全性需求指的是系统在危险状况下的计算机反应并规定在每一种情况下需要哪一种告警。

5. 可管理性（Deutsch 和 Willis 提出）

可管理性需求指的是在软件开发与维护周期中支持软件修改的管理工具,诸如配置管理、软件更改规程等。

例子：

某个软件系统,它自动记录进入各种容器的化学物质流,以便以后对生产部门的效率进行分析。该软件的新版本的开发和发布是由软件开发局控制的,它的成员根据公司的软件修改规程办事。

6. 存活性（Deutsch 和 Willis 提出）

存活性需求指的是服务的连续性。它们确定两次失效之间的最短时间和服务恢复的最长允许时间,这两个因素涉及服务的连续性。虽然这些需求可能单独地同服务的部分或全部失效有关,却特别适合于根本功能或服务的失效。在存活性因素和 McCall 模型中描述的可靠性因素之间存在显著的相似性。

例子：

Taya 推出一种全国性的彩票,每星期发行一次。每星期大约有 400 000～700 000 注。新软件系统（Taya National Lottery）的顾客要求它是高度计算机化的并且基于将下注机和中心计算机相连的通信系统。为达到它的其他高可靠性需求,Taya 已经加上这样的存活性需求：在任何系统失效的情况下,对下注文件不可恢复的损坏的概率小于百万分之一。

7. 因素模型的比较——内容分析

在比较了因素模型的内容之后,我们发现五个补充因素中的两个,即可扩展性和存活性,实际上与 McCall 因素模型中已经包含了的灵活性和可靠性因素相似,只是叫了不同的名字。此外,McCall 的可测试性可以被看作他自己的可维护性因素的一个要素。

这隐含着三个因素模型之间的不同要比开始想象的小得多。这就是说,替代因素模型只给 McCall 模型增加了三个新因素：

(1) 两个替代模型都加了可验证性。

(2) Deutsch 和 Willis 模型加了安全性和可管理性因素。

七、谁对质量需求的定义感兴趣

很自然,人们会想,只有客户才会有兴趣透彻地定义他的需求以确保他已定约的软件产品的质量。他编制的需求文档确实是对低质量的基础性防护。然而,我们对各种软件质量因素的分析指出了软件开发者可以如何添加代表他自己利益的需求。下面是些例子：

1. 可重用性需求

在客户有了一个软件,又预计在不久的将来开发另一个同它极其相似的软件系统时,客户自己会提出可重用性需求。在其他情况下,客户感兴趣的是在新系统中重用先前已开发的软件系统的部件。然而,更为可能的是,为各种各样客户服务的开发者会认识到重用的潜在好处,并将可重用性放进由项目组满足的需求清单上去。

2. 可验证性需求

这些需求为的是改进在软件开发中进行的设计评审和软件测试。它们的主旨是节省开发资源,所以当然是开发者感兴趣的。然而客户通常对那些只同开发组内部活动有关的需求不感兴趣。

在许多情况下,某些没有包括在典型的客户需求文档中的质量因素却是开发者感兴趣的。下面的质量因素清单通常是开发者感兴趣、而客户方很少感兴趣的:

(1) 可移植性。

(2) 可重用性。

(3) 可验证性。

所以,项目将根据两个需求文档进行:客户的需求文档和开发者的补充需求文档。

八、软件对质量因素的符合性

在整个软件开发过程中,这个过程同各种质量因素的需求的符合程度是通过设计评审、软件审查、软件测试等考察的。此外,软件产品对属于各种质量因素的需求的符合性是由软件质量度量来测量的,度量量化符合的程度。为了能够进行有效的符合性测量,已经为这些质量因素定义了子因素,它们代表软件使用的范围很广的属性和方面。对每个这些子因素都提出了软件质量度量。

表2-2给出了一些子因素,如同你已经注意到的若干子因素同一个以上的因素相关。这反映这样的事实:某些属性对软件使用的多个方面的成功符合做出贡献。例如,简明性(一个子因素)对可维护性、灵活性、实用性和可扩展性因素都有贡献。

表 2-2 因素和子因素

因 素 模 型	软件质量因素	子 因 素
McCall 模型: 产品运行类别	正确性	准确度
		完备性
		最新水平性
		可用性(相应时间)
		编码和文档编制指南符合性(一致性)
	可靠性	系统可靠性
		应用可靠性
		计算机失效恢复
		硬件失效恢复
	效 率	处理效率
		存储效率
		通信效率
		电力使用效率(对可移动部件)
	完整性	访问控制
		访问审计
	实用性	可操作性
		训练

（续表）

因 素 模 型	软件质量因素	子 因 素
McCall 模型：产品转移类别	可维护性	简明性
		模块性
		自描述性
		编码和文档编制指南符合性（一致性）
		文档可访问性
	灵活性	模块性
		一般性
		简明性
		自描述性
	可测试性	用户可测试性
		失效维护可测试性
		可追踪性
	可移植性	软件系统独立性
		模块性
		自描述性
	可重用性	模块性
		文档可访问性
		软件系统独立性
		应用独立性
		自描述性
		一般性
		简明性
	可操作性	公共性
		系统兼容性
		软件系统独立性
		模块性
替代模型的因素	可验证性	编码和文档编制指南符合性（一致性）
		文档可访问性
		可追踪性
		模块性
	可扩展性	可扩展性
		模块性
		一般性
		简明性
		子描述性
	安全性	回避危险的运行状态
		不安全条件警报的可靠性
	可管理性	基础设施服务对开发过程中软件修改的支持的完备性与方便性
		基础设施服务对维护活动中软件修改的支持的完备性与方便性

(续表)

因 素 模 型	软件质量因素	子 因 素
替代模型的因素	存活性	系统可靠性
		应用可靠性
		计算机失效恢复
		硬件失效恢复

小 结

1. 定义软件、软件质量和软件质量保证

(1) 软件,从 SQA 的角度看,是计算机程序("代码")、规程、文档与软件系统运行所需数据的组合。四个部分的这种组合是保证开发过程的质量以及其后的长期维护所需要的。

(2) 软件质量,按 Pressman 的定义,是同特定的功能需求、指定的软件质量标准和良好的软件工程方法符合的程度。

(3) 软件质量保证,这里采用广为接受的美国电子与电气工程师联合会(IEEE)软件质量保证定义的一个扩展定义。根据该扩展定义,软件质量保证是一个有系统的、有计划的行动集合,它是为提供软件产品的软件开发过程与维护过程符合其已建立的技术需求以及跟上进度安排与在预算限制之内进行的管理性需求的充分信任所必需的。

2. 区分软件错误、软件故障和软件失效

(1) 软件错误是指由于程序分析员、程序员或软件开发组其他成员造成的语法、逻辑或其他错误,部分或全部不正确的代码段。

(2) 软件故障是在特定应用期间导致软件不正确功能的软件错误。

(3) 只有在软件故障被激活的时候,即用户试图使用有故障的特定软件段时,它才变成软件失效。因此,任何软件失效的根本原因是软件错误。

3. 验明软件错误的各种原因

软件错误有九种原因:需求的不完善定义、客户与开发者之间的沟通失效、对软件需求的故意偏离、逻辑设计错误、编码错误、不符合文档编制与编码规定、测试过程的不足、规程错误和文档编制错误。应当强调,错误的所有原因是人,即系统分析员、程序员、软件测试人员、文档编制专家,甚至客户及其代表的工作。

4. 软件质量保证活动的目标

软件质量保证活动对软件开发与维护的目标是:

(1) 以可接受的置信度确保软件符合其功能技术需求。

(2) 以可接受的置信度确保软件符合进度安排与预算的管理性需求。

(3) 启动与管理用来改进和提高软件开发效率的活动以及 SQA 活动。

5. 区分和解释软件质量保证与质量控制之间的不同

质量控制是一组主要目标是扣下不合格产品的活动。相比之下,质量保证是通过引入贯穿开发与制造过程的各种活动,预防错误的成因,在开发过程的早期阶段检测出来并改正之,以使质量费用最少。其结果是,质量保证可观地降低了不合格产品率。

6. 软件质量保证与软件工程之间的关系

软件工程是软件开发、操作与维护活动的有系统的、学科化的、可量化的方法应用,即工程对软件的应用。软件工程的特性,尤其是它的有系统的、学科化的、可量化的方法,使软件工程环境成为实现软件质量保证目标的良好基础设施。通常接受这种观点:软件工程师与软件质量保证组之间的合作是实现高效且经济的开发与维护活动、并同时确保这些活动的成果质量的适宜方式。

7. 对全面需求文档及其内容的需要

许多低顾客满意度的案例都属于这样的情况:软件项目已经成功的满足正确性的基本需求,而受损于其他重要方面的不良性能。例如,维护、可靠性、软件重用或训练。这些差错的主要原因是缺乏涉及软件功能这些方面的明确需求。所以,需要对需求的全面定义,它覆盖贯穿软件生命周期所有阶段的软件使用的所有方面。

因素模型定义了范围宽广的软件需求。我们要求那些定义软件需求的人参照每个因素,并相应地考察将相关需求加入其需求文档的需要。

8. McCall 经典因素模型的结构(类别与因素)

McCall 的因素模型将所有软件需求按 11 个软件质量因素分类。这 11 个因素被分为如下三个类别:产品运行、产品校正和产品转移。

(1) 产品运行因素:正确性、可靠性、效率、完整性、实用性。

(2) 产品校正因素:可维护性、灵活性、可测试性。

(3) 产品转移因素:可移植性、可重用性、互操作性。

9. 替代因素模型建议的补充因素

20 世纪 80 年代后期出现的两个因素模型,被认为是 McCall 经典因素模型的替代物,它们是:

(1) Evans 和 Marciniak 因素模型。

(2) Deutsch 和 Willis 因素模型。

这些替代模型建议给 McCall 模型增加五个因素。其中的两个非常类似于 McCall 模型中的两个因素;只有三个因素是"新"的:

(1) 两个模型都加了可验证性因素。

(2) Deutsch 和 Willis 模型加了安全性和可管理性因素。

10. 对定义质量需求感兴趣的人

不只是客户对透彻定义确保软件产品质量的需求感兴趣。开发者也经常有兴趣把代表他的利益的需求加进来,诸如可重用性、可验证性和可移植性需求。然而,这可能不是客户感兴趣的。所以,人们可以预期,项目将根据两个需求文档进行开发:客户的需求文档和开发者的补充需求文档。

复习题

2.1 一个软件系统由四个部分组成。

(1) 列出软件系统的这四个部分。

(2) 每个部分的质量如何对开发出来的软件的质量做出贡献?

(3) 每个部分的质量如何对软件维护的质量做出贡献?

2.2 定义软件错误、软件故障与软件失效,解释这些软件状态之间的不同。

2.3 列举并简要描述软件错误的各种原因。将软件错误的原因根据对错误负有责任的人群分类:客户的员工、系统分析员、程序员、测试人员,或者它是一个以上的组共有的责任。

2.4 在美国电子与电气工程师联合会(IEEE)的软件质量保证定义与扩展定义之间有什么不同?

2.5 根据美国电子与电气工程师联合会(IEEE)的软件质量保证定义,质量控制不等同于质量保证。

(1) 在哪些方面质量控制不等同于质量保证?

(2) 为什么可以将质量控制看作质量保证的一部分?

2.6 属于 McCall 因素模型的三个因素类别是什么? 在每个类别里包含哪些因素?

2.7 Evans 和 Marciniak 模型与 Deutsch 和 Willis 模型有什么区别?

2.8 考虑 McCall 模型与 Deutsch 和 Willis 模型。

(1) 这两个模型形式上的不同是什么?

(2) 这两个模型内容上的不同是什么?

(3) Evans 和 Marciniak 模型给 McCall 模型实质上增补了哪些新主题?

第三章 文档编制

知识要点：

（1）了解受控文档的目标。

（2）了解建立和维护受控文档清单所涉及的任务。

（3）了解有关文档编制控制规程的问题。

（4）了解模板对软件质量保证的主要贡献。

（5）了解检查表对软件质量保证的主要贡献。

（6）了解涉及维护模板和检查表的活动。

第一节 文档编制控制

一、受控文档和质量记录

1. 受控文档定义

受控文档是那些目前对软件系统的开发、维护以及与目前和将来顾客关系的管理重要或可能变得重要的文档。因此，这些文档的准备、存储、检索和处理受控于文档编制规程。管理受控文档的主要目标是：

（1）确保文档的质量。

（2）确保其技术完整性和与文档结构规程和条例的符合性（模板的使用，正确签名，等等）。

（3）确保文档的未来可用性，在软件系统维护、进一步开发或对顾客（试验性的）未来投诉做出反应时可能需要它。

（4）支持软件失效原因的调查和作为改正性措施与其他措施的一部分分配责任。

2. 质量记录定义

质量记录是一种特殊类型的受控文档。它是面向顾客的文档,用于证实同顾客需求的全面符合性以及贯穿于开发和维护全过程的软件质量保证系统的有效运行。

3. 典型的受控文档(包括质量记录)

(1) 项目前文档。

① 合同评审报告。

② 合同谈判会议备忘录。

③ 软件开发合同。

④ 软件维护合同。

⑤ 软件开发分包合同。

⑥ 软件开发计划。

(2) 项目生命周期文档。

① 系统需求文档。

② 软件需求文档。

③ 初步设计文档。

④ 关键设计文档。

⑤ 数据库描述。

⑥ 软件测试计划。

⑦ 设计评审报告。

⑧ 设计评审措施项的跟踪记录。

⑨ 软件测试规程。

⑩ 软件测试报告。

⑪ 软件用户手册。

⑫ 软件维护手册。

⑬ 软件安装计划。

⑭ 版本描述文档。

⑮ 软件更改请求。

⑯ 软件更改命令。

⑰ 软件维护请求。

⑱ 维护服务报告。

⑲ 分包商评价记录。

(3) 软件质量保证基础设施文档。

① 软件质量保证规程。

② 模板库。

③ 软件质量保证表格库。

④ 改正实施会议备忘录。

(4) 软件质量管理文档。

① 进展报告。

② 软件度量报告。

（5）软件质量保证系统审计文档。

① 管理评审报告。

② 管理评审会议备忘录。

③ 内部质量审计报告。

④ 外部软件质量保证验证审计报告。

（6）顾客文档。

① 软件项目标书文档。

② 顾客的软件更改请求。

以上展示了一类可以归类到受控文档的文档类型的概况。对文档清单的考察表明，大部分的受控文档可以归于质量记录一类。清单的长度和它们的组成随机构的不同而不同，这同顾客的特性和软件包的特性有关。大型顾客定制的软件项目合同通常需要完全不同于采购软件包的受控文档清单。

以上列出的文档类型是在各种软件质量保证过程的执行中产生的，例如：

（1）合同与谈判过程。

（2）开发过程。

（3）软件更改过程。

（4）维护过程。

（5）软件质量度量。

（6）内部质量评审。

二、文档编制控制规程

1. 什么是文档编制控制规程

那些管制从受控文档的生成到最后废止的操作的软件质量保证工具就称为文档编制控制规程。

2. 文档编制控制规程的典型组成部分

（1）文档类型及受控更新的清单的定义。

（2）文档编制需求。

（3）文档批准需求。

（4）文档存储与检索需求，包括文档版本、修订和废止的受控存储。

3. 文档编制控制规程的应用

自然地，依照其软件产品和维护服务、顾客、结构以及大小等特征的不同，机构之间文档编制控制规程也不同。换言之，一个机构的规程对于另一个机构来说可能是完全不适用的。

两个文档编制控制任务，即存储和检索，包括在所有机构的软件配置管理规程中，并且用各种软件配置管理工具来运行。然而，仍然需要特别的努力来协调文档编制规程与软件配置管理的规程。

需要注意的是，文档编制需求是大部分软件质量保证规程的不可分割的组成部分。因此，文档编制控制规程需求和文档需求的协调是极其重要的。

开发中使用分包商和在某些情况下在软件系统的维护中使用分包商是应用于分包商的许多文档编制控制规程的产生原因。这些规程应确保分包商的文档，例如，设计文档，符合承包商的文档编制规程。通信困难以及疏忽时常导致分包商的不完全符合。当关键文档丢失或被发现提供不充分或只有部分信息时,这些失误引起的损害在数月或数年以后可能变得非常明显。这种状况的预防可以通过适当的合同条款以及对分包商的文档编制需求符合性的持续跟踪来实现。

三、受控文档清单

受控文档(包括质量记录)管理的关键是受控文档类型清单。清单的正确构建基于建立一个执行这个概念的授权当局(由一个人或一个委员会担任)。特别是,这个当局负责:

(1) 决定哪一类文档归类于受控文档和哪一类受控文档归类于质量记录。

(2) 决定对于归类于受控文档的每一类文档的控制级别是否充分。

(3) 跟踪同受控文档类型清单的符合性。这个主题可以合并到内部质量审计计划中。

(4) 分析跟踪发现和启动受控文档类型清单所需的更新、更改、删除和添加。

绝大部分受控文档类型是由机构内部产生的文档。然而,数量可观的外部文档类型,如合同文档以及联合委员会会议备忘录,也归于这一类中。

四、受控文档的编制

新文档的产生或现存文档的修订中涉及的文档编制需求关注完整性、增加的可读性以及可用性。

1. 文档结构

文档结构可以是自由的,也可以由模板定义。

2. 文档的标识方法

标识方法用于为每份文档、版本与修订提供唯一的身份。标识方法通常使用一些记号:①软件系统、产品名称或序号;②文档(类型)代码;③版本和修订编号。标识方法对于不同类型的文档可以是不同的。

3. 文档的定位信息和参考信息

文档的定位信息和参考信息可能也是需要的。通过提供关于文档内容及其对未来用户需要的适合性,定位信息和参考信息支持所需文档的未来访问。依据文档类型,通常或多或少地需要下列信息项:

(1) 文档作者。

(2) 完成日期。

(3) 批准文档的人员,包括其职位。

(4) 批准日期。

(5) 作者和批准人员的签名。

(6) 新发布中引入的更改的描述。

(7) 以前版本和修订版本的清单。

(8) 流通清单。

(9) 机密性限制。

相关的文档编制规程和工作条例应该用纸张和电子文档记录下来(例如,电子邮件和内部网应用)。

五、受控文档的批准问题

某些文档需要批准,而另一些可能免除有关的评审。对于那些需经批准的文档,相关的规程指出被授权批准相应文档类型的人员的职务以及执行过程的细节。

1. 批准文档或文档类型人员的职务

按照文档类型和组织机构的优先选择,批准文档的可以是一个人、几个人或一个委员会,例如,正式设计评审委员会。由文档编制控制规程授权的这个职位的拥有者必须具有承担文档评审任务的经验和足够的技术专长。

2. 批准过程

文档需要批准的理由不只是确保文档的质量。批准还旨在检查和防止专业上的不足对文档的偏离。在需要正式设计评审委员会批准的情况下,应当应用合适的评审规程。

对批准过程的观察经常揭露出橡皮图章的例子,也就是说,由于彻底文档评审的缺失或忽略,使批准过程没有对文档的质量做出贡献。有人认为,这种正式批准事实上降低了文档的质量,因为由于这个批准行为,授权批准该文档的人变成直接对文档质量负责的人。因此,根据有关的文档类型可以考虑两种选择:

(1) 免除对某些文档类型的批准,这也意味着全部的责任都还给了作者。

(2) 执行确保彻底评审文档的批准过程。

换句话说,对橡皮图章问题的解决办法是要么修订批准过程,要么完全排除这个过程。

六、受控文档的存储与检索问题

与文档有关的受控存储与检索需求主要是确保文档的保密性和持续可用性。同样的需求应当适用于纸面文档和电子文档以及其他类型的介质。它们是指:

1. 文档存储本身

文档存储需求应用于:

(1) 存储副本的数量。

(2) 对每一存储副本负责的单位。

(3) 存储的介质。

用电子介质存储通常比用纸张存储更有效和更经济。保存某些文档的纸张原件依然是符合合法约定的。在这些情况下,除了纸张原件以外,也保存一个图像处理副本。

2. 文档的流通和检索

文档的流通与检索需求是指:

(1) 新文档按时流通到指定收件人的指示。

(2) 副本检索的有效、准确,同时满足保密性的要求。这些规程也适用于纸张文档以及电子邮件、内部网和 Internet 上文档的流通。

3. 文档保密,包括文档的废止

文档保密包括文档的废止需求是指:

(1) 提供文档类型的限制访问。

(2) 防止非授权人员改变存储的文档。

(3) 提供纸张和电子文档的备份。

(4) 确定存储期限。

在指定存储期限的末尾,文档可能被废止,也可能移到低软件标准的存储容器中,这种转换通常降低可用性。纸张文件容易遭受火灾与水灾的损害,现代的电子存储遭受电子风险。有计划的备份存储方法反映了这些风险的等级和有关文档的相对重要性。

第二节 支持性质量手段

一、模板

在用于软件工程时,模板这个术语指的是小组或机构创建的用于编辑报告和其他形式文档的格式(特别是目录)。模板的应用对有些文档是必需的,而对其他文档是选择性的;还有些情况,只需要使用模板的一部分(例如,特定篇章或通用结构)。

1. 模板对软件质量的贡献

开发组和评审组使用模板是非常有益的。

(1) 对于开发组,使用模板可以:

① 方便文档的编制过程,因为节省了详细构建报告结构所需的时间和精力。大多数机构许可从软件质量保证公共文件拷贝或者从机构的企业内部网下载模板,这样甚至可以不用键入新文档的目录。

② 确保开发人员编制的文档更完善,因为文档中的所有主题都已经定义好了,并且被使用这些模板的大量专业人员反复评审过。不太可能发生诸如漏掉主题这样的常见错误。

③ 新组员的加入更容易,这是因为对模板熟悉。由于新成员已经在其他机构单位或小组工作过,他们从前面的工作中可能已经了解模板,而文档的标准结构是根据模板编制的,从而寻找信息变得简单得多。它同样可以使正在进行的文档编制工作顺利,不管编制了文档某些部分的那位小组成员是否已经离开。

④ 方便文档评审,如果文档是基于一个合适的模板建立的,就不需要研究文档结构和确定其完备性。它同样简化已完成文档的评审工作,因为文档的结构是标准的,并且评审者熟悉评审的预期内容(章、节和附录)。由于这种一致性,评审将会更彻底而又不那么费时。

(2) 对于软件维护组,使用模板可以更容易找到执行维护任务所需的信息。

2. 编制、执行和更新模板的机构框架

机构总是想节约内部资源,而这通常意味着把为某个部门或目的编制的成功报告用做整个机构的样板。因此,如果某人的报告由于其全面性和高度专业性赢得声誉,那么它们的目录很可能被同事当作模板使用。这种情况的一个缺点是,不是每个能从这些模板受益的人都能意识到它们的存在。还有一个缺点是,模板的进一步完善可能受到阻挠,而这些工作是需要由专业小组对它们进行评审来完成的。

软件质量保证单位通常负责为机构员工编制所需的较常见类型的报告和文档的专业模板。领域内的非正式倡议可能激励软件质量保证单位采取行动,但开发使用模板的通用基础设施,是这个单位的本职工作。

(1) 编制新模板。模板基础设施的开发自然而然是集中在致力于这个任务的专业小组的工作。这个组(或委员会)应该包括代表各种软件开发线的资深员工、部门主任、软件工程师和软件质量保证单位成员。应该同样鼓励"模板服务"的非正式开发者参加这个小组。

小组的首要任务之一就是编辑待开发模板的目标清单。一旦这个清单被认可了,就必须确定优先级。最经常编制文档的模板和已经在使用的"非正式"模板(估计它们的完成和认可只需少量工作)应赋予较高的优先级。然后是指派分委员会编制最初的草案。软件质量保证单位成员可以承担小组领导的任务,但同样也是委员会成员的模板"爱好者"可能也乐意接受这项任务。不管组长是谁,他必须留心将模板草案分发给各成员、会议的组织和对模板编制分委员会的进展跟踪。将模板草案分发给各位组长征求意见,可以产生重要的改进,同时促进模板将来的使用。

编制模板最常见的信息来源如下:

① 机构中已经使用的非正式模板。

② 专业出版物中的模板例子。

③ 类似机构使用的模板。

(2) 模板的应用。

执行新模板或更新的模板涉及到若干基本决定:

① 应该使用哪些渠道宣传这些模板?

② 应该怎样使机构的内部"消费者"获得这些模板?

③ 哪些模板是强制性的? 如何推进它们的应用?

机构里所有专业的内部交流手段都可以用来宣传模板:小册子、电子邮件、SQA 内部网以及会议上的简短讲解。

机构里获得模板最高效的方法就是通过企业内部网(Intranet),这比其他任何基于纸张形式的方法都更为可取。通过在内部网上分发,确保用户选择所需模板的最新版本,同时又不用键入文档的目录(纸张形式的模板就需要键入)。

关于某些模板的强制性使用的命令,一般可在机构的规程或工作条例中找到。主任软件工程师或其他资深人员通常被授权确定适合所选规程的强制性模板的清单,然而我们可以预期模板小组递交它自己推荐的清单。

(3) 更新模板。决定更新已有模板可以被看作源于以下方面的反应性措施:

① 用户建议和意见。

② 机构活动领域的变化。

③ 设计评审和审查组在对根据模板编制的文档进行评审的基础上提出的建议。

④ 失败和成功案例分析。

⑤ 其他机构的经验。

⑥ 软件质量保证小组的倡议。

更新模板的过程与模板编制的过程非常相似。

二、检查表

软件开发者使用的检查表指的是为每种文档专门构造的条目清单,或者是需要在进行某项活动(例如,在用户现场安装软件包)之前完成的准备工作清单。检查表的制定应当是全面的,如果不是完备的话。通常,检查表被认为是一个可选的基础设施工具,这主要依赖于检查表的专业属性、用户对检查表的熟悉程度及其可用性。

某些检查表有双重目的:提供要验证项的完备清单,同时为把所实施检查的发现编入文档提供空间。表 3-1 展示了一个具有双重目的的检查表的例子,它用于需求规格书文档的设计评审。

表 3-1 双重目的检查表——需求规格书文档的评审检查表

××公司

需求规格书报告的检查表

项目名字：_____

评审的文档：_____ 版本：_____

序号	主　题	是	否	不适用	注
1	文档				
1.1	是否根据配置管理需求编制的				
1.2	结构同相关模板的符合性				
1.3	被评审文档的完备性				
1.4	对以前文档、标准等的正确引用				
2	规定需求				
2.1	所需功能被正确的确定并清晰完全的表述				
2.2	设计的输入同所需的输出符合				
2.3	软件需求规格书同产品需求符合				
2.4	同外部软件包与计算机设备的接口被完全确定和清晰表述				
2.5	GUI 接口被完全确定和清晰表述				
2.6	性能需求(响应时间、输入流容量、存储容量)被正确的确定并清晰完全的表述				
2.7	所有出错状况与所需的系统反映被正确的确定并清晰完全的表述				
2.8	同其他现存的或计划的软件包或产品组件的数据接口被正确的确定并清晰完全的表述				
2.9	测试满足规定需求的规程被正确的确定并清晰完全的表述				
3	项目可行性				
3.1	考虑到项目的资源、预算与进度表,规定的需求可行吗				
3.2	考虑到由其他系统成分与同此系统对接的外部系统施加的约束,规定的系统性能需求可行吗				

注：

签署：名字：_____ 日期：_____ 签字：_____

1. **检查表对软件质量的贡献**

像模板一样,开发组、软件维护组和文档质量可以从检查表得到许多益处。

(1) 对开发小组的益处如下：

① 帮助开发人员进行文档或软件代码自检，这项工作在文档或软件代码完成前和正式设计评审或审查前完成。预计检查表会帮助开发者发现未完成的段落和检测到漏网的错误。因为评审组要调查的质量问题已在检查表中列出，所以预期检查表也对提交评审的文档或软件代码的质量做出贡献。

② 协助开发人员的任务准备，这些任务的例子是：在顾客现场安装软件、实施分包商现场质量审计、或与重用软件模块的供货商签订合同。预期检查表可以帮助开发者为执行任务更好地装备自己。

(2) 对评审组的益处如下：

① 保证评审组成员所评审文档的完整性，因为所有相关评审项都在清单中列出。

② 有助于评审会议提高效率，因为会议主题和讨论次序事先都已定义并充分了解。

2. 编制、执行和更新检查表的机构框架

虽然强烈推荐使用检查表，但是它们的使用仍然是一件任意的事。像促进检查表的使用一样，它们的编制和更新通常是分派给软件质量保证单位的。由软件质量保证单位成员领导的"检查表小组"可以承担维护一系列更新检查表的任务。对促进检查表使用感兴趣的其他人员的参加也是自愿的；然而有些情况下，软件质量保证顾问的帮助是值得推荐的。维护检查表基础设施所需的过程：编制新的检查表、促进它们的使用和更新工作。

(1) 编制新的检查表。等待"检查表小组"的首要任务之一就是编写一个用于开发的检查表清单，接着就是为小组发布的所有检查表确定一个通用的格式。

小组认可的首批检查表通常就是那些已被某些开发组成员和评审人员使用的非正式检查表。大多数情况下，只对这些检查表进行少许改动与适应就足以符合小组定义的格式和内容。编制新的检查表和改进非正式检查表都得到下列信息来源的支持：

① 机构中已经使用的非正式检查表。

② 书籍及其他专业出版物中检查表的例子。

③ 类似机构使用的检查表。

编制新检查表的过程和编制模板类似。

(2) 促进检查表的使用。由于检查表的使用很少是强制性的，促进其使用是靠宣传和保证可用性。所有内部交流渠道都可用来宣传检查表：小册子、电子邮件、软件质量保证内部网以及专业会议。然而内部网仍然被认为是机构内部"消费者"获得检查表的首选方法和最高效的方法。

(3) 更新检查表。像模板和规程一样，更新已有检查表的积极性往往源自下列方面：

① 用户建议和意见。

② 技术更新、活动领域和顾客关系的变化。

③ 设计评审和审查组根据文档评审提出的建议。

④ 失败和成功案例分析。

⑤ 其他机构的经验。

⑥ 软件质量保证小组的倡议。

更新检查表的过程与编制检查表的过程十分相似。

小　结

1. 受控文档的目标

管理受控文档的主要目标是：

(1) 确保文档的质量。

(2) 确保其技术完整性和与文档结构规程和条例的符合性(模板的使用、正确签名，等等)。

(3) 确保文档的未来可用性，在软件系统维护、进一步开发或对顾客(试验性的)未来投诉做出响应时可能需要它。

(4) 支持软件失效原因的调查和作为改正性措施与其他措施的一部分分配责任。

2. 描述受控文档清单的建立和维护所涉及的任务

文档编制规程的这一组成部分的目标是由一个规定的授权当局完成的，它的职责是：

(1) 决定哪一类文档归类于受控文档，哪一类受控文档归类于质量记录。

(2) 决定对每一类文档合适的控制级别。

(3) 对同受控文档清单符合性的跟踪。这些工作可以被引入到内部质量评审计划中。

(4) 分析跟踪发现和启动受控文档清单所需的更新、更改、清除与添加。

3. 有关文档编制控制规程的问题

文档编制规程覆盖的有关受控文档和质量记录的问题是：

(1) 受控文档类型的定义。

(2) 文档编制需求。

(3) 文档批准需求。

(4) 文档存储和检索需求。

受控文档清单的定义及其维护由负责执行前面提到的活动的授权人员来执行。

文档编制问题包括：文档结构和标识以及标准定位信息与参考信息。

文档批准问题包括：任命文档的授权批准人员的机构职位、确保文档质量与完整性的批准过程的描述。

文档存储要求适用于纸面文档以及电子媒体。涉及的主要问题是文档的流通、确保未来的可用性、检索以及保密性，包括在适当的时候废止。

4. 模板对软件质量保证的主要贡献

(1) 使提交评审的文档更完善。结果是评审小组可直接将他们的精力放在最终产品的进一步改进上。

(2) 有利于文档的评审，这是因为文档的结构是标准的且评审员对之熟悉。不用关注文档的结构，评审员们可以将注意力放在文档的内容上。

5. 解释检查表对软件质量保证的主要贡献

(1) 因为所有要评审的相关项和质量问题都已列出，检查表支持文档的完整性和提高文档质量。

（2）当讨论的题目和优先次序已确定并为大家了解时,主持评审会议就没什么问题了。预期高效率的会议可以让评审人员进行透彻的意见分析。

6. 列出维护模板和检查表涉及的活动

涉及到保持模板和检查表汇编的先进性的活动,包括编制、执行和更新。编制和更新这两类文档是对它们感兴趣的小组所做的工作,这些人员包括那些已给同事提供非正式模板和检查表的人。对小组的领导通常是软件质量保证单位的责任。这个组的成员决定以后需完成的模板和检查表的目标清单,在非正式模板与检查表、专业文献里找到的发布材料和在类似机构中使用的模板与检查表的帮助下编制草案。小组成员、软件质量保证单位成员和其他人员,特别是本领域人员,可能乐意发起更新工作。更新是在小组和外部经验的基础上改进现行版本,以应付组织变化、消费者口味改变,失效分析结果,等等。

当大多数用户或者相关内部消费者常规地使用模板和检查表的时候,这些模板和检查表的执行就是成功的。成功应用的基础是促进活动与易获得性。促进是在宣传的基础上,特别是通过内部交流网络,而易获得性通常是通过内部网实现的。在许多机构中,某些或所有模板的使用是强制性的,这种情况则要求有适当的规程和工作条例。

复习题

3.1 以下文档:软件开发合同、设计评审报告、软件度量报告。

（1）上述文档中的哪些应该归类于受控文档? 为什么?

（2）你认为你定义的受控文档中的哪些应该归类于质量记录? 为什么?

（3）设想一种假想情况说明文档的控制应属于你规定的每一种情况。

3.2 从典型的受控文档中列出的文档类型中选出六个(每组选一个)。

（1）上面的哪种文档类型应该定义为受控文档? 列出你的论据。

（2）你认为你定义为受控文档的文档类型中,哪类文档应该定义为质量记录? 列出你的论据。

（3）受控文档列出的目标中,哪一个目标可以通过你选择的特定类型文档的使用来达到?

3.3 根据管理受控文档清单的规程组成部分:

（1）用自己的话描述被指定执行这部分职权的人员的任务,并讨论它们的重要性。

（2）解释受控文档和质量记录对软件质量保证的贡献。

3.4 文档编制规程是实现受控文档与质量记录目标的主要手段。

（1）用自己的话解释这些规程解决的问题。

（2）讨论在(1)中提到的每一个规程对于达到受控文档和质量记录目标的贡献,指明相关的目标。

（3）举出其他涉及文档编制控制问题的规程。

3.5 用自己的话解释模板的优点。

3.6 用自己的话解释使用检查表的好处。

第四章　CMMI 受管理级

知识要点：

（1）了解什么是 CMMI，以及 CMMI 在实际工作中的作用和基本思想。

（2）了解 CMMI 的基本内容和两种表达方式。

（3）了解 CMMI 的相关术语和在实施评估中常见的问题。

（4）了解 CMMI 的受管理级包括哪些过程域和相关实践活动。

（5）了解 CMMI 的受管理级的关键过程域供方协定管理的工作流程以及相关内容。

（6）了解 CMMI 的受管理级的关键过程域测量和分析的工作流程以及相关内容。

（7）了解 CMMI 的受管理级的关键过程域过程和产品质量保证的工作流程以及相关内容。

第一节　CMMI 基础知识

一、什么是 CMMI

CMMI（Capability Maturity Model Integration For Software，软件能力成熟度模型集成）是在 CMM（Capability Maturity Model For Software，软件能力成熟度模型）的基础上发展而来的。CMMI 是由美国卡耐基梅隆大学软件工程研究所（Software Engineering Institute，SEI）组织全世界的软件过程改进和软件开发管理方面的专家历时四年开发出来，并在全世界推广实施的一种软件能力成熟度评估标准，主要用于指导软件开发过程的改进和进行软件开发能力的评估。

二、CMM 的提出

尽管人们在软件工程原理的指导下，对软件项目进行了工程化的管理，取得了一定的成效，但令人遗憾的是软件工程的实践令人非常不满意。大量的软件项目不能按照人们的计划实施和完成,持续了二三十年的软件危机变得更加突出。

软件作为一种强有力的工具得到了广泛使用,而且软件技术也取得了突飞猛进的发展。尽管如此,软件涉及问题的复杂程度加深更快。现在仍然困扰着绝大多数软件机构的问题是:无法开发符合预算和进度要求的高可靠性和可用性软件。软件开发速度和软件维护能力远远赶不上人们对软件要求的增长。

1986 年美国国防部开始组织软件工程专家对软件工程的管理方法进行研究,并资助美国卡耐基梅隆大学成立了软件工程研究所(Software Engineering Institute, SEI)。该研究所的任务是,领导改进软件工程实践的当前状况,以提高以软件为主的系统的质量。

经过软件专家们多年的共同努力,SEI 已于 1991 年提出软件能力成熟度模型。该模型描述了严格定义的以及能有效测量的软件过程单元的框,其目的是在成本和进度要求条件下能提交高质量的软件。CMM 为软件机构描述了从混乱的、不成熟的软件过程向成熟的、有纪律的软件过程改进的一条途径。

三、CMMI 的推出

CMM 模型自 20 世纪 80 年代末推出,并在 20 世纪 90 年代广泛应用于软件过程的改进以来,极大地促进了软件生产率的提高和软件质量的提高,为软件产业的发展和壮大做出了巨大的贡献。

然而,CMM 模型主要用于软件过程的改进,促进软件企业软件能力成熟度的提高,但它对于系统工程、集成化产品和过程开发、供应商管理等领域的过程改进都存在缺陷,因而人们不得不分别开发软件以外其他学科的类似模型。

自从引入基于模型的过程改进之后,工程界至少在三个重要领域已经有了变化。

首先,执行工程的环境已经变得更加复杂。工程量更大,需要更多的人员,需要跨越公司界限,发布范围又宽又广,而且必须继续加快实现的进度以满足客户的需要。这样导致各种协调工作的大量增加。

其次,执行工程任务的方式已经有了进化。交叉学科群组、并行工程、高度自动化的过程以及多国标准等都影响到工程实践。这样一来,一个工程项目可能要涉及到几个国际标准。

第三,软件工程研究所的软件能力成熟度模型(CMM)的成功,导致了各种模型的衍生,而每一种模型都探讨了某一特定领域中的过程改进问题。各机构也已采用多种改善模型分别处理各自的关键过程问题。在工程组织中模型的繁衍导致了过程改进目标和技术的冲突,要求的培训工作也随之增长,而且也导致了实践人员在应用各种不同的模型来实现特定的需求时产生混淆。

所有这些变化都表明,有必要将各种过程改进工作集成起来。包含在当代工程中各种各样的学科和过程是密切交叉在一起的。在应用不同模型时,效率低下且容易混淆,常常要付出极其昂贵的代价。因而需要有一种具有单一的过程改进框架而又能跨越多种学科的工具。软件能力成熟度模型集成(CMMI)就是用来解决这三类问题的。

四、CMMI 的基本思想

CMM 的过程改进对于提高软件开发的质量和生产效率是极其有效的手段,并推动了软件产业的发展。开发和应用 CMMI 的主要原因有三点:一是软件项目的复杂性的快速增长使过程改进的难度增大,二是软件工程的并行与多学科组合,三是实现过程改进的最佳效益。

1. 解决软件项目的过程改进难度增大问题

CMM 成功实施以后，极大地提高了软件企业的开发效率和软件产品的质量，从而也提高了软件产品的可靠性和软件产业的信誉，这样人们对软件寄予了更大的希望。人们希望软件能够完成更多、更大、更复杂的任务。

众所周知，20 世纪 60 年代，美国曾进行过为期 10 年的登月活动，并最终将人送上了月球。当时的登月舱是由计算机和软件控制的，但它的软件规模却远远比不上现在电话系统中的软件的规模。这种现象表明，软件的规模正在变得越来越大。据美国国防部估计，在可以预见的将来，各种领域的控制系统很快将需要 2 000 万行代码的软件。复杂性不是单纯与软件构件有关。很多传统上是硬件的许多模块现在都用软件来实现，其中包含不少微码，与安置在另一个硬件中的软件控制系统以某种方式进行必要的接口。在日益复杂的系统中，几乎不能区分硬件功能与软件功能的差别。

随着软件系统复杂性的增加，用于开发系统的过程也随之复杂。过程的复杂性不可避免地增加了执行该过程的人员的数量。过程改进的理论和概念是优雅且可以理解的，但当将过程应用于日益复杂的系统时，随着软件系统复杂性的增加，导致组织的过程改进活动很容易迷失在任务、日程和繁杂事务中。组织内部的不同的群组及其主管可能争夺过程改进资源。过程组可能选用不同的、有时甚至是相互冲突的过程改进模型。组与组之间可能会进行竞争，也可能激烈争夺过程改进的所有权。最后的结果是导致人们把更多的精力用于过程改进的边缘活动，而不是放在过程改进活动本身。

2. 实现软件工程的并行与多学科组合

CMM 模型的成功实践，促进了工程和产品开发的组织发生了巨大的变革，变革的目标主要是为了消除与分段开发有关的低效。在分段开发时，中间产品传给下一阶段的工作人员，有可能要进行大量的返工，以纠正原先的理解错误。并行工程、交叉学科群组、交叉功能群组、集成化产品群组以及集成化产品和过程开发等，都代表了在产品或服务的整个生命周期的合适时间处理这类问题的不同方法。这种倾向意味着设计人员和客户要与制造人员、测试人员和用户共同工作，以支持开发需求的制造组织。这种工作方式蕴涵着所有关键的相关人员要支持产品或服务开发的所有阶段。

另外，在工程界实行过程改进时，使交叉学科群组或交叉功能群组被普遍接受与迅速采用是一个棘手的问题。功能部门的概念与交叉学科群组的高度交互工作风格严重抵触，因为每一个功能部门都拥有各自的过程并在各自的控制之下。

实践证明，一个一个分离的过程改进模型已经不能有效地支持并行工程这种"混合"环境。如果硬件工程部门采用某种过程改进模型，软件开发人员采用另一种模型，而外界与合同部门采用第三种模型，则不可避免地会产生问题。交叉学科群组采用互不相关的模型很难提供过程改进的机会，因为此时在大多数过程中，每一个成员都是执行者，学科之间的分离就不会存在了。

相对于经典软件过程严格划分阶段的开发方法来说，交叉学科群组采用集成过程将会与生命周期的涨落匹配得更加紧密。这里需要的不仅是集成学科，而且需要集成过程本身，以便对各个相关人员、功能部门的全体人员和管理部门提供有效的支持。

3. 实现过程改进的最佳效益

尽管过程改进存在复杂化的因素，但软件管理专家们相信，其中的许多障碍可以通过采用一个集成过程改进的公共模型的办法来克服。这种信念反映了我们在集成方面所进行的工作与 CMMI 项目的作者和评审人员的经验。人们相信,正如通过 CMM 的过程改进能够产生显著的效益一样,集成过程改进也能产生更大的效益。

从根本上来说,过程改进集成主要影响四个领域:成本、侧重点、过程集成和灵活性。其中某些变化可能比另一些变化容易量化,但所有这些都体现了过程改进集成的真正优势。

(1)成本效益。成本改善是人们最容易理解的效益。集成总需要费用,但从过程改进集成所得到的节省是显而易见的。相对采用多个模型来说,一个组织如果采用了一个单一的模型,则可减少多种费用。

由集成过程改进引发的更多的成功机会、较高的质量、更好的可预测性以及其他各种改善过程的效益都节省了过程改进的成本。

(2)重点明确。在各种多样的工程组织内部,特别是当项目要跨越组织的界限时,要在某个单个组织中实现真正的过程改进以满足大量的关键需求是困难的。可以认为,这个问题是由于缺乏重点以及需要将全然不同的任务统一起来所造成的。预算发生变更,其商务环境、内部策略以及合并和收购都需要消耗那些可能用于过程改进的资源。

一个集成过程改进计划可以将组织的各种初始目标和商业目的弄得很清楚。将跨越一大批不同学科的各种过程改进活动集成起来,就比较容易把实践人员和经理人在过程改进的旗帜下重新整顿好。有了一个单一的过程改进重点,就能统一和加强构想,高效地使用匮乏的资源,并为跨越不同学科的过程改进提供一种共同语言。尤其是,一个具有公共术语和公共评估方法的单一模型提供了这类重点。

(3)过程集成和组织精简。集成过程改进的一个不太明显的效益是其对组织产生的"集成"影响。当跨越组织和学科的边界定义过程时,通常会有新的理解并进行相互教育,从而产生关键工作流的流水线,并消除冗余的或不需要的活动。

(4)灵活性与新学科的扩展。由集成所提供的最后一个效益是随着业务或工程环境的变化具有增加学科的能力。如果增加一个单独的模型,往往会产生大量冗余,并通常与公共的过程改进实践的表示相冲突。如果在一个集成计划中增加一个学科,仅仅意味着增加一些过程域,或许还要对另一些过程域作出新的解释,但是其基本的过程改进结构及其术语并没有改变。这样,就便于继承以往过程改进的成果,加快新增过程的改进速度,从而降低过程改进的成本。

五、CMMI 的基本内容

CMMI 是一套融合多学科的、可扩充的产品集合,其研制的最初动机是利用两个或者多个单一学科的模型实现一个组织的集成化过程改进。从长期考虑,CMMI 产品开发群组建立了一个自动的、可扩充的框架,以便于以后将其他一些学科的过程改进模型也逐步添加到 CMMI 产品集中。总的来说,CMMI 集成达到了两个目的:一是提炼出了多学科之间的一些公共过程,另一方面就是减少了过程域的总数量。

1. CMMI 模型系列

现在业界使用的 CMMI 最新模型是 2002 年发布的 11 版本系列,它们是 CMMI-SE/SW/IPPD/SS,CMMI-SE/SW/IPPD,CMMI-SW。由于 CMMI 是可扩充的产品集合,因此今后可能还会有新的学科模型的出现。这也正好说明了 CMMI 模型生命力的强大。

(1) CMMI-SW(Capability Maturity Model Integration for Software, CMM-SW)是软件

工程能力模型集成(简称为"软件能力模型集成"),该模型中对于软件开发过程中需求的建立、项目计划的制订(特别关注过程)和实施,以及对软件的测试等过程都有详尽的描述。

(2) CMMI-SE/SW(Capability Maturity Model Integration for Systems Engineering and Software Engineering, CMM-SE/SW)是系统工程和软件工程能力模型集成,在该模型中,对于系统工程和软件开发过程中需求的建立、项目计划的制订和实施,以及对软件的测试等过程都有详尽的描述。

(3) CMMI-SE/SW/IPPD(Capability Maturity Model Integration for Systems Engineering, Software Engineering, and Integration Product and Process Development, CMM-SE/SW/IPPD)是系统工程、软件工程、集成化产品和过程开发能力模型集成,该模型对于在项目开发中需要使用交叉学科群组,需要解决对项目群组的使用、计划和组织,需要解决学科或组之间的沟通以及与集成化产品和过程开发相关的一些问题提供了解决方案模型。

(4) CMMI-SE/SW/IPPD/SS(Capability Maturity Model Integration for Systems Engineering, Software Engineering, Integrated Product and Process Development, and Supplier Sourcing, CMM-SE/SW/IPPD/SS)是系统工程、软件工程、集成化产品和过程开发、供应商管理能力模型集成,该模型对于供应商的选择和监督、集成化供应商管理以及供应商定量管理等方面给出了详尽描述。

上述四个 CMMI 模型之间是有关系的。CMMI-SE/SW 是 CMMI-SW 的扩充,CMMI-SE/SW/IPPD 是 CMMI-SE/SW 的扩充,CMMI-SE/SW/IPPD/SS 是 CMMI-SE/SW/IPPD 的扩充。

2. CMMI 模型的过程域

在 CMMI 模型中,最基本的概念是"过程域"。与以前的一些过程改进模型一样,CMMI 模型也只是选择对过程改进最重要的一些题目(过程),并将其编组到"域"中。

在 CMMI 中,CMMI-SW 共有 22 个过程域,CMMI-SE/SW 共有 22 个过程域,CMMI-SE/SW/IPPD 共有 24 个过程域,CMMI-SE/SW/IPPD/SS 共有 25 个过程域。

CMMI-SW 和 CMMI-SE/SW 的过程域数量和名称相同,仅在某些过程域中的提供信息的材料上有所不同。CMMI-SE/SW/IPPD 比 CMMI-SE/SW 增加了两个过程域,并扩充了 CMMI-SE/SW 的一个过程域,CMMI-SE/SW/IPPD 共有 24 个过程域。CMMI-SE/SW/IPPD/SS 比 CMMI-SE/SW/IPPD 增加了一个过程域,所以 CMMI-SE/SW/IPPD/SS 共有 25 个过程域。

3. CMMI 模型的表示法

在 CMMI 中,每一种 CMMI 学科模型都有两种表示法:阶段式表示法和连续式表示法。

不同表示法的模型具有不同的结构。连续式表示法强调的是单个过程域的能力,从过程域的角度考察基线和度量结果的改善,其关键术语是"能力";而阶段式表示法强调的是组织的成熟度,从过程域集合的角度考察整个组织的过程成熟度阶段,其关键术语是"成熟度"。

尽管两种表示法的模型在结构上有所不同,但 CMMI 产品开发群组仍然尽最大努力确保了两者在逻辑上的一致性,两者的需要构件和期望部件基本上都是一样的。过程域、目标在两种表示法中都一样,特定实践和共性实践在两种表示法中也不存在根本区别。因此,模型的两种表示法并不存在本质上的不同。组织在进行集成化过程改进时,可以从实用角度出发选择某一种偏爱的表示法,而不必从哲学角度考虑两种表示法之间的差异。从实用角度讲,这两种表示法各有优点,各有适用范围。

(1) 阶段式表示法。软件 CMM 是一种阶段式模型,该模型经过多年的成功使用已经被证明是有效的,这为选择阶段式表示法模型提供了最强有力的证据。考虑从不成熟组织向成熟组织的发展过程,阶段式表示法具有两方面优势。

首先,阶段式模型为支持组织的过程改进提供了一个过程平台,该模型将软件组织的软件能力成熟度描述为五级,如图 4-1 所示。对于着眼于改善过程成熟度的组织来说,阶段式模型提供了一种明确的、行之有效的跨越式发展途径。阶段式模型中所描述的组织的五个成熟度等级中,每实现一次等级间的跨越,组织就致力于解决某一方面的问题。例如,组织从成熟度等级 1 到成熟度等级 2,主要致力于项目管理过程的改进;从成熟度等级 2 到成熟度等级 3,主要致力于广泛的组织级过程的改进;从成熟度等级 3 到成熟度等级 4,主要致力于过程定量管理的过程的改进;从成熟度等级 4 到成熟度等级 5,主要致力于技术革新和优化过程的改进。通过这种方式,阶段式模型确定了组织进行过程改进的最佳次序。

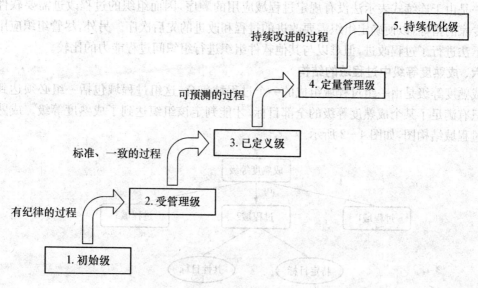

图 4-1　软件能力成熟度模型的分级

其次,阶段式模型可以为组织定义一个过程成熟度等级,便于进行跨组织的比较。在阶段式模型中,每一个过程域都被指定归属到一个成熟度等级中,因此,基于阶段式模型为组织所定义的成熟度等级中,过程域的预期范围和应用将变得非常清晰。这样,在对不同的组织进行比较时,只要对比组织所达到的不同的成熟度等级,即可知道不同组织在执行过程域方面所存在的差别。

阶段式表示法存在两方面的缺点。

一是阶段式表示法采用分组形式,将过程域划分到五个等级中。在一般情况下,一个组织要到达某一个等级,必须满足该等级及其更低等级的所有过程域,因而缺乏灵活性。另外,阶段式表示法的每个等级都会出现同时进行多个过程改进的情况,因而工作量大,花费的成本也很大。

(2) 连续式表示法。相比之下,连续式模型不如阶段式模型常用,但采用连续式模型也有如下两方面的优势：

首先，连续式模型为用户进行过程改进提供了比较大的自由度。如同上面所说，阶段式模型确定了组织进行过程改进的最佳次序，但同时也限定了用户在进行过程改进时必须遵循单一的改善路径。而连续式模型则允许用户根据组织的业务目的来选择过程改进活动的次序。在连续式模型中，用户可以选择定义组织的成熟度等级，同时还可以选择定义更适合于自身业务环境的过程域的次序。组织可以在一个自己选择的次序中使过程域达到给定的能力等级，而不必遵循单一的阶段式模型的原则。

其次，基于连续式模型对组织的过程进行的评估，其评估结果具有更好的可见性。在连续式模型中，可以为每个过程域定义多个能力等级，从而可以增强对过程改进中强项和弱点的认识。由于连续式模型是对每个个别的过程域进行单独的评定，并给出个别过程域的能力等级特征图，这样更便于观察。

连续式表示法也存在两方面的缺点。

一是由于连续式表示法没有规定过程域应用的顺序，因而组织的过程改进需要软件过程改进专家的指导，以便确定组织需要改进的过程和改进的先后次序。另外，尽管组织应用连续式表示法进行了过程改进，但难以与其他软件组织进行组织间过程能力的比较。

六、成熟度等级中过程域的结构

成熟度等级是由一组过程域组成的一个过程域集合，这组过程域包括一组必须达到的目标。只有满足了某个成熟度等级的全部目标，才能判定该组织达到了成熟度等级。成熟度等级的过程域结构图，如图4-2所示。

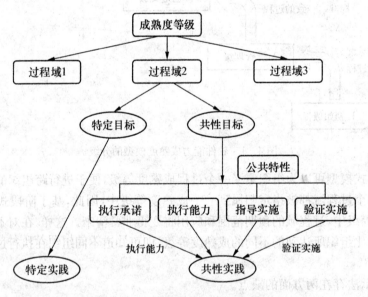

图4-2　成熟度等级的过程域结构

从图4-2可以看出，每个成熟度等级是由一组过程域组成的，每个过程域均包含有特定目标和共性目标。每个特定目标均含有一个或几个特定实践。每个共性目标均包含有若干个(10个或10个以上)共性实践；每个共性实践又可以按其特性划分为执行承诺、执行能力、指导实施和验证实施等。

七、CMMI 中的主要术语

1. 共利益者(stakeholder)

所谓"共利益者",指的是受到某件事情的输出的影响或对输出负有某种责任的群体或个人。共利益者可能包括项目经理、供方、顾客以及其他人。术语"相关的共利益者"用于某个计划中要求执行某类活动或接收某类信息的群体和个人。

2. 经理(manager)

在 CMMI 标准中,"经理"一词指的是对在其负责范围内执行任务或从事活动的人们提供技术指导和从事行政管理的人。经理的传统职能包括策划、组织、指导和控制某个责任范围内的工作。

3. 项目经理(project manager)

在 CMMI 标准中,"项目经理"一词指的是负责策划、指导、控制、构造和推动项目的人。项目经理对顾客负根本责任。

4. 高级经理(senior manager)

所谓"高级经理"是指组织里高层次的管理岗位,在这个岗位上的人主要致力于使本组织拥有长期活力,而不是应付短期的项目和合同问题及压力。高级经理有权指导资源的分配或重新分配,以支持有效的组织过程改进。高级经理可以是任何满足上述说明的经理,包括本组织的领导人在内,"执行官"、"顶层经理"与"高级经理"是同义词。CMMI 标准中只使用"高级经理"这个词。

5. 组织(organization)

组织是行政管理结构。在这个管理结构中,人们共同管理一个或作为一个整体的多个项目,这些项目共有一个高级经理并且在同样的方针之下运行。在 CMMI 标准中,"组织"这个词主要指软件开发和/或服务实体,它可能是一个独立实体,也可能是更大的实体的一个组成部分。在 CMMI 标准中,"组织"不做动词用。

6. 企业(enterprise)

CMMI 标准中,"企业"泛指那些用"组织"一词尚不足以表述的大型实体。一个大型公司里可能有许多拥有不同顾客、坐落在不同地方的组织。"企业"是这些大型公司的统称。

7. 开发(develop)

CMMI 标准中提到"开发"时,不是单纯指开发活动,还包括维护活动。

8. 项目(project)

在 CMMI 标准中,"项目"指的是向顾客或最终用户交付一个或多个产品的受管理的相关资源的集合。这个资源集合有着明确的始点和终点,并且一般是按照某项计划运行。这种计划通常会形成文件,并且说明要交付或实现的产品、所用的资源和经费、要做的工作以及工作进度。一个项目可能由若干项目组成。

9. 工作产品(work product)

CMMI 标准中,"工作产品"用于指由过程产生的任何制品。这些制品可能包括文卷、文档、产品的组成部分、服务、过程、规范以及清册等。

10. 产品构件(product component)

"产品构件"是产品的组成部分。把产品构件加以集成,可以构造出产品。可能存在多个层次的产品构件。产品构件也是工作产品,但是必须经过工程化(需求确定、设计、集成式解决方案开发等)才能实现产品的预计用途。产品构件可能是将要交付给顾客的产品的组成部分,也可能只是供项目内部使用或其他方面使用。

11. 项目开发计划(project development plan)

"项目开发计划"是一种把项目已定义过程与项目如何推进链接起来的方案。CMMI 标准中定义了"项目已定义过程",但是从指导项目推进的角度看,项目已定义过程还不够具体,因为其中不规定谁担当什么角色、要创建什么工作产品或者什么时候执行什么作业。项目已定义过程和项目开发计划合在一起,就可能有效地执行和管理项目。

12. 目标(goal)

CMMI 标准为评估模型定义了"共性目标"(generic goal, GG)和"特定目标"(specific goal, SG),把它们作为衡量实际软件过程能力的重要尺度:在涉及软件过程能力的情况下,每个通用目标和特定目标都具有特定的含义,不要把其他背景中的目标一词与它们混淆。

13. 实践(practice)

术语"实践"用于描述 CMMI 标准定义的模型中的一种部件。在模型中,"实践"分为通用实践和特定实践。实践支持目标,每个实践只支持一个目标。

14. 过程域(process area)

术语"过程域"用于描述 CMMI 标准定义的软件过程能力评估模型中的一种部件。在该模型中,"过程域"是最大的构造块,每个"过程域"由一组目标构成,每个目标得到一组实践支持。模型中描述的过程是参考模板,用"过程域"来表示。不要与通常意义上的实际过程混淆。"过程域"不是实际的过程,它只是本模型中的模板。在 CMMI 标准中,在使用"过程域"描述评估模型的各种内容的同时,也不可避免地大量使用通常意义上的"过程"一词。

15. 子实践(subpractice)

"子实践"是构成评估模型的一种模型部件,它以参考性的材料支持特定实践和通用实践。了解子实践的内容,有助于理解它所支持的实践的范围和内容,有助于实践的实施。

16. 典型工作产品(typical work product)

"典型工作产品"是构成评估模型的一种模型部件,它给出实践的输出的例子。以"典型工作产品"的名目给出的示例,起到举一反三的作用。

17. 组织的标准过程集合(organization's set of standard processes)

"组织的标准过程集合"包含各个基本过程定义,用以指导本组织里的所有过程。这些过程的描述覆盖各个基本过程元素以及元素之间的关系。这些基本元素是项目已定义过程的组成部分。对于那些要在项目中实施的已定义过程而言,这些元素是必须借用的。标准过程为整个组织范围内一致地开展开发和维护活动奠定基础,是实现过程长期稳步改进的基础。

18. 已定义过程(defined process)

"已定义过程"是根据本组织的剪裁指南从组织的标准过程集合剪裁得到的受管理的过程。"项目已定义过程"是对项目的作业和活动进行策划、执行和改进的基础。一个项目可以有不止一个已定义过程(例如,一个用于产品开发,一个用于产品测试)。

19. 组织过程财富(organizational process assets)

"组织过程财富"是被认为对定义和实施本组织的过程有用的制品,它们供项目和开发、剪裁、维护以及实施过程时使用。CMMI 标准中所描述的组织过程财富主要包括以下内容:

(1)组织的标准过程集合(包括过程体系结构和过程元素)。

（2）批准供使用的项目生存周期（即开发生存周期）描述（例如，瀑布法和螺旋推进法）。

（3）组织的标准过程集合剪裁指南和准则。

（4）组织度量数据库和过程数据库。

（5）组织过程相关文档库。

20．过程体系结构（process architecture）

"过程体系结构"是对标准过程中的各个过程元素之间的顺序、界面、相互依存性和其他关系的描述。过程体系结构还描述标准过程与外部过程（例如，合同管理）之间的界面、依存性和其他关系。

21．过程元素（process element）

"过程元素"是过程描述的基本单位。过程可以用子过程或过程元素予以定义。子过程可以进一步加以分解；过程元素不能再分解。每个过程元素覆盖一组密切相关的活动（例如，同行审查、估计等）或一项活动或一项作业。可以采用待填写的模板、待修改或现行的描述或者待充实的抽象概念来描绘。

22．产品生存周期（product life cycle）

"产品生存周期"是产品从构思到不可以再使用的持续时间。可能包括的阶段有：概念/设想阶段、可行性分析阶段、设计/开发阶段、生产阶段，以及逐步淘汰阶段等。因为一个组织可能为若干顾客生产若干类产品，所以只有一个产品生存周期可能不够用。因此，组织可能定义若干个产品生存周期。产品生存周期一般可以在有关的文献中找到，可能需要予以修改，以适合本组织。

项目生存周期是另一个概念，它描述项目使用的开发过程。

23．组织度量数据库（organizational measurement repository）

"组织度量数据库"是用于收集过程和工作产品的度量数据并提供使用的专项数据库，特别是收集和提供与组织的标准过程集合有关的度量数据。这个数据库包含或者引用实际的度量数据以及有关理解和评估该数据的信息。

过程和工作产品数据包括估计的工作产品规模、工作量和成本，实际的工作产品规模、工作量和成本，同行审查效果和覆盖率统计，以及缺陷的数量和严重性，等等。

24．相关文档库（organizational library of process-related documentation）

"组织的过程相关文档库"是这样一种信息库：它存储的信息反映过程文档的存储情况和可用性情况；这些过程文档应该是那些对定义、实施和管理本组织中的过程的人有用的文档、文档片段、过程实施的帮助信息和其他对定义、实施和管理有用的剪裁自标准过程的制品。

过程相关文档的例子有：方针、已定义过程、标准、规程、开发计划、度量计划以及培训材料等。在启动新的过程时，这个文档库有助于减轻开始工作的工作量。

八、关于 CMMI 的几个问题

1. CMMI 对企业有什么好处

CMMI 是一种关于软件开发管理的国际标准，得到全世界的认可。软件企业可以参考 CMMI 过程域中的实施措施（实践）来改进其软件开发过程，提高软件开发过程的管理水平，从而提高软件开发效率和开发质量。显然，可以由此提高软件企业的经济效益。

2. 哪些软件企业迫切需要用 CMMI 规范

一般说来，凡是软件开发企业均需要使用 CMMI 的规范来改进其软件开发过程。对于那些具有一定规模(具有 30 人以上的软件开发人员)的软件企业均迫切需要使用 CMMI 的规范来改进其软件开发过程。否则,难以保证其软件开发过程的规范,也难以保证其开发的软件产品的质量。

3. 如何利用 CMMI 进行过程改进

就全世界而言,软件质量问题均是一个非常严重的问题。特别对于军方来说,更是一个致命的问题。正因为如此,美国国防部不惜花费重金,委托美国卡耐基梅隆大学软件工程研究所研究制定软件质量保证规范。第一个软件质量保证规范于 1991 年首先制订完成,分成为 CMM,并于 1991 年首先在美国应用,随后在全世界推广实施的一种软件能力成熟度评估标准,主要用于指导软件开发过程的改建和软件开发能力的评估。CMM 在全世界的应用推动了软件企业的软件过程改进和软件管理能力的提高,从而极大地提高了软件项目的控制能力和软件产品的质量,促进了全世界软件产业的健康发展。

CMM 的应用虽然取得了很好的成效,但也存在一些缺陷,主要是应用面较窄。因此,为了扩大 CMM 的使用范围,SEI 又于 1988 年开始制订新的标准,这就是 CMMI。CMMI 是在 2002 年最后完成的,并于 2005 年开始全面取代 CMM。

根据 CMMI 规范,将软件企业的软件能力成熟度划分为 1 到 5 级。每一个软件企业均具有 1 级成熟度。其实,处在成熟度等级 1 级的软件企业的管理是混乱的,因而其软件产品的质量是不能得到保证的。因此,软件过程的改进一般从成熟度等级 2 级目标开始进行。成熟度等级 2 级目标达到以后,可以进行针对成熟度等级 3 级目标的过程改进。依此类推,可以进行针对成熟度等级 4 级和 5 级的软件过程改进。到达成熟度等级 5 级的目标后,企业可以向更高的目标迈进,但其成熟度等级仍为 5 级。

CMMI 规范可以使软件企业在其成熟度等级达到 5 级后,仍可以进行持续的改进。这样,就可以使软件过程改进永无止境,不断向更高的目标前进。

一般说来,如果一个软件企业的成熟度等级达到 2 级后,其软件过程就基本得到稳定,产品质量也基本可以得到保证。当一个软件企业的成熟度等级达到 3 级后,不但其产品质量可以得到进一步的提高,而且软件开发效率也会得到大幅度的提高。当一个软件企业的成熟度等级达到 4 级后,则可以对其软件开发过程进行定量管理,从而可以使软件开发的成本得到控制。当一个软件企业的成熟度等级达到 5 级后,不但可以控制其软件开发的成本,而且可以控制软件产品的质量。

由于 CMMI 规范为每一成熟度等级均规定了一组必须执行的过程域,因此,软件企业要想达到某一个成熟度等级,就必须针对该成熟度等级中的所有过程域进行改进,达到了该成熟度等级中所有过程域规定的实践(包括特定实践、子实践和共性实践等),才能确定该软件企业达到了这个成熟度等级。

举例来说,如果一个软件企业希望达到成熟度等级 2 级目标,那么该企业就要在软件项目的开发过程中执行该成熟度等级中的七个过程域中的所有实践,并达到规定的要求。要评价软件过程改进的效果,可以通过 CMMI 评估来检验。

4. 哪些企业有资格评估

一般说来,利用 CMMI 规范来改进软件过程并不需要进行评估。但是,由于软件开发过程管理的复杂性,难以很明显地看出软件过程改进的效果,因此需要进行评估。软件产品不同于一般的产品,软件产品是一种无形的产品。因此,软件产品的开发也不同于一般产品的开发。企业的领导人员希望了解企业自身的软件过程改进效果，他们也往往希望进行评估。

这样说来，任何软件企业均有资格进行软件过程改进的评估，只要该企业进行了软件过程改进工作。也就是说，任何软件企业均有资格进行 CMMI 的评估。

5. 企业究竟如何申请、进行评估

关于 CMMI 的评估有两种目的和两种方式。

一种 CMMI 的评估目的是企业希望了解本单位的软件过程改进的效果。也就是说，企业希望知道公司的过程改进是否符合 CMMI 的规范。基于这种目的的 CMMI 评估可以组织企业内部的管理人员和技术人员进行自我评估。如果希望得到较为确定一些的效果，可以聘请部分外单位管理人员和技术人员参与评估工作（注意，不能全部是外单位管理人员和技术人员）。这种评估不需要向任何人提出申请，企业自己组织评估即可。我们暂且称这种评估为"自我评估"。

另一种 CMMI 的评估目的是企业希望将本单位的软件过程改进的效果与其他软件企业的软件能力进行比较，以便获得社会对该企业软件能力的认可，从而获得更多的软件开发订单。基于这种目的的 CMMI 评估需要由一名软件工程研究所授权的主任评估师任组长的评估小组进行全面的评估。除主任评估师外，其他评估组成员可以是企业内部的管理人员和技术人员，或外单位管理人员和技术人员（注意，评估组内至少要有两名本单位管理人员和技术人员）。

这种评估由企业向主任评估师提出申请，此后的与软件工程研究所的一切联系工作均由该主任评估师负责。由主任评估师组织进行评估，企业要提供评估场地及后勤支持。评估结果由主任评估师向软件工程研究所备案。我们暂且称这种评估为"主任评估"。

6. 进行评估有什么好处

总体来说，进行 CMMI 评估可以了解软件企业的软件过程改进的具体效果。"自我评估"的结果只能用于本企业的领导层评价公司自身的软件能力。"主任评估"的结果则不但可以使本企业的领导层评价公司自身的软件能力，而且还可以向外宣布自己企业的软件能力。

软件能力成熟度等级是衡量软件企业软件开发能力和产品质量保证能力的一个重要标准。处在不同成熟度等级的软件企业可以承接不同级别的开发项目。一般说来，处在成熟度等级 1 级的软件企业是不可能对外承接软件开发项目的。

美国军方每年都有大量的软件项目需要外包给软件企业。在选择承接企业时，他们均要求承接任务的软件企业具有成熟度等级 2 级或更高的等级，否则是不可能获得订单的。所以，许多的美国软件公司为了获得政府（特别是军方）的软件项目，都纷纷进行 CMM 或 CMMI 评估。

美国军方选择软件项目承包企业的方法，不但使其软件产品的质量得到了保证，而且获得了商业界的赞同。由此，现在全世界的软件项目承包商均要求承接企业具备 CMM/CMMI2 级或以上等级成熟度。印度具有世界上最多的 CMM/CMMI2 级或以上等级成熟度的软件公司，因而印度也就成为承接软件外包业务最多的国家。

就我们国家而言，如果一个软件企业没有具备 CMM/CMMI2 级或以上成熟度等级，就基本不可能承接国际外包的软件项目。同样，随着国内软件产业的发展和成熟，不具备 CMM/CMMI2 级或以上成熟度等级的软件公司也是难以承接软件开发项目的。像这样的公司，即使自行开发软件产品，其质量也是难以让人信赖的。

总之,通过 CMMI 评估不但可以让企业的经营管理者了解企业自身的软件开发能力,而且还能提高自身的软件开发能力和产品质量,为企业争取更多的用户或软件开发订单。具备越高成熟度等级的软件企业,越能获得更大、更多的订单。

九、CMMI 受管理级

CMMI 中的受管理级(也就是软件能力成熟度 2 级)包含 CMMI 的七个过程域,它们是需求管理、项目策划、项目监督和控制、供方协定管理、测量和分析、过程和产品质量保证、配置管理等。本章后三节分别介绍供方协定管理、测量和分析、过程和产品质量保证,在第十一章介绍项目策划及项目监督和控制,在第十二章介绍配置管理,在此就不详细介绍了。

按照 CMMI 模型的结构,一个软件组织如果达到了第 2 级成熟度等级,就意味着该软件组织已经确保有关的过程在项目一级得到策划、形成文件、执行、受到监督和控制,并且能实现过程目标。在这个成熟度等级,软件项目是在受控状态下运行。或者说,软件组织已经营造出稳定的、受控的开发环境。在这一级上,项目要达到所确定的目标。例如,成本进度和质量目标等。

由第 2 级成熟度等级反映出来的过程纪律有助于确保现行的实践不至于由于受到多重压力而被荒废。这些实践如果在与当前工作类似的其他工作上使用,可望得到类似的结果。

在这一级上,要对过程的需求、标准和具体目标,过程的工作产品以及服务做出规定,并且形成文件。管理层应该在某些规定点(例如,在重大里程碑处和重大作业完成时)能够“看得见”工作产品和服务的状态。要在相关的共利益者之间建立承诺并使之得到满足。要有必要时可修改的承诺。对工作产品要加以控制,工作产品和服务要满足规定的需求、标准和具体目标,还要与共利益者一起审查工作产品。

第 2 级与第 1 级之间的一个重要差别在于过程受到管理的程度。在第 2 级成熟度等级上,项目中的具体过程均受到组织的严格控制,项目的成本、进度质量目标之类的具体目标能够得到实现。在第 1 级成熟度等级上,项目中的具体过程由项目开发者个人控制,组织无法或不能完全控制项目的过程,项目的成本、进度和质量目标之类的具体目标难以得到实现。

第二节　供方协定管理

一、供方协定管理概述

“供方协定管理”旨在对以正式协定的形式从项目之外的供方采办的产品和服务实施管理。

这种正式协定可以是本组织(代表该项目)与供方之间的任何法定协定,它可以是合同、许可证或协定备忘录。所采办的产品由供方交付给项目并且成为该项目交付给顾客的产品的组成部分。所采办的产品可能是该项目开发的总体产品的产品构件。在这个过程域里,“产品”一词既是指从供方采办的产品,也指从供方采办的产品构件。

“供方协定管理”处理的是项目对于有效地选择和管理由供方生产的工作产品的需要。“供方”可以是内部的和外部的组织,他们参与开发、制造或支持开发将交付给顾客的产品。供方可能以多种形式与项目的业务需求发生依从关系。例如,内部销售(即同属一个公司内的组织,但是不在同一个项目里)、提供加工和测试能力,以及外部商业性销售。

"供方协定管理"过程涉及下列活动:

（1）确定所要采办的产品。

（2）选择供方。

（3）与供方订立协定并予以维护。

（4）监督供方性能。

（5）验收供方交付的产品。

（6）对所采办的产品安排支持和维护。

二、供方协定管理流程

供方协定管理流程主要包括八大部分:制定供方协定管理计划,分析项目的需求,选择供方,建立供方协定,采购商业现货产品,执行供方协定,进行验收测试,产品转换等。另外,与此流程相关的还有:关于组织的总体方针和供方协定管理模板。

三、制订供方协定管理计划

这个计划用来管理采购现货产品和委托外部加工(开发)产品或产品构件。

1. 角色与职责

系统分析人员负责制订《供方协定管理计划》。

2. 进入准则

《项目计划文档》已经完成。

3. 输入

《项目计划文档》。

4. 主要步骤

制订供方协定管理计划的主要步骤如下:

（1）建立并维护供方协定管理的组织方针。这个方针要确定组织的如下期望:建立、维护并满足供方协定。

注意:如果供方协定管理的组织方针已经建立,则只要引用和维护即可。

（2）确定项目监督和控制需要使用的资源。系统分析人员根据项目的规模以及财力,确定供方协定管理工具以及计算机资源(考虑内存、外存、CPU 等)。

在执行"供方协定管理"过程域的各项活动中使用的工具的例子包括:优选供方一览表、需求跟踪程序、项目管理和进度安排程序。

（3）分配责任。

① 确定供方协定管理总负责人及其责任和权限。

② 确定供方协定管理人员的责任和权限。

③ 确认有关的人理解分配给他们的责任和权限并且接受它们。

（4）培训计划。制订对供方协定管理总负责人、供方协定管理人员和采购人员的培训计划。进行供方协定管理的概念培训和专题培训。

主要培训专题包括:涉及与供方谈判和共事的有关的法规和业务实践,采办策划和准备,商业现货产品采办,供方评估和选择,谈判和解决矛盾的方法,供方管理,所采办的产品的测试和转移,对所采办的产品的接收、存储、使用和维护。

（5）确定供方协定管理的共利益者,并确定其介入时机。这里明确列出与供方协定管理相关的具体的共利益者清单和介入时机,以便共利益者适时介入。

共利益者介入的主要活动包括:制订供方评估准则、审查可能的供方、订立供方协定、与供方一起解决问题、审查供方性能。

(6)制订审批规程。该规程计划是关于《供方协定管理计划》的审批规程。应规定该计划的初审者和终审者。

5.典型工作产品

《供方协定管理计划》。

6.结束准则

《供方协定管理计划》制订完成并已得到批准。

7.度量

统计制订《供方协定管理计划》所花费的工作量。

四、建立供方协定

1.确定获得方式

(1)在项目活动中,存在许多获得产品或产品构件的方式。主要获得方式如下:

① 购买现成商品。

② 通过合同获得产品。

③ 从合作伙伴那里获得产品。

④ 从客户那里获得产品。

⑤ 上述情况的组合(例如,对商业现货产品通过合同做某些修改或者与其他业务部门与外部供方合作开发的产品)。

(2)角色与职责。系统分析品根据《需求文档》、《项目计划文档》等文档,确定需要获得的每一个产品构件的获得方式。

(3)进入准则。《需求文档》、《项目计划文档》、《供方协定管理计划》等文档已经完成。

(4)输入。与"进入准则"中的文档基本相同。

(5)主要步骤。建立供方协定的主要步骤是:为了满足该项目的需求,从有待采办的候选产品中确定采办对象。

(6)典型工作产品。《要采办的产品的一览表》。

(7)结束准则。《要采办的产品的一览表》文档已经完成。

(8)度量。统计"确定获得方式"所花费的工作量。

2.选择供方

(1)角色与职责。系统分析员或项目经理等根据《要采办的产品的一览表》和《对外部产品来源的需求》来选择采办产品的供应方。

(2)进入准则。《要采办的产品的一览表》和《对外部产品来源的需求》已经完成。

(3)输入。与"进入准则"中的文档基本相同。

(4)主要步骤。选择供方的主要步骤如下:

① 建立评估潜在供方的准则。建立评估潜在供方的识别准则并形成文件,用来选择采办产品的供应方。

② 识别潜在的供方。这里根据潜在供方识别准则,识别潜在的供方,并向他们分发邀标材料和要求。

③ 根据评估准则对标书进行评价。评审标书,以便确定采办产品的供应方。

④ 评估相关的风险。评估与每个推荐选用的供方相关的风险。

⑤ 评估推荐的供方执行该工作的能力。对推荐的供方执行该工作的能力进行评估的方法的例子包括:对在类似应用领域的以前的经验进行评估、对在类似工作领域的以前的性能进行评估、对其管理能力进行评估、其他能力评估、对可以执行该工作的人员的情况进行评估、对可用的设施和资源进行评估、对该项目与推荐的供方共同工作的能力进行评估。

(5) 典型工作产品。

① 《候选供方一览表》。

② 《优选供方一览表》。

③ 《供方选择理由》。

④ 《各个候选供方的优点和缺点》。

⑤ 《评估准则》。

⑥ 《邀标材料和要求》。

(6) 结束准则。《候选供方一览表》、《优选供方一览表》、《供方选择理由》、《各个候选供方的优点和缺点》、《评估准则》、《邀标材料和要求》等已经完成。

(7) 度量。统计"选择供方"所花费的工作量。

3. 签订供方协定

这个特定实践实现与供方订立协定并予以维护。

这种协定是本组织(代表该项目)与供方之间的任何合法协定,可以是合同、许可或协定备忘录。

(1) 角色与职责。项目经理或其他人员与所选择的采办产品的供应方签订协议。

(2) 进入准则。《要采办的产品的一览表》、《对外部产品来源的需求》、《候选供方一览表》、《优选供方一览表》、《供方选择理由》、《各个候选供方的优点和缺点》等已经完成。

(3) 输入。与"进入准则"中的文档基本相同。

(4) 主要步骤。签订供方协定的主要步骤如下:

① 必要时修订应由供方予以满足的需求,以反映与供方谈判的结果。

② 把该项目有必要向供方提供的内容形成文件。有必要向供方提供的内容包括:项目配备的设施、文件、服务。

③ 供方协定形成文件。供方协定应包含工作说明、技术规格、术语和条件、交付件一览表、进度表、预算和验收过程。

这个子实践一般包括以下几方面:

● 拟订工作说明、技术规格、期限和条件、交付件一览表、进度表、预算和验收过程。

● 确定项目和供方的负责并授权对供方协定做出变更的人员。

● 规定如何确定、通知和处理供方协定变更要求和变更。

● 确定要遵循的标准和程序。

● 确定项目与供方之间的关键的依存关系。

● 确定供方关注项目的类型和深度、程序以及用于监督供方性能的评估准则。确定和供方共同审查的形式。

● 确定供方在继续维护和支持所采办的产品方面的责任。

● 确定所采办的产品的保证、拥有权和使用权。

● 确定验收准则。

④ 达成协定。这里要确保协定各方在协定实施之前理解全部要求并就其达成协定。

⑤ 必要时修改供方协定。签订供方协定后,如情况发生变化,可能需要对协定进行修改。

⑥ 必要时修订项目计划和承诺,以反映供方协定的要求。

(5) 典型工作产品。《工作说明》、《合同》、《协定备忘录》、《许可协议》等。

(6) 结束准则。《工作说明》、《合同》、《协定备忘录》、《许可协议》等文档已经完成。

(7) 度量。统计"签订供方协定"所花费的工作量。

五、满足供方协定

1. 采办商业现货产品

这个特定实践采办商业现货产品,以满足供方协定所覆盖的规定要求。

(1) 角色与职责。系统分析员根据《要采办的产品的一览表》和《对外部产品来源的需求》确定需要采办商业现货的产品。

(2) 进入准则。《要采办的产品的一览表》和《对外部产品来源的需求》已经完成。

(3) 输入。与"进入准则"中的文档基本相同。

(4) 主要步骤。采办现货产品的主要步骤如下:

① 制订评估商业现货产品的准则。这个准则用来指导商业现货产品的选择。

② 对照相应的需求和准则评价候选产品。

这类需求主要包括如下几个方面:

● 功能、性能、质量和可靠性。

● 产品保证的期限和条件。

● 风险。

● 供方继续维护和支持该产品的责任。

③ 评估候选产品对项目计划和承诺的影响。依据下列各项进行评估:产品的成本、为了把产品纳入项目所要花费的成本和工作量、安全性要求、将来投放的产品可能带来的好处和影响。

④ 评估供方的性能和交付能力。根据商业现货产品的评估准则评估供方的性能和交付能力。

⑤ 识别与所选择的商业现货和供方协定相关的风险。

⑥ 选择所要采办的商业现货产品。在某些情况下,对商业现货的选择可能需要在关于该产品的标准许可协定之外再补充一个供方协定。

商业现货的供方协定条款主要有:

● 大宗采购时的折扣。

● 许可证协定所覆盖的共利益者,包括项目供方、项目组的成员以及该项目的顾客。

● 关于将来增强的计划。

● 现场支持。例如,对询问和报告问题时的反应。

● 不属于产品的附加能力。

● 维护支持,包括对该产品不再普遍销售之后的支持。

⑦ 策划对商业现货产品的维护。对商业现货产品的维护应确定是由购买方,还是由供应

方负责维护,或是由第三方维护。

(5) 典型工作产品。《商业现货产品情况调查研究报告》、《价格一览表》、《评估准则》、《供方性能报告》、《商业现货产品审查报告》等。

(6) 结束准则。《商业现货产品情况调查研究报告》、《价格一览表》、《评估准则》、《供方性能报告》、《商业现货产品审查报告》等文档已经完成。

(7) 度量。统计"制订采办商业现货产品计划"所花费的工作量。

2. 执行供方协定

这个特定实践实现与供方共同执行供方协定中规定的活动。

(1) 角色与职责。相关人员(如采办人员、项目监督和控制人员、项目经理等)根据《工作说明》、《合同》、《协定备忘录》等执行供方协定。

(2) 进入准则。《工作说明》、《合同》、《协定备忘录》等已经完成。

(3) 输入。与"进入准则"中的文档基本相同。

(4) 主要步骤。执行供方协定的主要步骤如下:

① 按照供方协定的规定监督供方进展和性能。这些进展和性能主要包括进度、工作量、成本以及技术性能等。

② 有选择地监督供方过程活动并且在必要时采取纠正措施。要进行监督的主要过程有:质量保证和配置管理。

③ 按照供方协定的规定与供方一起进行审查。这类审查有正式和非正式审查,步骤如下:

● 审查准备。

● 确保相关的共利益者参加。

● 进行审查。

● 确定各项措施,将其形成文件并进行跟踪直到结束。

● 拟制审查总结报告,发放给受影响的人。

④ 按照供方协定的规定与供方一起进行技术审查。技术审查一般包括如下内容:

● 在适当时,使供方了解该项目的顾客和最终用户的需求和希望。

● 审查供方的技术活动并且验证供方对需求的解释和实施是否与该项目的解释一致。

● 验证技术承诺是否正在得到满足,验证技术问题是否被及时通报和解决。

● 获得有关供方工作产品的技术信息。

● 向供方提供适当的技术信息和支持。

⑤ 按照供方协定的规定与供方一起进行管理者审查。管理者审查一般包括如下内容:

● 审查关键的依存关系。

● 审查供方对项目的作用。

● 审查进度和预算。

⑥ 利用长期关系的成果。这里是指利用供方性能改进的成果和与优秀的供方建立和不断培育的长期关系的成果。

⑦ 监督涉及供方的风险并且在必要时采取纠正措施。

⑧ 在必要时,修订供方协定和项目计划及进度。当出现意外情况时,可以修订供方协定和项目计划及进度,以便于项目继续进行。

(5) 典型工作产品。《供方进展报告和性能测量》、《供方审查材料和报告》、《跟踪终止活动报告》、《工作产品文档和交付件文档》等。

(6) 结束准则。《供方进展报告和性能测量》、《供方审查材料和报告》、《跟踪终止活动报告》、《工作产品文档和交付件文档》等已经完成。

(7) 度量。统计"执行供方协定"所花费的工作量。

3. 进行验收测试

这个特定实践实现在接受所采办的产品之前确保供方协定得到满足。

(1) 角色与职责。测试人员对所要接受采办的产品进行测试。

(2) 进入准则。《工作说明》、《合同》、《协定备忘录》、需要测试的采办产品样品已到位。

(3) 输入。需要测试的采办产品样品、产品说明书、相关技术要求等。

(4) 主要步骤。进行验收测试的主要步骤如下:

① 规定验收规程。根据项目对采办产品的要求,规定验收规程。

② 审查验收规程。在进行验收审查或验收测试之前,与相关的共利益者一起审查验收规程并达成一致。

③ 验证所采办的产品,看其是否满足要求。

④ 验证与所采办的工作产品有关的非技术承诺是否得到满足。这项活动可能涉及到对有关的许可证、保证书、拥有权、用途以及支持或维护等协定内容是否到位进行验证,对所收到的所有支持材料进行验证。

⑤ 形成验收文件。把验收审查或验收测试的结果形成文件。

⑥ 拟订改进未通过验收审查或验收测试的产品的改进措施。针对任何没有通过验收审查或验收测试的工作产品拟订措施建议并且与供方达成协定。

⑦ 确定各项纠正措施,予以跟踪,直到结束。

(5) 典型工作产品。《验收测试规程》、《验收测试结果》、《差异报告或纠正措施报告》等。

(6) 结束准则。《验收测试规程》、《验收测试结果》、《差异报告或纠正措施报告》等文档已经完成。

(7) 度量。统计"验收测试"所花费的工作量。

4. 转移产品

这个特定实践实现把所采办的产品从供方转移到项目中。在将获取的产品转移到项目集成之前,要进行适当的规划和评估,以确保平滑转移。

(1) 角色与职责。技术人员(或其他人员)把所采办的产品从供方转移到项目中。

(2) 进入准则。已采办的产品、产品说明书、相关技术说明等已到位。

(3) 输入。已采办的产品、产品说明书、相关技术等。

(4) 主要步骤。转移产品的主要步骤如下:

① 接收所采办的产品。确保拥有适当的设施来接收、存储、使用和维护所采办的产品。

② 提供适当的培训。确保为那些将涉及接收、存储、使用和维护所采办的产品的人提供适当的培训。

③ 适当存储、分布和使用所采办的产品。确保按供方协定或许可证里规定的期限和条件对所采办的产品进行存储、分布和使用。

(5) 典型工作产品。《转移计划》、《培训报告》、《支持和维护报告》等。

（6）结束准则。《转移计划》、《培训报告》、《支持和维护报告》等文档已经完成。

（7）度量。统计"转移产品"所花的工作量。

第三节 测量和分析

一、测量和分析概述

"测量和分析"的目的在于开发和维持度量能力，以便支持对管理信息的需要。

1. 测量和分析涉及下列活动

（1）规定测量和分析的目标，以便与信息需要和目标一致。

（2）规定度量项目、数据收集和存储机制、分析技术、报告和反馈机制。

（3）实施数据的收集、存储、分析和报告。

（4）提供可供正式决策并且采取适当纠正措施用的客观结果。

2. 在项目中开展测量和分析过程，用以支持下列活动

（1）客观地进行策划和估计。

（2）对照所制订的计划和目标跟踪实际性能。

（3）识别过程相关的问题并予以解决。

（4）为在将来的增补的过程中开展测量活动奠定基础。

二、测量和分析流程

测量和分析流程主要包括九大部分：制订测量和分析计划，建立测量目标，规定度量项目，规定数据收集和存储规程，规定分析规程，收集度量数据，分析度量数据，存储数据和度量结果，通报度量结果等。另外，与此流程相关的还有：关于组织的总体方针、测量和分析模板。

三、制定测量和分析计划

这个计划用来管理测量和分析活动。

1. 角色与职责

系统分析员负责制定《测量和分析计划》。

2. 进入准则

《项目计划文档》已经完成。

3. 输入

《项目计划文档》。

4. 主要步骤

制订测量和分析计划的主要步骤如下：

（1）建立并维护测量和分析的组织方针。这个方针要确定组织的如下期望：使测量目标和测量行为与信息需要和目标取得一致，并且提供度量结果。

（2）确定测量和分析需要使用的资源。系统分析人员根据项目的规模以及财力，确定测量和分析工具以及计算机资源（考虑内存、外存、CPU等）。

测量人员可以是专职的也可以是兼职的。可以设置测量小组支持多个项目的测量活动，也可以不设置。

用于执行"测量和分析"过程域的活动的工具主要有:统计软件包、支持在网络上收集数据的软件包。

(3)分配责任。

① 确定测量和分析总负责人及其责任和权限。

② 确定测量和分析人员的责任和权限。

③ 确认有关的人,理解分配给他们的责任和权限,并且接受它们。

(4)培训计划。制订对测量和分析总负责人、测量和分析人员的培训计划。培训包括测量和分析的概念培训和专题培训。

培训专题的例子有:统计技术;数据收集、分析和报告过程;与目的有关的测量开发。

(5)确定测量和分析的共利益者,并确定其介入时机。

共利益者介入的主要活动有:建立测量目标和规程、评估度量数据、向负责提供分析和产生结果的原始数据的人提供有意义的反馈。

(6)制定审批规程。该规程计划是关于《测量和分析计划》的审批规程。应规定该计划的初审者和终审者。

5.典型工作产品

《测量和分析计划》。

6.结束准则

《测量和分析计划》制订完成并已得到批准。

7.度量

统计制订《测量和分析计划》所花费的工作量。

四、协调测量和分析活动

这个特定目标使测量活动的目标和测量行为与信息需要和目标相一致。

在确定测量目标时,专家们往往会考虑遵循适用于具体测量和分析规程的必要准则。他们还会同时注意到数据收集和存储规程所施加的限制。

在注意到度量规范的细节、数据收集或存储尚不成熟的情况下,先规定所要进行的基本分析往往是很重要的。

1.建立测量目标

这个特定实践根据信息需要和目标,建立测量目标并予以维护。

测量目标把进行测量和分析的目的文件化,并且指出根据数据分析结果可能采取何种措施。

(1)角色与职责。系统分析人员根据《项目计划》对其中规定的需要进行测量和分析的参数建立和维护测量目标。

(2)进入准则。《项目计划》《测量和分析计划》等文档已经完成,并且项目已经启动。

(3)输入。与"进入准则"中的文档基本相同。

(4)主要步骤。建立测量目标的主要步骤如下:

① 把信息需要和目标形成文件。把信息需要和目标形成文件,可以支持以后的测量和分析活动的溯源性。

② 确定优先顺序。为各个信息需要和目标确定优先顺序。

为测量和分析确定所有的初始信息需要是不可能的,但却是必要的。优先顺序也会受到可能资源的限制。

③ 把测量目标形成文件，进行审查并且在必要时予以修改。仔细考虑测量和分析的目的和宗旨很重要。把测量目标形成文件，由管理者和其他相关的共利益者进行审查，并且在必要时进行修改。这样做，将使后续测量和分析活动具有溯源性，并且有助于确保对信息需要和目标恰当地进行分析。使那些将使用测量和分析结果的用户介入测量目标的建立和行动方案的决策，这是很重要的。使那些提供度量数据的人介入此项活动是适宜的。

④ 在必要时，为精炼和澄清信息需要和目标提供反馈。对于已经确定的信息需要和目标，在建立测量目标之后，可能需要进一步予以精炼和澄清。最初说明的信息需要可能不够清楚或者有含混之处；在现有的信息需要与目标之间也可能出现矛盾。对现有的度量项目提出精确的目标可能是不切合实际的。

⑤ 维护测量目标对信息需要和目标的溯源性。始终必须明白为什么要测量它。当然，测量目标也可能要变更，以反映不断进化的信息需要和目标。

(5) 典型工作产品。《测量目标》。

(6) 结束准则。《测量目标》已经完成。

(7) 度量。统计"建立测量目标"所花费的工作量。

2. 规定度量项目

这个特定实践规定度量项目，以处理测量目标。这里把测量目标进一步精炼成精确的、定量的度量项目。

(1) 通常可用的基本度量项目主要有：

① 工作产品规模的估计度量项目和实际度量项目（例如，代码行数）。

② 工作量和成本的估计度量项目和实际度量项目（例如，人工小时数）。

③ 质量度量项目（例如，缺陷数、缺陷严重性）。

(2) 通常使用的派生度量项目主要有：

① 赢得的价值（例如，工作的"实际成本/预算成本"）。

② 进度性能指数。

③ 缺陷密度。

④ 同行审查覆盖率。

⑤ 测试或验证覆盖率。

⑥ 可靠性度量值（例如，平均失败率）。

⑦ 质量度量值（例如，严重缺陷数/总体缺陷数）。

(3) 角色与职责。系统分析人员根据《项目计划》和《文件化的测量目标》确定具体的度量项目。

(4) 进入准则。项目已经启动，《文件化的测量目标》已经完成。

(5) 输入。与"进入准则"中的文档基本相同。

(6) 主要步骤。规定度量项目的主要步骤如下：

① 根据形成文件的测量目标，确定候选度量项。把测量目标精炼成具体的度量项目。确定的候选度量项目按名称和度量项目单位分类和说明。

② 识别现有的涉及测量目标的度量项目。可能已经有度量项目规范，只不过是以前为其

他目的而制订的或者是本组织的其他单位制订的。

③ 为度量项目规定操作定义。用精确的措辞描述操作定义。这些定义涉及两个重要准则:

- 传达信息:度量对象,度量的方法,度量项目的单位,包括的内容。
- 可重复性:该次度量能够在同样的定义下重复给出同样的结果。

④ 排序、审查、修改度量项目。把度量项目排列优先顺序、审查度量项目并且在必要时予以修改。

(7) 典型工作产品。《基本和派生度量规范》。

(8) 结束准则。《基本和派生度量规范》已经完成。

(9) 度量。分别统计基本度量项目和派生度量项目的数量,以及"规定度量项目"所花费的工作量。

3. 规定数据收集和存储规程

这个特定实践说明如何获得并存储测量数据。明确数据收集方法,有助于确保恰当地收集正确的数据,对于将来澄清信息需要和测量目标也有帮助。注意存储和检索规程有助于确保数据的可用性和将来使用时的可访问性。

(1) 角色与职责。系统分析人员根据《项目计划》、《文件化的测量目标》、《度量项目规范》等规定测量数据的收集和存储规程。

(2) 进入准则。项目已经启动、《文件化的测量目标》、《度量项目规范》等已经完成。

(3) 输入。《项目计划》、《文件化的测量目标》、《度量项目规范》。

(4) 主要步骤。规定数据收集和存储规程的主要步骤如下:

① 确定现有的数据来源。这些来源可能存在于当前工作产品、过程或事务之中。

② 确定现在还没有的、但是将来需要的数据的度量项目。为将来的需要确定需要收集的度量项目需要系统分析人员有较好的预见能力。

③ 针对每个所要求的度量项目说明如何收集和存储数据。存储的数据应该是可访问的,以便进行分析,并且要确定是否保留这些数据,以供将来重新分析或建立文档时使用。

一般要考虑的问题如下:

- 数据收集频度和在过程中什么地方进行度量?
- 什么时候把度量结果从收集点转移到存储点、其他数据库或最终用户?
- 谁负责采集数据?
- 谁负责数据的存储、检索和安全性?
- 开发或购买必要的支持工具了吗?

④ 建立数据收集机制和规程指南。数据收集和存储机制要与其他工作过程结合。数据收集机制可以包含人工的或自动的表格或模板。应该为负责数据收集工作的人提供关于数据收集规程的简明指南。必要时,进行培训,以便澄清关于完备而准确地收集数据的必要过程,并且减轻那些必须提供和记录数据的人的负担。

⑤ 如果适宜并且可行,支持数据的自动收集。数据收集自动化有助于更全面、准确地收集数据。

这类自动化支持的例子有:带时间标记的活动记录、对制品的静态或动态分析。

⑥ 审查数据收集和存储规程,必要时加以修改。与负责提供收集和存储数据的人一起对

规程建议进行审查,看其是否合理和可行,对于了解如何改进现有过程提出其他关于测量或分析的建议而言,这些人也是很有帮助的。

⑦ 在必要时,修改度量项目和测量目标。在修改之后,可能有必要根据以下情况重新设定优先顺序:

● 度量项目的重要性。

● 为得到该数据所需的工作量。

为此,要考虑为得到该数据是否需要新的形式、工具或重新培训。

(5) 典型工作产品。《文件化的数据收集和存储规程》、《数据收集工具》等。

(6) 结束准则。《文件化的数据收集和存储规程》、《数据收集工具》等文档已经完成。

(7) 度量。统计"规定数据收集和存储规程"所花费的工作量。

4. 规定分析规程

这个特定实践规定如何对度量数据进行分析和报告,并且安排优先顾序。事先规定分析规程可以确保适当的分析和报告,以便处理已经形成文件的测量目标以及作为确定测量目标的基础的那些信息需要及其目标。这种做法还为将要收集的数据提供检查手段。

(1) 角色与职责。系统分析人员根据《项目计划》、《文件化的测量目标》、《度量项目规范》等规定测量数据的分析规程。

(2) 进入准则。项目已经启动、《文件化的测量目标》、《度量项目规范》等已经完成。

(3) 输入。《项目计划》、《文件化的测量目标》、《度量项目规范》。

(4) 主要步骤。规定分析规程的主要步骤如下:

① 对将要进行的分析和将要准备的报告做出规定并安排优先顺序。要早些注意分析方式和报告分析结果的方式:使分析工作能明确瞄准文件化的测量目标、使读者能清楚地了解所报告的结果,从而便于他们处理这些数据。

② 选择适当的数据分析方法和工具。选择时要考虑的问题一般包括如下内容:

● 挑选直观显示和其他展示技术(例如,圆饼式图表、直方图、柱形图、雷达图、直线图、散列图或表格)。

● 挑选适当的描述性统计方式(例如,算术平均值、中位值或模)。

● 如果不可能或不一定要检查每个数据元素,规定所要使用的统计抽样方案。

● 对于如何处理数据元素遗漏情况的分析做出决定。

③ 为数据分析和通报分析结果规定行政管理规程。进行这项活动时一般要考虑的问题包括如下内容:

● 确定负责分析数据和呈报分析结果的人或小组。

● 确定分析数据和呈报分析结果的时间。

● 确定通报分析结果的形式(例如,进展报告、传送备忘录、书面报告或工作人员会议)。

④ 审查分析和报告的内容范围和格式的建议。这些内容范围和格式建议,包括分析方法和工具、行政管理规程以及优先顺序等,都要经过审查和修改。参加审查的共利益者包括最终用户、主办者、数据分析人员以及数据提供者。

⑤ 在必要时,修改度量项目和测量目标。对测量的需要是数据分析的驱动因素,而对分析准则的澄清则影响到测量目标。可能需要根据数据分析规程的规范对某些度量项目的规范进一步加以精炼。有的度量项目可能不再需要,也可能发现需要补充某些度量项目。通过规

定如何分析和报告度量项目,还可能发现有必要对测量目标本身进一步精炼。

⑥ 规定评价准则,用以评价分析结果可利用性以及测量和分析活动执行情况。分析结果可利用性评价准则可能要考虑:

- 分析结果的用途:供及时使用,供了解用,供决策用。
- 分析工作的开销不超过分析而带来的效益。

测量和分析活动执行情况评价准则可能要考虑:

- 超出规定阈值的数据遗漏量或不一致之处数量。
- 抽样中是否存在有偏见的选择(例如,只调查最终用户满意数据去评价最终用户满意程度,或者在确定总的生产率时只评价不成功的项目)。
- 度量数据是否可复现(例如,统计上是可靠的)。
- 统计假定是否令人满意(例如,关于数据分布的假定或相应的度量尺度的假定)。

(5) 典型工作产品。《文件化的分析规范和规程》、《数据分析工具》等。

(6) 结束准则。《文件化的分析规范和规程》、《数据分析工具》等文档已经完成。

(7) 度量。统计"规定分析规程"所花费的工作量。

五、提供度量结果

这个特定目标提供度量结果,以便处理信息需要和目标。

进行测量和分析的主要目的是处理所确定的信息需要和目标。以客观证据为基础的度量结果可能有助于监督性能,满足合同责任要求,做出有依据的管理和技术决策以及采取纠正措施。

1. 收集度量数据

这个特定实践获得指定的度量数据。

(1) 角色与职责。测量人员根据《项目计划》、《文件化的测量目标》、《度量项目规范》、《文件化的数据收集和存储规程》,利用《数据收集工具》等进行测量数据的收集和存储。

(2) 进入准则。项目已经启动,《文件化的测量目标》、《度量项目规范》、《文件化的数据收集和存储规程》等已经完成,《数据收集工具》已经到位。

(3) 输入。《项目计划》及"进入准则"中的各项文档。

(4) 主要步骤。收集度量数据的主要步骤如下:

① 获取基本度量项目数据。根据以前使用基本度量项目的情况和新指定的基本度量项目收集数据。从项目记录或本组织其他方面收集现有数据。

② 生成派生度量项目的数据。这些数值要针对所有派生度量项目重新计算。

③ 尽可能密切结合数据来源进行数据完整性检查。度量工作中,无论是测定数据还是记录数据,都有可能出现差错。在测量和分析周期中,要尽早识别这类差错和数据遗漏之处。在检查中可能要查看数据遗漏、越界数据值以及无用数据分布等情况并且了解相应的纠正措施。

以下工作特别重要:

- 检查和纠正以人工方式判断出的数据分类不一致性(例如,判定人们对同样的信息做出不同分类决定的概率,即所谓"编码员内在可靠性")。
- 对用于计算补充的派生度量项目的度量项目之间的关系,凭经验做出判断。做这种判断可以确保不至于漏掉重要的派生度量项目,确保派生的度量项目能覆盖其预定的含义(即所谓"准则有效性")。

（5）典型工作产品。《基本和派生测量数据集合》、《数据完整性测试的结果》等。

（6）结束准则。《基本和派生测量数据集合》、《数据完整性测试的结果》等文档已经完成。

（7）度量。统计"收集度量数据"所花费的工作量。

2. 分析度量数据

这个特定实践分析并解释度量数据。

按计划分析度量数据（必要时补充数据分析工作），与受影响的各方一起进行审查和必要的修改，以引起今后分析时的注意。

（1）角色与职责。分析人员根据《项目计划》、《文件化的分析规范和规程》等，利用《数据分析工具》进行测量数据的分析。

（2）进入准则。项目已经启动、《文件化的测量目标》、《度量项目规范》、《文件化的分析规范和规程》等已经完成，《数据分析工具》已经到位。

（3）输入。《项目计划》及"进入准则"中的各项文档。

（4）主要步骤。分析度量数据的主要步骤如下：

① 进行初始分析，解释分析结果，做出初步结论。数据分析的结果很少"自我解释"。应该明确指出用于解释分析结果和做出结论的推则。

② 在必要时，补充分析工作，并且准备呈报结果。除了按计划进行的分析以外，可能要补充一些分析工作。此外，通过补充的分析，可能发现需要进一步精炼现有的度量项目，计算增补的派生度量项目，甚至要进一步收集数据，补充原始的度量项目，才能完成预定的分析工作。与此类似，在准备呈报初始结果时，还可能发现需要补充进行分析工作。

③ 与受影响的共利益者一起审查初始分析结果。在广泛分发或通报分析结果之前，最好先审查分析结果的初步解释和展示方式。进行这种审查可以防止不必要的误解，可以改进数据分析工作和展示方法。参加审查的共利益者包括预定的最终用户和主办者以及数据分析人员和提供人员。

④ 精炼准则，以供今后分析工作使用。通过分析数据和准备呈报结果，往往可以取得对今后工作很有价值的经验教训。与此类似，对度量规范和数据收集规程的改进则可能导致进一步推敲已确定的信息需要和目标。

（5）典型工作产品。《分析结果和报告（草案）》。

（6）结束准则。《分析结果和报告（草案）》文档已经完成。

（7）度量。统计"分析度量数据"所花费的工作量。

3. 存储数据和结果

这个特定实践管理并存储度量数据，度量规范和分析结果。

保留与度量相关的信息有利于今后利用这些历史数据和分析结果。从充分解释数据、度量准则和分析结果的角度看，这些度量相关信息也是必要的。

（1）角色与职责。有关人员审查测量和分析数据，测量和分析数据管理人员根据《项目计划》的要求保存测量数据和分析结果。

（2）进入准则。项目已经启动、《分析结果和报告（草案）》、《基本度量数据集合和派生测量数据集合》、《数据完整性测试的结果》等已经完成。

（3）输入。《项目计划》及"进入准则"中的各项文档。

（4）主要步骤。存储数据和结果的主要步骤如下：

① 审查数据。审查数据，以确保其完整性、准确性和现行可用性。

② 使存储的内容只可供有关的小组或人员使用。根据《项目计划》中的安全性规定，设置数据访问权限，使存储的内容只可供有关的小组或人员使用。

③ 防止存储的信息被不恰当地使用。防止数据和有关的信息被不恰当使用的主要方法：

● 数据受控访问。

● 对使用数据的人进行适当培训。

不适当使用的方法主要有如下几种：

● 把机密信息暴露于外。

● 根据不完备的信息、不属于范围之内的信息或误导的信息做出无效的解释。

● 把度量项目用于不恰当地评价人员表现或项目等级。

● 损害个人的诚实性。

（5）典型工作产品。《存放的数据目录》。

（6）结束准则。《存放的数据目录》文档已经完成。

（7）度量。统计"存储数据和结果"所花费的工作量。

4．通报分析结果

这个特定实践向所有相关的共利益者报告测量和分析活动的结果。受影响的共利益者包括预定的最终用户、主办者、数据分析人员和数据提供人员。

（1）角色与职责。测量和分析数据管理人员根据授权向所有相关的共利益者报告测量和分析活动的结果。

（2）进入准则。《分析结果和报告（草案）》已经完成。

（3）输入。《分析结果和报告（草案）》。

（4）主要步骤。通报分析结果的主要步骤如下：

① 使共利益者及时了解度量结果。及时通报度量结果，以便按预定目的使用它们。如果度量结果报告分发后得不到需要了解这些结果的人的积极响应，报告就可能得不到利用。

② 帮助共利益者了解度量结果。要以某种与共利益者的思维方法相适应的形式，清楚而简要地报告度量结果。报告应该便于理解，易于解释，并且明确反映与已确定的信息需要和目标的关系。

有助于理解度量结果的主要措施如下：

● 与共利益者共同讨论度量结果。

● 提供传达信息的备忘录，用以给出背景和解释。

● 面向用户的度量结果简报。

● 就度量结果的含义和用途提供培训。

（5）典型工作产品。《交付的报告和有关的分析结果》、《传送信息的文件和指导性文件》等。

（6）结束准则。《交付的报告和有关的分析结果》、《传送信息的文件和指导性文件》等文档已经完成。

（7）度量。统计"通报分析结果"所花费的工作量。

第四节　过程和产品质量保证

一、过程和产品质量保证概述

"过程和产品质量保证"的目的在于使工作人员和管理者能客观了解过程和相关的工作产品。

"过程和产品质量保证"涉及以下活动：

(1) 对照适用的过程描述、标准和规程客观地评价所执行的过程、工作产品和服务。

(2) 识别不符合问题，并形成文件。

(3) 向项目工作人员和管理者反馈质量保证活动的情况。

(4) 确保不符合问题得到处理。

"过程和产品质量保证"过程使项目工作人员和所有各层管理者能适当地了解整个项目生存周期中工作产品的情况，从而支持交付高质量的产品和服务。"过程和产品质量保证"过程确保所策划的过程得以实施，而"验证"过程则确保规定的需求得以满足。"过程和产品质量保证"和"验证"过程可能同时关注同一个产品，但是关注的角度不同。在项目推进中应注意避免重复工作。

应该在项目的早期阶段启动"过程和产品质量保证"过程，以便建立起对项目有益并且满足项目需求和组织方针的计划、过程、标准和规程。从事质量保证的人要参加计划、过程、标准和规程的确定，以确保它们适合于项目的需要和进行质量保证评价。此外，要指定在生存周期中将进行评价的特定过程和产品。可以根据抽样方式或客观准则进行指定，这些准则要与组织的方针和项目需求以及需要一致。

识别出不符合问题后，首先是在项目内部处理，如果可能，就地加以解决。任何不能在项目内部解决的不符合问题，要逐级上报适当的管理者予以解决。

这个过程域主要适用于评价项目和服务，但是也适用于非项目性的活动和工作产品。例如，培训活动。对于这类活动和工作产品而言，"项目"这一术语应做相应的解释。

二、过程和产品质量保证流程

过程和产品质量保证流程主要包括五大部分：制订过程和产品质量保证计划，客观评价过程，客观评价工作产品，通报不符合问题并确保解决问题，建立记录等。另外，与此流程相关的还有：关于组织的总体方针和过程和产品质量保证模板。

三、制订过程和产品质量保证计划

这里是指制订过程和产品质量保证计划，这个计划用来管理过程和产品质量保证活动。

1. 角色与职责

项目经理或过程和产品质量保证人员制订《过程和产品质量保证计划》。

2. 进入准则

《项目计划文档》已经完成。

3. 输入

《项目计划文档》。

4. 主要步骤

制订过程和产品质量保证计划的主要步骤如下：

(1) 建立并维护过程和产品质量保证的组织方针。这个方针要确定组织的如下期望：客观地评价过程和相关工作产品遵循适用的过程描述、标准和规程的情况，并且确保不符合项得到处理。

(2) 确定过程和产品质量保证需使用的资源。过程和产品质量保证员根据项目的规模以及财力，确定过程和产品质量保证活动工具以及计算机资源(考虑内存、外存、CPU 等)。

用于执行"过程和产品质量保证"过程域的活动的主要工具是审核工具。

(3) 分配责任。

① 确定过程和产品质量保证活动的总负责人及其责任和权限。

② 确定过程和产品质量保证人员的责任和权限。

③ 确认有关的人理解分配给他们的责任和权限并且接受它们。

(4) 培训计划。制订对过程和产品质量保证活动总负责人、过程和产品质量保证人员的培训计划。培训包括过程和产品质量保证的概念培训和专题培训。

主要培训专题：应用领域；顾客关系处理；本项目用的过程描述、标准、规程和方法；质量保证目标、过程描述、标准、规程、方法和工具。

(5) 确定过程和产品质量保证的共利益者，并确定其介入时机。这里明确列出与过程和产品质量保证活动有关的具体的共利益者清单和介入时机，以便共利益者适时介入。

共利益者介入的主要活动如下：

① 建立用于客观评价过程和工作产品的准则。

② 评价过程和工作产品。

③ 解决不符合项问题。

④ 跟踪不符合项问题，直到结束。

(6) 制订审批规程。该规程计划是关于《过程和产品质量保证计划》的审批规程。应规定该计划的初审者和终审者。

5. 典型工作产品。《过程和产品质量保证计划》。

6. 结束准则。《过程和产品质量保证计划》制订完成并已批准。

7. 度量。统计制订《过程和产品质量保证计划》所花费的工作量。

四、客观评价过程和工作产品

这个特定目标实现对于所实施的过程和相关工作产品，以及服务对适用的过程描述、标准和规程的遵循情况进行客观评价。

1. 客观地评价过程

这个特定实践对照适用的过程描述、标准和规程，对指定的已实施的过程进行客观评价。

(1) 角色与职责。质量保证人员根据《项目计划文档》、《过程和产品质量保证计划》等文档，对照适用的过程描述、标准和规程，对指定的已实施的过程进行客观评价。

(2) 进入准则。《项目计划文档》、《过程和产品质量保证计划》等文档已经完成，并且项目已经启动。

(3) 输入。《项目计划文档》、《过程和产品质量保证计划》等文档。

(4) 主要步骤。客观地评价过程的主要步骤如下：

① 形成一种能鼓励员工参与识别和报告问题的环境。组织或项目组应有一种文化,这种文化能够鼓励员工参与识别和报告问题的环境(作为项目管理的组成部分),以便能够及时发现项目进行过程中出现的任何问题。

② 建立并维护明确的评价准则。这个步骤的目的是根据业务需要确定下列准则:

● 在过程评价中要对什么进行评价。

● 何时对某个过程进行评价或评价的频度。

● 如何进行评价。

● 必须介入评价的人。

③ 按评价准则进行评价。按照已经制订的评价准则对所实施的过程进行评价,检查其遵循过程描述、标准和规程的情况。

④ 确定每个不符合项。确定在评价期间发现的每个不符合项,并形成文件。

⑤ 确定将来产品和服务所需要的学习课程。确定将来产品和服务所需要的改进过程的学习课程,以便提供更好的服务。

(5) 典型工作产品。《过程审核报告》、《过程不符合项报告》、《过程纠正措施》等。

(6) 结束准则。《过程审核报告》、《过程不符合项报告》、《过程纠正措施》等已经完成。

(7) 度量。统计《过程不符合项报告》中的不符合项的数量,以及"客观地评价过程"所花费的工作量。

2. 客观地评价工作产品

这个特定实践对照适用的过程描述、标准和规程,客观评价所指定的工作产品和服务。

(1) 角色与职责。质量保证人员根据《项目计划文档》、《过程和产品质量保证计划》等文档,检查工作产品的质量情况,以便评价工作产品。

(2) 进入准则。《项目计划文档》、《过程和产品质量保证计划》等文档已经完成,并且项目已经启动。

(3) 输入。《项目计划文档》、《过程和产品质量保证计划》等文档。

(4) 主要步骤。客观地评价工作产品的主要步骤如下:

① 选择要进行评价的工作产品。如果采用抽样方式,要运用文件化的抽样准则。

② 建立并维护工作产品评价准则。这个步骤的目的是根据业务需要确定下列准则:

● 在产品评价中要对什么进行评价。

● 何时对某个工作产品进行评价或评价的频度。

● 如何进行评价。

● 必须介入评价的人。

③ 在工作产品评价中运用规定的准则。按照已经制订的评价准则对所获得的工作产品进行评价,检查其是否符合质量要求。

④ 在向顾客交付之前评价工作产品。这是一个通常的规则,否则向顾客交付之后再评价工作产品,将可能会出现很大的问题。

⑤ 在选定的工作产品里程碑处评价工作产品。在进行"项目监督和控制"时,常常要在工作产品里程碑处检查工作产品情况。如果评价工作产品时也选定在工作产品里程碑处进行,则会取得很好的效果。

⑥ 进行渐进式评价。对照③中制订的工作产品评价准则对工作产品进行渐进式评价。

⑦ 确定不符合项。确定工作产品评价过程中发现的不符合项。

⑧ 总结经验教训。总结经验教训,以便改善将来产品和服务使用的过程。

(5)典型工作产品。《工作产品审核报告》、《工作产品不符合项报告》、《工作产品纠正措施》等。

(6)结束准则。《工作产品审核报告》、《工作产品不符合项报告》、《工作产品纠正措施》等已经完成。

(7)度量。统计《工作产品不符合项报告》中的不符合项的数量,以及"客观地评价过程"所花费的工作量。

五、通报并确保解决问题

这个特定目标实现客观地跟踪和通报不符合问题,并且确保解决它们。

1. 通报不符合问题,并且确保解决它们

这个特定实践向工作人员和管理者通报质量问题,并且确保解决它们。不符合项是在评价中发现的问题,它们反映出在遵循适用的标准、过程描述或规程中的不足。不符合项的状态是质量趋势的指示。通报的质量问题包括不符合项和质量趋势分析。

(1)角色与职责。质量保证人员根据《过程审核报告》、《过程不符合项报告》、《过程纠正措施》、《工作产品审核报告》、《工作产品不符合项报告》、《工作产品纠正措施》等文档,向工作人员和管理者通报质量问题,并监督解决过程和结果。

(2)进入准则。《过程审核报告》、《过程不符合项报告》、《过程纠正措施》、《工作产品审核报告》、《工作产品不符合项报告》、《工作产品纠正措施》等文档已经完成。

(3)输入。与"进入准则"中的文档基本相同。

(4)主要步骤。通报不符合的项问题并且确保解决它们的主要步骤如下:

① 与适当的工作人员一起解决不符合项问题。一般来说,谁的问题由谁来解决。如果不是这样,则应该由相关负责人来确定由谁来解决。

② 如果不符合项问题不能在项目内部得到解决,把它们形成文件。项目内部解决不符合项问题的主要方法如下:

● 修改不符合之处。

● 变更有关的过程描述、标准或规程。

● 对不符合项问题请求豁免。

③ 把不能在项目内部解决的不符合项问题上报管理者。把不能在项目内部解决的不符合项问题逐级上报到被指定接收和负责处理不符合项问题的管理者。

④ 分析不符合项问题。分析不符合项问题,了解是否存在任何可以识别和处理的质量趋势。

⑤ 确保相关的共利益者及时了解评价结果和质量趋势。确保"过程和产品质量保证计划"中所规定的相关的共利益者能够及时了解评价结果和质量趋势。

⑥ 管理者定期审查已经发现的不符合项及其趋势。由被指定接收和负责处理不符合项问题的管理者定期审查已经发现的不符合项及其趋势。

⑦ 跟踪不符合项问题。跟踪不符合项问题,直到结束,并形成文件。

(5)典型工作产品。《纠正措施报告》、《审核报告》、《质量趋势》等。

(6)结束准则。《纠正措施报告》、《审核报告》、《质量趋势》等已经完成。

（7）度量。统计已经纠正的不符合项的数量，以及"客观地评价过程"所花费的工作量。

2．建立记录

这个特定实践建立并维护质量保证记录。

（1）角色与职责。质量保证人员建立记录并维护质量保证记录。

（2）进入准则。"过程和产品质量保证"活动已经启动。

（3）输入。《项目计划文档》、《过程和产品质量保证计划》等文档。

（4）主要步骤。建立"过程和产品质量保证"活动记录的主要步骤如下：

① 详细记录过程和产品质量保证活动。详细记录过程和产品质量保证的各项活动，以便了解活动状态和结果。

② 在必要时，修改质量保证活动的状态和历史记录。

（5）典型工作产品。《审核记录》、《质量保证报告》、《纠正措施状态》、《质量趋势》等。

（6）结束准则。《审核记录》、《质量保证报告》、《纠正措施状态》、《质量趋势》等已经完成。

（7）度量。统计"建立记录"所花费的工作量。

小 结

1．CMMI 的基本思想

开发和应用 CMMI 的主要原因有三点：

（1）解决软件项目的过程改进难度增大问题。

（2）实现软件工程的并行与多学科组合。

（3）实现过程改进的最佳效益。

① 成本效益。

② 重点明确。

③ 过程集成和组织精简。

④ 灵活性与新学科的扩展。

2．CMMI 的基本内容

（1）CMMI 模型系列。现在业界使用的 CMMI 最新模型是 2002 年发布的 11 版本系列，它们是 CMMI-SE/SW/IPPD/SS，CMMI-SE/SW/IPPD，CMMI-SW。

（2）CMMI 模型的过程域。在 CMMI 模型中，最基本的概念是"过程域"。

在 CMMI 中，CMMI-SW 共有 22 个过程域，CMMI-SE/SW 共有 22 个过程域，CMMI-SE/SW/IPPD 共有 24 个过程域，CMMI-SE/SW/IPPD/SS 共有 25 个过程域。

CMMI-SW 和 CMMI-SE/SW 的过程域数量和名称相同，仅在某些过程域中的提供信息的材料上有所不同。CMMI-SE/SW/IPPD 比 CMMI-SE/SW 增加了两个过程域，并扩充了 CMMI-SE/SW 的一个过程域，CMMI-SE/SW/IPPD 共有 24 个过程域。CMMI-SE/SW/IPPD/SS 比 CMMI-SE/SW/IPPD 增加了一个过程域，所以 CMMI-SE/SW/IPPD/SS 共有 25 个过程域。

（3）CMMI 模型的表示法。在 CMMI 中，每一种 CMMI 学科模型都有两种表示法：阶段式表示法和连续式表示法。

3. 成熟度等级中过程域的结构

成熟度等级是由一组过程域组成的一个过程域集合,这组过程域包括一组必须达到的目标。只有满足了某个成熟度等级的全部目标,才能判定该组织达到了成熟度等级。

4. 关于 CMMI 的几个问题

(1) CMMI 对企业的好处:改进软件开发过程、提高软件开发过程的管理水平、提高软件开发效率和开发质量、提高软件企业的经济效益。

(2) 如何利用 CMMI 进行过程改进? 根据 CMMI 规范,将软件企业的软件能力成熟度划分为 1 到 5 级。每一个软件企业均具有 1 级成熟度。其实,处在成熟度等级 1 级的软件企业的管理是混乱的,因而其软件产品的质量是不能得到保证的。因此,软件过程的改进一般从成熟度等级 2 级目标开始进行。成熟度等级 2 级目标达到以后,可以进行针对成熟度等级 3 级目标的过程改进。依此类推,可以进行针对成熟度等级 4 级和 5 级的软件过程改进。到达成熟度等级 5 级的目标后,企业可以向更高的目标迈进,但其成熟度等级仍为 5 级。

(3) 企业究竟如何申请、进行评估? 关于 CMMI 的评估有两种目的和两种方式。

① 自我评估:目的是企业希望了解本单位的软件过程改进的效果。基于这种目的的 CMMI 评估可以组织企业内部的管理人员和技术人员进行自我评估。

② 主任评估:目的是企业希望将本单位的软件过程改进的效果与其他软件企业的软件能力进行比较,以便获得社会对该企业软件能力的认可,从而获得更多的软件开发订单。基于这种目的的 CMMI 评估需要由 SEI 授权的一名主任评估师任组长的评估小组进行全面的评估。

(4) 进行评估有什么好处? 总体来说,进行 CMMI 评估可以了解软件企业的软件过程改进的具体效果。"自我评估"的结果只能用于本企业的领导层评价公司自身的软件能力。"主任评估"的结果则不但可以使本企业的领导层评价公司自身的软件能力,而且还可以向外宣布自己企业的软件能力。

5. CMMI 受管理级

CMMI 中的受管理级(也就是软件能力成熟度 2 级),包含 CMMI 的七个过程域,它们是需求管理、项目策划、项目监督和控制、供方协定管理、测量和分析、过程和产品质量保证、配置管理等。

6. 供方协定管理

供方协定管理流程主要包括八大部分:制定供方协定管理计划,分析项目的需求,选择供方,建立供方协定,采购商业现货产品,执行供方协定,进行验收测试,产品转换等。

"供方协定管理"是进行采购现货产品或委托外部组织加工(开发)产品或产品构件的一个过程。对"供方协定管理"工作的进一步指导原则如下:

(1) 培训人员:组织应该对所有或部分参与"供方协定管理"的相关人员进行培训。

(2) 管理配置项:把"供方协定管理"过程指定的工作产品置于配置管理的适当层次。置于配置管理之下的工作产品主要有:工作说明、供方协定、协定备忘录、子合同、优选供方一览表。

(3) 使共利益者适时介入:按计划确定"供方协定管理"过程的相关的共利益者并使之适时介入。

(4) 监督和控制该过程:对照计划监督和控制"供方协定管理"过程,并且采取适当的纠正措施。

在监督和控制"供方协定管理"过程域的各项活动中使用的度量项目主要有以下两个方面：针对供方的需求做出的变更的次数、每个供方协定的成本和进度变化情况。

(5) 客观评价遵循情况：对照适用的要求、目标和标准，客观地评价"供方协定管理"过程以及该过程的工作产品和服务的遵循情况，并且处理不符合项。

被审查的主要活动有：供方协定的订立和维护、使用供方协定来满足的活动。

被审查的主要工作产品有：供方协定管理计划、供方协定。

(6) 高层管理者审查状态：高层管理者审查"供方协定管理"过程的活动、状态和结果，并解决问题。

(7) 度量统计"供方协定管理"所花费的全部工作量。

7. 测量和分析

测量和分析流程主要包括九大部分：制订测量和分析计划，建立测量目标，规定度量项目，规定数据收集和存储规程，规定分析规程，收集度量数据，分析度量数据，存储数据和度量结果，通报度量结果等。

"测量和分析"是对项目进行情况中的有关参数进行测量和分析一个过程。对"测量和分析"工作的进一步指导原则如下：

(1) 培训人员：组织应该对所有或部分参与"测量和分析"的相关人员进行培训。

(2) 管理配置项：把"测量和分析"过程指定的工作产品置于配置管理的适当层次。置于配置管理之下的主要工作产品有：基本度量项目和派生度量项目的规范、数据收集和存储规程、基本的和派生的度量数据集合、分析结果和报告(草案)。

(3) 使共利益者适时介入：按计划确定"测量和分析"过程的相关的共利益者，并使之适时介入。

(4) 监督和控制该过程：对照计划监督和控制"测量和分析"过程，并且采取适当的纠正措施。在监督和控制"测量和分析"过程域的各项活动中使用的度量项目主要有：软件项目运用进展度量项目和性能度量项目的百分比、已处理的测量目标的百分比。

(5) 客观评价遵循情况：对照适用的要求、目标和标准，客观地评价"测量和分析"过程以及该过程的工作产品和服务的遵循情况，并且处理不符合项。

被审查的主要活动：使各项测量和分析活动保持一致、提供度量结果。

被审查的主要工作产品：基本的和派生的度量项目的规范、数据收集和存储规程、分析结果和报告(草案)。

(6) 高层管理者审查状态：高层管理者审查"测量和分析"过程的活动、状态和结果，并解决问题。

(7) 度量统计"测量和分析"所花费的工作量。

8. 过程和产品质量保证

过程和产品质量保证流程主要包括五大部分：制订过程和产品质量保证计划，客观评价过程，客观评价工作产品，通报不符合问题并确保解决问题，建立记录等。

"过程和产品质量保证"是软件工程中保证过程质量和产品质量过程。对"过程和产品质量保证"工作的进一步指导原则如下：

(1) 培训人员：组织应该对所有或部分参与"过程和产品质量保证"的相关人员进行培训。

（2）管理配置项：把"过程和产品质量保证"过程指定的工作产品置于配置管理的适当层次。置于配置管理之下的主要工作产品有：不符合项报告、审核记录和报告。

（3）使共利益者适时介入：按计划确定"过程和产品质量保证"过程的相关的共利益者，并使之适时介入。

（4）监督和控制该过程：对照计划监督和控制"过程和产品质量保证"过程，并且采取适当的纠正措施。在监督和控制"过程和产品质量保证"过程域的各项活动中使用的度量项目主要有：计划的和已执行的客观过程评价的变化情况、计划的已执行的客观产品评价的变化情况。

（5）客观评价遵循情况：对照适用的要求、目标和标准，客观地评价"过程和产品质量保证"过程以及该过程的工作产品和服务的遵循情况，并且处理不符合项。

被审查的主要活动：客观评价过程和工作产品、跟踪和通报不符合项问题。

被审查的主要工作产品：不符合项报告、审核记录和报告。

（6）高层管理者审查状态：高层管理者审查"过程和产品质量保证"过程的活动、状态和结果，并解决问题。

（7）度量统计"过程和产品质量保证"所花费的工作量。

复习题

4.1 CMM 的过程改进对于提高软件开发质量和生产效率是极其有效的手段，并推动了软件产业的发展。那么为什么还要开发和应用 CMMI？请阐述开发和应用 CMMI 的主要原因。

4.2 每一种 CMMI 学科模型都有两种表示法：阶段式表示法和连续式表示法。
(1) 简述两种表示法的模型分别具有怎样的结构。
(2) 从实用角度，描述两种表示法各自的优缺点和各自的适用范围。

4.3 建立供方协定的特定目标是订立与供方的协定并予以维护，请简述需要完成哪些特定实践。

4.4 执行供方管理协定是实现与供方共同执行供方协定中规定的活动，请简述执行供方协定的主要步骤有哪些。

4.5 简述关键过程域"测量和分析"主要涉及哪些活动。

4.6 建立测量目标是根据信息需要和目标，建立测量目标并予以维护，请简述完成这个特定实践的主要步骤有哪些。

4.7 分析度量数据是分析并解释度量数据，请简述分析度量数据的主要步骤有哪些。

4.8 简述制定过程和产品质量保证计划的主要步骤有哪些。

4.9 简述通报不符合的项问题并且确保解决他们的主要步骤有哪些。

第五章 ISO 9000 日常质量管理

知识要点：

（1）了解目前国际通行的质量体系及 ISO 9000 族标准的构成和应用现状。

（2）了解常用的质量术语的定义，了解"质量管理八项原则"和"质量管理体系基础"。

（3）了解 ISO 9000 着重强调的两个质量管理理念——"有效性"和"顾客满意"的实现方法。

（4）了解质量管理体系持续改进的几大方法，即内审、管理评审、统计分析和纠正及预防措施。

（5）企业要保持正常运行，必须及时提供足够和有效的资源，包括人力资源管理、基础设施和工作环境。

第一节 ISO 9000 质量管理体系简介

一、2000 版 ISO 9000 标准的构成

2000 版 ISO 9000 族标准文件由四部分组成，如表 5-1 所示。

表 5-1 2000 版 ISO 9000 标准的构成

核心标准	ISO 9000:2000 质量管理体系 基础和术语
	ISO 9001:2000 质量管理体系 要求
	ISO 9004:2000 质量管理体系 业绩改进指南
	ISO 19011:2001 质量和环境管理体系审核指南
其他标准	ISO 10012:2001 质量控制系统

(续表)

	ISO/TR 10006 质量管理　基础管理质量指南
	ISO/TR 10007 质量管理　技术状态管理指南
技术报告	ISO/TR 10013 质量管理体系文件指南
	ISO/TR 10014 质量经济性管理指南
	ISO/TR 10015 质量管理　培训指南
	ISO/TR 10017 统计技术指南
	质量管理原则
小册子	选择和使用指南
	小型企业的应用

其中,ISO 9000 提供了理论基础,ISO 9001 是系列标准的核心,ISO 9004 是业绩改进指南,而 ISO/TR 10000 系列是质量管理中一些指南性质的文件,为贯标过程中必须进行的一些专项任务提供实施指导。

二、ISO 9000:2000

ISO 9000:2000(我国对其等同采用,编号为 GB/T 19000－2000《质量管理体系 基础和术语(Quality management systems-Fundamentals and vocabulary)》是 ISO 9000 族标准的核心标准之一,起着奠定理论基础、统一术语的作用,适用于:

(1) 通过实施质量管理体系寻求优势的组织。

(2) 对能满足产品要求的供方寻求信任的组织。

(3) 产品的使用者。

(4) 就质量管理方面所使用的术语需要达成共识的人们(如供方、顾客、行政执法机构)。

(5) 评价组织原质量管理体系或依据 ISO 9001 的要求审核其符合性的内部或外部人员和机构[如审核员、行政执法机构、认证(注册)机构]。

(6) 对组织质量管理体系提出建议或提供培训的内部或外部人员。

(7) 制定相关标准的人员。

ISO 9000 标准的主要内容是规定了八项质量管理原则,12 条质量管理体系基础和 80 个术语。

三、ISO 9001:2000

ISO 9001:2000(我国已对其等同采用,编号为 GB/T 19001－2000)《质量管理体系　要求(Quality management systems-Requirements)》也是 ISO 9000 族标准的核心标准之一。这是一个质量管理体系标准,除要求产品质量保证外,还要求组织通过体系的有效应用(包括持续改进体系的过程以及保证符合顾客与适用的法律法规要求)而增强顾客满意。在该标准"总则"中,说明了其"能用于内部和外部(包括认证机构)评定、法律法规和组织自身要求的能力"。它不针对某种产品类别,而是对硬件、软件、流程性材料和服务四种类别都具有普遍适用性。

四、ISO 9004:2000

ISO 9004:2000(我国已对其等同采用,编号为 GB/T 19004－2000)《质量管理体系 业绩改进指南(Quality management systems-Guidelines for performance improvements)》是组织为改进业绩而策划、建立和实施质量管理体系的指南性标准,在 2000 版 ISO 9000 族标准中占有重要地位。其主要作用如下:

1. 指导组织为改进业绩而开发更加完整、更趋成熟的质量管理体系

ISO 9004 的引言明确了该标准的目的和意图是："为质量管理体系更宽范围的目标提供了指南。除了有效性,该标准还特别关注持续改进组织的总体业绩和效率。"因此,各类组织、尤其是通过 ISO 9001 质量体系认证的组织,在确保满足了认证标准要求之外,按 ISO 9004 标准进一步改进、完善和拓展其质量管理体系,从而扩大认证的成果是十分必要的。

2. 使组织的所有相关方从中获益

ISO 9004 标准在引言中指出,组织的目的之一是"识别并满足其顾客和其他相关方(组织内人员、供方、所有者、社会)的需求和期望,以获得竞争效益,并以有效和高效的方式实现"。其中:

(1) 顾客和用户将从接受的产品中受益,如产品符合要求、可依赖和可靠、需要时可获得、可维护等。

(2) 组织的员工将从以下方面受益:更好的工作条件,提高工作满意度,改进健康与安全条件,提高工作稳定性等。

(3) 所有者和投资者将从以下方面受益:增加投资回报,改善组织运行效果,提高市场份额,增加利润等。

(4) 供方与合作者将从以下方面受益:保持稳定的关系,增加增值机会,增进双方的合作与理解等。

(5) 社会将从以下方面受益:组织满足法律和法规的要求,改进健康与安全条件,降低对环境的影响,提高安全性等。

3. ISO 9004 标准是引导组织推进全面质量管理的有效途径

2000 版 ISO 9000 族标准在内涵上与全面质量管理有很大的兼容性,各种质量奖的核心价值观和概念在八项质量管理原则中有很多体现。由于 ISO 9004 标准提供的指南以八项质量管理原则为基础,因此,该标准的许多内容与质量奖的要求在指导思想上十分接近甚至完全一致,而这些原则都是全面质量管理的精髓或主要指导思想。

如世界公认的质量奖之一——美国的波多里奇国家质量奖,其 11 项核心价值观和概念为:有远见的领导、顾客驱动卓越、在组织和人中学习、评价员工和合作者、灵敏、关注未来、创新管理、用事实管理、公共责任与公民意识、关注结果和创造价值、系统透视方法等;在其评审标准中,七个大项的主要标题分别为:领导作用、战略策划、关注顾客与市场、信息和分析、关注人力资源、过程管理、经营结果。可以看出,该质量奖的核心价值和概念与八项质量管理原则兼容、评审标准框架与 ISO 9004 标准有关条款兼容。

五、ISO 9001 与 ISO 9004 的关系

两个标准结构相似,既可以互相补充,也可以单独使用。

两个标准的使用目的的不同:ISO 9001 规定了质量管理体系要求,关注的是组织质量管理体系的有效性,可供组织内部使用或用于认证、合同目的;而 ISO 9004 为组织进一步提高总体业绩、效率及有效性提供了指南,其目的不在于认证和合同。

基于此,ISO 9000 族标准为组织提供了先按 ISO 9001 建立符合基本要求的质量管理体系,再在此基础上实施 ISO 9004 以改进组织总体业绩的方式,这对于组织具有很强的现实意义。

具体说来,ISO 9004 从以下四个方面超越了 ISO 9001:

1. 超越符合性要求,追求卓越业绩

ISO 9004 标准的篇幅是 ISO 9001 的三倍,内容十分丰富。其中,强调组织总体业绩、质量管理体系业绩和过程业绩的共有 70 多处;而 ISO 9001 强调"产品符合要求"、"质量管理体系符合要求",除了在"评审输出"和"顾客满意"中分别提到过程业绩和质量管理体系业绩之外,其他条款基本未涉及对业绩的要求,更未提到对组织总体业绩的改进要求。

2. 超越有效性要求,追求有效性和效率

ISO 9001 强调的是质量管理体系的有效性;而 ISO 9004 则强调提高质量管理体系的有效性和效率,全文涉及这方面内容的多达 50 多处。

3. 超越满足顾客需求,追求使所有相关方获益

ISO 9001 通过满足顾客要求,达到顾客满意;而 ISO 9004 则始终关注满足顾客和其他方的相关需求和期望,确保组织的所有相关方都获益,即通过满足相关方要求增进相关方满意。在 ISO 9004 标准中,对于"相关方"的强调达 80 多处。

4. 超越狭义质量,追求广义的质量

ISO 9001 标准"旨在产品的质量保证并增进顾客满意",是通过向顾客提供满足其要求的产品达到使其满意,因此,它关注的主要是产品的性能质量;而 ISO 9004 关注的则是组织的总体业绩,包括收入和市场份额、成本和周转期等,即使是产品质量,也不限于其基本性能和功能,而是关注组织的顾客和其他相关方期望的所有质量因素,如产品的生命周期、安全和卫生、可使用性、人体工效、环境、产品处置等,因此,ISO 9004 追求的是广义的质量。以上四个方面具有密切的内在联系并相互作用,最终目的在于追求组织的卓越业绩。可以理解为:追求有效性和效率是改进组织总体业绩的途径,确保所有相关方获益是改进组织总体业绩的目的,而追求广义的质量则是组织改进总体业绩的基础。

六、我国软件企业实施 ISO 9000 标准认证的意义

ISO 组织将 IT 业归类为适合实施 ISO 9000 的 39 大行业中的第 33 类"信息技术"类。由于 IT 业通常具有企业发展极其迅猛、企业管理人员外部事务或技术性事务相对较多、员工新旧更替相对比较频繁、客户对服务技术水平的要求较高、一线员工的行为直接影响服务质量、内部监督机制相对缺乏等特点,所以,IT 企业实施 ISO 9000 又有其特殊的意义。

1. 软件行业质量管理的不足

正像所有的工程科学一样,软件工程自身遵循着科学的设计原理和方法,以这些方法为前导,人们发展了一系列的软件工具系统来帮助工程软件的开发。但是,软件工程又与其他各种工程科学很不相同。软件是抽象的、逻辑性而非实物性的产品,研制和维护软件本质上是一个"思考"的过程,很难对它进行系统管理。到目前为止,软件的设计基本上还无统一的设计标准,无准确的数量分析,无足够的可靠性保证以及无有效的维护手段,这就决定了软件的研制和开发较其他工程项目要困难得多。

以软件本身的特点和目前普遍采用的开发模式以及低效能、低控制的管理方式,很难开发出高质量的软件产品。问题主要有:

(1) 软件本身的特点和目前普遍采用的开发模式使得隐藏在软件产品内部的质量缺陷不可能完全避免。

① 计算机软件不同于其他制造业的产品,软件质量难于把握的一个突出因素是软件需求。软件需求的正确性成为把握软件质量的首要问题。然而,我们面临的现实是,用户常常说

不清自己的需求,或者用户经常改变自己已提出的要求,这就会埋下软件质量的祸根。

② 目前,软件开发工作大多仍是智力密集的手工劳动,开发工作需要开发人员集中精力,全神贯注,一丝不苟。一个小的疏忽就可能引发质量问题。

③ 软件开发无论采用哪一种模型,开发环节之间、人员之间的协调和衔接都必须保证完全正确。

④ 软件测试方法具有不可克服的弱点,再好的测试技术也只能帮助我们发现和消除错误,无论如何也不能保证或表明软件内部已不包含错误。

⑤ 软件质量对人员的依赖不能避免,这包括人员素质、经验、协调与沟通及人员流动,甚至开发人员的情绪等。

(2) 从技术上解决软件质量问题有着局限性:

① 我们对软件质量本身的认识还处于初期阶段,一些定性的认识尚未量化,如可维护性、可测试性等。

② 目前利用软件组件或构件实现可复用性,力图提高软件可靠性的做法尚未普及。

③ 采用净室开发技术,防止错误或缺陷混入开发过程仍然是开发人员的设想。

软件开发必须靠管理来达到工程化。目前不少软件开发人员凭自己的经验,习惯了非规范、任意性很强的做法,不愿接受规范化管理的约束。一些开发活动事先不制定计划,活动过程不形成记录,项目临近结束补写资料,赶制文档。在开发进度由于各种原因推迟的情况下,通常以降低测试工作等方式来满足进度的要求。这些不规范的开发行为要靠管理加以纠正。

2. 我国软件企业实施贯标工作的意义

管理薄弱会使无序的活动成为无效的活动,或者导致力量互相抵消。我国的企业管理水平整体上仍落后于发达国家,致使具有聪明才智的技术人员在非规范化的管理环境下不能为工程项目的大厦添砖加瓦。在市场竞争的环境下,企业如果不能在管理上付出努力,就很难有所作为。

企业通过认证的必要性包括:

(1) 顾客的要求。顾客为了确保得到的产品和服务长期稳定地满足质量要求,纷纷要求供方按 ISO 9000 族标准建立质量体系并通过认证,要求供方用健全的质量体系来保证供方产品或服务满足要求且质量稳定,因为单靠抽样检验不可能有稳定的质量。

(2) 企业降低生产经营成本,提高经济效益的需要。贯彻实施 ISO 9000 族标准,该标准的基本思想就是要求企业减少或消除不合格品和服务,从而降低产品成本、减少质量事故、提高经济收益。

(3) 提高工作效率。贯彻实施 ISO 9000 族标准,严格按照相关的方针、程序和作业文件来进行质量控制和管理,使各项工作职责分明,消除扯皮现象,大大提高工作效率;同时,可使最高管理者从琐碎的日常管理事务中解脱出来,有更多的时间策划企业的大事。

(4) 提高企业的美誉度,改善企业形象。ISO 9001 是质量保证标准,即对外证明企业质量保证能力的标准。企业通过具备第三方公正地位的认证机构的质量体系认证,表明企业具备了满足顾客质量要求的能力,从而容易取得顾客的信任,有助于提高企业的美誉度,改善企业形象,提高市场占有率。

(5) 国际贸易的需要。国际贸易需要关于质量的通行规则,就像运动会需要竞赛规则一样。为了减少重复的检查、认可,减少采购成本,把质量体系的证书当作参与国际贸易的入场证已成为日益广泛的需要。

(6) 国家和行业的强力推行。不少国家和我国的一些行业、地区已在政府采购、重大工程配套招标基础上,把取得 ISO 9000 证书作为参与投标的前提条件。

(7) 保留证据,避免或减轻质量责任。对自己的工作过程提供质量保证证实,对分清质量责任起重要作用。目前,我国消费者的自我保护意识日益增强,尤其在加入 WTO 后,因质量问题导致的巨额赔偿更加屡见不鲜,企业应加倍重视如何避免或减轻质量问题责任。

可见,ISO 9000 族标准无论在内部质量管理的完善还是在外部质量能力的保证方面,对企业的综合效益都是非常明显的。实施 ISO 9000 质量管理体系认证,应成为改变我国软件业现状的突破口。因为这可使软件产品质量得到相应的控制,为企业带来如下好处:

(1) 管理法治化——通过实施 ISO 9000,全面规范地建立内部管理制度,并达到良性有序地运作,减少高层管理人员在处理内部一般事务及突发事务方面的繁琐工作,并减少因人员流动而带来的负面影响。

(2) 明确划分各部门工作职责和质量职责及员工的岗位责任,并通过增进各部门工作的透明度及部门间、员工间的相互沟通营造良好的企业文化。

(3) 导入内部质量审核作为常规的、容易被组织各级人员接受的交叉式内部监督机制。对于规模不大的软件企业来说,所有人员都将直接参与到该活动中,有利于改善公司的管理氛围。

(4) 在全公司以及全体员工中营造强烈的"以客户为中心"的意识。

(5) 使企业的产品和开发项目完全处于受控状态,有效地在保障产品质量的前提下降低成本,从而提高企业经济效益、商业信誉和市场竞争力。

(6) 有利于企业改制:现在许多企业面临改制上市,效益好坏,管理状况好坏是吸引股民投资的主要因素,建立和实施 ISO 9000 质量保证体系必将给企业带来较高的管理水平和良好的企业效益。

此外,我国政府为了鼓励软件业不断提高自身的管理水平和创新能力,促进产品质量的提高,增强企业在国际市场上的竞争力,也相应制定出了一些奖励办法。例如,北京中关村科技园区海淀园管委会对在本区注册登记的软件企业实施 ISO 9000 质量管理体系并通过认证的给予一次性三万元的奖励,通过 CMM 认证的给予一次性 10 万元的奖励等等。各种优惠政策,为软件企业接受先进、科学、国际认可的质量管理理念和方法,提高产品质量,从而为提升企业竞争力提供了广阔的前景。

第二节 ISO 9000 基本概念

一、术语

ISO 9000:2000 包括 10 个大类、80 个术语,这些概念之间不是互相独立的,而是建立在某类特性的分层结构上,它们之间的关系主要有三种形式(如图 5-1 所示):

属种关系:下层概念继承了上层概念的所有特性,并包含将其区别于上层和同层概念的特性的表述,通过一个没有箭头的扇形或树形图表示。

从属关系:下层概念形成了上层概念的组成部分,通过一个没有箭头的耙形图表示。

关联关系:不能像属种关系和从属关系那样提供简单的表述,但是它有助于识别概念体系中一个概念与另一个概念之间关系的性质,通过一条在两端带有箭头的线表示。

图5-1 术语关系图

1. 有关质量的术语

有关质量的各个术语之间的关系如图5-2所示。

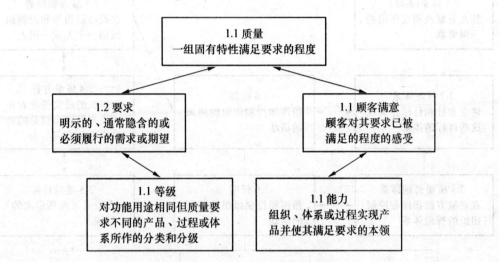

图5-2 有关质量的术语关系图

(1)质量:一组固有特性满足要求的程度。

注1:术语"质量"可使用形容词如差、好或优秀来修饰。

注2:"固有的"(其反义是"赋予的",就是指在某事或某物中本来就有的,尤其是那种永久的特性)。

质量不仅指产品质量,也可以是某项活动或过程的工作质量,还可以是质量管理体系运行的质量。该定义强调了两点:一是质量反映为"满足要求的程度",二是明确提出"固有特性"。

"质量"具有两大特性:一是动态性,即质量要求不是固定不变的,随着技术的发展、生活水平的提高,人们对产品、过程或体系会提出新的质量要求,因而应定期评定质量要求、修订规范,不断开发新产品、改进老产品,以满足已变化的质量要求;二是相对性,即不同国家、不同地区会因自然条件、技术发达程度、消费水平及风俗习惯等的不同,对产品提出不同的要求,因而,产品应具有适应性,对不同地区提供不同功能或性能,以满足该地区"明示或隐含的需求"。图5-2为有关质量的术语关系图。

(2)要求:明示的、通常隐含的或必须履行的需求或期望。

注1:"通常隐含"是指组织、顾客和其他相关方的惯例或一般做法,所考虑的需求或期望是不言而喻的。

注2:特定要求可使用修饰词表示,如产品要求、质量管理要求、顾客要求。

注3:规定要求是经明示的要求,如在文件中阐明。

注4:要求可由不同的相关方提出。

(3)等级:对功能用途相同但质量要求不同的产品、过程或体系所作的分类和分级。

注:在确定质量要求时,等级通常是规定的。

等级高并不一定意味着质量好,等级低也并不意味着质量差。在对比两个产品或体系质量的优劣时,应注意在同一"等级"的基础上。

2. 有关管理的术语

有关管理的各个术语之间的关系如图5-3所示。

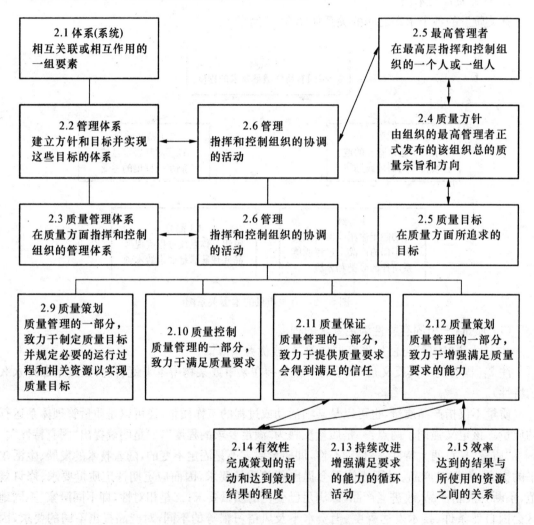

图5-3 有关管理的关系术语图

(1)体系(系统):相互关联或相互作用的一组要素。

(2)管理体系:建立方针和目标并实现这些目标的体系。

注:一个组织的管理体系可包括若干个不同的管理体系,如质量管理体系、财务管理体系或环境管理体系。

（3）质量管理体系：在质量方面指挥和控制组织的管理体系。

（4）质量方针：由组织的最高管理者正式发布的该组织总的质量宗旨和方向。

注1：通常质量方针与组织的总方针相一致并为制定质量目标提供框架。

注2：本标准中提出的质量管理原则可以作为制定质量方针的基础。

（5）质量目标：在质量方面所追求的目的。

注1：质量目标通常依据组织的质量方针制定。

注2：通常对组织的相关职能和层次分别规定质量目标。

（6）质量管理：在质量方面指挥和控制组织的协调的活动。

注：在质量方面指挥和控制活动，通常包括制定质量方针和质量目标以及质量策划、质量控制、质量保证和质量改进。

（7）质量策划：质量管理的一部分，致力于制定质量目标并规定必要的运行过程和相关资源以实现质量目标。

（8）质量控制：质量管理的一部分，致力于满足质量要求。

（9）质量保证：质量管理的一部分，致力于提供质量要求会得到满足的信任。

（10）有效性：完成策划的活动和达到策划结果的程度。"有效性"就是指"做的事正确"的程度。

（11）效率：达到的结果与所使用的资源之间的关系。"效率"则是指"正确地做事"的程度，也就是说，达到同样结果所花费的资源（人力、物力、时间等）的多少，可用投入与产出之比来衡量。

3. 有关组织的术语

有关组织的各个术语之间的关系如图 5-4 所示。

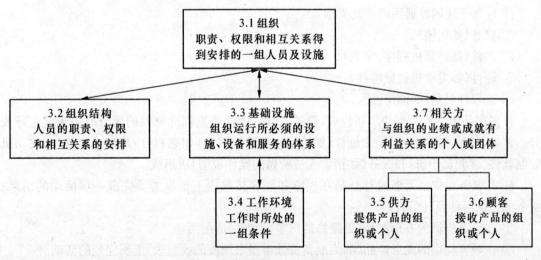

图 5-4 有关组织的术语关系图

"组织"即公司、集团、研究机构等企事业单位的通称。在规定"质量要求"时，"组织"要考虑"顾客"、"供方"和其他"相关方"（如员工、社会等）的需求和期望，以使他们的利益得到满足，并使自身获得经济效益。

4. 有关过程和产品的术语

有关过程和产品的各个术语之间的关系如图 5-5 所示：

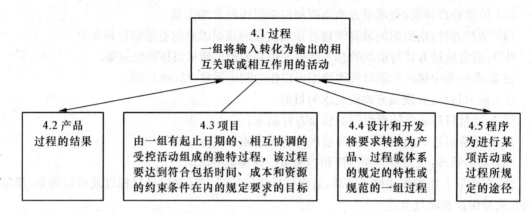

图5-5 有关过程和产品的术语关系图

(1) 过程:一组将输入转化为输出的相互关联或相互作用的活动。

注1:一个过程的输入通常是其他过程的输出。

注2:组织为了增值通常对过程进行策划并使其在受控条件下运行。

注3:对形成的产品是否合格不易或不能经济的进行验证的过程,通常称之为"特殊过程"。

2000版ISO 9000标准采用以过程为基础的质量管理体系模式。组织的质量管理体系是由过程网络组成的,其中,产品行程的每一阶段叫直接过程(市场调研、产品设计、工艺策划、采购、生产制造、检验和试验、包装和储存、安装、使用、服务等),与产品质量形成相关的过程叫间接过程或支持过程(检测手段、不合格品的控制、人员培训、质量审核等)。

(2) 产品:过程的结果。

注1:有下述四种通用的产品类别:

① 服务(如运输)。

② 软件(如计算机程序、字典)。

③ 硬件(如发动机机械零件)。

④ 流程性材料(如润滑油)。

许多产品由不同类别的产品构成,服务、软件、硬件或流程性材料的区分取决于其主导成分。例如,外供产品"汽车"是由硬件(如轮胎)、流程性材料(如燃料、冷却液)、软件(如发动机控制软件、驾驶员手册)和服务(如销售人员所做的操作说明)所组成。

注2:服务通常是无形的并且是在供方和顾客接触面上至少需要完成一项活动的结果。服务的提供可涉及,例如:

① 在顾客提供的有形产品(如维修的汽车)上所完成的活动。

② 在顾客提供的无形产品(如为准备税款申报书所需的收益表)上所完成的活动。

③ 无形产品的交付(如知识传授方面的信息提供)。

④ 为顾客创造氛围(如在宾馆和饭店)。

软件由信息组成,通常是无形产品并可以方法、论文或程序的形式存在。

硬件通常是有形产品,其量具有计数的特性。流程性材料通常是有形产品,其量具有连续的特性。硬件和流程性材料通常被称为货物。

注3:质量保证主要关注预期的产品。

（3）程序。为进行某项活动或过程所规定的途径。

注1：程序可以形成文件，也可以不形成文件。

注2：当程序形成文件时，通常称为"书面程序"或"形成文件的程序"。含有程序的文件称为"程序文件"。

5. 有关特性的术语

有关特性的各个术语之间的关系如图5-6所示。

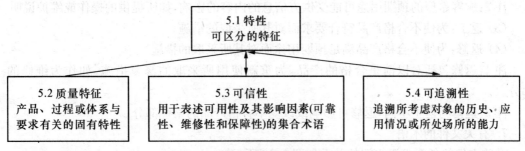

图5-6　有关特性的术语关系图

"特性"可分为两类：产品、过程、体系固有的特性和人们赋予它们的特性。"质量特性"是一种固有"特性"，"可信性"是一个与时间有关的"质量特性"。

6. 有关合格的术语

有关合格的各个术语之间的关系如图5-7所示。

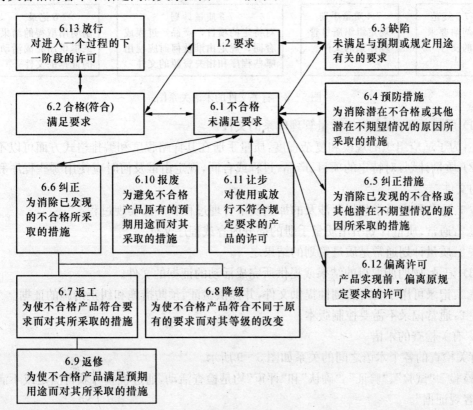

图5-7　有关合格的术语关系图

(1) 合格(符合):满足要求。

注1:该定义与 ISO/IEC 指南 2 是一致的,但用词上有差异,其目的是为了符合 GB/T 19000 的概念。

(2) 缺陷:未满足与预期或规定用途有关的要求。

注1:区分缺陷和不合格的概念是重要的,这是因为其中有法律内涵,特别是与产品责任问题有关。因此,术语"缺陷"应慎用。

注2:顾客希望的预期用途可能受供方信息的内容的影响,如所提供的操作或维护说明。

(3) 返工:为使不合格产品符合要求而对其所采取的措施。

(4) 返修:为使不合格产品满足预期用途而对其所采取的措施。

注1:返修包括对以前是合格的产品,为重新使用所采取的修复措施,如作为维修的一部分。

注2:返修与返工不同,返修可影响或改变不合格产品的某些部分。

7. 有关文件的术语

有关文件的各个术语之间的关系如图 5-8 所示。

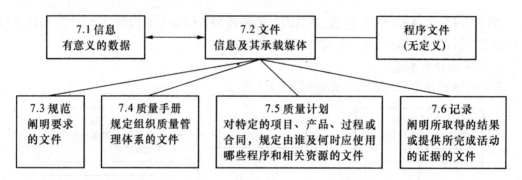

图 5-8 有关文件的术语关系图

(1) 质量手册:规定组织质量管理体系的文件。

注:为了适应组织的规模和复杂程度,质量手册在其详略程度和编排格式方面可以不同。

(2) 质量计划:对特定的项目、产品、过程或合同,规定由谁及何时应使用哪些程序和相关资源的文件。

注1:这些程序通常包括所涉及的那些质量管理过程和产品实现过程。

注2:通常,质量计划引用质量手册的部分内容或程序文件。

注3:质量计划通常是质量策划的结果之一。

(3) 记录:阐明所取得的结果或提供所完成活动的证据的文件。

注1:记录可用于为可追溯性提供文件,并提供验证、预防措施和纠正措施的证据。

注2:通常记录不需要控制版本。

8. 有关检查的术语

有关检查的各个术语之间的关系如图 5-9 所示。

"检验"、"试验"、"验证"、"确认"和"评审"均是检查活动,通过检查可获得满足或不满足要求的"客观证据"。

"检验"与"试验"是针对产品、过程或服务的"质量特性"所做的技术性检查活动;而"评

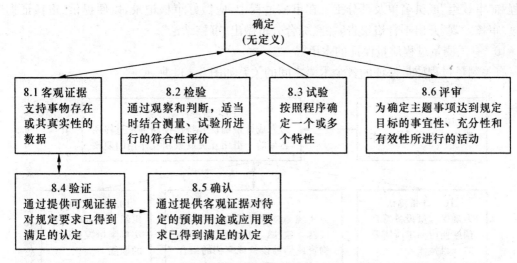

图 5 - 9　有关检查的术语关系图

审"、"确认"、"验证"则是管理性的检查活动,其中,"评审"管理评审、合同评审和设计评审。

9. 有关审核的术语

有关审核的各个术语之间的关系如图 5 - 10 所示。

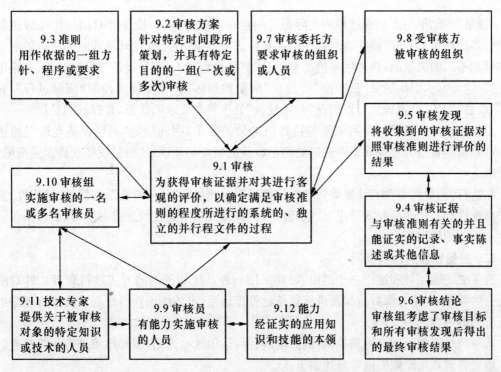

图 5 - 10　有关审核的术语关系图

由"审核委托方"申请提出"审核"的要求,经认证机构或内审部门组建"审核组",对"受审核方"实施质量管理体系"审核"。"审核组"由有资格的"审核员"和"技术专家"(必要时)组成。
在"审核"前,应编制"审核方案"、确定"审核范围"、"审核准则"(或审核依据)、审核实施的日程和"审核组"成员名单及其分工。在审核过程中,应做好审核记录,以便提供"审核证据",通过"审核发现"开出不合格报告,并经综合分析做出"审核结论"。

10. 有关测量过程质量保证的术语

有关测量过程质量保证的各个术语之间的关系如图5-11所示。

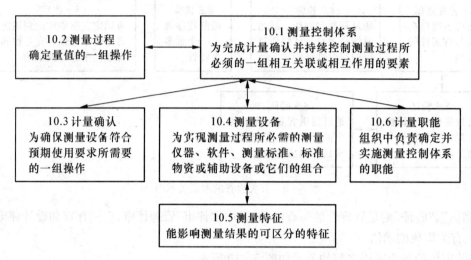

图5-11 有关测量过程质量保证的术语关系图

"测量"的结果与产品或过程的实际值之间存在着差异:同一操作者对同一产品或过程特性进行多次测量、不同的操作者对同一产品特性进行测量、在不同的环境或时间进行的测量均可能得到不同的测量值,这种测量值的波动受"测量过程"(人、测量设备、环境、时间、方法等因素)的影响,因此,组织的"计量职能"要建立"测量控制体系"以便持续控制"测量过程",并对"测量设备"实施"计量确认",以确保"测量设备"处于符合要求的状态,并控制测量误差。

组织应根据产品或过程需测量的特性值的公差要求,明确规定"测量设备允许误差极限值"或"测量设备最大允许误差",选用的测量设备的精度必须满足"测量设备允许误差极限值"的要求。

在进行"测量设备"的"计量确认"时,应明确影响测量的"计量特性",如线性、稳定性、重复性和再现性等。从产品要求导出"计量特性"的"计量要求",通过校准或调整,以确认测量设备适用于预期的使用场合。

二、质量管理的八项原则

为了成功地领导和运作一个组织,需要采用一种系统和透明的方式进行管理。针对所有相关方的需求,实施并保持持续改进其业绩的管理体系,可使组织获得成功。质量管理是组织各项管理的内容之一。

八项质量管理原则已得到确认,最高管理者可运用这些原则,领导组织进行业绩改进。

质量管理八项原则的内容分述如下:

原则1:以顾客为关注焦点

组织依存于其顾客。因此,组织应理解顾客当前和未来的需求,满足顾客需求并争取超过顾客的期望。

原则2:领导作用

领导者建立组织相互统一的宗旨及方向。他们应当创造并保持使员工能充分参与实现组织目标的内部环境。

原则 3：全员参与

各级人员是组织之本。只有他们的充分参与，才能使他们的才干为组织带来收益。

原则 4：过程方法

将活动和相关的资源作为过程进行管理，可以更高效的得到期望的结果。

原则 5：管理的系统方法

将相互关联的过程作为系统加以识别、理解和管理，有助于组织提高实现目标的有效性和效率。

原则 6：持续改进

持续改进整体业绩应当是组织的一个永恒目标。

原则 7：基于事实的决策方法

有效决策是建立在数据和信息分析的基础上。

原则 8：与供方互利的关系

组织与供方是相互依存的，互利的关系可增强双方创造价值的能力。

三、质量管理体系基础

1. 质量管理体系的理论说明

质量管理体系能够帮助组织提高顾客满意度。

顾客要求产品具有满足其需求和期望的特性，这些需求和期望在产品规范中表述，并集中归结为顾客要求。顾客要求可以由顾客以合同方式规定或由组织自己确定，在任一情况下，产品是否可接受最终由顾客确定。顾客的需求和期望的不断变化，以及竞争的压力和技术的发展，都促使组织持续地改进其产品和过程。

质量管理体系方法鼓励组织分析顾客要求，规定相关的过程，并使其持续受控，以实现顾客能接受的产品。质量管理体系能提供持续改进的框架，以增加使顾客和其他相关方满意的机会。质量管理体系还就组织能够提供持续满足要求的产品，向组织及其顾客提供信任。

2. 质量管理体系要求与产品要求

ISO 9000 族标准区分了质量管理体系要求和产品要求。

ISO 9001 规定了质量管理体系要求。质量管理体系要求是通用的，适用于所有行业或经济领域，不论其提供何种类别的产品。ISO 9001 本身并不规定产品要求。

产品要求可由顾客规定，或由组织通过预测顾客的要求规定，或由法规规定。在某些情况下，产品要求和有关过程的要求可包含在诸如技术规范、产品标准、过程标准、合同协议和法规要求中。

3. 质量管理体系方法

建立和实施质量管理体系的方法包括以下步骤：

(1) 确定顾客和其他相关方的需求和期望。

(2) 建立组织的质量方针和质量目标。

(3) 确定实现质量目标必需的过程和职责。

(4) 确定和提供实现质量目标必需的资源。

(5) 规定测量每个过程的有效性和效率的方法。

（6）应用这些测量方法确定每个过程的有效性和效率。

（7）确定防止不合格并消除产生原因的措施。

（8）建立和应用持续改进质量管理体系的过程。

上述方法也适用于保持和改进现有的质量管理体系。

采用上述方法的组织能对其过程能力和产品质量建立信心，为持续改进提供基础。从而提高顾客和其他相关方满意度并使组织成功。

4. 过程方法

任何使用资源将输入转化为输出的活动或一组活动可视为一个过程。为使组织有效运行，必须识别和管理许多相互关联和相互作用的过程。通常，一个过程的输出将直接成为下一个过程的输入。系统地识别和管理组织所应用的过程，特别是这些过程之间的相互作用，称为"过程方法"。

5. 质量方针和质量目标

建立质量方针和质量目标为组织提供了关注的焦点。两者确定了预期的结果，并帮助组织利用其资源达到这些结果。质量方针为建立和评审质量目标提供了框架。质量目标需要与质量方针和持续改进的承诺相一致，其实现需是可测量的。质量目标的实现对产品质量、运行有效性和财务业绩都有积极的影响，因此对相关方的满意和信任也产生积极影响。

6. 最高管理者在质量管理体系中的作用

最高管理者通过其领导作用和各种措施可以创造一个员工充分参与的环境，质量管理体系能够在这种环境中有效运行。最高管理者可以运用质量管理原则，作为发挥以下作用的基础：

（1）制定并保持组织的质量方针和质量目标。

（2）通过增强员工的意识、积极性和参与程度，在整个组织内促进质量方针和质量目标的实现。

（3）确保整个组织关注顾客要求。

（4）确保实施适宜的过程以满足顾客和其他相关方要求并实现质量目标。

（5）确保建立、实施和保持一个有效的质量管理体系以实现这些质量目标。

（6）确保获得必要资源。

（7）定期评审质量管理体系。

（8）决定有关质量方针和质量目标的措施。

（9）决定改进质量管理体系的措施。

7. 文件

（1）文件的价值。文件能够沟通意图、统一行动，其使用有助于：

① 满足顾客要求和质量改进。

② 提供适宜的培训。

③ 重复性和可追溯性。

④ 提供客观证据。

⑤ 评价质量管理体系的有效性和持续适宜性。

文件的形成本身并不是目的，它应是一项增值的活动。

（2）质量管理体系中使用的文件类型在质量管理体系中使用下述几种类型的文件：

① 向组织内部和外部提供关于质量管理体系的一致信息的文件,这类文件称为质量手册。

② 表述质量管理体系如何应用于特定产品、项目或合同的文件,这类文件称为质量计划。

③ 阐明要求的文件,这类文件称为规范。

④ 阐明推荐的方法或建议的文件,这类文件称为指南。

⑤ 提供如何一致地完成活动和过程的信息的文件,这类文件包括形成文件的程序、作业指导书和图样。

⑥ 为完成的活动或达到的结果提供客观证据的文件,这类文件称为记录。

每个组织确定其所需文件的多少和详略程度及使用的媒体,这取决于下列因素:组织的类型和规模、过程的复杂性和相互作用、产品的复杂性、顾客要求的重要性、适用的法规要求、经证实的人员能力以及满足质量管理体系要求所需证实的程度。

8. 质量管理体系评价

(1)质量管理体系过程的评价。评价质量管理体系时,应对每一个被评价的过程提出如下四个基本问题:

① 过程是否已被识别并适当规定?

② 职责是否已被分配?

③ 程序是否得到实施和保持?

④ 在实现所要求的结果方面,过程是否有效?

综合上述问题的答案可以确定评价结果。质量管理体系评价,如质量管理体系审核和质量管理体系评审以及自我评定,在涉及的范围上可以有所不同,并可包括许多活动。

(2)质量管理体系审核。审核用于确定符合质量管理体系要求的程度。审核发现用于评定质量管理体系的有效性和识别改进的机会。

第一方审核用于内部目的,由组织自己或以组织的名义进行,可作为组织自我合格声明的基础。

第二方审核由组织的顾客或由其他人以顾客的名义进行。

第三方审核由外部独立的组织进行。这类组织通常是经认可的,提供符合要求的认证或注册。

ISO 19011 提供审核指南。

(3)质量管理体系评审。最高管理者的任务之一是就质量方针和质量目标,有规则的、系统的评价质量管理体系的适宜性、充分性、有效性和效率。这种评审可包括考虑修改质量方针和质量目标的需求以响应相关方需求和期望的变化。评审包括确定采取措施的需求。审核报告与其他信息源一同用于质量管理体系的评审。

(4)自我评定。组织的自我评定是一种参照质量管理体系或优秀模式对组织的活动和结果所进行的全面和系统的评审。

自我评定可提供一种对组织业绩和质量管理体系成熟程度的总的看法,它还有助于识别组织中需要改进的领域并确定优先开展的事项。

9. 持续改进

持续改进质量管理体系的目的在于增加顾客和其他相关方满意的机会,改进包括下述活动:

（1）分析和评价现状，以识别改进区域；

（2）确定改进目标；

（3）寻找可能的解决办法，以实现这些目标；

（4）评价这些解决方法并做出选择；

（5）实施选定的解决办法；

（6）测量、验证、分析和评价实施的结果，以确定这些目标已经实现；

（7）正式采纳更改。

必要时，对结果进行评审，以确定进一步改进的机会。从这种意义上说，改进是一种持续的活动。顾客和其他相关方的反馈以及质量管理体系的审核和评价均能用于识别改进的机会。

10. 统计技术的作用

应用统计技术可帮助组织了解变异，从而有助于组织解决问题并提高有效性和效率。这些技术也有助于更好地利用所获得的数据进行决策。

在许多活动的状态和结果中，甚至是在明显的稳定条件下，均可观察到变异。这种变异可通过产品和过程的可测量的特性观察到，并且在产品的整个寿命周期（从市场调研到顾客服务和最终处置）的各个阶段，均可看到其存在。

统计技术有助于对这类变异进行测量、描述、分析、解释和建立模型，甚至在数据相对有限的情况下也可实现。这种数据的统计分析能对更好地理解变异的性质、原因提供帮助，从而有助于解决甚至防止由变异引起的问题，并促进持续改进。

11. 质量管理体系与其他管理体系的关注点

质量管理体系是组织的管理体系的一部分，它致力于使与质量目标有关的结果适当地满足相关方的需求、期望和要求。组织的质量目标与其他目标，如增长、资金、利润、环境及职业卫生与安全等目标相辅相成。一个组织的管理体系的各个部分，连同质量管理体系可以合成一个整体，从而形成使用共有要素的单一的管理体系。这将有助于策划、资源配置、确定互补的目标并评价组织的整体有效性。组织的管理体系可以对照其要求进行评价，也可以对照标准如 ISO 9001 和 ISO 14001:1996 的要求进行审核。这些审核可分开进行，也可合并进行。

12. 质量管理体系与优秀模式之间的关系

ISO 9000 族标准和组织优秀模式提出的质量管理体系方法依据共同的原则，它们两者均：

（1）使组织能够识别它的强项和弱项；

（2）包含对照通用模式进行评价的规定；

（3）为持续改进提供基础；

（4）包含外部承认的规定。

ISO 9000 族质量管理体系与优秀模式之间的差别在于它们应用范围不同。ISO 9000 族标准提出了质量管理体系要求和业绩改进指南。质量管理体系评价可确定这些要求是否得到满足。优秀模式包含能够对组织业绩进行比较评价的准则，并能适用于组织的全部活动和所有相关方。优秀模式评定准则提供了一个组织与其他组织的业绩相比较的基础。

第三节 ISO 9000 日常质量管理

一、质量管理观念

组织推行 ISO 9000 工作的要点可归结为四句话:写应做,做所写,记所做,查符合。为了提高质量管理体系的运行效率,组织应在各种培训和工作实践中培养一些基本的质量管理概念。例如,明确质量的定义和要求、注重过程、强调全员参与等。

1. 质量观

按照 ISO 9000 的定义,质量是反映产品满足明确的和隐含的要求能力的所有特征。这里,"明确的要求"是由顾客提出的要求或需要,通常是指产品的标准、规范、图纸、技术参数等,由供需双方以合同的方式确定,要求供方保证实现;"隐含的要求"不需要由顾客明确提出,产品本身的特征必然能够满足这些需求。比如,汽车能够驾驶、住宅能够满足起码的居住功能就属于隐含要求。

2. 过程监测

"过程的监视和测量"是 2000 版 ISO 9000 标准新增加的条款,它是八项质量管理原则之一——过程的方法在质量管理体系中的具体运用。

ISO 9000 的过程方法包括:"识别输入(要求)→过程[程序,方法,资源(人、机、料、法、环)]→验证输出",当输出/输入≥1 时,即产生产品的增值。

标准对"过程的监视与测量"的要求具有下列意义:

(1) 体现了质量管理的过程方法原则,有利于更加高效地对质量管理体系进行管理。

(2) 强调预防为主的思想——不仅要对产品形成后的结果进行管理,还强调对产品形成的各个过程进行控制。

(3) 有利于组织将质量管理与组织的整体业绩联系起来共同考虑,使管理者不仅关注质量管理的有效性,同时更可以关注效率的提高。监视和测量的最终目的是证实过程实现策划的能力,当不能达到这种能力时,应采取纠正和纠正措施,从而确保产品的符合性。

3. 全员参与

质量体系的贯彻落实不是质量管理部门局部的责任。实际上,每一个部门都承担了组织的某个职能,组织的任何职能都为组织的目标服务,也就是说都涉及到了质量。例如,对承担组织文化职能的部门来说,虽然组织认证不涉及组织文化,但组织文化恰恰是组织管理最重要的环节之一。员工的思想、归属感、激励手段的运用、管理人员的管理道德、组织形象等等,都对质量管理起着质的决定作用,而这些正是组织文化建设与维护的职责,其质量的好坏对服务质量、组织目标都有极大的影响,其他部门也一样。所以,任何部门都要以 ISO 9000 为标准和工具来开展自己的职能工作。

在许多组织存在这样的误区:把贯标工作分配给某个人或几个人负责,同日常管理割裂开来。因为不需承担责任,不负责这项工作的人自然不把它放在心上,自然也就沿用老一套,组织整体质量管理水平因而无法实现质的飞跃。

所以,真正要运用 ISO 9000 标准抓好管理,就不能把它与组织各个职能机构割裂开来,而要把它当作管理工具、当作一把尺子,系统地运用到每个环节,每个人做每件工作都要考虑是否符合标准要求,每个岗位都要有相关的岗位职责及清晰的接口。

二、强调有效性

建立质量管理体系的目的是使产品更好地满足要求,从而使顾客满意,因此在实施中必须考虑有效性。ISO 9000 对有效性给出的定义是"完成策划的活动和达到策划结果的程度",可见,有效性是指某项工作或活动结果的效果,它表现为"有"或"无";同时,有效性又表示特定事物的一种能力,它又表现为"显著"或"微弱"、"直接"或"间接"、"长期"或"短期"的区别。

有效性来源于结果的增值效率,是对一个或一组过程或过程网络以至于一个系统的输出结果相对于输入资源是否增值以及增值多少的衡量。因此,评价有效性不仅要看是否有效,而且要看是否明显、是否存在提高的机会。我们的目的是谋求更显著的有效性,而谋求的途径在于抓住机会,充分重视和发挥过程的增值作用,以满足质量管理体系运行有效性的受益者——顾客、员工、所有者、供方、银行、工会、合作伙伴或社会等的需求和期望。

1. 文件控制

文件控制是指对文件的编制、评审、批准、发放、使用、更改、再次批准、标识、回收和作废等全过程的管理。文件控制的目的是保证使用的文件是有效的,其方法可根据组织的实际情况确定。

2. 记录控制

应建立并保持记录,以提供符合要求和质量管理体系有效运行的证据。记录应保持清晰、易于识别和检索。应编制形成文件的程序,以规定记录的标识、储存、保护、检索、保存期限和处置所需的控制。

3. 信息管理

ISO 9001 对组织的内部沟通做出了明确要求,其目的在于充分掌握和利用信息,以保证决策的正确胜、可行性,提高工作效率。

内部沟通:最高管理者应确保在组织内建立适当的沟通过程,并确保对质量管理体系的有效性进行沟通。

沟通可促进过程输出的实现,进而提高过程的有效性。组织内不同部门和层次的人员应通过适当方式进行沟通,内容可包括体系运行各过程及管理等多方面。

4. 检测设备

测量设备是指为实现测量过程所必需的测量仪器、软件、测量标准、标准物质或辅助设备或它们的组合。常见的测量设备包括如下几类:

(1)仪器,仪表。

(2)有检验功能的夹具。

(3)定位器。

(4)模板。

(5)量具。

(6)计算机用的检测软件等。

由于检测设备的可靠性直接影响着检测对象的合格程度,进而影响最终产品,所以 ISO 9001 针对检测装置的控制提出了严格要求。

三、顾客满意

所谓顾客,指接收产品(不仅是最终产品)的组织或个人。对组织来说,顾客可能是外部的,也可能是内部的。顾客满意度指顾客对要求被实现的认知程度,是一个主观概念。正是由于"顾客满意"有其主观性,从某个角度看,要达到顾客满意,除了注重通常所说的"以顾客为上帝"等主要涉及工作态度方面的内容外,还应站在顾客的角度考虑问题,并积极地请顾客参与产品实现过程。

1. 请顾客参与进来

软件项目过程通常包括对顾客需求的识别、需求和方案的确定、开发、测试、验收和投产运行几个阶段。在软件项目的整个生命周期中,顾客是需求的提出者、软件和服务获得策略的制定者,他选择开发商并监控其开发过程,对开发商在各阶段提交的结果进行评审和确认,对最终产品进行测试验收。在项目过程中,顾客和开发商应始终保持有效的沟通,逐步精确定义需求,并及时向对方提供和反馈信息。

(1) 识别需求和确定获得策略:在项目的初始阶段,顾客首先认识到开发软件的需要,然后通过可行性研究明确目标,确定需求和软件获得的策略,并定义软件验收标准。

(2) 开发商的选择:顾客在完成项目初始阶段的准备工作后开始选择开发商,包括:准备需求建议书,列明项目的工作范围,确定软件的性能指标,确定对开发商交付物的要求、进度要求及评定标准等;开发商根据顾客提供的需求建议书准备和提交方案建议书;顾客根据开发商的方案建议书选择开发商,与开发商谈判并签订合同,双方明确期望及相互的责任和义务。

(3) 需求逐步求精过程:顾客与开发商保持沟通,定期交换技术、进度等信息,收集、处理和跟踪软件过程中的需求,以便精确定义需求和修正不恰当的需求,并评估需求更改对项目的冲击。

(4) 对开发商的监控:顾客要识别和监控由于软件的引入和运作可能带来的风险,并按双方已同意的需求监控软件项目运作中出现的问题和产品质量,识别对开发商提供支持服务的需求,监督开发商提供服务的质量。

(5) 顾客验收:根据双方已同意的需求对提交的产品或服务进行评审,并按验收标准验收。

参与产生责任与信任。如果能按照上述内容执行,在整个项目运作过程中请顾客及时参与,积极听取他们的意见和建议,就容易达成一致意见,从而提高产品质量、获取顾客满意的反馈。

2. 顾客满意度调查

实施贯标工作的目的,就是通过组织有意识地、系统地改进整个质量管理体系,从而不断提高产品质量,获得顾客持续的满意。所谓"顾客满意",指的是"顾客对其要求已被满足的感受",这种感受虽然很难做定量化的测量,却是评价组织在满足顾客要求方面的状况、满意程度的趋势及不足的重要依据。组织应将对顾客满意信息的监视作为测量质量管理体系业绩的方法之一,并以此来评价质量管理体系的有效性、识别可改进的机会。

组织应监视顾客满意方面的信息,这些信息应既包括对本组织产品质量、交付和服务等方面情况的直接反映和间接反映,也包括顾客需求和期望的信息;既包括顾客的声音,也包括市场动态甚至竞争对手的信息;既包括满意的正面信息,也包括不满意的信息。

组织应确定收集的渠道、方法、频次和职责等。收集顾客满意信息的方式可包括:

（1）接受顾客抱怨（包括投诉和意见）。

（2）与顾客沟通，如走访顾客、问卷调查等。

（3）市场调研，收集市场或消费者组织、媒体及行业组织的报告。

收集到的信息应加以分析利用，以确定顾客满意程度的趋势，找出与设定目标及竞争对手的差距，归纳目前存在的主要问题等，作为评价质量管理体系业绩和改进的依据。

ISO 9004 标准提示，与顾客有关的信息可来自六个方面，并进一步列举了有关顾客满意程度的八种信息来源。这些提示有助于组织策划并建立一个有效和高效地倾听"顾客声音"的过程，使其对顾客满意程度的测量和监视具有可操作性。

应当注意的是，有时即使满足了顾客的要求，顾客也不一定满意，因此，八项质量管理原则中提出了"超越顾客期望"的思想。另外，当满意程度很低时，顾客会发出抱怨，但没有抱怨并不一定表示顾客很满意。

四、持续改进

1. 基本原则和方法

"持续改进"是 ISO 9000 族标准的核心之一，是组织贯标工作的重要目的。在 ISO 9000：2000《质量管理体系 基础和术语》中，对质量改进的定义是"质量管理的一部分，致力于增强满足质量要求的能力"，并注明"要求可以是有关任何方面的，如有效性、效率或可追溯性"。据此，质量改进的内涵可归纳为以下几点：

（1）改进的对象是过程或产品，但主要是过程：质量改进的范围十分广泛，内容十分丰富，它贯穿在质量管理的所有工作和所有活动中，包括设计开发过程的改进、生产制造过程的改进。应该看到，在质量管理体系的每项活动中，都存在着质量改进的机会。

（2）改进的目的是为组织和供方提供更多的利益：质量改进既要考虑组织本身的利益，又要满足顾客和相关方的利益。

（3）改进的目标是突破性的：质量改进的结果必须使过程效益和效率都得到提高，从不符合标准达到符合标准不能认为是质量改进。

（4）质量改进必须勇于改变现状，以创造性的思维和措施，使活动和过程获得有益的改变。

质量改进的意义在于：

（1）质量改进是增强市场竞争力、提高组织素质和组织形象、取得生存和发展的必由之路。

（2）质量改进是提高效率和效益的根本途径。

（3）通过质量改进挖掘生产潜力，合理有效地利用资源。

（4）开展质量改进活动，控制偶发性缺陷、减少经常性缺陷，从而降低质量成本和总成本。

ISO 9004 的本条款强调，"不是等出现了问题才去寻找改进的机会"，因为它实际上是一种由于偏离了要求而引起的符合性改进（或称恢复性改进）。标准指出，改进范围可从渐进的日常持续改进直至战略突破性项目的改进。

持续改进是增强满足要求的能力的循环活动，其重点在于改善产品的特性、提高质量管理体系过程的有效性。改进的途径可以是日常渐进的改进，也可以是突破性的改进。

为实现质量管理体系的持续改进，组织应当：

（1）通过质量方针的建立与实施，营造一个激励改进的氛围与环境。

（2）确立质量目标以明确改进的方向。

（3）通过数据分析、内部审核等不断寻求改进的机会，并做出适当的改进活动安排。

（4）实施纠正、预防及其他适用的措施实现改进。

（5）在管理评审中评价改进效果，确定新的改进目标。

2. 内审

开展内部审核是为了查明质量管理体系实施效果是否达到了规定要求，及时发现存在的问题并采取纠正措施，使质量管理体系持续有效运行。因而，内审是组织自我完善的重要手段和改进机制，是质量体系持续增值的重要保证。由于内审评价的是组织的有效性和效率，因此可作为独立的工具，用于获取要求得到满足的客观证据。内审不应停留在符合性方面，而应以有效性为重点；不能仅局限于 ISO 9000 标准范围，而应扩大到其他需要检查的领域。组织应能通过内审导致质量改进行为并取得成果，使组织自身成为最大的受益者。

组织应事先策划内部审核方案：根据组织不同区域和产品的运行状况及其重要性、以往审核结果安排审核的频次、时间、进度和范围，对问题多、重要程度高的区域和活动应加大审核力度。通常，通过制定年度审核计划的方式进行内部审核方案的策划。

3. 管理评审

管理评审也是组织自我检查、自我完善的有效机制。管理评审是最高管理者的职责之一，其目的是确保体系的持续适宜性、充分性和有效性。管理评审应按策划的时间间隔进行，并由最高管理者亲自主持。

标准对评审的时间、内容及要求的输出做了具体规定，但并未要求建立管理评审的程序，组织可根据实施的证据评价其符合性和有效性。

管理评审输入是为管理评审提供充分、准确的信息，是管理评审有效实施的前提条件。各种输入应从当前的业绩上考虑，找出与预期目标的差距，并考虑各种可能的改进机会。除以上的输入项目外，组织也可以对其在市场中所处地位及竞争对手的业绩给予评价，从而确定自身的改进方向。

4. 纠正和预防

内审和管理评审是从充分性、适宜性和有效性等方面，对整个质量管理体系进行的有计划的、系统的评价。在日常质量管理中，"持续改进"的另一大途径是通过检测、统计分析等手段，制定相应的纠正和预防措施，以提高产品质量。由于前者针对的是管理体系，因而需要运行一段时间后才能看出效果；而后者针对具体的产品（包括硬件、软件和服务），其成效则是"立竿见影"的。对具体产品的持续改进行动主要包括监测、识别不合格并进行统计分析、采取纠正和预防措施等。

（1）不合格的识别和判断。不合格品指不满足要求的产品，它可能发生在采购产品、过程中间产品和最终产品之中。对软件组织来说，不合格品包括购买或用户提供的软、硬件，组织开发的软件中没有通过评审或测试的产品，以及系统集成项目中没有通过各种中间验收和最终验收的工程项目和子项目。但软件部门开发的、已测试合格的软件产品不能因为仍然包括潜在缺陷（Bug）而称为不合格。

组织应制定不合格品控制的程序文件，规定：控制和记录不合格品的位置；具体不合格品控制活动，包括判定、标识、记录、评审和处置等；处置不合格品的职责权限；不合格品控制记录，包括发现状况（不合格情况和类别属性等）、处置情况和让步批准等。

组织处置不合格品时，可采用以下一种或几种方式：

① 采取返工等措施消除不合格，并再次验证符合性。

② 让步使用、放行或接收不合格品：应由授权人员批准，但凡是在适用场合下（如合同中规定），必须由顾客批准。

③ 改变使用方式和用途（如降级使用或报废）等。在交付甚至使用开始后发现产品不合格时，组织仍有责任采取适当措施解决问题，这些措施应与该项不合格给顾客造成的影响（包括损失或潜在的影响）相适应，如修理、更换、退货或赔偿等。

（2）统计分析。发现不合格不是目的，而是要进行进一步的统计，从而分析出其产生的原因和趋势，从而防患于未然。

组织需要收集的数据的内容、种类应与评价质量管理体系和识别改进机会有关，一般包括：

① 与本组织产品质量有关的数据，如质量记录、产品不合格信息、不合格品率、顾客检验、服务信息等。

② 与本组织运行能力有关的数据，如过程运行的监视和测量信息、过程能力、内审记录和报告、管理评审输出、交货期等。

③ 同类产品的市场动态、竞争对手的产品和过程信息等。这些数据可来源于组织内部监视和测量活动、产品实现过程、与顾客和供方有关的过程，及外部市场、竞争对手和相关方等方面。组织应明确收集的渠道、方法和频次。

（3）纠正措施。纠正和预防措施是组织持续改进工作的重要手段，它们可能来自内审和管理评审结论，也可能来自测试结果、顾客反馈等。组织应定期对上述相关信息进行统计，由相关部门对各类不合格（包括真实存在的和潜在的不合格）的原因进行分析，制定出相应的措施并予以实施，并按照计划进行跟踪验证。如积累了成功经验，应将之纳入组织的质量管理体系。

组织应针对现实存在的不合格原因（包括产品不合格、过程不合格和体系不合格）进行调查分析，并采取相应的纠正措施。并非所有的不合格都要立即采取纠正措施，组织应权衡风险、利益和成本，以确定适宜的纠正措施。

产生不合格品的原因很多，通常包括：

① 设计和规范问题：设计要求不合理、不完整，使用非有效版本文件等。

② 项目实施和检验问题：工序控制不当，操作不符合程序规定，相关人员不具备相应技能或缺乏培训，检验规程不全面、不准确等。

③ 工艺装备和测试、环境问题：设备能力不足等。

④ 材料及现场管理问题：如材料错用等。

纠正措施的实施应采取以下步骤：

① 识别、评审体系运作和产品质量方面的不合格，特别应注意顾客抱怨和投诉。

② 通过调查分析确定不合格的原因。

③ 讨论为防止不合格再发生应采取的措施。

④ 确定并实施这些措施。

⑤ 跟踪并记录措施的实施结果。

⑥ 评价采用的措施的有效性，富有成效的应在组织质量管理体系中做出永久更改，效果

不明确的则有必要进一步分析和改进。

(4) 预防措施。通过内审、管理评审、产品监测等手段,组织会发现一些可能带来不良影响或损失的习惯性思维、行动方式或发展趋势,虽然这些负面事件还没有实际发生,但也要对其高度重视,并采取适宜的措施,以避免将来的风险。

组织应针对潜在的不合格原因进行调查分析,在权衡风险、利益和成本的基础上,确定采取适当的预防措施。

预防措施的实施应采取以下步骤:

① 识别并确定潜在不合格并分析其原因。

② 评价采取预防措施的必要性和可行性。

③ 研究确定需采取的预防措施,并实施。

④ 跟踪并记录所采取措施的结果。

⑤ 评价预防措施的有效性,并做出永久更改质量管理体系或进一步采取措施的决定。

五、资源管理

日常质量管理中的各项工作都需要组织策划并提供一定资源,包括物质的(场地、设备设施等)和精神的(组织管理体系、文化等),其中,ISO 9000 标准只对人力资源和基础设施、工作环境提出了明确要求。

标准明确了组织应确定并提供人力、基础设施、工作环境三个方面的所需资源,以保证达到体系的总目标,其关键是要识别资源需求、提供所需资源,并有效地予以控制(这也包括组织所使用的外部资源)。资源是否充分的信息来自各个方面,可以通过各过程中关于资源的量和质两方面的信息,观察是否能满足预期目标、关注产品及体系的有效性,以证实组织提供资源的充分性。

资源是组织通过建立质量管理体系实现质量方针和目标的必要条件,它包括人力资源和物力资源(基础设施、工作环境)。组织应首先根据自身的宗旨、产品特点和规模确定所需资源,确定哪些可以借用外部资源获得、哪些应自身具备。

1. 人力资源

"知识经济"、"人本时代",这一切都将"人"提升到了一个新的高度。对于组织而言,招人、用人、留人是最重要的任务。ISO 9001 对组织的人力资源管理提出了具体要求,主要包括:

(1) 确定组织结构和各个岗位的职责,即制定《职位说明书》。

(2) 日常人事管理,包括招聘、解聘等手续。

(3) 员工培训,使之与组织要求相适应。

(4) 对人力资源管理的"内部满意度调查"等。

所谓员工能力,是指经证实的、应用知识和技能的本领,至少应从教育程度、培训(再教育的经历)、技能(实际工作能力)和经验(所从事过的工作)这四个方面考虑。组织应根据质量管理体系各工作岗位、质量活动及规定的职责对人员能力的要求,选择能够胜任的人员从事该项工作。

ISO 9001 的本条款要求组织应通过培训和其他措施提高员工能力,增强质量和顾客意识,使员工能满足其所从事的质量工作对能力的要求。组织应做到:

① 确定从事影响产品质量工作的人员所必要的能力需求,通常通过《职位说明书》的形式体现。

② 向拟从事这些工作的人员提供培训或采取其他措施,以使其具备满足这种需求的能力;对这些培训或其他措施的有效性进行评价,可通过面试、笔试、实际操作等方式检查。

③ 使每一名员工都能认识到自身所从事的活动或工作对质量管理体系的重要性,掌握各种活动之间的关联性,以及如何为实现所从事活动的质量目标做出贡献。

④ 应保留每个员工的教育、培训、岗位(或工种)资格认可及经验的适当记录。对软件组织而言,软件测试人员和局域网管理人员属特殊人员,应特别注意对其进行资格认可并保留记录。

2. 基础设施和工作环境

ISO 9000 还对组织的基础设施和工作环境提出了具体要求,其中,前者主要指设备设施等硬件条件,后者主要指企业文化、规章制度等软件环境。

基础设施是组织实现产品符合性的物质保证,为确保产品能满足要求,组织应提供适宜的基础设施,并对之给予维修和保养。

软件组织通常在较好的环境中工作,因而,对计算机设备和内部局域网的维护相对比较重要,通常通过编制《设备管理制度》和《网络管理规范》并有效执行来执行本条款。

当组织需要确定有效和高效地实现产品所需的基础设施时,ISO 9004 的本条款提示了组织应当考虑的四项过程活动,这些提示有助于组织既能从经济性的角度配置和管理基础设施,又能充分考虑到相关方的风险和利益。

工作环境指工作时所处的一组条件,包括物理的、社会的(如与社会的相互影响)、心里的(如发挥组织的人员的潜能)和环境的(如温度、湿度、洁净度、粉尘等)等因素。必要的工作环境是组织实现产品符合性的支持条件。组织必须对实现产品符合性所需的工作环境加以确定,并对工作环境中与产品符合性有关的因素加以管理。

不同行业及不同产品对工作环境有不同的要求,如食品、药品有卫生法规要求,精密仪器有对振动限制的要求,电子产品有对洁净程度的要求等。对软件组织来说,通常工作环境就是办公环境,应确保其满足软件产品质量的要求。

小　结

1. ISO 9000 族标准

(1) ISO 9000:2000 是 ISO 9000 族标准的核心标准之一,起着奠定理论基础、统一术语的作用。

(2) ISO 9001:2000 也是 ISO 9000 族标准的核心标准之一。这是一个质量管理体系标准,除要求产品质量保证外,还要求组织通过体系的有效应用(包括持续改进体系的过程以及保证符合顾客与适用的法律法规要求)而增强顾客满意。

(3) ISO 9004:2000 是组织为改进业绩而策划、建立和实施质量管理体系的指南性标准,在 2000 版 ISO 9000 族标准中占有重要地位。

2. ISO 9001 与 ISO 9004 的关系

两个标准结构相似,既可以互相补充,也可以单独使用。

ISO 9004 从以下四个方面超越了 ISO 9001：

(1) 超越符合性要求，追求卓越业绩。

(2) 超越有效性要求，追求有效性和效率。

(3) 超越满足顾客需求，追求使所有相关方获益。

(4) 超越狭义质量，追求广义的质量。

3. 我国软件企业实施 ISO 9000 标准认证的意义

(1) 软件行业质量管理的不足。

① 软件本身的特点和目前普遍采用的开发模式使得隐藏在软件产品内部的质量缺陷不可能完全避免。

② 从技术上解决软件质量问题有着局限性。

(2) 我国软件企业实施贯标工作的意义。

① 顾客的要求。

② 企业降低生产经营成本，提高经济效益的需要。

③ 提高工作效率。

④ 提高企业的美誉度，改善企业形象。

⑤ 国际贸易的需要。

⑥ 国家和行业的强力推行。

⑦ 保留证据，避免或减轻质量责任。

4. ISO 9000 族标准基本术语

(1) 有关质量的术语。

① 质量：一组固有特性满足要求的程度。

② 要求：明示的、通常隐含的或必须履行的需求或期望。

③ 等级：对功能用途相同但质量要求不同的产品、过程或体系所作的分类和分级。

(2) 有关管理的术语。

① 体系（系统）：相互关联或相互作用的一组要素。

② 管理体系：建立方针和目标并实现这些目标的体系。

③ 质量管理体系：在质量方面指挥和控制组织的管理体系。

④ 质量方针：由组织的最高管理者正式发布的该组织总的质量宗旨和方向。

⑤ 质量目标：在质量方面所追求的目的。

⑥ 质量管理：在质量方面指挥和控制组织的协调的活动。

⑦ 质量策划：质量管理的一部分，致力于制定质量目标并规定必要的运行过程和相关资源以实现质量目标。

⑧ 质量控制：质量管理的一部分，致力于满足质量要求。

⑨ 质量保证：质量管理的一部分，致力于提供质量要求会得到满足的信任。

⑩ 有效性：完成策划的活动和达到策划结果的程度。

⑪ 效率：达到的结果与所使用的资源之间的关系。

(3) 有关组织的术语。

"组织"即公司、集团、研究机构等企事业单位的通称。在规定"质量要求"时，"组织"要考虑"顾客"、"供方"和其他"相关方"（如员工、社会等）的需求和期望，以使他们的利益得到满足，并使自身获得经济效益。

(4) 有关过程和产品的术语。

① 过程:一组将输入转化为输出的相互关联或相互作用的活动。

② 产品:过程的结果。

③ 程序:为进行某项活动或过程所规定的途径。

(5) 有关特性的术语。

"特性"可分为两类:产品、过程、体系固有的特性和人们赋予它们的特性。"质量特性"是一种固有"特性","可信性"是一个与时间有关的"质量特性"。

(6) 有关合格的术语。

① 合格(符合):满足要求。

② 缺陷:未满足与预期或规定用途有关的要求。

③ 返工:为使不合格产品符合要求而对其所采取的措施。

④ 返修:为使不合格产品满足预期用途而对其所采取的措施。

(7) 有关文件的术语。

① 质量手册:规定组织质量管理体系的文件。

② 质量计划:对特定的项目、产品、过程或合同,规定由谁及何时应使用哪些程序和相关资源的文件。

③ 记录:阐明所取得的结果或提供所完成活动的证据的文件。

(8) 有关检查的术语。"检验"、"试验"、"验证"、"确认"和"评审"均是检查活动,通过检查可获得满足或不满足要求的"客观证据"。

(9) 有关审核的术语。由"审核委托方"申请提出"审核"的要求,经认证机构或内审部门组建"审核组",对"受审核方"实施质量管理体系"审核"。"审核组"由有资格的"审核员"和"技术专家"(必要时)组成。

(10) 有关测量过程质量保证的术语。"测量"的结果与产品或过程的实际值之间存在着差异:同一操作者对同一产品或过程特性进行多次测量、不同的操作者对同一产品特性进行测量、在不同的环境或时间进行的测量均可能得到不同的测量值,这种测量值的波动受"测量过程"(人、测量设备、环境、时间、方法等因素)的影响,因此,组织的"计量职能"要建立"测量控制体系"以便持续控制"测量过程",并对"测量设备"实施"计量确认",以确保"测量设备"处于符合要求的状态,并控制测量误差。

5. 质量管理的八项原则

质量管理八项原则的内容分述如下:

原则1:以顾客为关注焦点。

原则2:领导作用。

原则3:全员参与。

原则4:过程方法。

原则5:管理的系统方法。

原则6:持续改进。

原则7:基于事实的决策方法。

原则8:与供方互利的关系。

6. 质量管理体系基础

(1) 量管理体系的理论说明。

(2) 质量管理体系要求与产品要求。

(3) 质量管理体系方法。

(4) 过程方法。

(5) 质量方针和质量目标。

(6) 最高管理者在质量管理体系中的作用。

(7) 文件。

(8) 质量管理体系评价。

(9) 持续改进。

(10) 统计技术的作用。

(11) 质量管理体系与其他管理体系的关注点。

(12) 质量管理体系与优秀模式之间的关系。

7. 日常质量管理

(1) 质量管理观念。按照 ISO 9000 的定义,质量是反映产品满足明确的和隐含的要求能力的所有特征。

"过程的监视和测量"是 2000 版 ISO 9000 标准新增加的条款,最终目的是证实过程实现策划的能力,当不能达到这种能力时,应采取纠正和纠正措施,从而确保产品的符合性。

质量体系的贯彻落实不是质量管理部门局部的责任。实际上,每一个部门都承担了组织的某个职能,组织的任何职能都为组织的目标服务,也就是说都涉及到了质量。

(2) 强调有效性。有效性来源于结果的增值效率,是对一个或一组过程或过程网络以至于一个系统的输出结果相对于输入资源是否增值以及增值多少的衡量。

(3) 顾客满意。所谓顾客,指接收产品(不仅是最终产品)的组织或个人。对组织来说,顾客可能是外部的,也可能是内部的。顾客满意度指顾客对要求被实现的认知程度,是一个主观概念。正是由于"顾客满意"有其主观性,从某个角度看,要达到顾客满意,除了注重通常所说的"以顾客为上帝"等主要涉及工作态度方面的内容外,还应站在顾客的角度考虑问题,并积极地请顾客参与产品实现过程。

8. 持续改进

(1) "持续改进"是 ISO 9000 族标准的核心之一,是组织贯标工作的重要目的。持续改进是增强满足要求的能力的循环活动,其重点在于改善产品的特性、提高质量管理体系过程的有效性。改进的途径可以是日常渐进的改进,也可以是突破性的改进。

(2) 内审。开展内部审核是为了查明质量管理体系实施效果是否达到了规定要求,及时发现存在的问题并采取纠正措施,使质量管理体系持续有效运行。因而,内审是组织自我完善的重要手段和改进机制,是质量体系持续增值的重要保证。

(3) 管理评审。管理评审也是组织自我检查、自我完善的有效机制。其目的是确保体系的持续适宜性、充分性和有效性。管理评审应按策划的时间间隔进行,并由最高管理者亲自主持。

(4) 纠正和预防。在日常质量管理中,"持续改进"的另一大途径是通过检测、统计分析等手段,制定相应的纠正和预防措施,以提高产品质量。

9. 资源管理

标准明确了组织应确定并提供人力、基础设施、工作环境三个方面的所需资源,以保证达到体系的总目标,其关键是要识别资源需求、提供所需资源,并有效地予以控制(这也包括组织所使用的外部资源)。

资源是组织通过建立质量管理体系实现质量方针和目标的必要条件,它包括人力资源和物力资源(基础设施、工作环境)。组织应首先根据自身的宗旨、产品特点和规模确定所需资源,确定哪些可以借用外部资源获得、哪些应自身具备。

复习题

5.1 简述 2000 版 ISO 9001 和 ISO 9004 标准之间的关系。

5.2 简述我国软件企业实施 ISO 9000 认证的意义。

5.3 简述有关质量的术语有哪些以及他们之间的关系。

5.4 简述有关管理的术语有哪些以及他们之间的关系。

5.5 列举质量管理的八项原则。

5.6 ISO 9000:2000 标准列出了 12 条"质量管理体系基础",请简要介绍这些条款。

5.7 请简述软件企业进行持续改进的内涵和意义。

5.8 在处理不合格产品时,可以采用哪些方式?

5.9 ISO 9001 对组织的人力资源管理提出了具体要求,主要包括哪些?

第六章 合同评审

知识要点：

(1) 了解两个合同评审阶段。

(2) 了解每个合同评审阶段的目标。

(3) 了解影响评审范围的因素。

(4) 了解进行重大合同评审的困难。

(5) 了解执行重大合同评审的推荐途径。

(6) 了解每个合同评审阶段的主题检查表。

第一节　合同评审的阶段和目标

一、合同评审的过程和阶段

合同评审是一个用于指导评审建议草案与合同文档的软件质量保证（SQA）部件。合同评审还为同潜在项目合伙商与分包商一起执行的合同提供监督。评审过程分两个阶段进行：

1. 第一阶段：提交给可能顾客之前的建议草案评审

这个阶段评审最终的建议草案和建议的基础：顾客的需求文档、顾客的需求补充细节和解释、费用与资源估计、与合伙商和分包商已有的合同或合同草案。

2. 第二阶段：签约前的合同草案评审

这个阶段在建议和合同谈判期达成的理解（包括修改）的基础上评审合同草案。

一旦有关的草案文档完成，就能开始评审过程。进行评审的人在全面考察草案时，要参考完整的评审主题。检查表对于保证覆盖所有的相关主题是很有帮助的。

每个评审阶段完成后，要求建议组（在建议草案评审后）与法律部（在合同草案评审后）进行必要的修改、补充和改正。

二、合同评审的目标

1. 建议草案评审的目标

（1）顾客需求已得到澄清并文档化。建议需求文档与类似技术文档可能太一般化，并且对于项目的目的来说不够准确。这样，应当从顾客那里获得补充细节。澄清了含糊需求及进行更新之后，应当记录在单独的文件中，并经过顾客与软件公司双方的批准。

（2）已经考察了完成项目的替代途径。建议组常常没有适当评审（或完全不评审）那些有希望的、合适的替代方案就提出了建议。这种要求特别是指包含软件重用、同那些具有专门知识的公司或有资质满足建议条款的员工的合伙关系或分包的替代方案。

（3）已经明确顾客与软件公司之间关系的正式方面。建议应当明确的这些正式方面包括：

① 顾客的交流与接口渠道。

② 项目交付与验收标准。

③ 正式的阶段批准过程。

④ 顾客设计与测试跟踪方法。

⑤ 顾客更改请求规程。

（4）开发风险的识别。需要识别并化解开发风险，诸如有关项目专业领域或所需开发工具使用的不充分专业技能。

（5）充分估计项目资源与进度。资源估计指的是专业员工以及预算，包括分包合同商的费用。进度安排估计应当考虑到参与项目的所有各方的时间需求。

在某些状况下，供货商考虑到销售可能性之类的因素，故意提供一个低于成本的建议。如果建议是基于对进度、预算与专业能力的实际估计的基础上的，那么在这些情况下，带来的损失被认为是蓄意损失，而不是合同失误。

（6）对公司完成项目的能力的考察。这种考察应当考虑专业能力以及所需的开发组成员和开发设施在进度安排时间上的可用性。

（7）对顾客兑现其承诺能力的考察。这种考察是指顾客的金融与组织能力，诸如人员招聘与培训、所需硬件的安装和它的通信设备的升级。

（8）合伙商与分包商参与的确定。这包括质量保证问题、付款安排、项目收入/利润的分配和项目管理人员与开发组之间的合作。

（9）专有权利的确定与保护。对有重用软件插入到新的软件包或当前软件的未来重用权利需要决定的情况，这个因素极其重要。这一项还指对于运行系统与保密工作至关重要的数据的专有文件的使用。

2. 合同草案评审的目标

（1）合同草案中未留下没有澄清的问题。

（2）顾客与软件公司之间达成的所有理解都被完整的、正确的文档化成合同及其附件。这些理解旨在解决所有至今已经揭示出来的未澄清问题和顾客与软件公司之间的争论。

（3）没有将任何未被讨论的或未取得一致的更改、补充或遗漏放到合同草案中。任何更改，不论是不是有意的，都会给供货商一方带来重大、额外的与非预期的承诺。

三、合同评审的执行

1. 影响合同评审范围的因素

(1) 项目规模,通常按人月、资源衡量。

(2) 项目技术复杂性。

(3) 员工对项目领域的熟悉程度与经验。对项目领域的熟悉常常同软件的重用性相联系;在可能有高比例软件重用的地方,评审的范围就减小。

(4) 项目组织机构的复杂性。参与项目的机构(例如,合伙商、分包商与顾客)越多,所需合同评审工作量也就越大。

2. 参与合同评审的成员,按照项目复杂性上升的次序

(1) 建议组的负责人或其他成员。

(2) 建议组的几个成员。

(3) 非建议组成员的外部专业人员或公司员工。

(4) 外部专家小组。通常,为重大项目专门请来由外部专家组成的合同评审组。在小的软件开发机构的员工中没有足够多的合适评审组成员时也可以请来外部专家。

四、对重要建议进行合同评审

1. 什么是重要建议

重要建议是具有下列特性的项目建议:非常大型的项目、高复杂性的项目、对公司来说是新专业领域的项目和高组织机构复杂性(由数量很多的机构:合伙商、分包商和顾客参与实现的)的项目。

2. 对重要建议进行合同评审的困难

合同评审是降低重大项目失败风险的重要途径。进行合同评审存在若干实质性的、基础性的和固有的困难。对需要评审重要建议的情况尤其如此。

(1) 时间压力。合同评审的两个阶段,即建议草案评审和合同草案评审经常都是投标组处在沉重的时间压力下进行的。结果,合同评审的每个阶段都必须在短短的几天里完成,以便能够对文档进行后续的改正。

(2) 真正的合同评审需要坚实的专业工作。合同评审每个阶段的专业性需要投入坚实的专业知识和技能。当然,所需的时间长短因为项目的性质不同而不同。

(3) 评审组成员很忙。合同评审组的成员常常是资深员工和专家,他们常常在需要评审的时候承担着他们自己的正常任务。所以,使专业员工腾出手来是个重要的人员时间安排问题。

3. 进行重大合同评审的推荐过程

合同评审的成功完成需要仔细计划。对重大合同评审推荐采用下列步骤:

(1) 应当将合同评审纳入进度安排。合同评审活动应当被包括在建议编制进度安排之中,为评审和需要进行的改正留下足够的时间。

(2) 应当有一个小组进行合同评审。小组工作方式将工作在组员之间分配,这样评审组的每个成员就能找到充足的时间完成其工作(可能包括编制一份总结其发现或推荐意见的书面报告)。

(3) 应当指定合同评审组的组长。要确定组织、管理与控制合同评审活动的职责,最好是通过指定的评审组的组长。

4. 合同评审组的组长的活动包括

（1）组员的招聘。

（2）组员之间评审任务的分配。

（3）评审组成员之间的协调。

（4）评审组与建议组之间的协调。

（5）活动跟踪,特别是符合进度安排。

（6）总结发现的问题并交付给建议组。

第二节 合同评审的主题

合同评审考察许多主题,这要根据合同评审的目标。检查表对于帮助评审组组织其工作和覆盖大部分相关主题来说是个有用的东西。检查表上的许多主题是同特定项目无关的。同时,即使一份全面的检查表也可能不包括与一份具体的项目建议有关的某些重要主题。确定对于特定项目建议合适的主题清单,是合同评审组的任务,特别是其组长的任务。

一、建议草案评审——主题检查表

建议草案评审——主题检查表如表 6-1 所示。

表 6-1 建议草案评审——主题检查表

建议草案评审目标	建议草案评审主题
1. 顾客需求已得到澄清并文档化	1.1 功能需求 1.2 顾客的运行环境(硬件、数据通信系统、操作系统等) 1.3 同其他软件包和装置固件等所需的接口 1.4 性能需求,包括像由用户数和使用特性确定的工作负载 1.5 系统的可靠性 1.6 系统的实用性,例如为使操作员达到所要求的生产率需要的培训时间。由供货商进行的总培训和教学工作量,包括被培训人数、教材、场地和期限 1.7 由供货商实施的软件安装数,包括场地数 1.8 保证期、供货商的责任范围与提供支持的方法 1.9 超过保证期后提供维护服务的建议及其条件 1.10 所有投标需求的完成,包括关于项目组、认证与其他文档的信息
2. 已经考察了完成项目的替代途径	2.1 集成重用的和采购的软件 2.2 合伙商 2.3 顾客承担某些项目任务的内部开发 2.4 分包商 2.5 可供选择方案的充分比较

（续表）

建议草案评审目标	建议草案评审主题
3. 已经明确顾客与软件公司之间关系的正式方面	3.1 协调和联合控制委员会,包括其规程 3.2 必须交付的文档清单 3.3 顾客负责提供设施和数据和回答开发组的询问 3.4 指示由顾客批准的所需阶段和批准过程 3.5 顾客在进展评审、设计评审和测试中的参与(范围和过程) 3.6 在开发与维护阶段处理顾客更改请求的规程 3.7 项目完成准则、批准的方法和验收 3.8 处理顾客投诉和验收后发现的问题的规程,包括保证期之后检测到的同规格书的不符合 3.9 项目提前完成的奖励和推后完成的惩罚条件 3.10 遵守的条件,包括项目的一部分或全部应顾客的协议取消或临时中止的财务安排。(包括在项目各个阶段采取这种行动对公司的预期损害问题) 3.11 保证期内的服务提供条件 3.12 软件维护服务和条件,包括应供货商的要求,顾客更新其软件版本的义务
4. 识别出开发风险	4.1 软件模块或部件需要得到可观数量的新专业能力的风险 4.2 关于不能按照进度安排得到所需硬件和软件的风险
5. 充分估计项目资源与进度	5.1 每个项目阶段的人日数及其费用。估计包括了覆盖设计评审、测试等等之后的改正的备用资源 5.2 人日估计包括了编制所需文档、尤其是要交付给顾客的文档所需的工作 5.3 为履行保证义务必需的人力资源和其费用 5.4 项目安排包括了评审、测试等和进行所需的改正所需的时间
6. 对公司完整项目的能力的考察	6.1 专业知识储备 6.2 特长员工的可用性(按进度安排和所需数量) 6.3 计算机资源和其他开发(包括测试)设施的可用性(按进度安排和所需数量) 6.4 对付顾客关于要求使用特殊的开发工具或软件开发标准的能力 6.5 保证和长期软件维护服务义务
7. 对顾客兑现承诺能力的考察	7.1 财务能力包括合同付款和追加的内部投入 7.2 提供所有设施、数据和回答员工提出的询问 7.3 新员工和现有员工的招聘和培训 7.4 按时完成所有任务承诺和达到必要质量的能力

（续表）

建议草案评审目标	建议草案评审主题
8. 合伙商与分包商参与的确定	8.1 由合伙商、分包商或顾客完成的任务的责任分配，包括进度安排与协调方法 8.2 合伙商之间付款的分配，包括奖惩 8.3 分包商付款安排，包括奖惩 8.4 由分包商、合伙商与顾客完成的工作的质量保证，包括在软件质量保证活动中的参与（如质量计划、评审、测试）
9. 专有权利的确定与保护	9.1 保护从他处采购的软件的专有权利 9.2 保护从他处采购的数据文件的专有权利 9.3 保护在顾客定制项目中开发的软件的未来重用的专有权利 9.4 保护由公司（供货商）及其分包商在开发期间开发、同时由顾客正常使用的软件（包括数据文件）的专有权利

二、合同草案评审——主题检查表

合同草案评审——主题检查表

表 6-2 合同草案评审——主题检查表

合同草案评审目标	合同草案评审主题
1. 合同草案中未留下没有澄清的问题	1.1 在合同草案及其附录中确定的供货商义务 1.2 在合同草案及其附录中确定的顾客义务
2. 在建议之后达成的所有理解正确地文档化	2.1 关于项目功能性需求的理解 2.2 关于财务问题的理解，包括付款、进度安排、奖励、惩罚等 2.3 关于顾客责任的理解 2.4 关于合伙商与分包商的义务的理解，包括供货商同外部的协议
3. 没有将任何"新"的更改、补充或遗漏放到合同草案中	3.1 合同草案是完备的；没有遗漏合同章节与附录 3.2 关于财务问题、项目进度安排或顾客与合伙商的责任没有更改、遗漏与补充进入商议好的文档

小　结

1. 两个合同评审阶段

（1）建议草案评审。这个阶段评审最终建议草案及其基础：顾客的需求文档、顾客对需求的详细解释、费用与资源估计、与合伙商和分包商已有的合同等。

（2）合同草案评审。这个阶段在后续谈判期达成的理解和建议的基础上评审合同草案。

2. 列出每个合同评审阶段的目标

确保下列活动满意进行的九个建议草案评审目标：

（1）顾客需求已得到澄清并文档化。

（2）已经考察了完成项目的替代途径。

（3）已经明确顾客与软件公司之间关系的正式方面。

（4）开发风险的识别。

（5）充分估计项目资源与进度。

（6）对公司完成项目的能力的考察。

（7）对顾客兑现其承诺能力的考察。

（8）合伙商与分包商参与的确定。

（9）专有权利的确定与保护。

合同草案评审的目标是确保下列活动满意进行：

（1）合同草案中未留下没有澄清的问题。

（2）在建议之后达成的所有理解正确地文档化。

（3）没有将任何"新"的更改、补充或遗漏放到合同草案中。

3. 识别影响评审范围的因素

花在合同评审上的工作量取决于项目的特性。最重要的项目因素是：项目规模与复杂性、员工对项目领域的熟悉程度与经验以及完成项目的所有机构的数量（例如，合伙商、分包商与顾客）。

4. 识别进行重大合同评审的困难

主要困难是时间压力和需要合同评审组成员在已被其他工作占用的情况下投入大量专业工作时间。

5. 执行重大合同评审的推荐途径

为进行正确的重大合同评审，应当遵循下列指南：

（1）合同评审应当是建议编制进度安排的一部分。

（2）合同评审应当由一个小组执行。

（3）应当指定合同评审组的组长。

6. 合同评审主题

（1）建议草案评审。

（2）合同草案评审。

复习题

3.1 合同评审的范围取决于项目的特征。

（1）描述一个假想的项目，它需要深入细致和全面的合同评审。

（2）描述一个假想的项目，只进行小规模的合同评审就能够满足要求。

3.2 合同评审过程分两个阶段进行，请简述包括哪两个阶段以及每个阶段的评审目标。

3.3 进行合同评审会产生许多困难。

（1）列举进行大型合同评审的"内在"困难。

（2）列举为使大型合同评审可行而应采取的步骤。

3.4 列出应当由合同评审组考虑的、估计项目所需的资源涉及的问题。

3.5 列出应当由合同评审组考虑的供货商的能力问题。

3.6 列出应当由合同评审组考虑的合伙商与分包商参与的问题。

第七章　需求管理

知识要点：

(1) 了解软件需求管理的相关基本概念。

(2) 了解需求开发管理包括哪些过程，以及各个过程阶段的成果与关注点。

(3) 了解需求的形式化与需求基线的建立。

(4) 了解需求状态的变化以及需求状态变化的追踪方式。

(5) 了解需求变更管理的控制活动。

(6) 了解需求变更波及分析包括哪些内容。

(7) 了解需求稳定性评估的基本过程。

第一节　软件需求管理的概念

一、需求与需求管理的概念

1. 管理需求的目的

管理需求的目的是避免项目失败，提高项目的成功率。有报告证实与项目成功关系最大的因素就是良好的需求管理。

2. 需求的定义

软件需求可定义为：用户解决某一问题或达到某一目标所需的软件功能；系统或系统构件为了满足合同、规约、标准或其他正式实行的文档而必须满足或具备的软件功能。

3. 需求管理的定义

由于需求是正在构建的系统必须考虑的因素，而且是否符合某些需求决定了项目的成功或失败，因此找出需求是什么，将它们记下来，进行组织，并在发生变化时对它们进行追踪，这些活动就是需求管理。

总之,需求管理是一种获取、组织并记录系统需求的系统化方案,以及使客户与项目团队对不断变更的系统需求达成并保持一致的过程。

这个定义与 Dorfman、Thayer 以及 IEEE 的"软件需求工程"的定义相似。现代需求工程一般被描述为六个步骤,包括:

(1) 获取(需求诱导)。

(2) 分析(需求分析和谈判)。

(3) 规定(规约)。

(4) 系统建模。

(5) 验证(需求确认)。

(6) 需求管理(控制与变更管理)。

"诱导"的含义:项目团队用来获取或发现用户请求,确定请求后面所隐藏的真正需要,以及为满足这些需要对系统提出的一组适当需求。第六个步骤的"需求管理"主要是针对所有相关活动的规划、控制和变更管理,它们构成了软件需求管理的主要内容。

上述六个步骤不是线性的,在演化、迭代、螺旋等软件生命期模型中,它们是反复交替出现的。

4. 需求管理存在的问题

软件工程师都认为,有一个明确的、保持稳定的用户需求几乎是不可能的,因此,需求的频繁变更和工期的延误是不可避免的,需求管理是非常困难的。

具体来说,需求管理方面的问题可以归结为以下几个方面:

(1) 范围问题。系统的目标、边界未被良好地定义,用户对此是混淆的。

(2) 理解问题。用户不能完全了解自己需要什么,对系统的能力、局限更是不清楚。工程师不理解用户的问题域和应用环境,相互之间的沟通存在问题。

(3) 易变问题。随时间的变化,系统需求会发生变化。当这些问题与需求管理和处理技能不足以及缺乏易用工具等情况一同出现时,许多团队将对管理需求失望。

二、软件工程的软件定义与需求分析

1. 软件定义

在软件工程中,虽然对软件生命期的定义有所不同,但一般分为几个阶段,即软件定义与计划、需求分析、软件设计、编码、测试、运行与维护等。

软件定义是指系统分析员通过对系统实际用户、使用管理部门、相关部门及人员进行的实际调查,搞清楚"问题"的背景、目的,然后,据此提出关于"问题"的性质、工程目标、规模、相关联系等项目的基本情况,这些情况反映在项目定义报告中。项目定义报告包括工程项目名称、使用方、开发方、对问题的概括定义、项目目标、项目规模等。这个定义是需要用户认可的,因为这是双方对"问题"最基础的共识。

2. 需求分析

确切地讲,软件工程的需求分析是通过问题识别、分析与综合、制订规格说明和评审等阶段,达到需求分析阶段的目标。可以认为它们都是对"用户需求"进行更专业化的"描述"和转换。

(1) 确定对系统的综合要求。对系统的综合要求一般包括功能要求、性能要求、运行要求、其他要求等;

① 功能要求包括系统应该实现的功能。

② 性能要求包括系统的相应时间、资源限制、数据精确性、系统适应性等。

③ 运行要求包括系统硬件环境、网络环境、系统软件、接口等。

④ 其他要求包括安全保密、可靠性、可维护性、可移植性、可扩展性等。

(2) 分析系统的数据要求。数据要求主要指系统分析师根据用户的信息流抽象归纳出系统所要求的数据定义、数据逻辑关系、输入/输出数据定义、数据采集方式等。

(3) 抽象出并确立目标系统的逻辑模型。根据以上两部分的工作,系统分析师可以导出目标系统的详细逻辑模型。在 Rational ROSE(是一个完整的可视建模工具)中,这样的逻辑模型可以体现在用况模型、设计模型、实施模型和实现模型四类模型结构中。

(4) 编写需求规格说明书。

3. 现代软件工程的需求工程

面对软件工程过程中存在的需求不确定性问题,软件工程进一步获得发展,其中一个具体体现就是提出"需求工程"的概念。需求工程是提供一种适当的机制,以了解用户想要什么、分析需求、评估可行性、协商合理的解决方案、无歧义地规约解决方案、确认规约以及在开发过程中管理这些被确认的需求规约。

(1) 需求诱导。需求诱导包括:

① 针对用户提出的系统要求,评估业务及技术可行性。

② 确定能够帮助准确描述需求及了解用户组织的人。

③ 定义用户系统将放置的技术环境(位置、主机和网络、其他环境等)。

④ 确定用户特定应用环境的业务特征,这些特征是系统功能和性能可以或不可以实现的假设条件。

⑤ 定义需求的诱导方法(会议、交谈、文件、记录等)。

⑥ 参与需求讨论的人、时间、地点。

⑦ 对不明确、不清晰、有歧义的需求,最好采用原型方法,或创建一个应用场景进行介绍和说明。

需求诱导产生的结果是:

① 需求和可行性的描述。

② 系统和产品范围的限定性假设。

③ 参与需求诱导活动的客户、用户和其他利益相关者的名单。

④ 系统技术环境的描述。

⑤ 功能点列表及相应的假设和限制。

(2) 需求分析和谈判。获得上述结果后,进入需求分析阶段。需求分析将对它们分类、排序和逐一考察,检查是否存在疏忽和二义性。需求分析要回答以下问题:

① 需求和系统的整体目标一致吗?

② 需求是在合适的层次上进行了抽象和归纳,还是过早地进入了技术细节?

③ 需求是确实必要的,还是为系统增加了并不重要的、但需要花费宝贵资源的特性?

④ 是否每个需求都被明确界定并且没有歧义?

⑤ 是否每个需求都有明确的来源和归属?

⑥ 需求之间没有冲突吗?

⑦ 需求都是可实现的吗？

⑧ 需求都是可测试的吗？

项目组与用户的谈判不单是需要用户确认它们提出的需求，另一方面，对于在现有资源（时间、成本、技术实现等）条件下，只能安排有限的被实现功能，而不能满足所有的功能要求（否则，可能是以降低软件质量、延长开发周期为代价），或者是明显不能满足相互矛盾和冲突的需求。

需求谈判的另一个主要功能是对需求实现的优先次序进行排序。根据工作量和时间资源安排的项目计划，要求对在有限资源情况下的任务有优先次序的安排，这需要获得用户的同意和认可。

（3）需求规约。需求规约就是建立需求文档，而需求文档的定义可以是 Word 文件、图表、类似 Rational Rose 的用例图、已经建立的原型系统以及上述的组合等。需求规约是系统分析师、系统架构工程师、软件工程师、测试经理工作的基础。它描述了将要实现的系统的功能和性能、条件和约束、输入和输出信息。

（4）系统建模。系统建模的目的是为进行更进一步的系统设计和工作任务分解提供更计算机化的需求描述。

（5）需求确认。需求确认是把需求分析的结果进行评审，并建立标准（基线）。

（6）需求管理。需求工程的需求管理是一组标识、控制、跟踪需求的活动，包括需求跟踪表等。

为了对需求管理有一个总体概念性的理解，首先简单介绍 CMM2 的需求管理概念。

三、CMM2 的需求管理

CMM2 指出需求管理的目的是：在客户和遵循客户需求的软件项目之间建立一种共同的理解。因此，需求管理活动的内容应包括就软件的需求同客户建立一个协议并加以管理，该协议称为"指定给软件的系统需求"。

CMM2 对需求管理的定义是：对需求分配进行管理，即在用户和实现用户需求的项目组之间达成共识；控制系统需求，为研发过程和项目管理建立基线；保持项目计划、产品和活动与系统需求的一致性。

在需求管理的实际操作过程中，我们把需求管理归纳为三个方面的内容：需求定义的管理、需求实现的管理、需求变更的管理。一般认为，需求管理并不包括需求的收集和分析，而是假定组织已收集了软件需求或已经明确地给出了需求的定义。而广义的需求管理还应包括用户需求的收集、处理、分析和验证等内容。

从 CMM2 对需求管理的要求、目标和管理过程中可以看出，CMM2 的侧重点在于需求获取以后如何建立需求基准线，并依据需求基准线对项目的需求进行控制和管理。

作为一个软件开发组织，需求管理是 CMM2 的第一个关键域，是其他关键域的前提。作为软件项目经理，需求管理，特别是基于需求基线的管理与控制，更是项目成败的核心。因此，软件项目经理除了需要具有软件工程的知识，帮助我们了解和管理软件需求的开发外，更应该掌握 CMM2 有关需求管理的知识，更好地控制软件需求的变化。

四、项目管理知识体系（PMBOK）的范围管理

项目管理知识体系（PMBOK）是描述项目管理行业内知识数量的概括词。该知识体系的总体包括已验证的知识、广泛运用的传统做法以及使用有限的创新知识和超前做法。

按照 PMBOK 的定义,范围是指产生项目产品所包括的所有工作及产生这些产品的过程,而项目范围管理是指对项目包括什么和不包括什么的定义与控制过程。

项目范围管理的核心是:为了顺利地完成项目而设置了一些过程,这些过程的目的是确保项目包括且仅仅包括所要求的工作(交付成果)。这一控制过程的含义同时还指确保项目组和用户(或称为项目利益相关者)对作为项目结果的项目产品以及生产这些产品所用到的过程有一个共同的理解。从建立共同理解的要求来看,PMBOK 与 CMM2 的要求是非常一致的。

PMBOK 项目管理中,范围管理过程主要有:

(1) 启动。在项目启动阶段,组织要通过调查、分析、评估和选择等方法决定项目是否要做。正式启动一个项目的时候,就会产生一个输出,即项目章程,它正式承认项目的存在并对项目提供一个概要。这部分相当于软件工程的定义与计划。

(2) 范围计划。它是项目进一步形成的文档,包括用来衡量一个项目或项目阶段是否已顺利完成的标准。通常的范围计划的输出是项目组制定的范围说明书和范围管理计划。

(3) 范围定义。范围定义过程是把项目的主要交付成果细分成较小的更易于管理的部分。在这个过程中,项目组要建立工作分解结构。

(4) 范围核实。它是指用户对项目范围的正式认定。项目用户要在这个过程中,正式接受项目可交付成果的定义。

(5) 范围变更控制。它是指对项目范围变更实施的控制。

至此,介绍了软件工程、CMM2 模型、PMBOK 项目管理三大体系在需求阶段的特点。总体来看,软件工程具体研究用户需求的分析和系统需求的描述,强调的是需求分析的具体方法;CMM2 重点在需求变更、控制的管理,它关注的是需求管理的过程;项目管理则强调为确定项目里程碑而进行范围的计划、定义、确定和控制,它关注的是项目的范围(做什么和不做什么)及相应的控制点(里程碑)。PMBOK 在进行范围管理时需要进行任务的分解,这是项目管理的特点,是其他体系所不具备的。

第二节　需求开发管理

需求开发管理又可以称为需求定义管理,它主要包括需求的获取、分析、处理(编写规格说明书)和需求验证等几个过程。这个过程的主要责任人是项目技术经理、项目系统组负责人或系统设计师,项目经理的责任是管理这个阶段的过程和结果。

一、需求开发的过程

需求定义可以分为四个阶段:需求获取,需求分析,需求处理,需求验证。

这里介绍的一些过程、要求、内容和结果并不是标准的和必需的,它应该根据项目的大小、涉及的范围等具体取舍和增删。

二、需求获取阶段的成果与关注点

1. 调研计划

在开始进行需求获取工作之前,应该对需求获取的过程有一个计划、要求和目标描述文档——需求获取(调研)计划。实际上,在软件项目的每一个阶段(子阶段),都应该有一个计划,这样,能够使项目管理人员、具体实施的工程师对活动、计划和目标有一个可视的、可对照和检查的、可控制的依据。

2. 项目视图

在需求调研的最初阶段,首先应建立项目范围视图。项目范围视图从整体的高度,对项目进行概括性描述,使项目组和用户对项目的目标达成共识。

建立项目视图是项目经理的责任。

在通用建模语言(UML)中,项目视图也叫前景文档(也称为产品需求文档),为技术需求提供高层次的(有时是契约性的)依据。而在需求处理阶段产生的需求规格说明书,则是一个正式的需求规约。前景文档记录了相当高层的需求和设计约束条件,以便于前景文档的读者了解要开发的系统。它阐述了与项目有关的基本问题,例如"究竟是什么和为什么"等问题,它是将来确定所有决策的准绳。这也是现代软件工程六个步骤中的第一步——需求诱导的工作结果。

项目范围视图应包括以下内容,如表7-1所示。

表7-1 项目范围视图包含的内容

		1	2	3	4	5	6
A	业务需求	背景功能	项目机遇	项目目标	市场需求	客户价值	项目风险
B	方案描述	视图	主要特征	假设和依赖			
C	范围局限	首次发行范围	随后发行范围	局限性和专用性			
D	系统环境	用户概貌	项目优先级				
E	成功因素						

对表7-1的作用和价值,还需要再强调一下。

首先,这张表是给什么人看的? 市场人员、产品经理等与销售有关的人员要看。从这张表上,除可以看到产品的一些基本特性外,更重要的是从产品的角度来看面向市场和用户的一些特性。产品做出来以后要看市场定位在哪里,卖点在哪里。

公司管理层要看这个项目的机会在哪儿,风险在哪儿,值不值得去做,需要的资源是否能满足,产品的缺陷会不会影响产品生命力的发展。

项目经理根据项目视图进一步进行工作任务识别和分解,建立项目计划(初步)。在制定项目计划的时候,项目视图所描绘的项目的外部环境、项目的限制和局限、项目的目标等是项目计划的根本制约因素,也可以说是项目组的大环境。

国内很多软件企业需求管理不规范,有很多项目基本不做项目范围视图,在项目整体环境不确定、目标不确定、背景不确定的时候,只有少数人决策就匆忙上马,销售、市场、技术、项目管理各部门是脱节的。销售部门只管把合同签回来,然后由技术部门去做。往往很多前提条件都不具备,根本不可能完成的任务,不能达到的要求,只好寄希望于技术人员来解决。因此,项目失败最终可能全部怪罪于技术人员。所以,项目范围视图应该在项目合同签订之前就必须提出来,并在相关部门中进行认真的研究和讨论,必要时作出决策。

3. 业务模型

项目启动以后,开始到用户中收集需求。具体来说,就是让用户描述他们希望系统具有的功能,希望系统帮助他们完成哪些工作任务,或描述他们现在手工完成任务的情况,或通过一个实例描述他们如何使用系统(即系统使用实例)。讨论用户与系统的交互方式和对话要求。在使用实例的基础上,建立系统的业务模型,得到系统的功能需求。

建立业务模型的好办法是使用 Rational Rose 的商业用例图,如果需要,还可以建立工作流图和帮助进行系统分析的业务实体图。

用例图可以非常方便地描述用户组织的边界和与组织进行信息的交流。

4. 工作流

分析用户的工作流程来观察用户执行业务的过程,是需求分析下一步的主要任务。通常,可以把工作流简单地理解为用户如何获得数据、如何处理数据、输出什么数据,并进而引发另一轮的数据处理。理解用户的工作流,可以正确地获得用户所要求的功能的需求和实际意义。

5. 业务实体

业务实体是组织活动的对象,是业务的有效实体。例如,银行系统中的账号、储种、币种、存期、利率等。实体逐步细化、具体属性化成为系统数据字典的雏形。例如,账号的进一步细化有账号号码、账号类型(支票账号、现金账号、美元账号等)、开户日期、余额、存期、起息日、状态等。

6. 非功能需求

在需求获取阶段,重点要控制上述几个需求获取过程,关注的重点是需求范围,而不是系统功能的细节。同时,非功能需求也是非常重要的。

非功能需求主要包括质量需求、环境需求、设计约束、开发策略等。

三、需求分析阶段的成果与关注点

需求分析是根据已经获得的用户"描述"和系统设计所要求的基本要素,建立用计算机"语言"描述的目标系统。

1. 系统用例模型

通过系统用例模型,在已经建立的业务模型的基础上建立系统的模型,这主要是通过引入角色和用例的概念来实现的。

系统的角色是业务之外与业务交互的人或事。例如,ATM 取款机作为一个业务系统,来取款的客户就是一个角色。而用例是业务模型中业务的活动,在系统模型中,描述了业务中系统的工作(内部活动)。角色是外部,用例是内部,取款的客户是角色,取款是用例。

用例模型开始定义角色之间的关系(关联关系、包括关系、扩展关系、一般化关系等),描述事件流,包括主事件流、其他事件流、前提条件、事后条件,等等。

这样,我们就能够比较具体地描述"活动",即建立了一张描述"活动"的用例图。用户通过看这张图知道谁与系统交互,通过查阅案例与角色知道系统的范围,这样有助于发现缺少的功能。

2. 交互图

交互图帮助我们一步一步地显示出系统的活动流程,工作流中需要什么对象、对象相互发送什么消息、什么角色启动工作流、消息按什么顺序发送,等等。

对象包括信息和功能,对象保存的信息是属性,对象的功能是操作。对象最终将归结为类,类是对象的抽象,对象是类的实体,类对象具有信息类型和对象的行为。

在一般的系统当中,有几种对象是不可或缺的,即实体对象、边界对象、控制对象。

实体对象保存信息,它们最终将映射到数据库中的表和字段。

边界对象位于系统与外部世界的边界上,边界对象主要有窗口或报表打印对象(用户可见)和接口(用户不可见)两类。

控制对象是系统中负责控制顺序逻辑或业务规则的那些对象。例如,现在的应用系统,常通过定义表的方法来实现业务流程的灵活重组和控制。

有两种交互图,按时间顺序排列的是序列图,按对象关系排列的是协作交互图。两种图从不同的角度反映了案例中特定情形的流程。

建立交互图的过程分两步,第一步是不把大多数的技术细节放进Ⅰ交互图,这样的图是给用户看的。用户用这张图验证"活动过程"的获取是否完整和正确。一旦第一张图获得验证后,就可以建立第二张图。第二张图的读者是项目小组的设计、开发、分析和测试人员。第二张图的对象已经可以映射到类,消息映射到类的操作。项目的质量控制甚至可以通过发现图中未映射的对象和消息来检查设计的错误。

至此,需求的分析已经基本完成,下一步的工作就是根据已经有的结果,进入实际的开发工作(设计类)。

四、需求处理阶段的成果与关注点

项目范围视图提供了业务需求的文档,使得公司内部相关部门对项目有一个全局的了解。用例图和交互图为用户、也为项目组提供了需求的描述。为满足后续开发阶段(概要设计和详细设计)的需要,有了用户实例,还必须编写从用户实例派生出来的功能需求规格说明书和非功能需求文档,包括质量检验标准、接口说明等,这些文件成为需求分析的成果。在需求工程中,把这个过程称为需求的规约。

CMM2也规定,必须以文档形式给出给定需求。

软件需求规格说明书阐述一个软件系统必须提供的功能和性能,以及他们必须考虑的限制条件。这不但是测试和用户使用、维护文档的基础,而且也是系统下一步子系统规划、设计和编码的基础。所以,既要使它尽可能详细地描述系统外部化的(向用户展示的)行为,也要为项目组内部尽可能详细地讲明系统功能上的考虑。

但是有一点是必须强调的,软件需求规格说明书不应该包括系统设计、构造、测试和工程管理的细节。因为它本质上是对未来目标产品明确或隐含功能的阐述文件,而不是系统设计文件。

表7-2是需求规格说明书主要内容的一个模版。

表7-2 需求规格说明书主要内容

	1	2	3	4	5	6
A	引言	目的	文档约定	预期的读者和阅读建议	产品的范围	参考文献
B	综合描述	产品前景	产品的功能	用户类型和特征	运行环境	设计和实现上的限制	假设和依赖附录
C	外部接口需求附录	用户界面附录	硬件接口	软件接口	通信接口		

（续表）

		1	2	3	4	5	6
D	系统特性	说明和优先级	激励/响应序列	功能需求			
E	其他非功能需求	性能需求	完全设施需求	安全性需求	软件质量属性	业务规范	用户文档
F	其他需求						
G	附件	词汇表	分析模型	待确定问题清单			

需求规格说明书是软件开发的"宪法"，因此，必须认真检查、确认这份重要文件。

五、需求验证阶段的成果与关注点

项目组在完成以需求规格说明书为标志的需求处理阶段以后，可以进入需求验证阶段。这个验证是指组织或项目组的内部验证，而不是用户验证。用户的确认和验证在需求的获取阶段就要完成。

一般地，需求的验证包括以下几个内容：

1. 编写测试计划与测试用例

由项目组或项目测试组根据用户需求，编写系统测试计划和测试用例。

测试计划是与项目实现过程相一致的提交测试的时间、完成测试的时间、测试内容（使用哪些用例）、通过测试的标准（软件测试与硬件测试不同，软件测试必须 100% 通过，而硬件测试的某些指标不是一个是或非的标准）。测试包括单元测试、集成测试、系统测试、确认测试和用户验收测试等。

测试用例的第一个用途是给项目组或测试组对实现编码后的模块、子系统、接口、界面等进行测试。测试有黑盒测试和白盒测试。软件测试和验证是一门比较复杂的学科。

测试用例也是为用户确认系统是否达到规定要求的通行办法。通过运行测试用例，用户知道需求的功能得到了实现，并与希望的结果相符合。系统的初验、终验一般都是通过运行项目组提交给用户的测试大纲（测试用例集）来进行检查。

2. 编写用户使用手册

在完成需求规格说明书以后，开始编写用户使用手册。用户使用手册是软件需求规格说明书的进一步参考和需求分析的辅助材料。

用户使用手册应包括系统的辅助属性，如质量、性能、用户不可见功能（联机处理过程中，允许同时建立的并发会话数是用户看不见的，但它将影响联机处理的效率）。通过编写使用手册，可以从用户的角度再次检验系统需求的收集是否完整，特别是非功能性的需求。比如，界面是否友好、操作是否简便、理解是否明了、工作流程是否符合使用者正常的思维习惯等。

3. 编写系统验收标准

软件系统验收标准一般是建立在合格的测试基础之上的，测试大纲是验收的基本要素之一，也是项目合同主要的、独立的一个附件。除此之外，各具体系统会有不同的标准。

4. 通过需求评审

对于项目组来说,需求开发阶段的最后一个工作是通过组织(公司或其他机构)的需求评审。

需求评审是保证软件开发质量重要的一环,不论采用什么需求分析工具,目前都不能替代需求评审。

需求评审委员会由项目组外的客户,公司的分析人员、设计人员、测试人员、项目管理人员,聘请的专家以及相关领导组成。

评审的对象是软件需求规格说明书,也可以进一步审查需求获取,分析阶段产生的其他文档,包括我们建立的业务模型、系统模型、活动图、关系图等。

需求评审的对象——"给定需求"的文档依据规定为:

(1) 影响和决定软件项目活动的非技术需求(如协议、条件或合同条款),具体实例有要交付的产品、交付日期、里程碑。

(2) 软件的技术需求实例有:最终用户、操作员、支持或综合能力;性能需求;设计约束条件;程序设计语言;界面需求。

(3) 用于确认软件产品是否能满足给定需求的验收标准。

对评审内容规定为:

(1) 确定不完整和遗漏的给定需求。

(2) 评审给定需求以确定它们是否可行,适用于软件实现,说明清楚、适当、彼此一致,可测试。

(3) 由负责分析和分配系统需求的小组对被认为可能有问题的给定需求进行评审并进行必要的修改。

(4) 相关小组协商由给定需求得出的约定。

具有良好的需求规格说明属性的需求文档应具有以下属性:

(1) 不含糊性。如果每一个需求只有惟一的解释,那它是不含糊的。

(2) 完整性。如果需求包括了功能、性能、时间响应要求、限制、接口等属性,不存在没有界定的、以为是隐含或默认而实际存在认知差异的需求,就是完整的。

(3) 可检验性。存在有限的、经济与技术上都可行的检验方法和程序,对需求的实现与否进行检验,使用户和组织通过该检验,确认需求被按照需求规格说明实现。

(4) 一致性。需求作为一种要求是一致的,不存在系统内相互冲突的需求要求。

(5) 可跟踪性。需求可追踪。

(6) 可使用性。可为产品的各阶段,特别是维护阶段,提供充分有用的信息。

5. 需求评审的误区

在现实情况下,很多项目组、软件企业在需求评审的时候,并不区分什么是面向用户、由用户认可的需求说明书,什么是面向系统实现、由内部评审委员会评审的需求分析报告和需求规格说明书。面向系统实现的需求规格说明书,重点不在于实现什么功能,而在于是否全部实现了用户在需求说明书中确认的功能,功能是如何实现的,是否可行、可测试等。

从具体评审操作来讲,对面向用户的需求说明,由于组织内部熟悉用户业务的人并不多,理解用户要求的人就更少,要他们评审这些功能要求是否合适、充分,是有一定难度的。而这个工作本质上应该是用户自己的事情。相反,对经用户确认后需求的实现,则是评委们的专长。是否无二义性、是否可实现、是否全部都能实现、是否可测试等,本质上属于计算机业务的范围,更是评审委员会控制软件开发过程,最终控制软件开发成果质量所要关心的问题,所以评审组织应由多领域组成,以保证评审质量。

第三节 需求实现管理

一、需求的形式化与需求基线的建立

需求一旦确定,就需要把它文档化。为了便于需求实现和变更控制管理,还要求进行数据库化。所有这些努力的目的就是逐步地使需求形式化。形式化的形式则根据项目和管理的不同而不同。

形式化的目的是:首先通过记录(纸质的文字或数据库记录等),使需求固定下来。任何口头的传误在文字记录上会被减少。

其次,形式化最主要的追求是解决完整性和无歧义性。20 世纪 80 年代的一项研究表明,20%的错误是对需求的错误解释造成的。IBM 公司通过对需求描述的形式化研究,已经提出了一种保证需求文档更一致的需求描述方法学,能使使用这种规定的方法建立的需求与不同人写的需求之间的差异减到最小。

1. 需求属性

可以为需求和其他相关的模型元素设置属性,以便于追踪它们的一般状态。每个项目都可能有其特定的属性集,而且所追踪元素的类型不同。表 7-3 是 Rational 建议的标准属性列表,表 7-4 是需求属性的另一个例子。

表 7-3 标准属性列表

属 性 名 称	说 明
基本原理	需求的原因
开发优先级	开发的顺序/优先级
状态	提议、批准、合并、确认、拒绝
风险	对项目造成不利(进度、预算、技术)影响的可能性
安全性/危险程度	影响失败对用户造成的健康、福利或经济损失的能力
责任方	对需求负有责任的人
起源	需求的来源
稳定性	需求发生变更的可能性

表 7-4　需求属性的另一个例子

需求属性	注	含　义	说　明
名称	*	需求名称	用最简洁的语言表示需求的核心含义
描述与定义	*	对需求的描述和定义	需求的本质内容,可以用模型、图、表表示
编号(层/序)	*	需求的顺序号	可根据系统结构或任务的 WBS 编排
来源	*	需求的提出来源	用户需求的更高层依据、来源
提出/决策人		需求的提出人	当需求变化或受到影响时最易于讨论和决定的人
优先级		需求的优先级	表明高、中、低
实体	*	需求实现的实体	表明需求与实现实体的对应关系
状态	*	需求所处的状态	包括提出、批准、实施、实现、完成或拒绝、推迟、等待、丢弃等
稳定性		需求的稳定性	按稳定性定义描述稳定性的高、中、低水平
验收标准		验收标准	需求实现的验证方式和标准
负责人		需求实现的负责人	
备注		对需求的附加说明	
作者		需求的提交者	
版本号	*	需求的版本号	
变更记录	*	本版本的变更内容	描述本版本的变更原因、内容、影响
更新日期	*	需求的变更日期	

注: * 代表最基本的属性,也是项目经理最应关注的内容。

表 7-4 只是一个范例,以说明我们对需求属性的关注点。项目组可以根据实际情况增加或删减。

2. 需求数据库与需求分配

有了具有信息属性的需求信息,根据这些属性的描述,抽象出需求数据字典,据此可以建立需求数据库了。

通过需求数据库,可以方便地对需求的变化,即增加、修改记录,作出完善的记录。

更重要的是,在需求数据库下,可以分配资源、评估状态、计算软件指标、管理项目风险、估算成本、确保用户的安全和管理项目规模。在需求属性列表中定义的一个需求,对应需求数据库的一个"数据项",称之为一个"需求项"。需求项包括在需求层次树架构中,处于节点的需求项可以再被分解为更细的需求项,直至不可分解,成为层次树的"叶"。所以,"根"需求项,就是对整个系统的需求描述。这个描述就是在前面提及的需求获取的开始阶段,建立的项目视图中描述的项目目标。数据库可以很好地表达需求项的这种层次以及继承和传递的特性。

项目管理中,有了分层次的需求分解,很快就可以建立根据"需求项"的任务分解和任务分配,这就是需求分配。

在项目开发的实际过程中,从文档描述的需求,细化为需求项,建立需求数据库进行管理是并不多的。这个过程可能会增加项目组的工作量,可能会因一些模糊不清的需求,需要设计师再作调查和分析而使工程师认为繁琐。软件项目经理需要督促项目组,提高需求管理水平,就必须从需求形式化开始,至于形式化的形式、细化的程度,则可以根据项目的实际情况具体对待和处理。

3. 需求基线

在用户和项目组之间达成需求共识、按需求属性建立需求数据库、使需求项在一定级别(常常是高层的变更控制委员会)上获得认可,就可以认为是建立了需求基线。配置管理组或变更控制委员会按照需求基线,对整个项目的进程进行控制和把握,配置管理员负责把符合基线要求的构件放进配置管理库中,这样确保了整个需求的基线化。

二、需求状态的变化

在项目的整个生命期中,需求的状态是在不断变化的。

在需求获取、分析、处理、验证阶段,我们已经得到了由用户和项目组达成共识的需求,并且已经建立了需求数据库,建立了需求基线。从需求实现阶段来看,需求在这个阶段仍然受各种因素的影响,可能产生不可预料的变化。

先从整个生命期来看需求可能的状态,如表7-5所示。

表7-5 需求状态表

状 态	定 义
被建议	根据需求来源,责任人、相关人提出了需求
被拒绝	在一系列需求开发过程后,该需求没有被认可
被批准	在需求(特别是变更需求)被分析,评估了合理性、可行性、成本、影响等要素,被确认可接受,被标注了新的版本号、给出了新的标号等需求属性,被加入到需求基线库中,进入实现过程
被实现	已实现设计、编码、单元测试
被验证	根据验收标准,已经通过集成以上的测试,被验证实现了需求的要求,被放置进配置基线库,表明需求已经被实现
被丢弃	被批准的需求已从基线库中被丢弃,记录下丢弃的原因和决定责任人
被交付	通过用户的验收测试,需求以交付物的形式向用户提交

图7-1是状态变化图,描述了上述状态之间的转变。

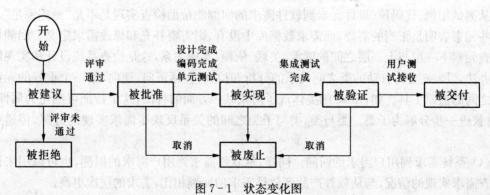

图7-1 状态变化图

在需求状态的变化中,首先需要关注的是那些被拒绝、被废止的需求,因为如果不是通过有管理的处理过程,这些需求有可能是被接受、被实现的需求,由于系统的疏忽而被遗漏。也应该关注被交付的需求,因为项目阶段里程碑事件的核心是应交付成果,交付成果最主要的内容就是需求的实现(其他的交付物还有文档、培训、服务等)。

三、需求状态变化的追踪

如果能够做到软件需求的形式化定义,那么通过跟踪形式化定义了的需求,就能够知道需求在实现过程中的具体状态及与项目目标要求之间的距离。在可追踪的需求实现过程中,项目经理才可以认为需求正在被正确地实现着,即"过程可控"。

1. 需求追踪链

需求追踪可以在用户需求与系统实现之间追溯和回溯,也可以在系统内部的层次和模块之间追溯和回溯。从用户需求到具体模块的实现,建立起一条需求追踪链。

需求追踪链的源头是用户需求,链的尾端是项目组实现的产品——模块。建立需求追踪链的前提条件是必须统一地标识每一个需求,也就是前面我们讲到的需求的形式化。

从宏观上,讨论四种追踪。

(1)用户需求到系统需求的追溯。追溯是向后的追踪。用户需求一般具体体现为用例,系统需求在项目中体现为软件需求规格说明书,经形式化后,具体落实到需求数据库的需求项。因此,从用户需求到系统需求,再到软件需求的追踪,是从用户需求用例到需求数据库的需求项的追踪。

(2)系统需求中的软件需求到软件产品的追溯。继续需求的过程,需求数据库中被逐步分解、细化的需求项,可以对应最终不需要再分解的模块。在对模块进行了详细设计以后,进入编码和单元测试。需求项的描述和定义被具体体现在模块的功能表现上。需求追踪以需求数据库的需求项为线索,逐个验证测试后的单元模块,追踪单元实现与需求定义是否一致。单元测试完成后,集成为一个子系统,进行集成测试,同样,集成测试后的子系统也对应需求数据库高一个层次的需求项。同理,可以在相应高层次上进行需求追踪,直至系统级。

通过从用户需求到系统单元的追踪,可以明确地知道用户实例与系统模块的直接对应关系。工程师知道,这一行代码体现了用户的需求,而那些代码所做的工作并不是用户所需要的。

(3)软件产品到软件需求的回溯。当然,系统功能并不是全部直接对应于用户实例的,有相当一部分是系统需要而用户并不可见的(例如,为了测试和调试的需要)。因此,回溯就能确保每一个单元或者是用户直接需要的,或者是系统需要的,否则就是没有用的,应该拿掉。

从测试用例、代码段、设计元素到软件需求的回溯能帮助检查实现是不是"画蛇添足"。如果这些元素表明是正当的需要,而需求数据库中没有,则需要补充和修改需求定义。回溯可用来检查元素下一层与上一层之间的继承、关联、依赖、实现关系,这是检查系统设计和实现缺陷的好办法。Rose支持自动的类之间关系的分析和检查,包括正向、逆向,是一个很好的元素与需求之间的追踪工具。如,Rose的类体现了对象某一方面的特征,这个特征可细化为属性、操作,并被进一步分解为子类。类与类、类与子类之间的关系反映了需求实现的分解、传递和具体化。

(4)系统需求到用户需求的回溯。同样,从软件需求到用户需求的回溯,也可以用来很好地检查需求实现的情况,与从软件产品到软件需求的回溯相比,需求的层次更高。

图7-2为从用例到系统需求、从系统需求到集成测试、从软件需求到单元测试的追溯与

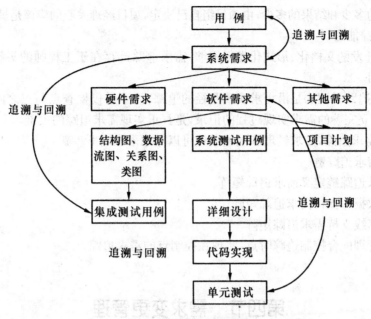

图7-2 需求追踪链图

回溯。根据项目需要,还可以设定其他的追踪点。

2. 需求追踪矩阵

采用需求追踪矩阵的办法来跟踪需求的实现,是需求追踪链的具体化。本质上,它是需求实现与追踪链(路径)的展开和记录。

表7-6是一个需求追踪矩阵的例子,它描述用例与软件功能之间的关系。表7-7也是一个需求追踪矩阵的例子,它反映了用例与测试用例之间的追踪链。

表7-6 用例与软件功能之间的需求追踪矩阵

功能需求	用 例			
	增加用户	修改用户	终止用户	注销用户
用户单位属性采用选择系统属性定义表中的属性	√	√		
用户属性可批量修改		√		√
用户属性检查范围可采用剔除法		√	√	
用户属性统计可按指定方法	√			

表7-7 用例与测试用例之间的需求追踪矩阵

用 例	功能需求	设计元素	实现代码段	测试用例
Ucase0021	查询	Check0021 类	Check0021( )	CTest0021.1
				CTest0021.2
Ucase0022	插入	Insert0031 类	Insert0031( )	Itest0031.1
				Itest0031.2

表7-7表明,每一个用例最终将对应一个和多个测试用例,而中间过程可能有很多设计和实现阶段和层次。中间过程和中间结果在设计阶段可能是数据库表项、数据字典、流程图、活动图、关系图、类定义等;在代码实现阶段,就是源代码;在测试阶段,就是测试用例和实际测试报

告。中间层次的多少和结果的多少,由项目组自己决定,项目经理关心的应该是最后结果。

3. 需求追踪能力

如果项目开发的文档化、形式化做得不够,需求追踪链存在于工程师的头脑中,则需求追踪就得不到保证。

同时,需求追踪强调的是沿需求实现路径的追踪,而不是仅检查点与点之间的对应(功能测试),因此,建立完善的需求实现过程的记录,是真正实现需求追踪的关键。

为了实现需求追踪,需求经理和配置经理可以考虑采取以下步骤:

(1) 定义需求追踪链。

(2) 为需求追踪链定义需求追踪矩阵。

(3) 需求数据库支持需求追踪矩阵。

(4) 需求基线支持需求追踪矩阵。

(5) 配置管理配合控制追踪时点,实现在控制点的需求追踪。

第四节 需求变更管理

一、需求变更控制活动

从某种意义上说,需求总是不断变化的,变化是"永恒"的。那么,如何来控制需求变化使之拉动项目组前进,而不是阻碍项目进展。从需求变更控制活动方面,主要通过以下几项工作来实现。

1. 确定需求变更控制过程

确定需求变更的选择、分析、决策、记录的过程,所有需求的变更,都要在选择、分析、决策、记录环节上,受到机制和责任的保证。

2. 建立需求变更控制委员会

组织公司、项目组内部和用户利益与风险承担人员成立需求变更控制委员会,由他们来决定要变更哪些需求,是否在项目范围之内(包括项目范围和合同范围,因为有时在项目范围,但不在合同范围,需要项目进行二期合同开发),评估变更的范围,最后决定变更是否可以接受。对变更的需求设置优先级、制定版本规定等。

3. 进行需求变更影响分析

波及范围分析有利于对需求变更要求进行更深入、精确的理解,帮助变更控制委员会作出科学的决策。波及范围分析还可以帮助项目组对现有系统作出合理的、有前瞻性的调整,使之面对日后新的需求变更,有充足的技术准备。

波及范围分析完全依赖于需求的跟踪能力。没有需求形式化记录、没有需求跟踪链,就没有波及分析的可能。如果有,也是主观的、非定量的。由此作出的对项目计划、成本、质量控制的影响分析,其可信度是不高的。

系统分析师和架构师应评估变更对系统技术实现的影响。

根据新需求,明确相关任务,评估新的工作量和相应的要求变化。新需求不但导致分析、编码、测试的工作量增加,与项目管理有关的各环节(需求管理、计划管理、成本管理、配置管理、质量管理等)都会有所变化。

在需求变更评估分析中,也要进行相应的需求稳定性评估。频繁的需求变更表明项目进程已经超出了需求变化的范围,这时就要考虑项目组织管理方面是不是出了问题。

4. 跟踪所有受需求变更影响的工作产品

当确定某一需求发生变更时,根据需求跟踪矩阵,找到与变更需求有关的各层、各环节需求项。例如,涉及需求项的设计模型、代码模块、测试用例等,这些部分必须全部作相应的修改。依据需求跟踪矩阵,可以完整地追踪需求变更所影响的所有地方,而且不会因发生遗漏而产生系统缺陷或产品缺陷,甚至对软件产品本身以外的影响。例如,因需求变更,版本控制没有相应的记录、产品使用手册没有作相应的修改等。

因为需求变更,需求状态记录应相应地发生变化,每一条记录反映了需求的现实情况。

5. 调整需求基线

需求变化以后,需求变更控制委员会要决定是否调整需求基线,新需求是反映为基线的调整,还是版本的变化。

基线是产品的标准,基线变化可以作为产品标准的变化,也可以理解为将发布一个新版本的产品。

但是,版本并不一定就是新产品,这是由于当产品面对不同地区、不同用户群的时候,也可以确定不同的版本。因此,需求变更控制委员会要做的工作,是决定对新需求全面升版还是局部更改,是基线变化还是个别版本变化。有时,这是一个比较难以作出的决定,它依赖于对新需求的分析,评估它对市场、用户和产品本身的影响。

6. 维护需求变更记录和文档

决定变更基线或提升版本以后,就要做好记录,修改相应的文档。变更记录要记录变更原因、变更内容、变更影响、变更实现过程、其他相应变更等。变更记录越完整,对于追溯甚至以后可能发生的回退就越有帮助。

二、需求变更波及范围分析

1. 波及范围分析的意义

对于项目组来说,一个新的需求提出来以后,如果接受,可能对系统造成多大的影响呢?从系统本身而言,包括系统整体架构上的、数据结构上的、涉及的模块、版本上的变更等。从项目而言,包括进度计划、成本、人员安排,等等。往往一个看上去不大的改动,最后牵涉到很多环节、很多人。如果最后能够通过测试,完成了这个需求,一切顺利。然而有时一处小小的改动会对其他没有考虑到的环节产生影响,造成需求变动的失控。

需求波动在技术上有潜伏性,在工程上表现为不可预知性。工作量不可预知、成本不可预知。项目经理往往由于受市场人员的压力,对用户宣称"免费升级、免费维护",好像软件的"补丁"是没有代价可以随便打的。但实际上,在项目组内部,由于需求变更所导致的成本增加可能是"巨大"的。这种不理智的"反差",正好说明了对软件项目管理的理解的不足,实际管理尚处在原始的和粗放的状态。

需求波及范围分析是软件项目管理的需求管理中比较重要的组成部分,在需求变更决策前,通过波及分析可以精确理解需求,评估系统对需求变更要求的接纳程度、变更的代价、变更对系统总体架构甚至产品发展的影响等。这样的分析,对需求变更委员会是否批准变更的决策,具有重要的意义。一旦变更控制委员会批准需求变更的要求,就能比较清晰地知道相应变更的内容、工作范围、需要的时间等。

　　需求变更波及范围分析就是保证项目组在对需求变更进行分析以后,确认可以做到"在计划、成本、质量(不是以降低质量标准为代价)范围内的变更"。这个时候才可以对用户说,我们可以"免费"升级和维护。

　　波及范围分析应该分为项目组外部分析和项目组内部分析,内部分析和外部分析的着眼点是不同的。

　　2. 内部分析点

　　项目组的内部分析是最主要的信息来源,波及分析的对象是系统的元素,产生的结果是新任务的增加和时间的延长。

　　例如,系统元素波及分析涉及以下内容:

　　(1) 所有涉及到的输入界面有关部分。

　　(2) 所有涉及到的报表等输出界面有关部分。

　　(3) 所有涉及到的外部接口部分。

　　(4) 所有涉及到的内部接口部分。

　　(5) 所有涉及到的数据库表结构。

　　(6) 所有涉及到的系统数据定义。

　　(7) 所有涉及到的公用模块定义、公用子程序库、控件库。

　　(8) 所有涉及到的系统常量、宏定义。

　　(9) 所有涉及到的已经实现的代码。

　　(10) 所有涉及到的已经完成的单元、集成测试。

　　(11) 所有涉及到的已经编写完成的用户文档(使用手册、维护手册)。

　　(12) 所有涉及到的已经编写完成的帮助文件、培训教材。

　　(13) 所有涉及到的第三方软件和工具。

　　(14) 所有涉及到的与项目管理有关的需求管理、计划管理、成本管理、配置管理、质量管理的数据库、文档库。

　　(15) 所有涉及到的其他应该检查的部分。

　　3. 外部分析点

　　外部分析不具体考察项目组技术实现上的细节,这是项目组内部考察的内容。项目组的内部分析结果可以提供给外部分析人员,作进一步分析参考。

　　外部分析是帮助项目组在整体把握上进行分析和评估。外部分析应考察以下一些问题:

　　(1) 变更是否与基线(已经实现的部分)相冲突(是否是基线内的)。

　　(2) 变更是否与虽未实现但已经决定的需求相冲突。

　　(3) 不采纳变更是否会有技术上的风险,或者采纳变更会有什么技术上的风险。

　　(4) 不采纳变更是否会有业务上的风险,或者采纳变更会有什么业务上的风险。

　　(5) 不采纳变更是否会导致质量降低,或者采纳变更会产生多大的质量提升。

　　(6) 变更在技术实现上是可行的吗?

　　(7) 采纳变更是否会导致用户进一步提出更多不合理的要求?

　　(8) 采纳变更对现有项目组在人力、技术、工具等方面是否能够承受,增加资源是否可能?

　　(9) 采纳变更的需求变更量的估计是多少(以单元为单位、以时间为单位、以成本为单位)?

　　(10) 采纳变更后,虽然进行了合理安排,包括采用关键路径法,调整进度安排,但最后仍然对进度的影响是多少?

（11）采纳变更以后使多少实际已经开发完成的单元被废弃,相关的工作量是多少?

（12）采纳变更以后使多少实际已经开发所用的单元时间被浪费,相关的比率是多少?

（13）变更对市场、销售、培训、维护的影响有多大?

4. 波及过程

如果把以上工作排序,可如下进行:

（1）更改软件需求说明书、需求数据库、需求跟踪矩阵、需求基线。

（2）为新需求或需求更改部分开发并评估需求原型。

（3）修改已有的或需要增加新的设计元素。

（4）修改已有的或需要增加新的用户文档。

（5）修改已有的或需要增加新的测试方案。

（6）修改已有的或需要增加新的测试用例。

（7）修改或开发新代码。

（8）测试修改或重新开发的代码。

（9）重新测试接口。

（10）再次测试与第三方软件的联接。

（11）把以上修改记录进相关数据库的历史记录中。

（12）为每一个需求项的修改,作出工作量和人力资源的评估。

（13）为每一个需求项的修改,修改进度、成本计划,并提交评审。

（14）完成修改后,留下相应的记录。

（15）对修改作出总结。

5. 波及分析报告

需求变更控制委员会基于项目组提交的分析和自己的分析,可以提交这样一份分析报告,进行最后的决策。

表7-8为变更控制委员会的分析评估报告样本。

表7-8 分析评估报告样本

需求变更波及范围分析报告	
需求变更申请号_____	
标题:	
变更描述:	
分析人:	日期:
优先级评定:	
相关收益:	相关代价:
相关成本:	相关风险:
增加耗时:	增加人力:
对进度的影响:	对成本的影响:
对质量的影响:	其他影响:
直接影响的其他部分:	间接影响的其他部分:
导致的计划变更:	导致的成本变更:
假定前提:	条件与约束:
评审人意见:	

如果任何需求的变更都要进行这么复杂的评审的话,确实使工程师感到力不从心。但是,对所有重大变更,如业务规则改变、重大角色定义改变、重大业务流程改变、数据结构改变等,都仔细进行需求变更波及范围分析,会为工程师带来"磨刀不误砍柴工"的功效。项目经理对用户和公司负责,对计划、成本和质量负责,也要严格控制需求变化,在承诺接受变化之前应进行波及范围分析,而不能简单地听信工程师的"估计"。

四、需求稳定性评估

为了了解项目进展的稳定性情况,可以对需求的稳定性进行评估。需求的稳定是项目稳定的基础。需求稳定性评估的基本过程是:

(1) 统计基线需求的数量。通过需求数据库,可以最底层的需求项为单位统计需求的数量。因为任何上层需求的变化最终要影响到最底层需求项的变化,较差的设计可能使简单的需求变化带来巨大数量的需求项(系统元素)的修改。

(2) 统计每月/每周基线需求项的增加、删除、修改的数量。如同需求基线一样,根据项目的大小和历史经验,项目经理也要定一个稳定性基线的变动范围指标,当需求变化量在一定时间内超过稳定性基线的上限时,项目经理就要分析原因、采取措施。

(3) 需求变化既可能来自组织外部,也可能来自项目组内部。对需求不稳定的因素和来源进行分析、作出评估,是获得需求稳定的良好办法。

需求不稳定是项目组的"危险警报",轻则使项目组的工作量增大,重则可能导致项目的严重延误,甚至失败。

小　结

1. 需求与需求管理的概念

(1) 软件需求可定义为:用户解决某一问题或达到某一目标所需的软件功能;系统或系统构件为了满足合同、规约、标准或其他正式实行的文档而必须满足或具备的软件功能。

(2) 需求管理的定义:需求管理是一种获取、组织并记录系统需求的系统化方案,以及使客户与项目团队对不断变更的系统需求达成并保持一致的过程。

2. CMM2 的需求管理

CMM2 指出需求管理的目的是:在客户和遵循客户需求的软件项目之间建立一种共同的理解。

CMM2 对需求管理的定义是:对需求分配进行管理,即在用户和实现用户需求的项目组之间达成共识;控制系统需求,为研发过程和项目管理建立基线;保持项目计划、产品和活动与系统需求的一致性。

3. PMBOK 的范围管理

PMBOK 项目管理中,范围管理过程主要有:

(1) 启动。

(2) 范围计划。

(3) 范围定义。

（4）范围核实。

（5）范围变更控制。

4. 需求开发的过程

需求定义可以分为四个阶段：需求获取，需求分析，需求处理，需求验证。

5. 需求获取阶段的成果与关注点

（1）调研计划。

（2）项目视图。

（3）业务模型。

（4）工作流。

（5）业务实体。

（6）非功能需求。

6. 需求分析阶段的成果与关注点

（1）系统用例模型

（2）交互图

7. 需求处理阶段的成果与关注点

需求规格说明书。软件需求规格说明书阐述一个软件系统必须提供的功能和性能，以及他们必须考虑的限制条件。这不但是测试和用户使用、维护文档的基础，而且也是系统下一步子系统规划、设计和编码的基础。

8. 需求验证阶段的成果与关注点

（1）编写测试计划与测试用例。

（2）编写用户使用手册。

（3）编写系统验收标准。

（4）通过需求评审。

（5）需求评审的误区。

9. 需求的形式化与需求基线的建立

为了便于需求实现和变更控制管理，还要求进行数据库化。所有这些努力的目的就是逐步地使需求形式化。形式化的形式则根据项目和管理的不同而不同。

形式化的目的是：首先通过记录（纸质的文字或数据库记录等），使需求固定下来。任何口头的传误在文字记录上会被减少；其次，形式化最主要的追求是解决完整性和无歧义性。

（1）需求属性。可以为需求和其他相关的模型元素设置属性，以便于追踪它们的一般状态。

（2）需求数据库与需求分配。有了具有信息属性的需求信息，根据这些属性的描述，抽象出需求数据字典。

（3）需求基线。在用户和项目组之间达成需求共识、按需求属性建立需求数据库、使需求项在一定级别（常常是高层的变更控制委员会）上获得认可，就可以认为是建立了需求基线。

10. 需求状态变化的追踪

（1）需求追踪链。

1）用户需求到系统需求的追溯。

2）系统需求中的软件需求到软件产品的追溯。

3）软件产品到软件需求的回溯。

4）系统需求到用户需求的回溯。

（2）需求追踪矩阵。采用需求追踪矩阵的办法来跟踪需求的实现,是需求追踪链的具体化。本质上,它是需求实现与追踪链(路径)的展开和记录。

（3）需求追踪能力。如果项目开发的文档化、形式化做得不够,需求追踪链存在于工程师的头脑中,则需求追踪是没有保证的。

11. 需求变更控制活动

（1）确定需求变更控制过程。

（2）建立需求变更控制委员会。

（3）进行需求变更影响分析。

（4）跟踪所有受需求变更影响的工作产品。

（5）调整需求基线。

（6）维护需求变更记录和文档。

12. 需求稳定性评估

需求稳定性评估的基本过程是:

（1）统计基线需求的数量。

（2）统计每月/每周基线需求项的增加、删除、修改的数量。

（3）需求变化既可能来自组织外部,也可能来自项目组内部。

复习题

7.1 需求的频繁变更和工期延误是不可避免的,需求管理是非常困难的,简述需求管理方面的问题可以归结为哪几个方面。

7.2 简述 PMBOK 对范围是如何定义的,项目范围管理的核心是什么,范围管理过程主要有哪些。

7.3 简述需求开发包括哪些过程,以及这些过程的成果和关注点是什么。

7.4 为了实现需求追踪,项目经理应要求需求经理和配置经理采取哪些步骤?

7.5 需求追踪可以在用户需求与系统实现之间追溯和回溯,也可以在系统内部的层次和模块之间追溯和回溯,请描述在宏观上有哪些追踪。

7.6 需求变更的原因多种多样,请列举主要原因有哪些。

7.7 从某种意义上说,需求总是不断变化的,要如何控制需求变更,主要通过哪些工作来实现?

7.8 波及范围分析的对象是系统的元素,产生的结果是新任务的增加和时间的延长。请列举系统元素波及范围分析涉及哪些内容。

7.9 外部分析是帮助项目组在整体把握上进行分析和评估。那么外部分析应考察哪些问题?

7.10 需求的稳定是项目稳定的基础,请简述需求稳定性评估的基本过程。

第八章 设计评审

知识要点:

(1) 了解各种软件开发模型和它们之间的差异。

(2) 了解影响质量保证活动强度的因素。

(3) 了解软件复用的基本概念。

(4) 了解为适应软件复用的要求,软件开发过程需要做些什么变更。

(5) 了解构件技术分层体系结构。

(6) 了解一般软件机构如何实施软件复用。

(7) 了解评审方法学的直接和间接目标。

(8) 了解正式设计评审方法和同行评审方法的应用。

第一节 将质量活动整合进项目生命周期

一、经典的软件开发方法学和其他软件开发方法学

1. 软件开发生命周期(SDLC)模型

经典的软件开发项目生命周期模型是一个线性顺序模型,以需求定义开始,以常规的系统运行和维护结束。软件开发生命周期模型的最常见的图式说明是瀑布模型,如图 8-1 所示。

图 8-1 展示的模型展示了一个如下的七阶段过程:

(1) 需求定义。对于要开发的软件系统的功能,顾客必须定义其需求。在许多情况下,软件系统是更大系统的一部分。有关扩展系统的其他部分的信息有助于建立项目组之间的合作与开发构件接口。

(2) 分析。这里的主要工作是分析需求的含义,以形成初步软件系统模型。

(3) 设计。这个阶段涉及输出、输入和处理过程的详细定义,包括数据结构和数据库、软

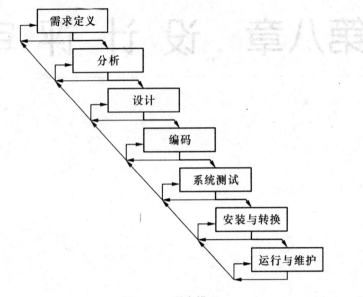

图 8-1 瀑布模型

件结构,等等。

(4)编码。在这个阶段,设计被翻译成代码。编码涉及诸如审查、单元测试和集成测试的质量保证活动。

(5)系统测试。系统测试是在编码阶段完成后进行的。测试的主要目标是尽可能多地发现软件错误,使得在改正后即可达到软件质量的可接受等级。系统测试是在把软件提供给顾客之前由软件开发者进行的。在许多情况下,顾客进行独立的软件测试("验收测试"),以确保开发者已经兑现了所有承诺,并且没有任何非预期的或故障性软件缺陷。对于顾客而言,要求开发者参与联合系统测试十分常见。联合系统测试是一种节省单独的验收测试所需时间和资源的过程。

(6)安装和转换。软件系统经过批准后,系统被作为固件——即信息系统的一部分安装,这表示它是扩展系统的一个主要构件。如果这个新的信息系统被用来替换现有系统,就必须启动一个软件转换过程,以确保机构的活动在转换期间不间断地持续。

(7)常规运行与维护。完成软件的安装和转换后,常规的软件运行就立即开始。在整个常规运行期间——这通常要持续若干年,或者直到新一代软件的出现——是需要维护的。维护包括三种类型的服务:改正性的——修理运行期间由用户发现的软件故障;适应性的——用现有软件功能满足新的需求;完善性的——添加新的微小特性,以提高软件性能。

阶段数可能根据项目的特性变化。在复杂、大型的模型中,某些阶段被分裂,使得阶段数增加到八个、九个乃至更多。在较小项目中,某些阶段被合并,使得阶段数降到六个、五个甚至四个。在每个阶段的末尾,在许多情况下,由开发者评审和评价,并由顾客检验与评价其输出。

评审和评价的可能结果包括:

(1)批准阶段的产物,并前进到下一阶段。

(2)要求改正、重做或修改上一阶段的一些部分;在某些情况下,需要返回到较早的阶段。

图式说明中连接矩形块的直线的宽度反映不同结果的相对概率。因此,最常见的执行过程是一个线性序列(没有或仅有少量的改正)。然而,我们应当注意,这个模型强调的是直接开发活动,而没有指示出开发过程中的顾客参与。

经典的瀑布模型是由 Royce(1970)建议提出的,并随后由 Boehm(1981)提出其广为人知的形式。它提供了大多数重大软件质量保证标准的基础,诸如 IEEE Std 1012(IEEE,1998)和 IEEE Std 12207(IEEE,1996,1997a,1997b)。

2. 原型建造模型

原型建造方法学使用先进的信息技术工具,即高级应用生成器,使得能够快速而且容易地建立软件原型,使顾客和用户主动参与开发过程,从而检验与评价原型。

当应用原型建造方法学的时候,需要系统的未来用户对开发者准备的软件原型的各种版本发表意见。为了回应顾客和用户的意见,开发者改正原型,并在系统中增加一些部件,以提供下一代软件供用户评价。重复这个过程,直至达到原型建造目标或软件系统的完成。原型建造方法学的代表性应用如图 8-2 所示。

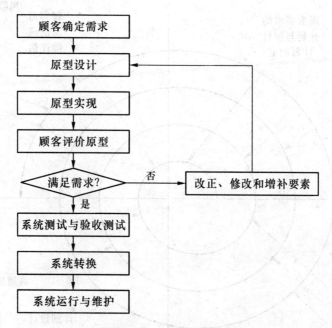

图 8-2　原型建造模型

原型建造可以同其他方法学组合使用,或作为"独立"方法学使用。原型建造的范围是可以变化的,从替换软件开发生命周期(或其他方法学)的一个阶段到整个软件系统的完整原型建造。

对于小到中型软件开发项目,原型建造作为软件开发方法学已经被认为是高效的和有实效的。相对于完全软件开发生命周期方法学,原型建造有它的优点与不足,这些优点与不足都是由于用户大量参与软件开发过程带来的。这种参与有利于用户对系统的理解,同时它限制了开发者在系统中引进创新性变化的自由。

原型建造相对完全软件开发生命周期方法学的优点与缺点(主要对小到中型项目):

(1) 原型建造的优点:

① 较短的开发过程。

② 开发资源的可观节省(人日)。

③ 更好地满足顾客需求并减少项目失败的风险。

④ 用户对新系统更容易、更快的理解。

(2) 原型建造的缺点:

① 减低对更改和增补的灵活性和适应性。

② 减少对非预期失败情况的准备。

3. 螺旋模型

螺旋模型,如 Boehm(1988,1998)所修订的那样,为俯瞰大型且更复杂的开发项目(在过去的二十年中开始的许多项目就是这样的)提供了一个改进了的方法学,显示了对失败的更高预见性。它把引入并强调风险分析与顾客参与的迭代模型组合到软件开发生命周期和原型建造方法学的主要要素里面去。

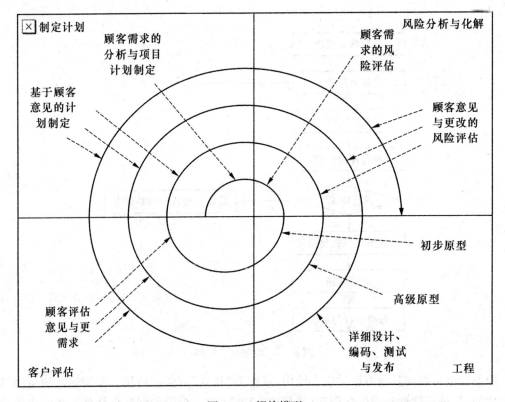

图 8-3 螺旋模型

按照如图 8-3 所示的螺旋模型,软件开发服从一个迭代过程;在每次迭代中,进行下列活动:

(1) 制定计划。

(2) 风险分析与化解。

(3) 按照项目阶段的工程活动:设计、编码、测试、安装与发布。

(4) 顾客评价,包括提出意见、修改与补充需求等。

高级螺旋模型,即双赢螺旋模型(Win-Win spiral model, Boehm, 1998)进一步增强了螺旋模型(Boehm，1988)。高级模型特别强调顾客和开发者之间的交流与协调。这个模型的名字参考这样的事实：顾客"赢"在增加了收到最满足其需要的系统的可能性，开发者"赢"在增加了在预算内和规定期限内完成项目的可能性。这是通过强调顾客参与和工程活动达到的。开发过程的这些修正可以用螺旋中致力于顾客参与的两个段来说明：第一个是关于顾客评估，第二个是关于顾客意见和更改需求。工程活动类似地也是用两个螺旋段说明：第一个是关于设计，第二个是关于构造。通过在每个段末评估项目进展，开发者就能更好地控制整个开发过程。

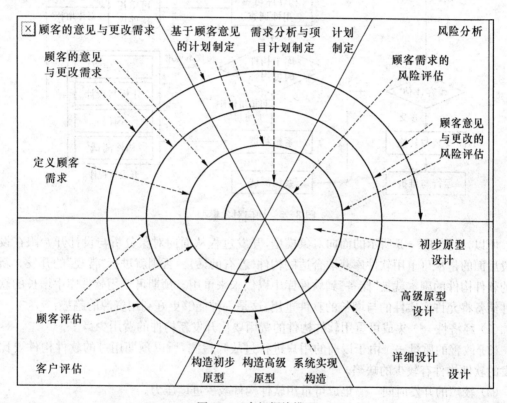

图 8-4　高级螺旋模型

这样，如图 8-4 所示，在高级螺旋模型中，在每次迭代中进行如下六个活动：

(1) 顾客的需求规格说明、意见与更改要求。

(2) 开发者的计划制定活动。

(3) 开发者的风险分析与化解。

(4) 开发者的设计活动。

(5) 开发者关于编码、测试、安装与发布的构造活动。

(6) 顾客的评估。

4. 面向对象模型

面向对象模型同其他模型的不同在于它对软件构件的密集重用。这种方法学以其易于将已有软件模块(对象或构件)集成到新开发的软件系统中去为特征。软件构件库通过提供软件构件以供重用服务于这个目的。

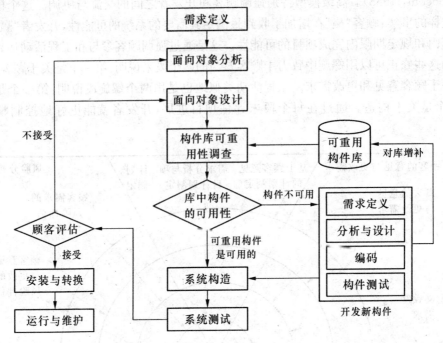

图 8-5　面向对象模型

所以,根据图 8-5 所示的面向对象模型,开发过程从面向对象分析与设计开始跟在设计阶段后面的是从可重用软件库获取合适的构件(若有的话)。否则就进行"常规"的开发。新开发的软件构件的副本就被"储备"到软件库中以供未来重用。预期可重用软件库中增长的软件构件储备将允许实质性的与增长的软件重用,这是一种能够更好利用资源的趋势:

(1)经济性——集成可重用软件构件的费用要比开发新构件的费用少得多。

(2)改善的质量——由于以前的用户进行过故障检测,所以预期用过的软件构件要比新开发的软件构件有较少的缺陷。

(3)较短的开发时间——集成可重用软件构件减少进度压力。

因此,面向对象方法学相对于其他方法学的优点将随着可重用软件储备的增长而增长。

二、影响开发过程中质量保证活动强度的因素

项目生命周期质量保证活动是面向过程的,是同项目阶段的完成、项目里程碑的到达等等相联系的。质量保证活动将被整合到实现一个或多个软件开发模型——瀑布、原型建造、螺旋、面向对象或其他模型——的开发计划中去。

1. 项目的质量保证计划制定者需要确定

(1)项目所需的质量保证活动清单。

(2)对每项质量保证活动:

① 时间性。

② 应用的质量保证活动的类型。

③ 谁进行这项活动和需要的资源。

应当注意,各种各样的人员可能参与到质量保证活动的执行中来:项目组和部门雇员,还有诸如外部质量保证组的成员或顾问这样的独立人士。

④ 排除缺陷和引入更改所需的资源。

2. 影响所需质量保证活动强度的因素

（1）项目因素：

① 项目的大小。

② 技术复杂性与难度。

③ 可重用软件构件的范围。

④ 项目失败时结果的严重性。

（2）项目组因素：

① 项目组成员的专业资格。

② 项目组对项目的熟悉程度与在此领域的经验。

③ 对项目组提供专业支持的雇员的可用性。

④ 项目组成员的熟悉程度，换句话说项目组中新成员的百分比。

下面两个例子能够说明这些因素是怎样影响质量保证活动的。

例1：

一个软件项目组已经为其新消费者俱乐部项目编制了质量保证活动计划。同一个领先的家具商店签订的当前项目合同，是项目组在过去三年中处理的第11个消费者俱乐部项目。这个项目组估计，要为这个项目分配两个组员，干七个人月，估计持续四个月。估计可重用构件库能提供项目软件的90%。项目组长计划了三项质量保证活动。质量保证活动及其持续时间如表8-1所示。

表8-1　质量保证活动的持续时间——消费者俱乐部的例子

序号	质量保证活动	质量保证活动的持续时间（天数）	改正和修改的持续时间（天数）
1	需求定义的设计评审	0.5	1
2	设计审查	1	1
3	完成软件包的系统测试	4	2

影响这个计划的主要考虑是：

（1）项目组对主题的熟悉程度。

（2）软件重用的高百分比。

（3）项目的大小（在这里，是中等规模）。

（4）项目失败时结果的严重性。

例2：

医院信息系统部的实时软件开发单位被指派去开发一个先进的病人监控系统。这个新监控单元是由病房单元和控制单元合并而成的。病房单元负责同由不同厂家提供的几种类型的医学设备的对接，它测量病人状况的各种指标。一个精巧的控制单元将放在护士站，其数据被传达到医生携带的手机。

项目组长估计需要14个月完成这个系统，需要一个5人的开发组，总共投入40个人月。她估计只能从可重用构件库得到15%的构件。选用SDLC方法将两个病房单元的原型和控制单元的两个原型集成起来，目的是改善同用户的沟通和增强对分析与设计阶段意见的反馈。

影响这个计划的主要考虑是:

(1) 系统的高复杂性和困难。

(2) 可用的可重用软件的低百分比。

(3) 项目大。

(4) 项目失败时结果的高严重性。

项目组长确定的质量保证活动和它们的持续时间列在表8-2中。

表8-2 质量保证活动的持续时间——病人监控系统的例子

序号	质量保证活动	质量保证活动的持续时间(天数)	改正和修改的持续时间(天数)
1	需求定义的设计评审	2	1
2	病房单元分析的设计评审	2	2
3	控制单元的设计评审	1	2
4	初步设计的设计评审	1	1
5	病房单元设计的审查	1	2
6	控制单元设计的审查	1	3
7	病房单元原型的设计评审	1	1
8	控制单元原型的设计评审	1	1
9	每个软件接口构件的详细设计的审查	3	3
10	病房单元和控制单元的测试计划的设计评审	3	1
11	病房单元的每个接口模块的软件代码的单元测试	4	2
12	病房单元软件代码的集成测试	3	3
13	控制单元软件代码的集成测试	2	3
14	已完成软件系统的系统测试	10	5
15	用户手册的设计评审	3	2

第二节 软件复用技术

一、软件复用的概述

1. 软件复用的宗旨

实施软件复用(software reuse)的目的是要使软件开发工作进行得"更快、更好、更省"。"更快"是指在市场竞争环境中,软件开发工作能满足市场上时间方面的要求(即在提供产品的时间方面能赛过竞争对手);"更好"是指所开发出的软件在未来的运行中,少出差错;"更省"是指在开发和维护软件期间节省成本。

具体地说,在软件开发过程中,软件开发者欲将其冗余工作减到极小;欲增强其工作结果的可靠性(因为每个被复用的构件系统在初次开发时都已经经过审查和评审,构件的代码均经过单元测试和系统测试,还多次接受现场测试,所以说,可复用构件的可靠性比较高);并欲大幅度缩短软件开发周期,譬如说软件开发周期从数年减少到数月,从数月减少到数周。

2. 软件复用的实际效益

日美一些大公司资料的表明,软件复用率最高可望达到约 90%,而且软件复用使得企业在及时满足市场、软件质量、软件开发费用和维护费用等方面得到显著的改进。

例如,AT&T 的电信操作支持系统软件复用率达 40%~92%;Motorola 公司在为编译器和编译器工具编写测试包时,复用率达 85%;Eyicson AXE 公司的电信开关系统产品,复用率达 90%。Hewlett-Pachard 公司早在 1984 年就开始开发可复用构件,1987 年建立复用库,据 20 世纪 80 年代几个方面的统计,复用率达 25%~50%。惠普公司在 1990 年开始实施一个"宏伟"的复用计划,收集并研究最好的体系结构、过程、组织结构,打算将其装备到公司的各个部门,但通过实践,此法不通。后来惠普公司采用典型示范先行的系统的过渡方法,成功地在公司内逐步地全面实施了复用。

根据 1991 年的一份报告介绍,日本的软件大公司在 80 年代中期复用率就达 50%左右;1997 年的一份报告说,Hitachi 的 Eagle 环境,达 60%~98%,该环境让软件工程师可以复用标准的程序框架和函数过程。

除了复用率之外,在企业的经营管理方面也可望达到理想的效益。例如,上市时间可缩短到原来的 20%~50%;软件产品的缺陷密度可减少到原来的 10%~20%;软件产品的维护费用可减少到原来的 10%~20%;软件开发总费用可减少 15%~75%,其中 75%是针对长期项目,包括开发可复用资产以及支持复用的负担。

3. 软件复用技术的发展状况

近年来,基于"构件"(component)的软件技术的成熟程度日益加深,推广速度日益加快,这种形势使数以百万计的程序员的习惯和期望正在发生一场变革。新的应用软件开发技术和工具,是以"构件"作为关键,复用大粒度的"对象"(object),为的是快速地开发成应用软件。这些新技术包括微软的 Visual Basic、ActiveX、OLE(object linking and embedding,对象链接与嵌入),SUN Java、OMG 的 CORBA(common object request broker architecture,公用对象请求代理程序体系结构)、IDL(interface definition language,接口定义语言)等。非面向对象语言(如 COBOL 和 Fortran),在复用实践中已经取得相当的成功。这些非面向对象语言构件技术的成功实践说明,实现软件复用并不限于面向对象语言构件或类库。

现在,构件的商业市场正日益发展,市场上有了比传统的对象类更大的功能块,称为 ActiveX 构件、OLE 构件(OCXs)。当日益增多的基于构件的应用软件开发出来的时候,人们理解了细化定义体系结构和机制方面的重要性,这些方面的工作将会在更大程度上,促进构件的复用。

业务对象和构件可由不同群组的人们进行定义和构造,但他们又需要协同工作,以便满足经营业务信息系统的要求。面向构件的建模方法和支持业务工具会变得日益重要。

不同的作者提到构件,其含义略有不同,这里所说的构件,是建立在面向对象技术基础上的。此外,软件复用的实际经验还表明,体系结构(architecture)、过程(process)、和组织结构(organizational structure)的有效管理都很重要。

二、软件开发过程

1. 以往的软件开发技术不能满足复用的需要

(1) 工程。此处所说的"工程"(engineering)是指"软件开发工程"(software development engineering)。其技术和方法面对复用的需要已显得低效,这表现在:

① 缺乏界定手段。为了软件复用,需要根据软件开发流程的需求分析、设计、实现、测试等阶段,分析它们的描述模型,并明确地界定出潜在的复用部分,被界定之处表示可被复用,或可被可复用构件所替代。而以往的软件工程缺乏这种界定手段。

② 缺乏复用的构件。这反映在许多方面,例如,不能有效地挑选出可复用构件并对之进行强化;缺乏对构件进行打包、文档、分类、界定的技术;缺乏有效方法进行(构件)库系统的设计和实现;缺乏良好的方法提供给潜在复用者对构件库进行存取。

③ 对潜在可复用构件,缺乏灵活性。如果一个构件很死板,那么,它只有很少的(甚至没有)复用机会。而过去我们在灵活、分层的体系结构设计方面,一直是不成熟的,过去的办法是对构件进行调节,使之满足新需求,或者是对新的体系结构进行限制。

④ 缺乏实施复用的工具。为了实施复用,需要一系列新工具,并将它们集成到面向复用的支撑环境中。而过去的工程缺乏这方面的工具。

(2) 过程。此处所说的"过程"(process)是指"软件开发过程"(software development process)。以往的软件开发过程,并不鼓励软件复用。在以往的软件开发过程中,没有一个地方要求开发者考虑,"我们可否将过去已做过的某件东西替换成可复用构件系统?"也就是说,没有设置"复用"思考点,在这些思考点上开发者可以考虑如何安排构件系统;在软件的分析、设计、编码阶段后期安排的评审、审查、走查等过程中,也没有关注到软件复用问题;复用体系设计师的潜在作用未曾定义;复用工程师(确切说,可复用构件工程师)的作用也未定义。

(3) 组织方面。以往每次软件开发的实践,只关注一个项目,而现在复用实践的关注面广,甚至要关注到覆盖一个应用领域的诸多项目。为了实施复用,管理人员必须朝前看,要关注到相关的诸多项目,要抓住这些项目具有的共同特性;领域工程师应当从领域出发,界定出可复用元素,并创建相应的可复用构件。

只关注一个项目的管理,与应用领域大包揽式产品的管理,两者之间有很大差异。目前还没有一个管理结构能够同时适应这两个关注点。

此外,还有文化的问题,不相信本企业内的其他人,不愿依赖他人,从而不能与他人共享信息,因而谈不上复用。复用的本质就是共享可复用构件系统,共享就必须信任。反映在组织方面的这些困难,意味着缺乏知识。经理缺乏如何组织复用的知识,开发者缺乏如何实现复用过程的知识。有的开发者不愿做复用者,他们担心,如果依赖别人生产出来的构件,就会丢失他们自己的创造性,他们不热衷于实施复用技术,而只热衷于编程语言、工具等。

(4) 经营业务(business)。实施软件复用,需要资本和基金的支持。需要经费支持"领域工程",建立可供复用的构件和构件系统,以及建立构件库,这些工作都需要资金投入,一直到出现需要复用这些构件的项目,才能开始回收这些资金。此外,还需要基金支持教育、培训、访问供应商的供应的构件。有时需要经费来处理一个不稳定的领域,譬如:初始的领域定义很糟糕;或者需要将不同单位的类似领域进行合并;有时(可能是为了合法性和社会的原因)需要识别共享和非共享的软件。

而且,解决了上述问题,还不足以克服仍采用老方法来做这些事情的惯性。例如,简单地宣告捐助的构件库,并不会改变大多数工程师的行为。必须将他们的需求调整到这样的状态,即建立一个完美的可复用系统,要以低成本开发良好的应用系统。

众多单干的开发者,靠他们自己很难进行软件复用的工作。例如,实施面向对象的设计和编程,也不能自动产生复用。必须设置所需的机制,提供组织方面的支持,并提供经费支持。

2. 软件复用需要改变软件开发过程

根据近几年的经验,复用界(包括复用的研究界和实践界)已得到共识,为了取得系统地复用的效果,要求在软件开发的过程方面作重大的变革。以往的软件开发过程,每个项目都是从头做起,不同项目之间的共享部分甚微,复用方面至多是每个开发者复用自己的积累。新的开发方法将诸多的应用开发项目与界定和创建可复用资产联系在一起。这样做,就必须彻底审视他们的经营业务的方式和组织结构,在开发过程方面要做重大变革,这可以设想成是"经营业务过程的再工程"。要站在新的立场(主要从快速、可靠、低成本地获取软件的立场)上,重新思考属于软件的每一件事情。为此,我们寻求的是:首先,需要界定出可复用"资源",而后,要创建这些资源,并要对它们进行打包、编制文档,以便供应给复用者,应当使复用者对可复用资源充满信心。其次,软件开发单位必须建立新的系统工程过程,使开发者有机会来思考和确定复用方案,有机会进行挑选可复用构件。

系统的软件复用,如图8-6所示,由可复用资源的创建、管理、支持和复用四个过程组成。工作在可复用资源创建过程中的人们称为创建者,工作在应用项目开发过程中的人们称为复用者。下面逐一地讨论这四个过程。

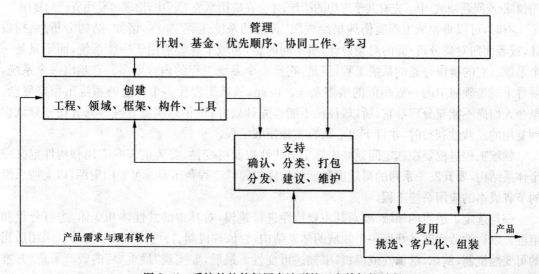

图8-6 系统的软件复用牵涉到的四个并行的过程

(1) 创建(create)。创建过程要界定并提供可复用资源,以满足复用者的需要。可复用资源的来源可以是新开发的、再工程的、购置的。这些资源是多种类型的,诸如代码、接口、体系结构、测试、工具、规范等。创建过程所包括的活动有:清理现有的应用软件和资源,列出其详细清单,并进行分析;进行领域分析;体系结构定义;评估复用者的需求;进行技术改革;可复用资源的设计、实现、测试和打包等。

(2) 复用(reuse)。复用过程使用可复用资源来生产应用软件和产品。此过程的活动包括：检验领域模型和可复用资源；收集和分析最终用户的需求；设计并实现需要另加的部件；对所提供的可复用资源进行必要的调节；组装出完整的应用软件，并对之进行测试。

（3）支持(support)。支持过程全面支持可复用资源的获取、管理、维护工作。此过程的活动包括：对所提供的可复用资源进行确认；对构件库进行分类编目；通告和分发可复用资源；提供必要的文档；从复用者收集反馈信息和缺陷报告。

（4）管理(manage)。管理过程从事计划、启动、资源、跟踪，并协调其他诸过程。此过程的活动包括：对新资产的创建工作进行优先性排队；安排其施工日程；分析其影响；解决有关的矛盾；进行培训；进行指挥。

在前面叙述中使用了"资源"、"领域工程"等名词。因为投资较大，所以我们用"资源"来指称高质量的软件工作成果(代码、设计、体系结构、接口、测试)和文档、工具、过程、经过编译的知识(指导原则、模型、公式)，这些都是可复用的。"领域工程"一词将在下面专门解释。

3. 领域工程和应用系统工程

当今大多数的软件复用中，涉及创建过程的一个重要活动，即界定潜在的可复用资产。在此活动中需要一整套的界定方法，以及确保可复用资产将被复用的一个体系结构。这个活动就叫做"领域工程"。而应用系统开发过程或复用过程，则称为"应用系统工程"。系统的软件复用的实质是，创建者先分析、规划，即界定并仔细地创建出可复用资源，它们可以使复用者能够又快又省地开发应用软件。

领域工程反映了共享的思想，即在相关的应用软件之间进行共享，这些应用出现在一至多个应用领域(或问题领域)中。先有共享思想的指导，才会在应用系统工程中，出现可复用资产的复用。

有时，可以将领域工程通俗地描绘成跟"普通的系统工程"一样，诸如，结构分析/结构设计，或者面向对象分析/面向对象设计，所不同的是，领域工程要适用于一族系统，而不只是一个系统。它的确像普通的系统工程，但是，它比一个系统工程的内容要多。它超出一个系统，要寻求一个领域中的一族相似的诸多系统。因此，领域工程比多个普通的系统工程要复杂。至今人们尚不能充分理解它，所以，往往不能事先计划好，也很难实施管理。只有在充分认识到复用的经营性利益时，才肯下决心认真实施领域工程。

领域工程过程要在选定问题域中界定出共性以及可变性，要为诸多的应用和构件定义一个体系结构，要开发一系列的可适度扩展的构件。领域工程企图寻求可复用资源，以支持后继的节省成本的应用系统工程。

一旦选定了适当的领域，要对其主要特性进行建模，对其中的共性体和变体，进行分组和组群。以后的活动就是开发一个领域的体系结构，它依赖机制、特性、子系统、变体。采用适当的可变性机制(例如，继承性或模板)来描述可变性。最后，要实现"最重要"的资产子集，并推出经过确认的可复用构件系统。

因为创建可复用构件，比开发普通的应用系统昂贵，所以，只有在具备复用的经营性价值时，我们才进行构件的创建工作，也就是说，会被多次复用的构件才值得创建。重要的问题是如何抉择在哪些领域里进行工作，如何抉择对哪些构件进行开发。应当预见到可复用构件的未来需求。但由于这样做既困难又昂贵，所以，应当帮助工程师们进行界定工作，以及按重要性对各项"特性"(feature，可借以确定共同性和可变性的特性)进行优先性排队。在一定程度上这依赖于预测的可靠性(预测要开发哪些应用的可靠性，以及预测需要哪些构件的可靠性)，这也关系到我们如何实现平衡。

　　至今已出现五六种实施领域工程的方法,每种方法都突出其特殊的主题。有的方法关注如何利用现有的领域、体系结构和系统专业技能,有效地界定出"领域";有的方法关注如何从领域中挑选实例、如何分析需求和趋向;有的方法关注如何收集各项特性、如何表述它们、如何对它们进行分组和组群。

　　不同的方法在如何界定领域和领域范围方面、在如何匹配其目标软件工程和技术方面,各有差异。多数应用系统由若干可识别的或特殊的子问题组成,其中只有一部分子问题是值得复用的。

　　有的方法的资料,只用很少的篇幅描述其核心技术,而用大量篇幅的文档(诸如指南、手册、角色定义、控制点等)说明如何复用;有的方法则说明他们如何采用面向对象技术;有的方法说明如何将领域分析集成到完整的软件工程生命周期中。

　　这里所采用的方法是将类似的领域工程的若干步骤,集成到我们的面向复用过程中。我们采用面向对象的业务工程方法,来界定一个期望的应用,并开发一个体系结构,针对该体系结构,开发出可复用构件。也就是说,用一个面向对象的业务工程,把人们导向应用、体系结构和构件。根据我们的判断,人们并不能猜到哪些构件要被复用。工程师们应当使用一种规范的过程来定义构件,否则,会产生出一堆不能搭配在一起运作的构件,因而也不能有效地支持以后的应用工程。

　　体系结构和构件的开发者们需要一套系统的方法来优化安排未来的需求。至于这套方法所包括的诸项活动细节以及如何与面向对象系统工程 OOSE(Object-Oriented System Engineering)进行集成的细节,因篇幅所限不能详述。

　　以往的应用系统工程已为人们所熟知,每次建立应用系统总是从头开始,没有复用问题,至多利用少量的"积累"的代码块。而现在的目标是广泛利用可复用资源,试图又快又省地建立应用系统。

　　现在的应用系统工程对可复用构件进行专门化,并组装成一个个应用系统。这些应用系统在很大程度上受到体系结构和构件的限制。典型的应用系统是由若干可复用构件组成的。

　　复用者从体系结构和可复用构件的模型入手,将现成的可复用资源汇集在一起,以满足客户的需求。复用者应当利用可复用资源提供的可变性机制,对所需的构件进行专门化。如果仅仅利用现有的可复用构件还不足以完全满足客户所有的需求,那么就需要另外编程(当然,这种编程工作,可以由复用者完成,也可以由创建者完成,即生产出新的可复用构件)。最后,把所需要的构件集成在一起,并进行测试,形成应用系统。总之,从软件复用出发,领域工程和应用系统工程的关系如图 8-7 所示。

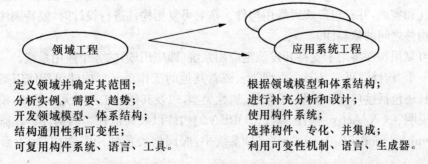

图 8-7　领域工程为应用系统工程准备可复用资产

三、构件技术

1. 应用系统和应用系统族

一个"应用系统"(application system)是软件开发单位向外部世界提供的一个软件系统产品。一个应用系统安装好后,便可向开发单位外的最终用户提供一系列使用案例,而可复用构件不一定向开发单位外的用户提供。

应用系统是指软件系统产品(这里不采用"应用"泛词)。系统是产品,而类型和类则是工作单元。

每件产品或每件工作单元都应当有相应的文档,说明它的目的和使用方法。"系统"可以看成是软件开发单位的资源。资源需要规划、需要进行版本控制、配置管理、开发、测试、认证、打包、维护、产品推出管理。资源是可广为配置的,可附属于用户、需要安装、维护、文档以及安装者所需的工具和规程。

工作单元可以是一段代码、文档、一件软件模型(在软件开发单位中可以进行独立管理的软件模型)。类型、类及其附属文档是工作单元,许多模型中的模型元素是工作单元,完整的模型、子系统、测试模型也是工作单元。有的工作单元是抽象的,面向管理的东西,如配置文件以及工作单元名称与版本清单。每个工作单元均有其标识及责任人。一个"应用系统族"(application system family)是具有共同特性的一系列应用系统。根据这些共同特性,开发出公用的可复用构件,用于支持开发该应用族中的各个应用系统。有若干种不同类型的应用系统族,例如:

(1) 一套应用系统:这是一组不同的应用系统,有时它们要配合在一起才能正常工作。例如,Microsoft 公司的办公软件 MS-Office,它包括文字编辑器 Word、数据库管理系统 Access、图文编辑器 PowerPoint,它们在 Windows 下协同工作,提供一套完整的办公环境。

(2) 应用系统变体:需要利用同一个应用系统,为不同的用户进行配置、打包、安装到不同的地方。例如,电信开关系统的 Ericsson 的 AXE 族。

有时,可以把若干相对独立的应用系统,处理成一个应用族的若干系统,办法是采用同样的可复用构件作为它们的底层。例如,若干应用系统的底层是类似的窗口行为,则采用 MS 的基础类。

2. 应用系统与构件

当要开发若干相关的应用系统时,我们并不主张采用每个应用系统都从头开始开发的方法,而是主张先按照复用的要求,确定这一组应用系统的共同"特性",根据这些共同特性,创建若干不同的模型,并按照复用的要求,将模型分解成恰当规模和结构的可复用构件,对其仔细地进行设计和实现,并打包形成可复用构件。在对可复用构件进行设计时,要特别注意尽量降低可复用构件之间的依赖性。

这批可复用构件将用于支持开发该组应用系统(即应用族)的各个应用系统。

所谓一个"构件",可以是一个类型、类、或者其他的工作单元。构件包括使用案例、分析、设计、实现,还包括接口规格说明、子系统、属性类型,以及其他的工作单元。例如,模板、文档、测试案例说明、OCX/Active 构件、基于 CORBA 的构件以及其他种类的构件。在通用建模语言 UML(unified modeling language)记号系统中,椭圆框表示使用案例构件,矩形框表示设计类。

对于构件,应当按可复用的要求进行设计、实现、打包、编写文档。构件应当是内聚的,并具有相当稳定的公开的接口。有的构件具有广泛的可复用性,可复用到众多种类的应用系统中,有的构件则只在有限的特定范围内被复用。

目前,不同的作者提到构件,有不同的含义,有的采用大型的定义,即一个构件是相关工作成品的一个集合;巴恩斯(Barnes)等主张广谱复用的含义,即把所有种类的工作单元(如文档、指南、计划、测试、代码)都看成是可复用构件;MS, UML, OMC 使用"构件"一词指称一个封装的代码模块、或者大粒度的运行时的模块。

面向对象技术中的封装、多类型等特征,可简化构件的开发工作。但面向对象中的继承机制却有两面性,一方面可简化开发工作,另一方面,继承使得一个类(或类型)对它的上级类(或类型)有很强的依赖性,这使得构件的维护变得复杂。所以,如果使用不当就会影响基于构件的开发工作。

3. 构件系统

单独的一个构件往往用处不大,但若干个构件联合起来,用处就大了。所以要将相关的构件组织在一起,形成构件系统。实施复用的开发单位往往需要使用多个构件系统,应当把构件系统,像应用系统那样,当作系统产品进行管理,必要时自行开发构件系统。一个构件系统的规模可大可小,小到只有几个构件及支持文档。

应用系统要复用公共的构件,要从构件系统中挑选所需的可复用构件,"输入"(import)到应用系统中。构件系统应当包括一种特殊类型的软件包,叫做"界面",用于"输出"(export)可复用构件。每个构件系统可以提供多个界面,但至少有一个。图 8-8 所示的是若干应用系统复用两个构件系统中的构件。图中的"输入"箭头,即 import,表示复用。

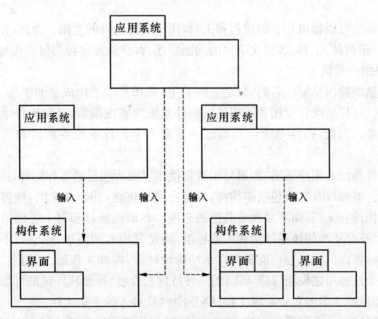

图 8-8 应用系统通过构件系统的界面复用其中的可复用构件

构件系统中的构件之间存在若干种关系。例如,一个构件可从其他构件那里继承其功能(即继承关系);可以发送消息给其他构件;可以与其他构件联合,支持协同工作。

现有多种形式不同档次的构件系统,构件系统可以是相对独立的许多类的一个集合(实际上是类库);可以是若干相互关联的类的一些框架;可以是Java类和OCXs的集合;可以是能够用于生成完整的应用系统的比较复杂的构件系统。

纯粹的类库中诸多类可以是相对独立的,而构件系统的内容一般说来,多于一个类库,它应当包括相互关联的构件,这些构件协同工作可以生产出一群相互关联的对象。复用者可以将这些构件组合起来向最终用户提供使用案例。

应用系统和构件系统都是系统产品。它们都是采用模型和结构的类型定义出来的。这两类系统的主要差别在于如何实施工程、如何管理以及如何使用。与应用系统相比,构件系统具有通用性,可复用,另一方面,构件系统需要工程师们付出更多的劳动(我们可以把一个应用系统看成是一种简化的构件系统,应用系统是直接面向客户的)。构件系统用于实现应用系统工程,也可用于实现别的构件系统工程。构件系统是经过精心包装和认证的一组构件。一般情况下,构件系统不向复用经营单位外部提供,而应用系统是要向外部提供的。每个构件系统被当作一个独立产品,进行精心的设计、包装,而且往往由分别的单位部门进行开发和管理。

总之,一个构件系统是能提供一系列可复用特性的一个系统产品。这些特性被实现成相互依赖相互连接的众多构件,包括众多的类型、软件包、文档。

一个好的构件系统使得复用者能够多快好省地开发应用系统。对构件系统中的每个构件,都要精心地进行设计和实现,使得它具有适当的灵活性,能够与其他构件(甚至与其他构件系统)协同工作,向复用者提供适当层次的功能。构件系统应当是易于理解和易于使用的。每个构件类型、类以及与其他构件的相互作用,均应当有良好的文档,并且所使用的术语应当具有一致性。对构件应当是仔细地进行建模、实现、制作文档、测试,以便于以后的有效维护和改进。

一个构件系统可以辅以相关的过程和工具,用于支持构件的复用。为此,往往开发一个构件系统工具箱,把构件、工具、客户化语言的问题描述、客户开发过程都包装在该工具箱内。

4. 构件系统的界面

一个构件系统输出给复用者的,只是它的类型、类和其他工作成品的子集,而其余的部分则被隐藏起来。这样做既让复用者不用过问构件系统的实现细节,又使构件系统内部的改动不会影响复用者。为此,构件系统应当通过一至若干个构件系统界面来表达和输出可复用构件。

界面是构件系统的用户视图,如果复用者要使用界面所包括的各种构件,那么界面会简化复用者的工作。界面以及它所包括的构件,均应当经过挑选,并制作文档,使得复用者只需要理解界面中的构件和文档,而不必理解其他的东西。界面的数目和每个界面的内容应当经过精心设计,应当符合适当的体系结构和工业标准,满足复用者的需求,还应当不过多地暴露构件系统的内幕。界面创建过程可能要与体系结构设计师、构件工程师、复用者进行多方协商。一个界面实际上是通用建模语言(UML)的一种特殊软件包,界面软件包里可以包括一些直接定义的构件,还包括从面向对象系统工程(OOSE)内幕输入的一些构件。

构件系统"输出"一系列可复用构件,就是说,让复用者可以公开地复用它们。只有应用工程师们需要使用的那些构件,才需要通过界面输出。而其他的构件也就是构件系统的内幕,被隐藏起来。

构件系统的输出,实际上就是被挑选出来的类型、类、关系,以及附属的文档,均成为通过界面提供给复用者的东西。类型和类包括:各种的结构(如演员、使用案例、分析、设计对象和模板)、子系统和服务包、接口、实现类、属性类型等。

5. 可变性和专门化

为了使构件系统更切合实际,能更有效地被复用,许多构件应当具备"可变性"(variability),以提高其通用性。针对不同的应用系统只须对其可变部分进行适当的调节,即进行"专门化"(specialize)。有了可变性,会显著减少构件系统中的构件数目,因为通用性较好的灵活的构件可以顶替数目众多的相似的非通用构件。而要复用通用构件,在复用前需先对其进行专门化。

需要有若干不同的可变性机制,对在建立实际应用系统时遇到的不同可变模式,有效地进行匹配。面向对象系统的开发者最初只使用继承性对付可变性。采用层次式类的结构,继承性会减少构件的总数,但单独使用继承性对于一些复杂的、脆弱的系统,会限制其灵活性。重要的是要提高其柔性,软件工程易于进行客户化,这是软件工程与硬件工程之间的重要差别之一。

复用时,输入的构件可以是抽象的也可以是具体的。具体的构件可以被直接复用,无须改动。要复用一个具体的构件,要做的所有事是,输入该构件以及它所依赖的所有构件。而抽象构件是通用的,或者说是不完备的,复用前需先进行专门化。例如,超类型、超类、带参数的模板等。

要区分不同的应用系统和构件系统,可以基于这些系统所提供的功能、服务以及其他特性。针对使用案例和需求,这里采用特性一词,关注的是与功能需求相关的职能(或特性),通过使用案例模型来捕捉这样的职能。当然,还有采用别的模型来表述系统特性的方法,但这里将不讨论其细节。

所谓一个特性,可以是一个使用案例、使用案例的一个部分或者使用案例的一个职能。一般说来,使用特性一词,还可以比较方便地说明某些实现细节或操作限制,例如,目标操作系统选择为窗口系统、在规模和性能方面的限制等。所以说,一个特性就是构件(或构件系统,或应用系统)的任何一个突出的特征,而且特性可作为选择项,让复用者或客户进行挑选。如果每个特性都实现成一组关系密切的使用案例和对象类型或类的构件,就会便于使用。出自不同模型而又支持一组公共特性的若干相关构件,被跟踪链和参与链接在一起。

抽象构件提供了复用者所需的一些公共特性或职能。抽象构件也有可变的特性和职能,复用者需要进行选择或提供"变体"。可变的特性和复用者可扩展的特性均为可复用构件软件的重要特征。

6. 打包和编写文档

为了便于复用,必须仔细地为构件系统打包,并用该系统的输出构件、变体和门面等术语编写文档。门面应当使复用者明白如何使用各种构件、预制的变体,以及如何进行专门化,说明诸构件是如何相互依赖的,在联合使用这些相互依赖的构件时会有哪些限制。

四、分层式体系结构

1. 软件体系结构

所谓"软件体系结构",是在高层次上定义软件的组织,并处理如何将系统分解为若干单元,这些单元又如何相互作用。良好的体系结构应当容忍变更、可理解、并使系统功能的设计更具适应性。

现代的大型信息系统是十分复杂的,而且受到不断变化的标准、组合分布计算技术、系统平台等各方面的影响。这种复杂性是内在的,而且是无法回避的,但可以设法用良好的软件体系结构来处理。

软件体系结构是一个易于让人产生疑惑的术语。软件工程师们觉得对它已经理解了,却又发现难以给出它的确切定义。此术语背后的概念很重要,它影响着软件的设计和结构,因而影响软件的特征。这里将使用简化的方法,给出此术语的定义:

在一个面向对象的系统中,实现类是组织在子系统中,软件体系结构定义了软件按子系统组织的静态结构(子系统之间通过接口相互连接),并在一定程度上定义了诸节点(执行那些子系统的诸节点)之间是如何相互作用的。

还有人采用别的方法给出软件体系结构的定义,例如,采用可计算构件和构件间的连接等术语,定义一个软件系统的体系结构。

2. 良好的软件体系结构的重要作用

应用系统是提供给最终用户使用的;而构件系统中的诸多构件,则往往是提供给应用系统开发者进行复用的。两者的开发过程及其具体规定又有所差异,但不论是应用系统还是构件系统,通常每个系统均由一个开发团队,按照特定的软件开发过程进行开发。如果开发单位选择了良好的体系结构,各个开发团队的软件工程师们可以更有效、更有预见地进行系统的设计和实现工作。工程师们可以在定义好的接口界面上进行工作。在开发应用系统时,良好的体系结构的作用相当于选择构件的指南。如果缺乏清晰定义的体系结构和接口,诸多构件很难协同工作,软件工程师们便难以复用构件。

所以说,选择合适的体系结构,对于一个软件开发单位来说,是最重要的决策之一。为了维护软件系统的完整性,以使得开发和维护工作不致于杂乱无章,体系结构是很重要的。良好的软件体系结构还是简化软件系统复杂性的关键,让大规模的开发单位能以并行方式开展工作。

此外,修改需求和新增需求是常有的事,不但应用系统如此,构件系统也是如此。良好的体系结构使构件系统和应用系统能有序地随时进行改进,体系结构的定义方式和描述方式,也应当使得人们易于对系统进行修改和改进。为了建立允许变更的体系结构,重要的事是,辨清软件的哪些部分是很可能变更的,哪些部分是不易变更的,即稳定部分。体系结构中最为稳定的部分应当对软件的子系统和接口组织起着最具影响的作用。同时,体系结构又要预见到可能的变更,与之相应的子系统和接口应当设计成可变更的。这如同盖房屋,有些部分(地基、外墙)不常变动,而有的部分(内墙、内部装修)常变动,还有的部分(每间房内的家具)变动更为频繁。如果把房屋的外墙造得易于更换,而把房内家具粘牢或焊死在地板上,那才是不得要领。

开发单位的规模越大(特别是跨地域分布的情形),通信联系的开支就越大,因为软件工程师们需要经常协调他们的工作。具备显式接口的良好的体系结构能降低通信开支,因为体系结构为开发者们提供了他们需要了解的大部分信息(特别是其他部分能做什么的信息)。

定义软件体系结构的工作比开发一个应用系统或一个构件系统更困难。如果软件开发单位遇到新的领域,或者采用了新的技术,那么制定良好的软件体系结构,对于这个单位来说,就是最重要的事情之一。当然,由于面对新领域或新技术,缺乏经验,体系设计师们可能觉得困难,正因为如此,此事更显得重要,因为开发者们在建立新应用系统或新构件系统时,也会因缺乏经验而更需要指导。

采用什么样的体系结构可以满足上述各方面的要求呢? 没有简单的答案。我们的经验是,采用分层式体系结构,并正确运用之,才是正确的起步。

3. 分层式的体系结构

粗略地说,所谓分层式体系结构,是按层组织软件的一种软件体系结构,其中每层的软件建立在低一层的软件层上。位于同一层上的诸多软件系统或子系统,具有同等的通用度,在下层的软件比在上层的软件更具通用性,即低层的软件比高层的软件更具通用性。一个层次可视为同等通用档次的一组(子)系统。所以,在分层式体系结构中,最高层是应用系统层,可包容诸多应用系统。次高层是构件系统层,可包括多个构件系统,用于建立应用系统。应用系统建立在构件系统层之上,而这个构件层中的诸多构件系统又可建立在更低层次的构件系统之上。

这里所说的"软件组织",是指软件的静态分层组织,就像在编译连接时软件诸模块之间的分层依赖关系那样,是一种静态的关系,而并非指软件在运行时的组织和动态的结构。一个系统的动态特征是由使用案例、协作、过程和节点模型来定义的,这些动态模型要与软件的静态分层组织联合起来使用。

即使按照上述的原则,人们仍可以定义出诸多形式的分层式体系结构,层的数目、层的名称、层的内容均可随情况而定。这里介绍如图8-9所示的一种体系结构,它是一种较为典型的四层次的分层式体系结构。

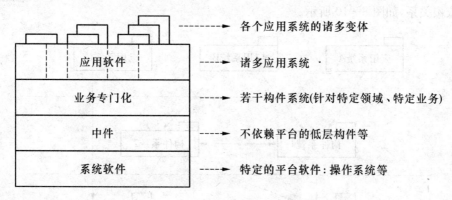

各个应用系统的诸多变体

应用软件 —— 诸多应用系统

业务专门化 —— 若干构件系统(针对特定领域、特定业务)

中件 —— 不依赖平台的低层构件等

系统软件 —— 特定的平台软件:操作系统等

图8-9 一种四层次的分层式体系结构

下面将逐层介绍各层的内容:

(1) 第一层,是最顶层、或最高层,对于每种软件体系结构来说,最顶层总是应用系统层,此层应当包括诸多应用系统,每个应用系统向最终用户提供一组使用案例。有的应用系统还可具有不同版本,或若干变体。应用系统可以通过其接口直接与其他系统交互操作,还可以通过低层软件提供的一些服务或对象(例如,ORBs、操作系统、业务专门化服务)间接地与其他系统交互操作。

(2) 第二层,是次顶层或次高层,它应当是"业务专门化"(business-specific)层,此层应当包括专门针对不同业务类型的一系列构件系统。这样的构件系统向应用工程师们提供使用案例和对象构件,是可复用的,用于开发应用系统,特别是支持复用业务。业务专门化层的构件是建立在中件层上。

(3) 第三层,叫做"中件层"(middleware-layer),它位于次高层下面,它为次顶层的诸构件系统提供实用软件类,以及不依赖平台的服务。例如,在异种机型环境下的分布式对象计算等。此层常包括：图形用户界面GUI(graphical user interface)构筑者使用的构件系统、与数据库管理系统(DBMS)的接口、不依赖平台的操作系统服务、对象请求代理ORBs(object request broker)、OLE(object linking and embedding component)构件，如电子表格(spreadsheet)和框图编辑器。这些构件是提供给应用工程师们和构件工程师们使用的，以使得他们能专注于业务构件和应用系统的构筑。

(4) 第四层，是最低层，它是系统软件层，此层包括计算和网络基础设施的软件，如操作系统、专用硬件接口软件等。

但是，目前已出现了一些专用操作系统，其本身就提供了不依赖平台的服务。因此说，第三与第四层之间，有时模糊不清。一般说来，在这两层之间，很难精确地规定哪层应当包括哪些软件。例如JAVA，可以从两个视角审视。首先，JAVA是一种语言，故它位于系统软件层，即第四层，更有意思的是，可以把JAVA看成是组织分布对象的一个重要部分，通过JAVA可将对象移到不同的机器上，从而改变客户机——服务器系统的应用划分。从另一个视角，JAVA的一个重要部分又属于中件层，至少，中件层的许多软件是用JAVA写成的。因此，在我们的例子中，已将JAVA安置在中件层。

为了确保分层式系统可管理，我们规定在一个系统内，不能从底层复用高层的构件。一个分层式系统有两维，水平方向是在同层次内的相互引用的诸多系统，而垂直方向表达了跨层的静态的依赖关系，如图8-10所示。

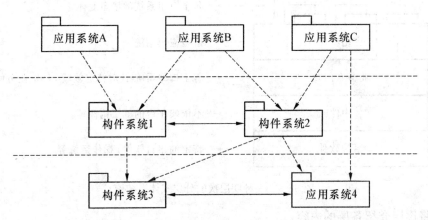

图8-10　一个分层式系统中的依赖关系和相互引用关系

图中虚线单向箭头表示垂直方向的依赖关系，实线双向箭头表示水平方向的相互引用。

五、渐进的实施复用和复用单位的组织结构

1. 软件复用需要改变开发单位的组织结构

传统的软件开发单位的组织结构，通常是一个高层经理下面有若干个应用工程项目经理。由高层经理分配资源，包括人力物力资源，譬如在人力资源方面，将已经完成任务的项目中的人员分配到需要进行开发的项目中，而每个项目经理只负责他所掌管的项目。在这样的开发单位中没有可复用构件方面的资源。

实施软件复用的开发单位的组织结构就不同了。这样的开发单位有两个基本职能，而且通常由两个部门分别承担这两个职能。职能之一是创建，相应的部门是创建者或领域工程部门；职能之二是复用，相应的部门是复用者或应用工程部门。后者可能包括许许多多应用工程项目。

　　具备系统复用经验的开发单位,往往还需要第三个职能,即支持职能,相应的部门是支持部门;而且在创建、复用、支持三个平行的部门上面还需要一个高层经理。高层经理关注的是总目标;支持部门要对创建者所提供的可复用资产进行确认、对构件库进行分类编目、通告和分发可复用资产、提供必要的文档、从复用者收集反馈信息和缺陷报告。图8-11所示是我们建议的实施系统复用的开发单位的组织结构,下面将重点讨论创建部门和高层经理两个问题。

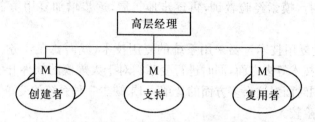

图8-11　利于实施系统复用的一种软件复用组织结构

　　这样的组织结构是根据以往的经验教训,边摸索边总结出来的。例如,有的开发单位曾把创建者安排在应用工程项目部门,在项目经理的领导下工作,由于项目经理的注意力集中于从外面获取应用项目,因此创建者的目标往往被延误或被遗忘。这种情况在开始时是很常见的,应当说这是教训。然而,如果将创建者与复用者在职能上完全隔离开,甚至在地理位置上也分割开,那么创建者就如同在真空中工作,所生产出来的可复用构件往往不能充分满足复用者的实际需要或者不及时,所以说这也是不可取的。

　　总之,一方面,创建者应当尽量接近复用者,以使其创建的可复用构件能尽量符合实际需要;另一方面,创建者与复用者应当是两个并列的部门,使创建者能摆脱开应用项目的日常压力,保证可复用资产的开发和持续改进。创建者部门的职责应当是生产高质量的可复用资产,以满足复用者在数年内的工作需要;复用者部门的职责应当是利用可复用构件,又快又省地完成应用工程项目的开发任务,复用者的目标就是通常的应用工程项目的经营目标。

　　即便采用了创建者与复用者并列的组织结构,有时仍然会遇到压力。例如,项目经理面临紧迫期限的挑战,出于过大的压力可能要求停掉创建者的工作,这就会影响到创建者的长期目标。出现这种情况,说明这个单位尚未充分认识到复用的重要地位,也没有认识到可复用库的巨大工作量和难度。所以说,实施软件复用的单位需要一个高层经理,即图中位于三个职能部门之上的高层经理。他关注的是总目标,应当权衡创建者和复用者的利益。有的单位称呼这样的高层经理为复用经理。

　　跨地域的大规模公司,有时采用复用管理委员会替代高层经理,委员会中包括体系设计师和经理,他们力图在跨地域的各个分单位之间进行复用。各分单位的矛盾提交到委员会上,进行讨论和裁决。不过,这样的委员会要解决矛盾,需要较长的时间。为此,各个分单位要权衡一下是否要把矛盾提交到委员会上去解决。

　　2. 渐进地系统地采用复用技术

　　前面重点讨论采用系统复用的开发单位应当具备什么样的组织结构,才能较好地保证实施系统的复用。本小节将讨论软件开发单位如何从现有的状态过渡到系统复用状态。所谓系统地采用复用技术(简称系统复用),通俗地说,就是全面地采用复用技术。所谓渐进地采用复用技术,通俗地说,就是逐步递增复用技术。

一个软件开发单位要想采用复用技术,通常面临两种压力:其一,必须保持现有的传统机制继续运转,它包括获取开发单位维持经费的各项活动;其二,要对现有的传统机制进行变革,使之过渡到复用状态。在线的经理们通常熟知如何运作现有的机制,而不熟悉复用机制,所以往往觉得很难在保持老机制运转的同时,开创出新的复用机制。

从传统机制到复用机制的过渡并非易事,往往需要数年的时间,而且以逐步过渡方式为宜,可以典型示范先行,摸索经验教训,再逐步地扩展,逐步增加复用覆盖面,以至贯穿整个单位。

(1)采用系统的复用技术。要采用系统的复用技术,就需要在业务、人员、过程、组织结构、体系结构、工具、技术等多方面,同时进行变革。对于大规模的软件开发单位,尤其需要系统地采用复用。而同时面对这么多方面的变革,如果缺少一种系统的变革方法,就很容易被许多枝节问题困扰,风险较大。

现在已有多种不同的变革方法,适用于在大规模的软件开发单位中实施这种变革。其中,有些方法主要用于建立过程和组织结构的模型,有些方法主要用于处理在变革过程中的人员问题,还有的方法则主要关注复用成功因素。我们主张将这三方面的方法进行组合,形成渐进的系统的过渡方法。下面将分三个方面介绍此方法。

① 业务工程提供了一种系统过渡的框架:业务工程 BE(business engineering)提供了一种以过程为核心的组织结构和系统设计的视图,它包括对复用业务的设想、建模、逆向工程和正向工程各个步骤。其关键的思想是要确定一系列的功能交叉的过程,这些都是开发单位应当有效地执行的过程,然后进行组织结构的优化,并制定和建立贯穿整个开发单位的政策和信息系统,目的是消除组织结构方面的隔阂。为了实施过渡,我们将采用面向对象业务工程方法。

② 组织结构变革涉及到人员问题。组织结构的变革,涉及到人员的安排、人们的思想顾虑、政策、组织方面的压力、知识的缺乏等。进行变革的过程中需要进行细致的工作,包括为人们建立信心、鼓励、支持、领导、过程权限分享等。

③ 渐进地实施重实效的复用进程:渐进地实施复用技术,包括一组重实效的指南、模型、里程碑,还包括复用单位如何逐步地计划安排其复用的演进。目前,复用界(包括复用研究界和实践界)已经得到这样的共识:成功的复用计划,应当是通过一系列步骤逐渐地成长和成熟的。

(2)一个实例。惠普公司实施复用,完全是出于业务经营的需要。经过多年的实践,总结出渐进的过渡的方法,每前进一步,再进入下一步,增加一些复用的新技术和活动,各步的复用技术包括:黑盒代码的复用,库和工作成品的管理,体系结构和系统,应用工程和构件工程技巧,面向复用的过程和组织的管理以及新工具和技术。他们在充分认识到需要过渡到下一步的复用时,就下决心进行投资和准备,引入更高档次的复用技术。而高档次的复用又需要相应的组织结构来支持,而且需要增加体系结构的层次,过程的实施也更为严格。这是一个成熟的复用模型的实例,图 8-12 展示了该公司是如何渐进采用复用技术的,其中每个步骤均为实际的业务需要所驱动。

多数的复用实施方法是从小规模典型示范开始,在证实其成功之后,再在本开发单位中逐步扩大范围进行推广,并逐步提高复用档次。我们将称之为"典型示范驱动式渐进过渡方法"。

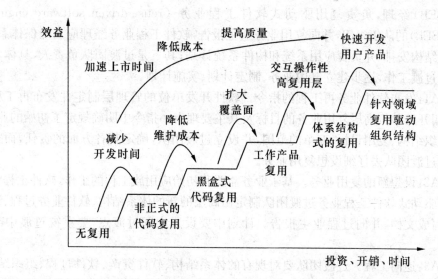

图 8-12　渐进实施系统复用技术的一个实例(HP公司)

一般说来,采用此法,可以较快见效,也可以较快发现问题,风险小,开始的投资也较小。

实施渐进过渡要注意稳步前进,一旦掌握了新技巧,就要及时采取措施加以巩固,使其成为持久的制度化的实践,每一步内掌握的技术要多经历考验,再进入下一步。随着经验的增长,还可以跨单位扩大复用的范围,并提高复用的档次。

(3) 渐进地采用复用技术。如果将前一小节所说的三个方面技术中的关键部分组合到面向对象业务工程的框架中,便可得到如图8-13所示的高层视角的复用过渡过程。与图8-12相比,此图所示的方法更激进,它允许一些步骤并行地进行。下面将逐一说明渐进过渡过程中,各个步骤的工作内容和涉及到的有关人员。

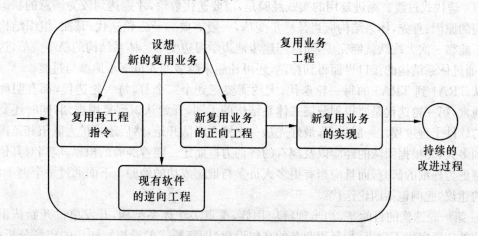

图 8-13　渐进的过渡过程

为便于叙述,我们赋予每个步骤一个标签名 TRA1,…,TRA6,并在此先交代一下过渡中涉及到的三层领导人员。其一是软件开发单位的管理层,负责发布指令和提供足够的资金,负责发布第一步 TRA1 中的再工程指令,还要参与以后的各步,以利控制进度,特别要参与第二步 TRA2,以利理解所设想的复用业务;其二是软件工程业务(software engineering business, SEB)经理,负责复用驱动式软件工程业务 (reuse-driven software engineering business, RSEB)的队伍组织,并向复用业务业主报告,软件工程业务经理应当确保体系结构、相应的组织结构安排,并负责应用系统和构件系统计划;其三是过渡团队负责人,具体领导过渡团队进行过渡工作,逐步建立复用业务、制定计划、实施计划。

① TRA1:发布软件业务再工程的指令。软件开发单位的管理层制定并发布再工程的指令,郑重申明开发单位高层复用业务的目标及其主要理由。指令中明确规定了初始的业务、过程、体系、组织结构、复用目标、变革的范围,并设立过渡团队,确定其各方面的责任,而且管理层还授权给过渡团队去仔细设想复用业务。

② TRA2:设想新的复用业务。基于业务需要和初始应用族工程的工作,软件工程业务经理领导复用驱动式软件工程业务过渡团队制定出高层的新的体系结构、软件业务过程、组织结构的设想,写成文档,并向过程业主报告。计划中要设置中间过渡点,要重视过渡中的通信问题。

③ TRA3:逆向工程。过渡团队要对现有的体系结构、软件资产、软件过程、组织结构、工具、基线测量等,进行认真的调查研究,其目的是理解现有的软件过程实践、弄清现有资产、现有的复用状态、理解现有组织结构方面的问题。

④ TRA4:新的复用业务的正向工程。制定出新的复用业务所需的软件工程过程(Software Engineering Process, SEP)、组织结构、软件过程环境和工具。

⑤ TRA5:实现新的复用业务。建立新的模型,进行人员培训,使开发过程、组织结构、体系结构、系统各方面,逐步地实现以新代旧。

⑥ TRA6:持续地改进过程。随着新的业务模型开始运作,不断地收集并分析复用过程和产品评估,以测定过程、界定关键问题,以利改进,逐步实现变革。此步实际包含从 TRA1 到 TRA5 的反复迭代过程,下面的小节将专门讨论此迭代过程。

(4)迭代式过渡。渐进复用的实践经验是,需要迭代数轮,才能达到较为满意的状态。有两方面的原因:首先,体系结构应当是稳步变革,一般需要二至三轮迭代;其次,组织结构的变革也不能靠一次大跳跃就能完成,而应当逐步地边学习边变革。体系结构的稳步变革,迭代过渡,可通过体系结构的接口界面得到控制,还可让越来越多的人员逐步地参与过渡。

从 TRA1 到 TRA5 的每一轮迭代,大约需要三到十二个月,每一轮迭代,都有明确的目标。通常,第一轮迭代是要得到分层式体系结构的大图,开始认识到复用规划,同时还要关注重要的软件工程过程。一般说来,最好先从一支核心团队开始,然后逐步扩大队伍和范围。具体扩到多大,要根据团队的经验以及现有的咨询力量而定。随着经验的积累,应当对其他的过程开展更为仔细的研究,而且应当有更多人员参与推广成功的经验。下面通过一个例子,说明我们的建议,此例包括四轮迭代:

① 第一轮迭代的目的是,初步理解应用族,重点关注体系结构,开发单位开始认识到复用。此外还要完成下列事项:复用业务的高层设想(即概要式的设想);初步的市场分析;目标组织结构的业务模型,其重点在于理解应当开发出什么样的应用系统和什么样的构件系统,作为第一批产品推出;约定关键的客户;建立过渡团队。

过渡团队要启动应用族工程的过程并且要物色合适的人员,参与过渡工作。

② 第二轮迭代的目的是建立体系结构,尤其要设计好接口界面和门面,并让更多的团队逐步参与新的组织结构。本轮迭代的工作还包括:复用业务的进一步设想(即仔细的设想),进

一步的市场分析,与关键客户签定合同,建立合适的团队,开始实施应用族工程。

构件工程师们更多的时间是开发构件系统,此项工作与需要使用该构件系统的应用系统工程(application system engineering,ASE)过程并行地进行,前提是 ASE 过程较少,才有可能并行地进行。这种情况在头几轮迭代中经常出现,那时体系结构尚未稳定,参与复用过渡的人员也少。然而,随着复用队伍人数的增多,依赖构件系统的应用系统数目的增多,构件系统就应当先行开发,应用系统工程过程应当使用已有的(即便是不尽如人意的)构件系统,对构件系统的改进则放在下一版本。

③ 第三轮迭代的目的是,组织更多的人员参与构件系统工程,开发并改进构件系统。ASE 过程则源于客户要求,并建立适当的应用系统工程专业团队。

④ 第四轮迭代的目的是,建成稳定状态的复用组织结构,并掌握若干源于客户合同作为考验新的构件系统和(前一轮迭代开发的)构件系统新版的应用系统工程过程。建立一个独立的构件支持团队(在第二轮中,构件的开发者是应用系统开发团队中的兼职者)。经过这四轮的迭代,以后的迭代便可将注意力集中在可复用资产的积累上,可扩大其广度和深度。例如,扩充或改进体系结构,使其覆盖更多的应用族;增加构件系统的数目或种类;支持持续递增的构件工程或应用工程项目;支持多版本的构件系统和应用系统;进一步扩大组织,改进过程;组织跨地域分布的团队。

(5) 过渡计划实例。过渡计划应当是一个既具长期(数年)目标又有阶段里程碑的计划。它应当定义下面的内容:体系结构如何演变;要开发什么应用系统和构件系统;要定义哪些过程;要建立和培训哪些团队;如何安排复用的认识和实施进度。

如表 8-3 所示的是一个过渡计划的实例:

表 8-3 过渡计划——实例

	第一轮迭代	第二轮迭代	第三轮迭代	第四轮迭代
业务需求和机遇	发布再工程指令	产品计划	客户订单	最终用户反馈
应用族和体系结构	体系结构粗框	体系结构基线	构件系统	应用系统
工作团队	体系结构	构件工程师	应用工程师	构件支持者
采用的过程	AFE	CSE	AFE	客户 ASE&CSE 过程

表中的 AFE,ASE,CSE 分别是应用族工程(application family engineering)、应用系统工程(application system engineering)、构件系统工程(component system engineering)的缩写。

3. 充分利用可共享复用成果

有若干复用计划、复用过程和技术的开发,得到了政府、企业、国际财团的资助。已经制定出各种的复用指导原则、过程、认证复用的度量方法,还开发出一系列复用工具。这些成果都是可共享的成果,应当充分利用。

REBOOT(Reuse Based on Object-Oriented Techniques)国际财团:于 1990 年由西欧的九个公司发起组成。他们基于面向对象技术的复用,编写了一部优秀的书(Software Reuse),开发了支持复用的两种过程模型:为复用开发和利用复用进行开发,还开发了一系列工具,称为REBOOT 环境。

他们强调的一个原则是：考虑复用者的需求，增加对可复用构件的信心。开发者的倾向是抵制复用，因为他们缺乏这种信心。为改变这种状态，REBOOT 推荐一种文档结构，它包括测试信息和复用者的经验。

他们还强调：复用并不意味着仅仅复用其代码。构件也可以是分析阶段和设计阶段的成果，代码类的构件，也不仅仅是一些诸如"类型"、"类"这样"小的"和"简单的"构件，可以大到一整个系统。例如，人员管理系统。

STARS：这是美国国防部的一项长期的项目，它是 Software Technology for Adaptable, Reliable Software(可适应、可靠软件的软件技术)的缩写。它关注过程、体系结构、复用三者的集成。它认为软件生产线开发的软件周期应当包括过程驱动、软件体系结构、领域工程和可复用构件库这四个概念。

STARS 由美国国防部资助复用技术的开发，有的是直接资助，有的是通过合同资助，如 Boeing，IBM，Loral，Unisys 等公司。技术包括复用过程的概念框架、若干有组织的领域工程方法、面向特征的领域分析、可复用的国防软件广泛方法的若干手册和指南、领域专门化软件的体系结构以及复用库互操作的一个模型。

4. 实施系统复用需要遵循的原则

根据已经采用复用技术的许多开发单位的共同经验，如果要系统地实施软件复用，就需要遵循下述 10 条原则：

(1) 需要顶层管理领导，并需要有长期回收的经费支持。

(2) 为了渐进地推行系统的复用，需要规划和调节系统的体系结构、开发过程、组织结构，并以小规模的先行项目为典型示范，而后再铺开。

(3) 为了复用，先规划体系结构及其逐步实施的过程。

(4) 过渡到明确的复用组织机构，将可复用构件的创建工作与复用工作(即利用可复用构件开发应用系统的工作)分离开，并且提供明确的支持职能。

(5) 在真实的环境中，进行可复用构件的创建和改进工作。

(6) 要将应用系统和可重用构件，作为一个经济核算的产品整体进行管理，应当注重公用构件在应用系统及其子系统领域中的高盈利作用。

(7) 要认识到单独的对象技术或者单独的构件技术都是不够的。

(8) 采用竞赛和更换负责人的办法，进行开发单位的文化建设和演变。

(9) 对基础设施、复用教育、技巧培训，要投资和持续地改进。

(10) 要采用度量方法测量复用过程，并要优化复用程序。

第三节　设计评审

一、评审的目标

评审的直接目标同当前项目有关，而其间接目标具有更普遍的范围，包括提升开发组成员的专业知识和改进机构所用开发方法学。

1. 直接目标

（1）检测分析和设计错误。

（2）确定可能影响项目完成的风险。

（3）找出偏离模板和风格规程及约定的地方。纠正这些偏离预计会带来方法和文档风格的一致性，这必然会对改进交流和协作做出贡献。

（4）批准分析或设计产品，使项目组继续前进到下一开发阶段。

2. 间接目标

（1）提供一个非正式会议场所，以交换关于开发方法、工具和技术方面的专业知识。

（2）记录分析和设计错误，这些错误将用作未来改正性措施的基础。预期改正性措施将通过提高有效性和质量以及其他产品特性来改进开发方法。

二、正式设计评审（DR）

1. 常见的正式设计评审的主要内容

（1）开发计划评审（Development Plan Review，简称 DPR）。

（2）软件需求规格书评审（Software Requirement Specification Review，简称 SRSR）。

（3）概要设计评审（Preliminary Design Review，简称 PDR）。

（4）详细设计评审（Detailed Design Review，简称 DDR）。

（5）数据库设计评审（Data Base Design Review，简称 DBDR）。

（6）测试计划评审（Test Plan Review，简称 TPR）。

（7）软件测试规程评审（Software Test Procedure Review，简称 STPR）。

（8）版本描述评审（Version Description Review，简称 VDR）。

（9）操作员手册评审（Operator Manual Review，简称 OMR）。

（10）支持手册评审（Support Manual Review，简称 SMR）。

（11）测试就绪性评审（Test Readiness Review，简称 TRR）。

（12）产品发布评审（Product Release Review，简称 PRR）。

（13）安装计划评审（Installation Plan Review，简称 IPR）。

2. 正式设计评审的参加者

（1）评审组长。指定合适的评审组长是影响正式设计评审成功的主要因素。所以评审组长应具有以下特性：

① 开发这类评审项目的知识和经验。不必预先熟悉当前项目。

② 资历要高于或类似于项目负责人。

③ 同项目负责人和他的小组有良好关系。

④ 这个岗位是在项目组之外的。

因此，评审组长的合适人选包括：开发部门经理、首席软件工程师、另一个项目的负责人、软件质量保证单位的负责人、顾客的首席软件工程师。

（2）评审组。整个评审组应当从项目组的资深成员、分配给其他项目和部门的资深专业成员、顾客和用户代表中选择，在某些情况下，还有软件开发顾问。理想的情况是非项目成员占评审组的大多数。

一个重要而经常被忽略的问题是评审组的规模。预计三到五人的评审组是一个有效率的评审组，要确保参加者具备经验和方法的多样性。过大的评审组会产生协调问题、浪费评审会议时间。

3. 正式设计评审的准备

正式设计评审会议的准备工作是由所有三种主要的评审与会者完成的:评审组长、评审组和开发组,但是要求每一位与会者专注于这个过程不同的方面。

(1)评审组长准备阶段的主要任务是:

① 指定组员。

② 安排评审会议。

③ 向组员分发设计文档(硬拷贝、电子文件等)。

最为重要的是应当将评审会议安排在将设计文档分发给评审组员之后不久。按时开会,防止在项目组在进入下一个开发阶段之前,毫无道理地浪费很长时间,并因而减少偏离进度安排的风险。

(2)评审组的准备。要求组员在召开评审会议前评审设计文档并列出他们的意见。在文档可裁剪的情况下,评审组长可以通过给每个组员分配一部分文档来减轻负担。

确保评审完备性的一个重要工具是检查表。除了一般的设计评审检查表之外,还有专供较常见的分析和设计文档使用的检查表,并可以在必要时构造它们。检查表通过提醒评审者所有需要注意的主要和辅助问题对设计评审做出贡献。

(3)开发组的准备。开发组参加评审会议的主要义务是准备设计文档的一个简短讲解。假设评审组员已经透彻地读过设计文档,现已熟悉项目的轮廓,这个讲解应当集中在等待批准的主要专业问题上,而不要在项目的一般描述上浪费时间。

4. 正式设计评审会议

评审组长在领导讨论和不离开议程方面的经验是成功完成正式设计评审会议的关键。一个有代表性的正式设计评审会议议程包括:

(1)设计文档的简短讲解。

(2)评审组员发表意见。

(3)验证和确认讨论的每条意见,以决定项目组必须执行的措施(改正、更改和添加)。

(4)关于设计产品(文档)的决定,它确定项目的进展。这些决定可以采取三种形式:

① 完全批准:使项目立即继续前进到下一阶段。根据情况,完全批准可以要求项目组完成某些小的改正。

② 部分批准:批准项目的某些部分立即继续前进到下一阶段,而对项目的剩余部分要求采取重大措施(改正、更改和添加)。仅在措施项满意完成后,才允许这些剩余部分进入下一阶段。这种允许可以由被分配评审完成的措施项的评审组员做出、由全部评审组在专门的评审会议上做出或是由评审组长在认为合适的任何其他场合做出。

③ 拒绝批准:要求重复进行正式设计评审会议。这种决定适用于存在多重重大缺陷或是有关键缺陷的情况。

5. 正式设计评审后的活动

交出正式设计评审报告后,需要正式设计评审组或其代表,跟踪改正性措施的执行情况并考察改正的部分。

(1)正式设计评审报告。评审组长在评审会议后立即发出正式设计评审报告。正式设计评审报告的及早发布使开发组能够较早采取改正性措施并使对项目进度安排产生的延迟最小。

报告的主要段落包括：

① 评审讨论简况。

② 关于项目后续行动的决定。

③ 所需措施的完备清单：项目组必须完成的改正、修改和添加。对于每个措施项，列出预计完成日期和负责的项目组成员。

④ 分配跟踪改正性措施执行的评审组员。

附录 A 中的表格说明了需要在一个完整的正式设计报告中归入文档的数据项。

（2）跟踪过程。许多情况下，项目负责人被指定为跟踪改正性措施的人，确定将每个措施是否满意完成作为项目继续到下一阶段的条件。跟踪情况应当被完整地记录，以便在将来需要时能够澄清这些改正。

三、同行评审概述

1. 正式设计评审和同行评审之间的差别

正式设计评审和同行评审之间的主要不同在于他们的参加者和权限。正式设计评审的大多数参与者拥有的职位比项目负责人和顾客代表要高，而同行评审的参与者是项目负责人的同级、其他的部门或其他单位的成员。另一个重大的不同在于权限和每个评审方法的目标。正式设计评审的权力是批准设计文档，这样项目的下一阶段的工作就能开始。这个权力没有给予同行评审。同行评审的主要目标在于检测错误和对于标准的偏离。

2. 同行评审方法

同行评审方法包括：审查和走查。走查和审查的区别是其正式性的等级，审查是两者之中更为正式的。审查强调改正性措施的目标。走查的发现限于对被评审文档的意见，而审查的发现还同改进开发方法自身的工作相结合。

3. 同行评审的参与者

优化的同行评审组有 3～5 个参加者。在某些情况下，增加 1～3 个参加者也可以。所有参加者应当是软件系统设计者——作者的同事。对同行评审的成功做出贡献的一个重大因素是小组的"交融"（审查和走查之间有所不同）。

推荐的同行评审组包括：一位评审组长、作者、特定专业的人员。

（1）评审组长。评审组长的角色（在审查中是"仲裁员"，在走查中是"协调员"）按同行评审的类型稍有不同。

这个岗位的候选人必须：

① 精通当前评审类型的项目的开发并熟悉其技术。不必对当前项目预先熟悉。

② 同作者和开发组保持良好关系。

③ 来自项目组外。

④ 显示出在专业会议的协调和领导方面有被证实的经验。

⑤ 对于审查，还需要受过仲裁员培训。

（2）作者。作者总是各种同行评审的一位参加者。

（3）特定专业的人员。特定专业的人员参与两种同行评审方法的问题因评审的不同而不同。对于审查，推荐的专业人员是：

① 一位设计人员：负责被评审软件系统的分析和设计的系统分析员。

② 一位编码人员或实现人员：一位彻底熟悉编码任务的专业人员,最好是任命的编码组长。这位审查员必须将他的专长贡献给检测那些可能导致编码错误和随之而来的软件实现困难的缺陷。

③ 一位测试人员：一位有经验的专业人员。最好是任命的测试组长,他专注于识别在测试阶段常常检测出的设计错误。

对于走查,推荐的专业人员是：

① 一位标准推行员。这位组员的专长是开发标准和规程,被分配的任务是指出那些偏离标准和规程的地方。这类错误对小组的长期有效性有重大影响,这首先是因为这类错误对新成员加入项目组造成额外困难,其次是因为它们将降低系统维护组的有效性。

② 一位维护专家。他的关注重点是可维护性、灵活性和可测试性,并检测那些能妨碍缺陷的改正或进行未来更改的设计缺陷。另一个需要他们专长的方面是文档编制,其完备性和正确性对任何维护活动都是至关重要的。

③ 一位用户代表。在走查组中,内部用户(当顾客是同一公司里面的一个单位时)或外部用户代表将对评审的有效性做出贡献,因为他是以用户和顾客的观点而不是从设计者——供货商的观点来考察软件系统的。在没有"真正的"用户可用时,组员可以担当这个角色,并通过比较原始需求同实际的设计来关注有效性问题。

(4) 组的分工。召开评审会议自然需要给组员分派具体任务。由两个组员担任文档的讲解员和书记员,后者将讨论记入文档。

① 讲解员。在审查会议期间,文档讲解员是由仲裁员指定的;通常,讲解员不是文档的作者。在许多情况下,由软件编码人员充当讲解员,因为他可能是对设计逻辑及对编码的含义理解最好的组员。相反,对于大多数走查会议,作者正是最熟悉文档的专业人员,他被选来在小组里讲解。有些专家认为将作者指派为讲解员可能影响小组成员的公正性,所以,他们争辩说更可取的是选一位"中立"讲解员。

② 书记员。评审组长常常担当会议的书记员,并记录那些已经指出的缺陷,待开发组改正。这个任务不是事务性的,它要求对讨论的问题有透彻的专业理解。

4. 同行评审会议的准备

(1) 评审组长在准备阶段的主要任务是：

① 同设计文档作者一起确定要评审文档的哪些节。

② 选择组员。

③ 安排同行评审会议。

④ 在评审会议前将文档发放给组员。

(2) 同行评审组为评审会议所做的准备。审查组员所需的准备是十分全面的,而对走查组员来说,所需的准备简单。

要求审查组员阅读待评审的文档章节,并在审查会议开始前列出他们的意见。这种事先准备的目的是保证会议的有效性,也可能要求他们参与一次纵览性会议。在这次会议上,作者向审查组提供评审相关文档章节必要的有关背景：项目概况、逻辑、处理、输入、输出和接口。如果参加者已经很熟悉材料,可以免去这个纵览性会议。

支持审查员评审的一个重要工具是检查表。在成熟的开发部门里,人们可以发现用于较常见类型的开发文档的专门检查表。

在走查会议前,组员简要地阅读材料,以获得对待评审章节、项目及其环境的一般性概况。缺乏关于项目及其重要方面预备知识的参加者会需要多得多的准备时间。在大多数采用走查的机构里,审查组参加者不需要事先准备他们的意见。

5. 同行评审会议

典型的同行评审会议采取下面的形式。讲解人读文档的一个章节,如果需要,再用他自己的话简要说明所涉及的问题。随着会议的进行,参加者或者提交他们对文档的意见,或者指出他们对意见的反应。这种讨论应当限于识别错误,这意味着不应当讨论没有把握的解决办法。与审查不同,典型的走查会议以作者的简短讲解或对项目和待评审设计章节的概述开始。会议期间,书记员应当将识别出的每个错误的位置与描述、类型和特征(不正确、遗漏部件、多余部件)记入文档。审查会议书记员将补充每个缺陷的估计严重程度,这是一个对已发现缺陷进行统计分析和形成预防性和改正性措施有用的因素。

至于审查和走查会议的长度,同正式设计评审的规则相同:会议不应超过两小时,也不应在一天里安排两次以上的会议。

(1) 会议文档的编制。在审查会议之后产生的文档要比走查会议的文档全面得多。

在审查会议之后产生两个文档并随后分发给会议参与者:

① 审查会议发现报告。由书记员产生的这份报告应当是完全的,并在会议结束后立即分发。其主要目的是确保已识别出的待改正和跟踪的错误全部记入文档。

附录 B 提供了这种报告的一个例子。

② 审查会议总结报告。这份报告由审查组长在讨论同一文档的会议或一系列会议之后很快编写出来。这种类型的典型报告总结审查发现和审查中投入的资源,它同样提出基本质量和效率度量。这份报告主要用作分析工作的输入信息,这种分析旨在审查过程改进和特定文档或项目之外的改正性措施。

附录 C 提供了审查会议总结报告的一个例子。

小　结

1. 描述各种软件开发模型并讨论它们之间的差别

(1) 软件开发生命周期(SDLC)模型。

(2) 原型建造模型。

(3) 螺旋模型。

(4) 面向对象模型。

经典的软件开发生命周期(SDLC)模型是一个线性顺序模型,它由若干个阶段组成,从需求定义开始,以常规的系统运行和维护结束。

在每个阶段的末尾,由开发者——在许多情况下,还有顾客——检验并评价其产物。评价结果的范围是认可阶段结果并前进到下一阶段,或要求改正、重做或修改上一阶段的一些部分。瀑布模型可被看作其他模型的基本框架,可以认为这些模型是互补的,并表示过程的不同方面,或认为是参考多样的开发背景形成的。

根据原型建造方法学,需要被开发系统的用户对开发者准备的软件原型的版本发表意见。然后,开发者改正原型,并在系统中增加补充的部件。重复这个过程,直至达到原型建造目标或软件系统的完成。

对小到中型项目,原型建造相对 SDLC 模型的主要优点是较短的开发过程、开发资源的可观节省、更好地满足顾客需求、减少项目失败的风险、用户对新系统较清晰的理解。

螺旋模型为更大且更复杂的项目提供了一个改进了的方法学。这种改进是通过在开发过程引入并强调风险分析与顾客参与因素达到的。模型的每次迭代包括计划制定、风险分析与化解、工程和顾客评价。

高级螺旋模型(双赢模型)特别强调顾客和开发者之间的交流与协调。顾客"赢"在增加了收到最满足其需要的系统的可能性,而开发者"赢"在增加了在预算内和规定期限内完成项目的可能性。

面向对象模型同软件构件的密集重用的状况有关。按照这种模型,开发过程从面向对象的分析与设计活动开始。跟在设计阶段后面的是从可重用软件库获取合适的构件以及"常规"开发不可得的软件构件。新开发的软件构件的副本就被"储备"到软件库以供未来重用。

2. 影响质量保证活动的应用需要考虑的问题

关于应用的质量保证活动数的决定受项目因素和项目组因素的影响。项目因素包括:项目的大小、技术复杂性与难度、可重用软件构件的广度和项目失败时结果的严重性。项目组因素包括项目组成员的专业资格和对项目的熟悉程度与在此领域的经验、专业支持的可用性和项目组成员的熟悉程度。

3. 软件复用需要改变软件开发过程

(1) 创建。创建过程要界定并提供可复用资产,以满足复用者的需要。

(2) 复用。复用过程使用可复用资产来生产应用软件和产品。

(3) 支持。支持过程全面支持可复用资产的获取、管理、维护工作。

(4) 管理。管理过程从事计划、启动、资源、跟踪,并协调其他诸过程。

4. 构件技术

(1) 所谓一个"构件",可以是一个类型、类或者其他的工作成品。构件包括使用案例、分析、设计、实现,还包括接口规格说明、子系统、属性类型,以及其他的工作成品,例如,模板、文档、测试案例说明、OCX/Active 构件、基于 CORBA 的构件以及其他种类的构件。在通用建模语言 UML(unified modeling language)记号系统中,椭圆框表示使用案例构件,矩形框表示设计类。

对于构件,应当按可复用的要求进行设计、实现、打包、编写文档。构件应当是内聚的,并具有相当稳定的公开的接口。有的构件具有广泛的可复用性,可复用到众多种类的应用系统中,有的构件则只在有限的特定范围内被复用。

(2) 构件系统。将相关的构件组织在一起,形成构件系统。实施复用的开发单位往往需要使用多个构件系统,应当把构件系统当作系统产品进行管理,必要时自行开发构件系统。一个构件系统的规模可大可小,小到只有几个构件及支持文档。

总之,一个构件系统是能提供一系列可复用特性的一个系统产品。这些特性被实现成相互依赖相互连接的众多构件,包括众多的类型、软件包、文档。

(3) 构件系统的界面。一个构件系统输出给复用者的,只是它的类型、类和其他工作成品的子集,而其余的部分则被隐藏起来。

界面是构件系统的用户视图,界面以及它所包括的构件,均应当经过挑选,并制作文档,使得复用者只需要理解界面中的构件和文档,而不必理解其他的东西。应当符合适当的体系结构和工业标准,满足复用者的需求,还应当不过多地暴露构件系统的内幕。界面创建过程可能要与体系结构设计师、构件工程师、复用者进行多方协商。一个界面实际上是通用建模语言(UML)的一种特殊软件包,界面软件包里可以包括一些直接定义的构件,还包括从面向对象系统工程(OOSE)内幕输入的一些构件。

(4)可变性和专门化。为了使构件系统更切合实际,能更有效地被复用,许多构件应当具备"可变性",以提高其通用性。针对不同的应用系统只须对其可变部分进行适当的调节,即进行"专门化"。有了可变性,会显著减少构件系统中的构件数目,因为通用性较好的灵活的构件可以顶替数目众多的相似的非通用构件。而要复用通用构件,在复用前需先对其进行专门化。

(5)打包和编写文档。为了便于复用,必须仔细地为构件系统打包,并用该系统的输出构件、变体和门面等术语编写文档。

5. 分层式体系结构

(1)软件体系结构是在高层次上定义软件的组织,并处理如何将系统分解为若干单元,这些单元又如何相互作用。良好的体系结构应当容忍变更、可理解、并使系统功能的设计更具适应性。

(2)良好的软件体系结构的重要作用:选择合适的体系结构,对于一个软件开发单位来说,是最重要的决策之一。为了维护软件系统的完整性,以使得开发和维护工作不致于杂乱无章,体系结构是很重要的。良好的软件体系结构还是简化软件系统复杂性的关键,让大规模的开发单位能以并行方式开展工作。

(3)分层式的体系结构是按层组织软件的一种软件体系结构,其中每层的软件建立在低一层的软件层上。位于同一层上的诸多软件系统或子系统,具有同等的通用度,在下层的软件比在上层的软件更具通用性,即低层的软件比高层的软件更具通用性。一个层次可视为同等通用档次的一组(子)系统。所以,在分层式体系结构中,最高层是应用系统层,可包容诸多应用系统。次高层是构件系统层,可包括多个构件系统,用于建立应用系统。应用系统建立在构件系统层之上,而这个构件层中的诸多构件系统又可建立在更低层次的构件系统之上。

6. 渐进的实施复用和复用单位的组织结构

(1)软件复用需要改变开发单位的组织结构。实施软件复用的开发单位的组织结构就不同了。这样的开发单位有两个基本职能,而且通常由两个部门分别承担这两个职能。职能之一是创建,相应的部门是创建者或领域工程部门;职能之二是复用,相应的部门是复用者或应用工程部门。后者可能包括许许多多应用工程项目。

具备系统复用经验的开发单位,往往还需要第三个职能,即支持职能,相应的部门是支持部门;而且在创建、复用、支持三个平行的部门上面还需要一个高层经理。高层经理关注的是总目标;支持部门要对创建者所提供的可复用资产进行确认、对构件库进行分类编目、通告和分发可复用资产、提供必要的文档、从复用者收集反馈信息和缺陷报告。

(2)渐进地系统地采用复用技术。

① 业务工程提供了一种系统过渡的框架。

② 组织结构变革涉及到人员问题。

③ 渐进地实施重实效的复用进程。

（3）迭代式过渡。渐进复用的实践经验是，需要迭代数轮，才能达到较为满意的状态。有两方面的原因：首先，体系结构应当是稳步变革，一般需要二至三轮迭代；其次，组织结构的变革也不能靠一次大跳跃就能完成，而应当逐步地边学习边变革。体系结构的稳步变革，迭代过渡，可通过体系结构的接口界面得到控制，还可让越来越多的人员逐步地参与过渡。

7. 实施系统复用需要遵循的原则

根据已经采用复用技术的许多开发单位的共同经验，如果要系统地实施软件复用，就需要遵循下述 10 条原则：

（1）需要顶层管理领导，并需要有长期回收的经费支持。

（2）为了渐进地推行系统的复用，需要规划和调节系统的体系结构、开发过程、组织结构，并以小规模的先行项目为典型示范，而后再铺开。

（3）为了复用，先规划体系结构及其逐步实施的过程。

（4）过渡到明确的复用组织机构，将可复用构件的创建工作与复用工作（即利用可复用构件开发应用系统的工作）分离开，并且提供明确的支持职能。

（5）在真实的环境中，进行可复用构件的创建和改进工作。

（6）要将应用系统和可重用构件，作为一个经济核算的产品整体进行管理，应当注重公用构件在应用系统及其子系统领域中的高盈利作用。

（7）要认识到单独的对象技术或者单独的构件技术都是不够的。

（8）采用竞赛和更换负责人的办法，进行开发单位的文化建设和演变。

（9）对基础设施、复用教育、技巧培训，要投资和持续地改进。

（10）要采用度量方法测量复用过程，并要优化复用程序。

8. 评审方法学的直接目标和间接目标

直接目标是：

（1）检测分析和设计错误。

（2）识别可能影响项目完成的风险。

（3）识别对模板和风格规程的偏离。

（4）批准分析或设计产品，使项目组继续前进到下一开发阶段。

间接目标是：

（1）提供一个非正式会议场所，以交换关于开发工具和技术方面的专业知识以及关于新工具、方法和相关事项的经验。

（2）通过为设计错误的分析提供数据，促进和支持开发方法的改进。

9. 比较三种组评审方法的目标与参加者

三种组评审方法：正式设计评审、审查和走查。所有这三种方法的共同直接目标是出错检测。至于其他目标，正式设计评审特有的是识别新风险，审查特有的是识别对标准的偏离和支持改正性措施。正式设计评审的一个专有的额外目标是批准设计文档，这意味着相关设计阶段的完成。所有评审方法共有的另一个间接目标是参加者交换专业知识。

项目组长参加每个方法的评审组。然而，正式设计评审的其他参加者在专业上或行政管理上比开发组长和顾客代表的地位高，而在其他评审方法中的参加者却都是同事。正式设计评审和同行评审的另一个重大不同是小组中所包括的特有专业的人员：审查中是设计人员、编码人员或实现人员;走查中是标准推行者、维护专家和用户代表。

复习题

8.1 关于软件开发生命周期模型:
   (1) 这个模型建议的开发过程的七个基本阶段是什么?
   (2) 提出过程阶段数应当减少的情况。
   (3) 提出过程阶段数应当增加的情况。

8.2 关于原型建造方法学:
   (1) 列举必须应用原型建造模型的情况。
   (2) 你能提出一个理想地适合原型建造方法学的假想项目吗?
   (3) 你能提出一个显然不适合原型建造方法学的假想项目吗?

8.3 比较软件开发生命周期和原型建造方法学:
   (1) 列举开发小到中规模项目时原型建造相对于软件开发生命周期方法学的优点。
   (2) 解释为什么原型建造的优点对大的软件系统不可能实现。
   (3) 原型建造能够以什么方式支持大规模项目的开发?

8.4 关于螺旋模型:
   (1) 描述在开发过程的每次迭代中重复的四项活动。解释为什么在开发过程的每次迭代中要重复这四项活动。
   (2) 在经典软件开发生命周期模型中增加了哪些新活动? 它们对项目成功的贡献是什么?

8.5 比较软件开发生命周期模型和螺旋模型:
   (1) 解释螺旋模型同软件开发生命周期模型相比的优点。
   (2) 项目的什么特征能使这些优点最好地成为现实?
   (3) 举出三个显然会从螺旋模型的应用获益的项目例子。

8.6 系统的软件复用,由可复用资源的创建、管理、支持和复用四个过程组成。请简述这四个过程的具体内容。

8.7 有一种较为典型的四层次的分层式体系结构,请详细描述各层的内容。

8.8 请描述渐进的采用复用技术过程中,各个步骤的工作内容和涉及到的有关人员。

8.9 如果要系统的实施软件复用,就需要遵循一定的原则,请简述包括哪些原则。

8.10 同各种评审方法相关联的有四个直接目标和两个间接目标。
   (1) 列举每种评审方法的直接目标和间接目标。
   (2) 对每个目标,对达到此目标最有贡献的评审技术。

8.11 同走查准备相比,审查组员所做的准备被认为更深、更透彻。
   (1) 在这种高水平准备中包括哪些活动?
   (2) 你认为有 15 个成员的审查组能够完成类似水平的准备吗?

第九章 软件测试

知识要点：

(1) 了解软件测试的目标。

(2) 了解各种软件测试策略之间的不同，以及它们的优点和缺点。

(3) 了解黑盒测试和白盒测试的概念，以及它们的优点和缺点。

(4) 了解路径覆盖和行覆盖。

(5) 了解各种类型的黑盒测试。

(6) 了解测试计划和设计测试的过程。

(7) 了解测试用例的来源及这些来源的优点和缺点。

(8) 了解自动软件测试的主要类型。

(9) 了解自动计算机测试(与人工测试相比)的优点和缺点。

(10) 了解 α 现场测试和 β 现场测试的执行过程，以及它们的优点和缺点。

第一节 软件测试的策略

一、定义与目标

1. 软件测试定义

(1) 软件测试是由专门测试组进行的一个正式的过程，在该过程中通过在计算机上运行程序考察一个软件单元、若干被集成的软件单元或整个软件包。所有相关联的测试是根据经批准的测试规程在经批准的测试用例上进行的。

(2) 根据软件测试的定义，将软件测试的关键特性同其他软件质量保证生命周期工具的特性进行比较。

① 正式的。软件测试计划是项目开发和质量计划的一部分，是事先精心安排的并经常是

顾客和开发者所签开发协议的一个中心事项。换句话说,由同事做的非正式软件考察或编程组负责人进行的常规检查不能当作软件测试。

② 专门测试组。一个独立的小组或有测试专长的外部顾问,他们被分配完成这些工作,主要是为消除偏差并保证由受过训练的专业人员进行有效的测试。此外,通常都认为由开发者自己进行的测试将产生不良结果,因为原来开发产品的人将发现难以揭示出那些他们早先就不能识别的错误。至今,单元测试在许多机构还是由开发者进行的。

③ 运行程序。不涉及运行软件的任何形式的软件质量保证活动(例如,代码审查)都不能认为是测试。

④ 经批准的测试规程。测试过程的实施是根据测试计划与测试规程进行的,这些测试规程又是由于符合开发机构采用的软件质量保证规程而已得到批准的。

⑤ 经批准的测试用例。要考察的测试用例是由测试计划完整定义的。在测试中预计不会发生遗漏或添加。换句话说,一旦测试过程开始,不允许测试人员删除他认为冗余的测试用例或添加新的测试用例。

2. 软件测试的目标

(1) 直接目标。

① 识别并揭示出被测软件中尽可能多的错误。

② 使被测软件在改正识别出的错误和重测之后达到可接受的质量等级。

③ 高效率地和有效地在经费和进度限制内完成所需测试。

(2) 间接目标。

汇总软件出错的记录,用于出错预防(通过改正性和预防性措施)。

第二个目标的用词反映了无缺陷软件依然是理想的愿望这样一个事实。所以我们愿意用"可接受的质量等级"这个说法,意思是对用户来说可容忍的确定的缺陷百分比在软件安装时依然未能识别出来。这个百分比显然因软件包和用户的不同而不同,但对于高失效风险软件包它必须较低。

二、软件测试的策略

1. 基本测试策略的框架

虽然测试方法学可以显著不同,但它们都在两个基本测试策略的框架内:

(1) 在软件包一旦完成可用时,就测试软件的整体,或被称为"全面测试"。

(2) 在软件完成时按模块测试软件的片段(单元测试),然后测试集成了新完成模块的已测试模块组(集成测试)。继续这个过程直到所有的包模块都测试完。一旦这个阶段完成,就将整个包作为一个整体测试(系统测试)。这个测试策略通常称为"增量式测试"。

此外,增量式测试也按两个基本策略进行:自底向上和自顶向下。两种增量式测试策略都假设软件是按软件模块的层次体系构造的。在自顶向下的测试中,第一个被测模块是主模块,即软件结构中的最高层模块,被测的最后模块是最低层模块。在自底向上测试中,测试次序相反:最低层模块先测试,主模块最后被测试。

图 9-1 说明了由 11 个模块组成的一个软件开发项目的自顶向下测试和自底向上测试。在上部,即图 9-1(a),是按自底向上进行的软件开发项目及其后续测试,按如下四个步骤进行:

第 1 步:模块 1～7 的单元测试。

第 2 步:第 1 步测试过的模块 1 和 2 的集成测试 A,并且同这一步开发的模块 8 集成。

第3步:两个单独的集成测试B(模块3、4、5、8同模块9集成)和C(模块6和7同模块10集成)。

第4步:将B和C同在这一步开发的模块11集成后进行系统测试。

图9-1(b)中,软件开发和测试自顶向下按六步进行。显然测试策略的这种改变引入了测试安排的重大改变。测试将这样进行:

第1步:模块11的单元测试。

第2步:模块11同这一步开发的模块9和10集成后的集成测试A。

第3步:A同这一步开发的模块8集成后的集成测试B。

第4步:B同这一步开发的模块6和7集成后的集成测试C。

第5步:C同这一步开发的模块1和2集成后的集成测试D。

第6步:D同这一步开发的模块3、4、5集成后的系统测试。

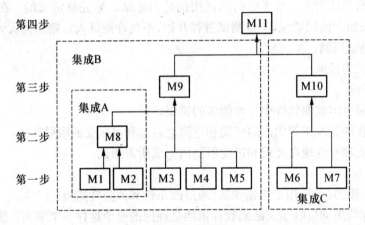

（a）自底向上测试

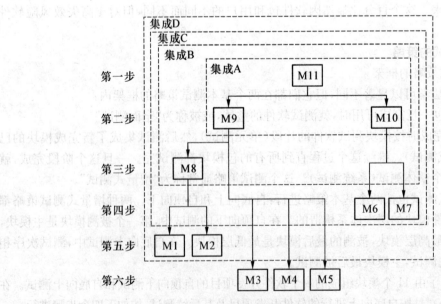

（b）自顶向下测试

图9-1 （a）自底向上测试和 （b）自顶向下测试——图式说明

图9-1所示的增量路径只是许多可能路径中的两个。例中的路径是水平排序的（"宽度优先"），然而人们可以选择一种"垂直顺序"（"深度优先"）的路径。如果我们将图9-1(b)所示的自顶向下顺序的水平路径改变为垂直顺序，测试就这样进行：

第1步：模块11的单元测试。

第2步：模块11同这一步开发的模块9集成后的集成测试A。

第3步：A同这一步开发的模块8集成后的集成测试B。

第4步：B同这一步开发的模块1和2集成后的集成测试C。

第5步：C同这一步开发的模块10集成后的集成测试D。

第6步：D同这一步开发的模块6和7集成后的集成测试E。

第7步：E同这一步开发的模块3、4、5集成后的系统测试。

其他路径可能性涉及到将模块聚集到一个测试步骤。例如，对于图9-1(b)的自顶向下路径，人们可以聚集模块8、1、2和域模块10、6、7。

2. 增量式测试的桩和驱动器

在进行单元和集成测试时，对于尚不可用的模块需要软件替换仿真器，这就是桩（stub）和驱动器（driver）。

桩（有时称为"哑模块"）替代一个从属于被测模块的、尚不可用的较低层模块。在不完整系统的自顶向下测试中需要这种桩。在这种情况下，桩提供这个待开发（编码）的从属模块按设计要进行的计算结果。例如，在图9-1(b)所示自顶向下例子的第3步，激活模块8的上模块9是可用的；它已经在测试的第2步被测试和改正。需要用桩替代从属级模块1和2，它们还没有完成。图9-2(a)中说明了这种测试安排。

像桩一样，驱动器是激活被测模块的上层模块的替代模块。驱动器传送测试数据给被测模块，并接受它计算出来的结果。在上层模块被开发（编码）出来之前，在自底向上测试中是需要驱动器的。例如，图9-1(a)所示的自底向上例子的第2步，下层从属的模块1和模块2是可用的，它们已经在测试的第1步中被测过并改正了，需要一个驱动器替代上层模块9，它还没有完成。在图9-2(b)中展示了这种测量安排。

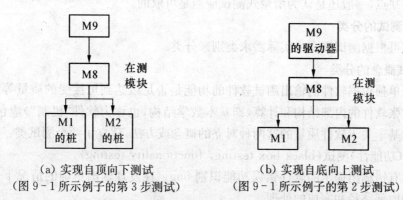

（a）实现自顶向下测试　　　　　　（b）实现自底向上测试
（图9-1所示例子的第3步测试）　　（图9-1所示例子的第2步测试）

图9-2　桩和驱动器在增量式测试中的使用——例子

维持桩和驱动器库用于未来重用，能够实现资源的可观节省。

3. 自底向上策略还是自顶向下策略

自底向上策略的主要优点是其执行相对容易，而其主要缺点是在较迟的时候才能够将程序作为一个整体观察(即在最后一个模块测试完之后的那一步)。自顶向下策略的主要优点是提供在上层模块完成后不久就能证明整个程序功能的可能性。在许多情况下,这个特性使得与算法、功能需求等有关的分析和设计错误的早期识别成为可能。这种策略的主要缺点是准备所需的桩相对困难,经常需要非常复杂的编程。另一个缺点是分析测试结果相对困难。

测试专家继续争论哪个策略更可取——自底向上或自顶向下。虽然所处位置不同,看来选择的策略实际上在大多数情况下是由开发者的开发策略而不是由测试策略决定的——即自底向上或自顶向下。显然,测试人员应当跟随开发者的方法,因为测试将在模块编码之后立即进行。执行一个不同于开发策略的测试策略,会带来测试进度上的重大延迟。

4. 全面测试还是增量式测试

除非程序非常小,非常简单,否则使用全面测试策略就显示出严重的缺点。因为软件的量大,错误的识别变得十分麻烦。且不说投入的巨大资源,这种方法的有效性也相对不足。全面测试对错误识别相对低的比率也证实了这个结论。此外,当面对整个软件包时,出错改正经常是一件繁重的任务,需要考虑在同一时刻改正对多个模块的可能效应。显然,这些限制使估计所需测试资源和测试进度成了一件模糊不清的事。这还隐含着一点,即当使用这种测试策略时,保持进度安排和在预算之内的希望大大减少。

与全面测试相比,增量式测试展示了若干优点,主要的是:

(1) 增量式测试通常在相对小的软件模块上进行,例如,单元测试或集成测试。与测试整个软件包相比,增量式测试更易于识别出较高百分比的错误。

(2) 错误识别与改正要简单得多,需要较少的资源,因为测试是在受限的软件量上进行的。

总之,在增量式测试中,大部分错误在开发和测试的较早阶段被识别出来并改正,这防止了漏网缺陷"移动"到一个以后的、更复杂的开发阶段中,在那里,改正会需要多得多的资源。

增量式测试的主要缺点是为单元和集成测试准备桩和驱动器所需的编程资源量大。另一个主要缺点是需要对同一程序进行多次测试操作(全面测试只需要一次测试操作)。

虽然有其缺点,一般还是认为增量式测试应当是可取的。

三、软件测试的分类

软件测试可根据测试概念或实际需求类别来分类。

1. 按测试概念的分类

关于能否单独根据软件的输出测试软件的功能是否足以达到可接受的质量等级,还有争论。一些人主张软件的内部结构和计算(即基本数学结构,也称为软件"机制")应包括在满意性测试里面。基于关于软件质量的这两种对立的概念或方法,建立了两个测试类:

(1) 黑盒(功能性)测试(black box testing, functionality testing)。

只根据由有错输出揭示的软件错误功能识别 bug。在发现输出正确的情况下,黑盒测试就不管计算的内部路径和完成的处理。

(2) 白盒(结构性)测试(white box testing, structural testing)。

考察内部计算路径以识别出缺陷。虽然"白"这个词是要强调此方法同黑盒测试的不同,但此方法的另一个名字——玻璃盒测试,则更好地表达了它的基本特性,即研究代码结构的正确性。

2. 美国电子与电气工程师联合会(IEEE)定义的黑盒测试与白盒测试

(1) 黑盒测试:

① 忽略系统或构件的内部结构,仅仅关注为响应选择的输入和执行条件而产生的输出的测试。

② 用以评价系统或构件对规定的功能需求的符合性而进行的测试。

(2) 白盒测试:考虑系统或构件的内部机制的测试。

在许多情况下,两种概念都适用,但某些软件质量保证需求只适合一类测试。由于费用方面的考虑,当前进行的大多数测试是黑盒测试,因为它的费用相对少。

3. 按需求的分类

第二章介绍过软件质量需求的分类的 McCall 经典模型,他的模型被扩展到测试的分类,所进行的测试是为了确保全面覆盖各个需求。表 9-1 说明了这些需求及其相应的测试。

表 9-1 软件质量需求及测试分类

因素类别	质量需求因素	质量需求子因素	按需求的测试分类
运 行	1. 正确性	1.1 输出的准确性,数据的准确性与完整性 1.2 文档编制的准确性与完整性 1.3 可用性(反应时间) 1.4 数据处理与计算正确性 1.5 编码与文档编制标准	1.1 输入正确性测试 1.2 文档编制测试 1.3 可用性(反映时间)测试 1.4 数据处理与计算正确性测试 1.5 软件合格性测试
	2. 可靠性		2. 可靠性测试
	3. 效率		3. 强度测试(负载测试和耐久性测试)
	4. 完整性		4. 软件系统安全性测试
	5. 实用性	5.1 培训实用性 5.2 操作实用性	5.1 培训实用性测试 5.2 操作实用性测试
校 正	6. 可维护性		6. 可维护性测试
	7. 灵活性		7. 灵活性测试
	8. 可测试性		8. 可测试性测试
转 移	9. 可移植性		9. 可移植性测试
	10. 可重用性		10. 可重用性测试
	11. 互操作性	11.1 同其他软件的互操作性 11.2 同其他设备的互操作性	11.1 软件互操作性测试 11.2 设备互操作性测试

白盒测试和黑盒测试在需求测试的性能方面的应用揭示了每种测试概念的优缺点。更具体一些地说,如已经暗示的,数据处理和计算正确性的白盒测试可用输出正确性的黑盒测试代替。可维护性测试可以通过白盒测试和黑盒测试两者实现,因为两种测试概念的发现是互补的。然而,由于其他需求的特有性质,其测试可按照一个概念或另一个概念实现。每个测试概念对各种需求因素的适用性在表 9-2 中说明。

表 9-2 对各种测试类的白盒测试和黑盒测试

按需求的测试分类	白盒测试	黑盒测试	按需求的测试分类	白盒测试	黑盒测试
1.1 输入正确性测试		✓	5.2 操作实用性测试		✓
1.2 文档编制测试		✓	6. 可维护性测试	✓	✓
1.3 可用性(反映时间)测试	✓		7. 灵活性测试		✓
1.4 数据处理与计算正确性测试	✓		8. 可测试性测试		✓
1.5 软件合格性测试	✓		9. 可移植性测试		✓
2. 可靠性测试			10. 可重用性测试	✓	
3. 强度测试(负载测试和耐久性测试)		✓	11.1 软件互操作性测试		✓
4. 软件系统安全性测试			11.2 设备互操作性测试		✓
5.1 培训实用性测试		✓			

四、白盒测试

白盒测试概念的实现需要对每条程序语句和注解进行验证。如表 9-2 所示,白盒测试使我们能够进行数据处理和计算正确性的测试、软件合格性测试、可维护性测试和可重用性测试。

为了进行数据处理和计算正确性测试("白盒正确性测试"),必须考察由每个测试用例("路径")建立的操作序列中的每个计算操作。这种验证使我们能决定处理操作及其顺序对于正在测试的路径是否正确编程,而不管其他路径。至于软件合格性,这里关注的重点转移到软件代码(包括注解)与编码标准和工作条例的符合性。可维护性测试指的是诸如安装以检测失效原因的测试、支持软件适应性和软件改进的模块结构测试等。可重用性测试考察在包中加入的重用软件的范围(多少)和使当前软件的零部件为未来软件包可重用进行的修改。

1. 数据处理与计算正确性测试

白盒测试是基于检查每个测试用例的数据处理的。在应用白盒测试概念时,就立即提出了一个问题:如何覆盖数目众多的可能处理路径和代码行? 已经形成了两个可供选择的方法:

(1)"路径覆盖"(path coverage):对测试进行计划,以覆盖所有可能的路径,盖路径的百分比测量的。

(2)"行覆盖"(line coverage):对测试进行计划,以覆盖所有的程序代码行,盖行的百分比测量的。

2. 正确性测试与路径覆盖

软件模块中的不同路径是由诸如 IF-THE-ELSE 或 DO WHILE 或 DO UNTIL 这样的条件语句中的选择建立的。希望通过测试所有可能路径实现完全的程序覆盖的想法促成了路径测试。所以,执行路径测试完备性的"路径覆盖率"度量被定义为(由包括在测试规程中的测试用例激活的)测试中执行的程序路径的百分比。

虽然路径测试的概念自然来自白盒测试概念的应用,但在大多数情况下,因为它的实施需要大量的资源,所以实际上是行不通的。下面的例子说明这些应用的费用是很高的。

现在让我们计算一个简单模块的可能路径,它包括 10 条条件语句。每条语句只有两种选项(例如,IF-THEN-ELSE 和 DO WHILE)。这个简单模块包含 1 024 个不同的路径。换句话说,为了得到这个模块的(可能只有 25~50 行代码)完全路径覆盖,人们应当至少准备 1 024 个测试用例,每个可能路径一个。从测试一个包含 100 个类似复杂性的模块的软件包所需的测试用例数(总共 102 400 个测试用例),就不难指出广泛应用路径测试是不切实际的。所以,它的应用主要是针对高风险软件模块的。

这种状况鼓励建立一种替代的较弱的覆盖概念——行覆盖。行覆盖概念需要少得多的测试用例。但是,正如预期的,会留下大部分的可能路径没有测试到。

3. 正确性测试与行覆盖

行覆盖概念要求在测试过程中每个行代码至少执行一次,以达到完全的行覆盖。对于"行测试"("基本路径测试")计划的完备性的行覆盖度量被定义为实际执行行的百分比——即在测试中被覆盖的行的百分比。

为了更好地抓住程序基本路径测试的本质,参考一下流程图和程序流图是有益的。在流程图中,菱形表示条件语句(判断)覆盖的选项,矩形或相连的矩形代表连接这些条件语句的软件程序。在程序流图中,节点表示软件段落,因此替代一个或多个流程图矩形。边表示软件段的顺序。有两条或多条离开边的节点代表条件语句。下面的例子说明计算出租车运费的出租车计程器软件模块的流程图和程序流图。

例子:某出租车服务公司的计价器

某出租车服务为单程乘客和固定客户(由出租车卡标识)服务。对单程乘客的出租车运费是这样计算的:

(1) 最低运费:2 元。这个运费包含最多 1 000 米的距离和最多 3 分钟的等待时间(交通灯或交通阻塞的停车等)。

(2) 另外的每 250 米或不足 250 米:25 分。

(3) 另外的 2 分钟停车或等待或不足 2 分钟:20 分。

(4) 一件行李:免费;另外的每件行李:1 元。

(5) 夜间加价:25%,对 21:00 到 06:00 之间的行程有效。

固定客户享受 10% 折扣,不付夜间加价。

当编制新出租车计程器模块的基本路径测试计划时,绘制了出租车运费计算过程的流程图和程序流图。每张图代表包括五个判断的计算过程,如图 9-3 和图 9-4 所示。

对流程图和程序流图的复查说明了在路径测试和基本路径测试之间的不同,也比较了路径覆盖和行覆盖的测试需求。

如上面提到的,全面路径覆盖要求所有可能的路径至少执行一次。在流程图(见图 9-3)中,可以指出 24 条不同路径。换句话说,为了实现该软件模块全面的路径覆盖,我们必须准备至少 24 个测试用例,表 9-3 列出了这些路径。

相比之下,通过审视最少路径数(一共三条,如表 9-4 列出的),程序流图使我们得以看到软件模块的全面行覆盖是能够达到的。

三个测试用例(通过基本的路径测试)的全面行覆盖和 24 个测试用例的全面路径覆盖所需的测试用例数之比是 1:8,这个比随着程序复杂性而快速增大。

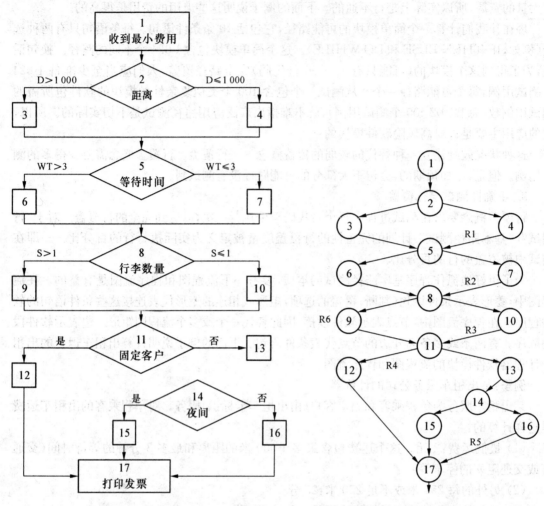

图 9-3　出租车运费的计算过程——流程图　　　　图 9-4　出租车运费的计算过程——程序流图

表 9-3　出租车的例子——路径的全部清单

序号	路　　径	序号	路　　径
1	1-2-3-5-6-8-9-11-12-17	8	1-2-3-5-7-8-9-11-13-14-15-17
2	1-2-3-5-6-8-9-11-13-14-15-17	9	1-2-3-5-7-8-9-11-13-14-16-17
3	1-2-3-5-6-8-9-11-13-14-16-17	10	1-2-3-5-7-8-10-11-12-17
4	1-2-3-5-6-8-10-11-17	11	1-2-3-5-7-8-10-11-13-14-15-17
5	1-2-3-5-6-8-10-11-13-14-15-17	12	1-2-3-5-7-8-10-11-13-14-16-17
6	1-2-3-5-6-8-10-11-13-14-16-17	13	1-2-4-5-6-8-9-11-12-17
7	1-2-3-5-7-8-9-11-12-17	14	1-2-4-5-6-8-9-11-13-14-15-17

（续表）

序号	路 径	序号	路 径
15	1-2-4-5-6-8-9-11-13-14-16-17	20	1-2-4-5-7-8-9-11-13-14-16-17
16	1-2-4-5-6-8-10-11-12-17	21	1-2-4-5-7-8-9-11-13-14-16-17
17	1-2-4-5-6-8-10-11-13-14-15-17	22	1-2-4-5-7-8-10-11-12-17
18	1-2-4-5-6-8-10-11-13-14-16-17	23	1-2-4-5-7-8-10-11-13-14-15-17
19	1-2-4-5-7-8-9-11-12-17	24	1-2-4-5-7-8-10-11-13-14-16-17

表9-4 出租车的例子——最少路径数

序 号	路 径
1	1-2-3-5-6-8-9-11-12-17
23	1-2-4-5-7-8-10-11-13-14-15-17
24	1-2-4-5-7-8-10-11-13-14-16-17

McCabe 圈复杂性度量提供对基本路径测试策略的支持，它除作为软件复杂性的度量外，还用作全面行覆盖所需测试用例数的上限。

4. McCabe 的圈复杂性度量

由 McCabe 建立的圈复杂性度量(cyclomatic)测量程序或模块的复杂性，同时它确定了达到程序全面行覆盖所需的独立路径的最大数目。这个测度基于图论，因此是根据由其程序流图捕获的程序特性进行计算的。

独立路径的定义指已累积的独立路径的后继路径，即"程序流图上任何包括至少一条不包括在任何前面独立路径之中的边的路径"。

为说明这个定义，让我们再次引用图9-3。表9-5中列举了达到此程序的全面行覆盖的独立路径的集合。

表9-5 出租车的例子——达到全面覆盖的独立路径集合

序号	路 径	路径添加的边	路径添加的边数
1	1-2-3-5-6-8-9-11-12-17	1-2,2-3,3-5,5-6,6-8,8-9,9-11,11-12,12-17	9
2	1-2-3-5-6-8-9-11-13-14-15-17	11-13,13-14,14-15,15-17	4
3	1-2-3-5-6-8-9-11-13-14-16-17	14-16,16-17	2
4	1-2-4-5-7-8-10-11-13-14-15-17	2-4,4-5,5-7,7-8,8-10,10-11	6

如上面提到的，圈复杂性度量 V(G)也确定可在程序流图中指出的独立路径的最大数目。

圈复杂度模型(V(G))以三种不同方式表示，它们都是基于程序流图的：

(1) $V(G) = R$

(2) $V(G) = E - N + 2$

(3) $V(G) = P + 1$

在这些等式中,R 是程序流图中的区域数。图中任何一个封闭区算作一个区域。此外,环绕这个图的、未被它封闭的区算作一个额外的区域。E 是程序流图中的边数,N 是程序流图中的节点数,P 是包含在图中的判断数,即有一条以上离开边的节点数。

例子:

应用上面的公式到上面描述的出租车计程器模块的例子,我们能够得到图 9-4 的上述参数的值。我们发现 R = 6,E = 21,N = 17 和 P = 5,把这些值代入到度量公式中,我们得到:

(1) $V(G) = R = 6$

(2) $V(G) = E - N + 2 = 21 - 17 + 2 = 6$

(3) $V(G) = P + 1 = 5 + 1 = 6$

度量计算的结果指出此例的最大独立路径数是 6。表 9-6 中说明了六个独立路径最大集合的一个。

表 9-6　出租车的例子——最大独立路径集合

序号	路　径	路径添加的边	路径添加的边数
1	1-2-3-5-6-8-9-11-12-17	1-2,2-3,3-5,5-6,6-8,8-9,9-11,11-12,12-17	9
2	1-2-4-5-6-8-9-11-12-17	2-4,4-5	2
3	1-2-3-5-7-8-9-11-12-17	5-7,7-8	2
4	1-2-3-5-6-8-10-11-12-17	8-10,10-11	2
5	1-2-3-5-6-8-9-11-13-14-15-17	11-13,13-14,14-15,15-17	4
6	1-2-3-5-6-8-9-11-13-14-16-17	14-16,16-17	2

圈复杂性度量与质量的可测试性特性之间关系的若干实验性研究已经进行了多年。Jones(1996)对某些发现的总结是:"实验研究揭示出:一般认为圈复杂性小于 5 的程序是简单的并易于理解。小于等于 10 的圈复杂性被认为不太难;如果大于等于 20,复杂性就是高的了。当 McCabe 值大于 50 时,实用目的的软件就是不可测试的了。"其他出版物报告说没有证实圈复杂性模块与软件质量之间的关系,或者说发现的关系没有得到统计支持。

5. 软件鉴定与可重用性测试

(1) 软件合格性测试。合格性测试对开发阶段的编码以及维护阶段是极其重要的。为了快速评审,合格的软件是根据标准、规程和工作条例编码和编制文档的。这使得项目组长易于检查核对软件、接替的程序员易于全面理解代码并继续编码任务、维护程序员易于改正缺陷,并根据请求更新或修改程序。

软件合格性测试确定软件开发是否肯定地回答下列反映一组特定准则的问题:

① 代码符合代码结构规定和规程(诸如模块大小、可重用代码的应用等)吗?

② 编码风格符合编码风格规程吗？

③ 内部程序文档编制和"帮助"段符合编码风格规程吗？

专门的软件包(称为代码审计程序)通过列出与编码标准、规程和工作条例不符的实例能够完成一部分合格性测试。其他测试继续依靠受过训练的人员人工进行。

(2) 软件可重用性测试。软件可重用性极大减少项目资源需求并改善新软件系统的质量。这样做的时候,可重用性缩短开发周期,软件开发机构因此受益。通过确定供重用的程序和模块的打包和文档编制是否符合进入可重用软件库所要求的标准和规程,可重用性测试支持这些功能。可重用测试实际上是支持软件重用增长的工具之一。

6. 白盒测试的优点与缺点

白盒测试的主要优点是:

(1) 逐条语句直接检查代码,以确定软件是否按处理路径正确表达,包括算法是否被正确地定义和编码。

(2) 它允许进行行覆盖跟踪(利用专门的软件包),向测试人员提供还没有执行的代码行清单。然后,测试人员可以编制测试用例覆盖这些代码行。

(3) 它确定编码工作的质量和对编码标准的遵守情况。

白盒测试的主要缺点是:

(1) 需使用大量资源,要比同一软件包的黑盒测试所需资源多得多。

(2) 没有能力按可用性(响应时间)、可靠性、负载持续时间和其他同运行、校正和转移因素有关的测试类测试软件性能。

白盒测试的特性将它的应用限制于很高风险和很高失效费用的软件模块,在这些情况下,识别并完全改正尽可能多的软件错误是极其重要的。

五、黑盒测试

黑盒测试使我们能够进行输出正确性测试和表 9 - 2 中所示的大多数种类的测试。除了输出正确性测试(如果你准备花额外的费用,这些可由白盒数据处理和计算正确性测试完成)和可维护性测试(可由白盒测试完成的那些),大多数其他测试是黑盒测试独有的。这解释了黑盒测试的重要性。但由于每个测试策略的特性与白盒测试独有的测试类,黑盒测试不可能自动地替代白盒测试。

1. 输出正确性测试的等价类

在大多数情况下,输出正确性测试是消耗较大部分测试资源的测试。在那些常见的输出正确性测试单独进行的情况下,它们消耗掉所有的测试资源。其他种类测试的执行依赖于软件产品及其未来用户的特性以及开发者的规程与决定。

输出正确性测试使用测试用例的概念。可以通过高效地使用等价类划分达到测试用例的改进选择,这里讨论这个方法。

等价类划分(equivalence class partitoning)是一个黑盒测试方法,旨在提高测试效率并且提高对潜在出错状态的覆盖。等价类是产生相同输出值或进行同等处理的一个输入变量值集合。EC 的边界是由单个的数值或字符值、一组数值或字符值、值的范围等来确定的。只包含合法状态的等价类被定义为"合法等价类",而只包含非法状态的等价类被定义为"非法等价类"。在一个程序的输入是由几个变量提供的情况下,应当为每个变量定义合法等价类和非法等价类。

根据等价类划分方法,测试用例被定义使得每个合法等价类和每个非法等价类被包含在至少一个测试用例中。测试用例是为合法等价类和非法等价类分别定义的。在为全体等价类定义测试用例时,我们试图在同一测试用例中覆盖尽可能多的"新"等价类(就是说不包括在任何以前的测试用例中的类)。只要还有未覆盖的等价类就一直对测试用例进行增补。这个过程的结果是:覆盖合法等价类所需的测试用例总数等于、且在大多数情况下显著地低于合法等价类的个数。注意在定义非法等价类时,我们必须为每个"新"的非法等价类分配一个测试用例,因为在一个测试用例中只能包含一个非法等价类。包含一个以上非法等价类的测试用例使测试者不能区分程序对每个非法等价类的各自反应。所以,非法等价类所需的测试用例个数等于非法等价类的个数。

同使用测试用例的随机样本相比,等价类节省测试资源,因为它们不重复为每个等价类定义测试用例。重要的是,因为等价类方法是一个黑盒方法,所以等价类划分是基于软件规格文档的,而不是基于代码的。为程序输入变量系统化构造等价类提高了对输入的可能的合法条件和出错条件的覆盖,因此进一步提高了测试计划的有效性。测试有效性和效率的进一步提高是通过测试等价类的边界值达到的,这是我们下面详细讨论的主题。

(1)测试用例和边界值。根据等价类的定义,对每个类使用一个测试用例应当是足够了。然而,当等价类覆盖的值范围很宽时(例如,月收入,公寓面积),测试者对测试的边界值特别感兴趣,因为他们认为这些地方是易于出错的。在这些情况下,推荐准备三个测试用例——分别用于中间值、下界值和上界值。

(2)例子:某游泳中心。下面的例子说明(合法与非法)等价类和相应测试用例值的定义。讨论的软件模块计算某游泳中心的入口票价。

该中心的票价依赖于四个变量:日子(工作日、周末),访问者的状态(OT=一次性,M=会员),进入时间(6:00～19:00,19:01～24:00)和访问者的年龄(16岁及16岁以下,16.01～60,60.01～120)。入口票价列在表9-7中。

表9-7　入口标价表——某游泳中心

	星期一、二、三、四、五				星期六、日			
访问者状态	OT	OT	M	M	OT	OT	M	M
进入时间	6:00—19:00	19:01—24:00	6:00—19:00	19:01—24:00	6:00—19:00	19:01—24:00	6:00—19:00	19:01—24:00
票价(元)								
访问者年龄								
0.0～16.00	5.00	6.00	2.50	3.00	7.50	9.00	3.50	4.00
16.01～60.00	10.00	12.00	5.00	6.00	15.00	18.00	7.00	8.00
60.01～120.00	8.00	8.00	4.00	4.00	12.00	12.00	5.50	5.50

上例的等价类及相应的测试用例值在表9-8和表9-9中给出。

表9-8 等价类——某游泳中心票价模块

变 量	有效等价类	代 表 值		无 效 等 价 类	代表无效等价类的值
		有效等价类的值	边界值		
工作日	(1) 星期一、星期二、星期三、星期四、星期五 (2) 星期六、星期日	星期一 星期六		任何字母数字值(不是一个日子)	Mox
访问者状态	(1) OT (2) M	OT M		OT 或 M 之外的值	88
进入时间	(1) 6:00~19:00 (2) 19:01~24:00	7:55 20:44	6:00,19:00 19:01,24:00	(1) 时间小于6.00点 (2) 任何字母数字(不是一个时间)	4.40 @&
访问者年龄	(1) 0.0 ~ 16.00 (2) 16.01~ 60.00 (3) 60.01~120.00	8.4 42.7 65.0	0.0 , 16.00 16.01, 60.00 60.01,120.00	(1) 任何字母数字(不是一个年龄) (2) 年龄大于120	TTR 150.1

表9-9 测试用例——游泳中心票价模块

测试用例类型	测试用例序号	星 期	访问者状态	进入时间	访问者年龄	测试用例结果
对于合法的等价类	1	星期一	OT	7:55	8.4	5.00
	2	星期六	M	20:44	42.7	8.00
	3	星期六	M	22:44	65.0	5.50
	4	星期六	M	6:00	0.0	3.50
	5	星期六	M	19:00	16.00	3.50
	6	星期六	M	19:01	16.01	8.00
	7	星期六	M	19:01	60.00	8.00
	8	星期六	M	24:00	60.01	5.50
	9	星期六	M	24:00	120.0	5.50
对于非法的等价类	10	Mox	OT	7:55	8.4	无效日期
	11	星期一	88	7:55	8.4	无效访问者状态
	12	星期一	OT	4:40	8.4	无效进入时间
	13	星期一	OT	@&	8.4	无效进入时间
	14	星期一	OT	7:55	TTR	无效访问者年龄
	15	星期一	OT	7:55	150.1	无效访问者年龄

为这个票价模块总共定义了15个等价类:九个合法等价类和六个非法等价类。相应于这些等价类的测试用例使用在表9-8中列出的代表性值。对这些等价类的测试用例,包括它们的边界值在表9-9中给出。总共15个测试用例覆盖所有定义的等价类,包括相应的等价类边界值:

① 对合法等价类的三个测试用例(对我们的例子,定义总共九个合法等价类)。

② 对边界值等价类的六个测试用例(对我们的例子,边界测试只对四个输入变量中的两个适用)。

③ 对无效等价类的六个测试用例(对我们的例子,总共定义了六个非法等价类)。

虽然等价类方法主要应用于正确性测试,但也可用于其他运行因素测试用例以及校正和转移因素测试用例。

2. 其他运行因素测试类

除了输出正确性测试之外,运行因素测试类包括下列测试类:

(1) 文档测试。文档测试在许多情况下被忽视,然而应当认为它同代码测试或设计文档审查一样重要。一份错误的用户手册或程序员手册可以导致程序运行和维护期间的错误,这些错误可以带来同软件缺陷引起的破坏同样严重的破坏。

由开发者提供的常见文档部件是:

① 软件系统的功能性描述。这个概述使潜在用户能决定系统是否适合他的需要。

② 安装手册。这份文档包含对安装过程和硬件需求的详细描述以及同设备和其他软件包接口的指示——如果这种接口是系统规格书的一部分的话。在商用软件包(COTS 软件)中,安装手册通常还包括顾客化的指导。

③ 用户手册。关于“怎么开始”的指南、应用各种系统功能的详细指南、常见操作错误和系统错误的恢复指南都包括在用户手册里。在许多情况下,用户手册以计算化的帮助手册形式提供。

④ 程序员手册。这类文件是为顾客定制的软件提供的。它包括维护系统所需的信息(bug 改正,对更改需求与软件改进的适应)、程序结构、程序逻辑包括算法的描述等。COTS 软件的用户和顾客不需要程序员手册,因为他们不个别地进行维护。

文档测试计划应当包括以下三个部分:

① 文档完备性检查。基于需求规格书和详细的设计报告进行,它的目的是检查所需的所有文档是否已经按规定和设计者的意图完成。

② 文档正确性测试。正确性测试确定在用户文档中所列的指导是否正确。正确性测试的执行需要设计一个测试用例文件。

③ 文档风格和编辑审查。在这种需求是在合同中规定了的情况下,它是指文档的明晰性和它同文档标准的一致性。

(2) 可用性测试。可用性被定义为反应时间——得到请求的信息所需的时间或安装在计算机化设备中的固件做出反应所需的时间。可用性在频繁使用的信息系统的联机应用中最重要。固件或软件不满足可用性需求(反应时间迟缓)可能使设备成为无用的设备。

测试可用性相对困难,尤其是计划为大用户群服务的信息系统和计划处理高频事件的实时系统。这种困难来自需要按需求规格书中的规定、在常规运行负载以及在最大负载条件下进行测试。应当注意,对常规工作负载和最大工作负载的可用性需求通常是不同的。可用性测试环境的所需特性支持把这一类测试同负载测试(强度测试)结合起来,并进行这种经过调整的计算机化组合测试。

(3) 可靠性测试。软件系统的可靠性测试同能够被转换成随着时间发生的事件的那些特性有关,诸如平均无失效时间(例如,500 h)、系统失效后的平均恢复时间(例如,15 min)或每月的平均崩溃时间(例如,每月 30 min)。可靠性需求是在系统的正常满载运行期间起作用的。应当注意,除了软件因素外,可靠性测试还同硬件、操作系统和数据通信系统效应有关。

像可用性测试一样,可靠性测试也是特别困难的,因为它需要在常规工作负载条件下进行软件应用的全方位运行。实际上,这种任务只应在计算机化模拟已经运行过、得到平均值之后进行,并且只能在系统完成后进行。至于资源,实施这类测试的主要限制是所需资源的范围,因为测试可能持续几百小时,所需资源是巨大的,并且必须构造一个全面的测试用例文件。

为提供可靠性评估,统计可靠性测试在统计模型的基础上提供一种花费少得多、又快得多的选择。然而,尽管统计可靠性测试得到广泛使用和有实际好处,但从它诞生就一直受到批评。争论的主要问题是统计模型所代表的现实生活软件系统运行的程度。

(4)强度测试。强度测试(stress test)包含两种主要类型的测试:负载测试和耐久性测试。这些测试只能在软件系统完成后接着进行。然而,耐久性测试一般又只能在固件或信息系统软件已经安装并且测试准备就绪后进行。

(5)强度测试:负载测试。负载测试(load test)同系统在最大运行负载下的功能上的性能有关:每分钟的最多事务数、每分钟对一个 Internet 站点的访问数等。负载测试通常在高于需求规格书中指出的负载下进行,对于计划为广大用户群同时服务的软件系统极端重要。在大多数在用的软件系统中,最大负载的计算组合了多种事务。由于它的多变性,最好是通过例子阐明这个过程。

例子:"空中音乐"是一个音乐商店网络,在因特网上提供一种服务,注册者询问报价和订单。在工作日,顾客的平均访问量是:订单每分钟 10 个,报价每分钟 20 个。在星期六下午记录到的最大负载是:订单每分钟 30 个,报价每分钟 100 个。在软件规格书中确定的最大负载考虑到了未来的增长,是订单每分钟 60 个,报价每分钟 200 个。程序被测试的负载是订单每分钟 75 个,报价每分钟 250 个。这就解释了对这个例子怎样选择测试负载。

负载测试的人工实施对大多数软件系统是不切实际的,所以,要进行基于高负载的全面仿真的计算机化测试,这又类似于可用性测试采用的过程。这些负载仿真使我们能测量预期反应时间,它应当是负载范围的一个函数。因此,它们使我们能确定是否有必要升级以及应当进行哪些修改以使软件系统满足计划的需求。

(6)强度测试:耐久性测试。耐久性测试是在物理上极端的运行条件下进行的,诸如高温、高湿、在未铺垫的乡村道路上高速行驶。这些条件是在耐久性规格需求中详细规定的。所以,这些耐久性测试是集成到诸如武器系统、长途运输汽车和气象设备之类的系统中的实时固件所需要的。固件的耐久性测试包括固件对气候效应的响应,例如,极端热、极端冷,对碰撞、道路颠簸和由突然断电引起的运行失败、干线电源中的电压"跳动"、通信的突然中断,等等。响应信息系统软件耐久性测试集中在由突然断电、干线电源中的电压"跳动"和通信的突然中断引起的运行失败。

(7)软件系统安全测试。软件系统的软件安全部件旨在防护对系统及其部分的非法访问、检测非法访问和入侵的活动以及恢复由非法入侵者作恶造成的损害。

由这种测试处理的主要安全问题是:

① 访问控制,常见需求是多级访问的控制(通常用口令机制)。防护对因特网站点非法访问的防火墙系统具有特别的重要性。

② 数据库和数据文件的备份和在系统失效时的恢复。

③ 记录事务、系统使用、访问尝试等等的日志。

建立安全系统和攻破安全系统的挑战已经养育了一批特种罪犯,即黑客。他们通常很年轻,这些狂热者首先是通过攻入复杂的计算机系统找到极大乐趣,有时伴以使系统崩溃,或制造使其他计算机无法工作的病毒。在一些案件(例如,国家银行、美国军事安全系统等)中,他们的成功已经造成了震动和同样程度的困境。他们成功的一个"收获"是发现黑客并邀请他们参加测试组,这已不是罕见的事,特别是那些安全需求高的软件系统。

(8) 培训实用性测试。当有大量用户要运行系统时,就把培训实用性需求加入到测试日程里去。培训实用性的范围是由培训新雇员所需的资源确定的,换句话说,就是由使新雇员达到对系统的确定熟悉水平或达到确定的小时生产率所需要的培训小时数确定的。像任何其他测试一样,这些测试的细节是基于系统特性的,但在这里更重要的是雇员的特性。测试的结果应当促成培训课程和跟踪的精良计划和软件系统运行方式的改进。

(9) 操作实用性测试。这类测试的重点是操作员的生产率,即那些影响通常由系统操作员实现的性能的系统方面。对于系统的工作状态能够对其用户的生产率有重大影响的情况,这种测试特别重要。

这类测试的实施主要同生产率有定量的和定性的关联。当然,这些方面对于用作大用户群的主要职业工具的信息系统极其重要。

操作实用性测试可通过时间研究人工进行。除了生产率数据外,这些人工测试提供关于(高或低)性能水平的原因和对改进的看法。可通过记录贯穿用户活动转移的所有用户活动的自动跟踪软件实现准确的性能记录。此类软件包提供性能统计和诸如特定活动、时间周期和行业的不同变量的比较数据。

3. 校正因素测试类

软件易于校正是确保软件包成功的长期服务和成功售给大用户群的基本因素。与这些性质有关的是下边讨论的校正测试类:

(1) 可维护性测试。

可维护性测试主要同以下问题有关:

① 忠实遵守为支持未来维护活动而施加在具体构件上的标准和开发规程的系统结构,包括自给自足模块的模块结构和模块大小。

② 程序员手册根据批准的文档标准编制,并提供完整的系统文档。

③ 同软件代码合并在一起的内部文档是根据编码标准和约定编制的,并完全覆盖系统的文档需求。

软件合格性测试是检查是否遵照上面第一条那样的可维护性需求首选的软件质量保证工具。测试是否遵照第二条和第三条需求则属于程序员文档测试的范围,并且它们是被包括在用户文档测试里,测试人员才会去测试它们。

(2) 灵活性测试。软件系统灵活性指的是基于其结构特性和编程特性的系统能力。这些因素显著影响使软件适应于顾客多变性需求的工作,以及顾客和维护组为了改进系统功能而倡议引入的更改。灵活性测试的意图是测试支持灵活性的软件特性,例如,合适的模块结构选择和应用范围宽广的参数选项。

(3) 可测试性测试。可测试性需求同软件系统是否易于测试有关。因此,这里的可测试性与在程序中添加帮助测试人员的特殊功能有关系,诸如为某些检查点得到中间结果和预定义的日志文件的可能性。虽然经常被忽略,应当在需求文档中规定这些特殊的测试支持功能,作为软件功能需求的不可缺少的组成部分。

可测试性的另一目标同诊断工具的应用有关,实施这些应用是为了分析系统性能和报告任何发现的失效。这一类的某些功能是在启动软件包时或在正常运行期间自动激活的,并且报告任何告警状态。这类的其他功能也可以由操作员或维护技术人员激活。可测试性对于支持大型控制系统(例如,电力厂)的控制室和维护组至关重要,对于失效的诊断尤其如此。可在顾客现场或某些远程服务台支持中心激活这类维护支持应用。

可测试性测试可按需求规格书中的要求对这两类应用进行。如已经讨论过的,这种测试应当主要同正确性、文档和可用性有关系。

4. 转移因素测试类

进行少量的适应就能在不同环境中运行所要求的软件特性,以及同重用模块合作或同其他软件包接口所需的软件特性,就是软件系统、尤其是目标有宽广顾客范围的商业软件包所要求的转移特性。

(1) 可移植性测试。可移植性需求规定软件系统必须在其中可运行的环境(或环境条件):操作系统、硬件和通信设备标准以及其他变量。要进行的可移植性测试将验证、确认和测试这些因素以及估计把软件系统转移到不同环境所需的资源。

(2) 可重用性测试。可重用性定义程序的哪些部分(模块、集成物等)是为了未来在其他已计划的或未计划的软件开发项目里重用开发的。这些部分应当根据重用软件库规程开发、打包并文档化。可重用性需求对于面向对象软件项目特别重要。所以,要设计测试来考察是否确实遵守了可重用性标准。

(3) 软件互操作性测试。软件互操作性同软件与设备和其他软件包对接的能力有关,使它们能作为一个复杂计算机化系统联合运行。这个需求清单列出待测试的具体设备或软件接口以及适用的数据传输和对接的标准。商业成品软件包和顾客定制软件包的增长份额都需要有互操作能力,即显示从设备固件或其他软件系统接受输入或向其他固件和软件系统发送输入的能力。这些软件能力是在严格的数据传输标准、国际的和全球的或面向行业的互操作性标准下测试的。

(4) 设备互操作性测试。设备互操作性同设备的固件与其他设备单元或软件包的对接有关,它的需求列出指定的接口,包括对接标准。相关的测试应当考察整个系统中的设备互操作性需求的实现情况。

5. 黑盒测试的优点与缺点

黑盒测试的主要优点是:

(1) 黑盒测试允许我们实施多数测试类,其中大多数能够单独用黑盒测试实现。在黑盒测试独有的测试类中,特别重要的是负载测试和可用性测试之类的系统性能测试。

(2) 对于白盒和黑盒测试都能实施的测试类,对同一软件包而言,黑盒测试比白盒测试需要的资源少。

黑盒测试的主要缺点是:

(1) 有可能若干错误的巧合聚集对测试用例产生了正确的响应,因而妨碍了错误的检测。换句话说,黑盒测试不易于识别那种互相抵消、偶然产生正确输出的错误。

(2) 缺乏行覆盖控制。在黑盒测试人员希望提高行覆盖率的时候,不易于为提高覆盖率指定所需的测试参数。结果,黑盒测试可能不能执行到数量可观的代码行,因为它们没有被测试用例集合覆盖。

(3) 不能测试代码的质量和它严格遵守编码标准的情况。

第二节　软件测试的执行

一、测试过程

测试的计划、设计和实施是贯穿在软件开发过程中进行的。这些活动被划分为阶段,从设计阶段开始,至软件安装在顾客场地时结束,图9-5中说明了这个测试过程。

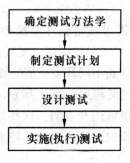

图9-5　测试过程

1. 确定测试方法学阶段

测试方法学必须解决的主要问题是:所需的合适软件质量标准、软件测试策略。

(1) 确定合适的软件质量标准。为一个项目选择的质量标准等级主要依赖于软件应用的特性。

例1:医院病床监控软件包,需要考虑了软件失效的可能严重后果的最高软件质量标准。

例2:对于一个机构的内部雇员培训程序的反馈信息处理软件包,可以按中等软件质量标准进行,假设失效代价相对低(或比例1中低很多)。

例3:开发了一个销售给范围广泛的机构的软件包。销售前景证明它采用比具有类似特性,但是只为单一顾客服务的顾客定制软件包所采用的质量标准更高的质量标准是合理的。

这些例子说明了在选择软件质量标准时应用的主要准则:评估系统失效时预计损害的性质和大小。这些损害一方面可能影响到顾客和用户,也可能对开发者造成影响。一般来说,失效带来的预期损害等级越高,软件质量的合适标准等级也越高。

对顾客和用户的损害与对开发者的典型损害类型列在表9-10中。

表9-10　软件失效损害的分类

(a) 对顾客和用户的损害

损 害 类 型	例　子
1. 危机人的生命安全	(1) 医院病人监控系统　(2) 航空航天系统　(3) 武器系统
2. 影响重要机构功能的实现,无系统替代功能可用	(1) 电子商务销售　(2) 全国性多仓库仓储系统

（续表）

(a) 对顾客和用户的损害

损 害 类 型	例 子
3. 影响固件功能,引起整个系统的机能失常	(1) 家用品　(2) 汽车　(3) 计算机化电子设备
4. 影响重要机构功能的实现,但有系统替代功能可用	可由人工机制代替的前台销售系统
5. 影响商业应用软件包的正确功能	(1) 销售点事务的响应时间慢　(2) 因为故障,正常向一个屏幕提供的信息却被分布到三个不同显示器上
6. 影响私人顾客软件包的正确功能	(1) 计算机游戏　(2) 教育软件　(3) 字处理程序
7. 影响固件应用的功能,但不影响整个系统	(1) 家用品的控制面板变黑,但不影响功能 (2) 次级系统的失效(例如,某些汽车上的外部温度显示)
8. 对用户带来不方便,但不妨碍系统功能的实现	(1) 杂乱但不会误导的显示　(2) 不能产生所列的输出,然而有得到所需信息或完成相同操作的替代途径可用

(b) 对软件开发者的损害

损 害 类 型	例 子
1. 财务损害	(1) 为人身伤害所付的损失　(2) 为软件错误功能向机构所付的损失　(3) 赔付给顾客的采购费用　(4) 修理失效系统的高维护花费
2. 非量化损害	(1) 预期对未来销售有影响　(2) 当前销售的大量减少

（2）确定软件测试策略。必须决定的问题包括：

① 测试策略：应当采用大爆炸式测试策略还是增量式测试策略？如果采用增量式测试,是应当进行自底向上测试还是自顶向下测试？

② 测试计划的哪些部分应当根据白盒测试模型进行？

③ 测试计划的哪些部分应当根据自动测试模型进行？

2. 测试的计划

（1）测试什么。完成测试的一种直截了当的方法是推荐一个全面而彻底的软件测试计划,这需要对所有单个的单元进行单元测试、对所有的单元集成进行集成测试和将软件包作为一个整体进行系统测试。实现这种"直截了当"的计划可确保有最高质量的软件,但需要巨大的资源投入和一个延长的进度表。

相关地,对于涉及这种方法的好处的常见状况无疑会提出某些问题。例如：

① 对于一个由 98% 的重用软件组成的模块进行单元测试合理吗？

② 如果一个简单模块是一个基本模块的第 12 个版本,而这个基本模块已经由开发组在过去三年里重复使用,对它还必须进行单元测试吗？

只在罕见情况下才有理由测试"每样东西"。通常,测试"每样东西"的可行性是很受限的。除了进行在合同中规定的和开发者的规程所需的测试(例如,系统作为一个整体的负载测试)之外,还有几个考虑的问题影响对要使用的测试的选择。要决定的因素围绕以下问题：

① 哪些模块应当进行单元测试？

② 应当测试哪些集成?

③ 确定对单个软件系统应用的测试资源分配的优先级。其结果是,低优先级应用只进行某些类型的测试或完全不进行系统测试。

在决定系统测试中包括什么或排除什么时,还应当考虑已经计划好的单元测试和集成测试。

对于单元测试、集成测试和系统测试没有覆盖的应用和模块的软件质量,我们依靠程序员和他的组长进行的代码检查和由开发组进行的代码审查和走查。

(2) 单元、集成与应用的评分。采用给单元(模块)、集成和应用评分的方法确定它们在测试计划中的优先级,这些方法基于两个因素:

① 因素 A:损害严重性等级。在模块或应用失效的情况下,后果的严重性。可将表 9-10 用作估计严重性的指南。

② 因素 B:软件风险等级。风险等级代表失效的概率。为了确定模块、单元、集成或应用的风险等级,需要考察影响风险的问题。这些问题可分为模块/应用问题和程序员问题。

影响软件风险等级的问题:

● 模块/应用问题:大小、复杂性和难度、自有软件的百分比(对重用软件的百分比)。

● 程序员问题:专业资格、对模块特定主题的经验、专业人员支持的可用性(知识和经验的后援)、对程序员的熟悉程度和评估他的能力。

(3) 基于两个因素生成一个组合分数。组合分数 C 建立在对 A(损害严重性得分)和 B 打分(风险严重性得分)的基础上。C 可以以多种方式计算,例如:

$$C = A + B$$
$$C = k * A + m * B$$
$$C = A * B$$

其中 k 和 m 是常量。单元、集成和应用是否被包括到测试计划里面和分配给每个测试的资源数量,依赖于组合分数表示的优先级。为了确定这些优先级,必须进行分数的初步计算。分数越高,测试优先级就越高,分配的测试资源就越多,这已经是条规律。

在下列情况下,可能需要对测试计划进行修改:

① 资源不可用。

② 时间需求太长,并且将引起项目超过其完成进度安排。

③ 关于预期损害和风险严重等级的评估或测试活动所需时间和资源的估计可能出现不一致的意见。

最终测试计划只能在这些问题解决之后才能完成。当然,计划将随着项目进展而更新,以反映状况的改变,包括在项目实现中的延迟。

例子:Super Teacher 是一个设计用来支持教师对小学生成绩进行管理的软件包。这个软件包中有八个应用。需要对它们评分,以便为每个应用的测试资源的分配编制计划。应用七和八基于高百分比的重用代码。应用 2 是由 C 组开发的,而 C 组是由新雇员组成的。五级分制用于对损害严重性(因素 A)和软件风险严重等级(因素 B)打分:

根据三种不同方法计算应用的组合评分:

① C = A + B
② C = 7 * A + 2 * B
③ C = A * B

表 9 - 11 中展示了这些应用、它们的单个因素和组合评分,在组合评分那一列括号中的数字表示应用优先程度。

在考察这些结果时,值得注意的是按所有三种计算组合评分的方法,决定的前两名最高优先级都是相同的。

表 9 - 11 可供选择的组合评分方法的结果

应 用	损害严重等级 A	风险严重等级 B	组合评分方法		
			A+B	7 * A+2 * B	A * B
1. 测试结果的输入	3	1	5(4～5)	25(5)	6(4)
2. 给其他教师输入输出学生数据的接口	4	4	8(1)	36(1)	16(1)
3. 编制低成绩学生清单	2	2	4(6～7)	18(7)	4(5～6)
4. 打印致低成绩的学生父母的信	1	1	3(8)	11(8)	2(8)
5. 编制给学校校长的报告	3	3	6(3)	27(4)	9(3)
6. 显示学生成绩剖面	4	3	7(2)	34(2)	12(2)
7. 打印学生学期报告卡	2	2	4(6～7)	23(6)	3(7)
8. 打印学生年末报告卡	4	1	5(4～5)	30(3)	4(5～6)

(4) 测试用例有哪些来源。计划制定者应当考虑两个主要的测试用例来源(现实测试用例样本或综合测试用例)中有哪些最适合于他们的需要。测试计划的每个部分都同单元测试、集成测试或系统测试有关,需要对相应的测试用例和来源做出单独的决定:

① 使用测试用例的单个来源或组合来源或两者都要。

② 对每个来源准备多少个测试用例。

③ 这些测试用例的特性。

(5) 谁来进行测试。在计划制定阶段确定谁来进行各种测试:

① 集成测试,尤其是单元测试是由软件开发组进行的。在某些情况下由测试单位进行这些测试。

② 系统测试通常是由独立的测试组进行的(内部测试组或外部测试顾问组)。

③ 对于大型的软件系统,可利用一个以上的测试组进行系统测试。在这种情况下所做的事先决定是有关在内部测试组和外部测试组之间的系统测试的分配。

不过,在没有单独的测试组的小型软件开发机构里,存在下列测试可能性:

① 由另一个开发组进行测试。每个开发组都是其他开发组开发的项目的测试组。

② 将测试责任委托出去。

(6) 在什么地方进行测试。单元测试和集成测试自然是在软件开发的场地进行。场地问题仅对于系统测试是重要的。它们应当在开发者的场地还是在顾客场地("目标场地")进行?如果系统测试是由外部测试顾问进行的,就有了第三个选择:顾问的场地。这种选择依赖于测试或系统的计算机化环境：作为规律，顾客场地的计算机化环境不同于开发者场地的计算机化环境，需要"仿真"那个环境的工作。在这种情况下，关于系统一旦安装在顾客场地出现的非预期失效的担忧就会减少，只要顾客对系统测试满意和不再计划进行验收测试。

(7) 何时终止测试。有关软件测试应当在什么阶段终止的问题主要对系统测试有意义。有下列五个可供选择的做法，每个都是在不同准则的基础上进行选择的。

① 完整执行。根据这种做法，一旦完成了整个测试计划并且对所有需要的回归测试实现了无错误（"洁净"）结果，测试立即终止。这种选择适合于完美方法，它不考虑预算和进度约束。

② 数学模型应用。在遵循这种做法时，将数学模型应用于在出错检测率的基础上估计未检测出错误的百分比。对应于未检测出错误的预确定等级（它被认为是一个可接受的软件质量标准）有一个比率。一旦出错检测率下降到低于这个比率，就立即终止测试。这个做法的缺点是所选数学模型可能不完全代表项目的特性。所以，依靠此模型可能低估这种测试的有用性，因为它们会太早或者太迟终止测试。当选择的或可用的模型不提供对未检测出错误严重性的估计时，会出现这种方法的另一个缺点。

③ 错误播种。根据这种方法，在测试开始之前，在被测软件中播种（隐藏）了各种错误。这种途径的基本假设是：发现的播种错误的百分比将同实际检测到错误的百分比一致。据此，一旦未检测出播种错误的残留百分比达到一个预定义的、认为系统可以"通过"的等级，测试就立即终止。除了测试人员要承担额外的工作负担外，这种方法的主要缺点在于作为基础的经验。虽然测试人员预期面对的是每个新项目中的"新而原生"的错误，播种计划却完全是基于过去的经验。因为对每个系统的经验不同，播种方法不能准确估计不熟悉系统中的未检测出错误的残留率。

④ 双重独立测试组。如果采用这种途径，则由两个组独立地执行测试过程。通过比较每个组提供的检测出错误的清单，对未检测出错误数的估计如下：

小组的成绩产生：

Na＝A组检测出的错误数。

Nb＝B组检测出的错误数。

比较这些清单后得到检测出错误的下列计数：

Nab＝由A组和B都检测到的错误数。

我们预期找到：

Pa＝A组检测出的错误所占比例。

Pb＝B组检测出的错误所占比例。

Pab＝由A组和B组两者都检测出的错误所占比例。

P(a)(b)＝两个组都未检测出的错误所占比例。

N(a)(b)＝两个组都未检测出的出错数。

N＝软件包/程序中的错误总数

假设这两组进行的测试在统计上是独立的，错误的检测是随机的，就能够使用产生估计P(a)(b)，N和N(a)(b)的简单概率方程。为此目的，我们定义以下四个公式：

(1) $Pab = Pa * Pb = Nab/N$

(2) $Pa = Na/N$

    (3) Pb = Nb/N

    (4) P(a)(b) = (1－Pa) * (1－Pb)

以上四式的简单数学处理产生下列结果：

    (5) N = Na * Nb/Nab

    (6) Pa = Nab/Nb

    (7) Pb = Nab/Na

    (8) P(a)(b) = (1－Pa) * (1－Pb) = (Na－Nab) * (Nb－Nab)/(Na * Nb)

    (9) N(a)(b) = (Na－Nab) * (Nb－Nab)/Nab

例子：为 4～7 岁儿童开发的电子游戏 Super Magic 的开发者决定利用双重测试方法。他们确定他们的测试终止等级是 2.5% 的残留未检测错误。作为识别未检测出错误的一个互补"工具"，他们计划在将 Super Magic 投放市场前广泛应用 β 现场测试。

测试组在八个星期的测试和回归测试后总结了他们的成果如下：

A 组检测到 160 个错误(Na＝160)

B 组检测到 180 个错误(Nb＝180)

比较两个组检测出的错误数后得到下列结果：

应用概率模型(上述(8)、(9)和(5))，得到

$$P(a)(b) = 16 * 36/(160 * 180) = 0.02$$

$$N(a)(b) = 16 * 36/144 = 4$$

$$N = 160 * 180/144 = 200$$

根据上述结果，只有 2% 的总错误数没有检测出来，因此测试可以在此阶段终止。

应用式(6)、(7)、(9)和(5)，产生下述结果：A 组检测出程序总错误数 200 的 80%，而 B 组检测出总错误数的 90%。合在一起，两个组成功地检测出估计总共 200 个错误中的 196 个，剩下四个未检测出来。

双重测试方法的主要不足在于：按定义，它只适用于对同一项目使用两个独立的测试组的情况。另一个不足在于假设错误的随机检测。在某些情况下，这种方法的方法学基础可能是有问题的，尤其是两个组共有类似的测试经验和使用同一测试方法学的时候。

⑤ 资源穷尽后终止。在预算或分配给测试的时间耗尽时会发生这种终止。这种在软件产业中使人遗憾的、并非不常见的情况，人们当然是不希望发生的。

一旦你要考虑终止测试，不管是基于什么做法——数学模型、错误播种途径或双重测试组，在你机构的测试环境里对测试结果的准确度进行确认是最重要的。

确认需要系统化的跟踪：

● 数据收集。收集项目中检测出错误的质量数据：代码错误总数＝测试过程中检测出的错误数＋正常软件使用的前 6 至 12 个月中由顾客和维护组检测出的错误数。

● 出错数据的分析。这种分析将把由模型提供的估计数同实际数据进行比较。

● 错误严重性的比较分析。将测试过程中检测出的错误数同由顾客和维护组在正常软件使用的前 6 至 12 个月中检测出的错误数进行比较。

⑥ 测试计划制定的文档编制。

软件系统测试的计划制定阶段通常编制"软件测试计划"(STP)文档。表9-12展示了软件测试计划的模板。

表 9-12　软件测试计划(STP)——模板

软件测试计划(STP)——模板

1. 测试范围
 1.1　待测试的软件包(名字、版本和修订)
 1.2　提供作为计划测试的基础的文档(每个文档的名字和版本)
2. 测试环境
 2.1　测试场地
 2.2　所需硬件和固件配置
 2.3　参与的机构
 2.4　人力需求
 2.5　测试组所需的准备和训练
3. 测试细节(对每个测试)
 3.1　测试标识
 3.2　测试目的
 3.3　对相关设计文档和需求文档的交叉引用
 3.4　测试类
 3.5　测试级别(单元、集成或系统测试)
 3.6　测试用例需求
 3.7　专门需求(例如,响应时间的测量、保密性需求)
 3.8　待记录的数据
4. 测试安排(对每个测试或测试组)包括对以下事项的时间估计
 4.1　准备
 4.2　测试
 4.3　出错改正
 4.4　回归测试

---

3. 测试的设计

测试设计阶段的产品是:

(1) 每个测试的详细设计和规程。

(2) 测试用例数据库/文件。

测试设计是在软件测试计划的基础上进行的。测试规程和测试用例数据库/文件可被建档成一个"软件测试规程"文档和"测试用例文件"文档或一个单一的名为"软件测试描述"(Software Test Description,STD)的文档。表9-13展示了软件测试描述的一个模板。

表 9-13　软件测试描述(STD)——模板

软件测试描述(STD)——模板

1. 测试范围
 1.1　待测的软件包(名字、版本和修正)
 1.2　为设计的测试提供基础的文档(每个文档的名字和版本)

---

2. 测试环境(对每个测试)

   2.1　测试标识(测试细节记录在 STP 中)

   2.2　操作系统和硬件配置以及测试所需的切换设置的详细描述

   2.3　软件加载的指导

3. 测试过程

   3.1　输入指导,详细到输入过程的每一步

   3.2　测试中待记录的数据

4. 测试用例(对每个测试)

   4.1　测试用例标识细节

   4.2　输入数据与系统设置

   4.3　预期中间结果(如果适用)

   4.4　预期结果(数值的、消息、设备的激活等)

5. 在程序失效/停止情况下采取的措施

6. 根据测试结果总结应用的过程概要

4. 测试的执行

通常,测试执行阶段由一系列的测试、检测出错误的改正和再次测试(回归测试)组成。当再测试结果使开发者满意时就停止测试。执行阶段的过程如图 9-6 所示。

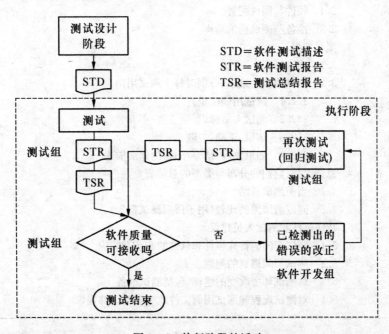

图 9-6　执行阶段的活动

测试是根据测试规程通过运行测试用例进行的。测试规程和测试用例数据库/文件的文档组成表 9-13 中展示的"软件测试描述"(STD)。

进行再次测试(也叫"回归测试")是为了验证在先前测试运行中检测出的错误已经正确地改正,并且没有因为有错误的改正引入新的错误。在达到满意的测试结果前,改正-回归测试序列重复两至四次是常见的。通常,再次测试按原来的测试规程进行是明智的。然而,在许多

情况下,尤其是在人工软件测试的情况下,仅再次测试原来测试规程中的一部分,以节省测试资源并缩短再次测试期。从软件系统中排除的部分是那些没有检测到错误的部分或所有已检测出错误并已经在前面正确改正过的部分。再次运行部分测试规程节省了资源和时间,但包含了一种风险,即在对软件的其他部分发现的错误进行改正的过程中操作不当,无意地在排除部分中引进新的错误,而这种错误可能检测不到。单个测试和再次测试的结果被记录到"软件测试报告"(STR)文档中,表 9-14 展示了 STR 的模板。

表 9-14 软件测试报告(STR)——模板

软件测试报告(STR)——模板
1. 测试标识、场地、安排和参加者
1.1 被测软件标识(名字、版本和修正)
1.2 为测试提供基础的文档(每个文档的名字和版本)
1.3 测试场地
1.4 每项测试活动的开始和结束时间
1.5 测试组成员
1.6 其他参加者
1.7 投入测试的工作时间
2. 测试环境
2.1 硬件与固件配置
2.2 准备与测试前的培训
3. 测试结果
3.1 测试标识
3.2 测试用例的结果(分别对每个测试用例)
3.2.1 测试用例标识
3.2.2 测试人员标识
3.2.3 结果:正确/失败
3.2.4 如果失败:结果/问题的详细描述
4. 总错误数、它们的分布与类型的总结表
4.1 当前测试总结
4.2 同以前结果的比较(用于回归测试报告)
5. 特殊事件和测试人员建议
5.1 测试期间的特殊事件和软件的非预期响应
5.2 测试期间遇到的问题
5.3 对测试环境改变的建议,包括测试准备
5.4 对测试规程和测试用例文件改变或改正的建议

为软件包(或软件开发项目)编制的测试集总结被记录到"测试总结报告"(TSR)文档中。

由软件开发者改正检测出的错误是一个高度受控的过程。跟踪这个过程以确保在 STR 中列出的所有错误都得到改正。

二、测试用例设计

1. 测试用例数据部件

测试用例是运行一个测试项并产生预期运行结果所需的数据输入和运行状态的集合,是做成文档的。测试人员必须根据测试用例文档为测试项运行程序,然后将实际结果同文档中记录的预期结果进行比较。如果所得结果同预期结果完全一致，那就没有错误或至少是没有识别出什么错误。当某些结果或全部结果同预期结果不一致时，就识别出了潜在错误。在之前讨论的等价类划分方法被用来给出高效的测试用例定义，用于黑盒测试。

　　例子：研究关于公寓的基本年度市政房屋税的测试用例。基本市政房屋税（在不对城市居民的特殊人群打折扣之前）基于下列参数：

　　S，公寓面积（按平方米）。

　　N，住在公寓中的人数。

　　A、B 或 C，地区的社会经济分类。

　　市政房屋税（MPT）的计算如下：

　　对 A 类地区：MPT $= (100 * S)/(N+8)$。

　　对 B 类地区：MPT $= (80 * S)/(N+8)$。

　　对 C 类地区：MPT $= (50 * S)/(N+8)$。

　　表 9-15 是用于计算公寓的基本市政房屋税的软件模块的三个测试用例：

表 9-15　计算公寓基本市政房屋税——测试用例

	测试用例 1	测试用例 2	测试用例 3
公寓面积(m^2)，S	250	180	98
地区类	A	B	C
居住人数，N	2	4	6
预期结果：市房屋税（MPT）	2 500 元	1 200 元	350 元

　　① 测试用例的应用将产生一个或多个下列类型的预期结果：

　　● 数值的结果。

　　● 字母的（名字、地址等）结果。

　　● 出错消息。通知用户关于缺失数据、有错数据、未满足条件等的标准输出。

　　② 对于实时软件和固件，预期结果可以属于下列类型中的一个或多个：

　　● 显示在监视器屏幕或设备显示器上的数值的或字母的消息。

　　● 设备的激活或一个确定操作的启动。

　　● 一个操作、警笛或告警灯等的激活，作为对已确定的威胁性状态的反应。

　　● 出错消息。通知操作员有关数据缺失、有错数据的标准输出。

　　在测试用例文件中包括有预期结果是一个出错消息的项以及非标准项和显示不希望的运行状况的项等，这是很重要的。只有针对非常规状况测试了软件我们才能确保在不希望的状况发生时，软件仍处于控制之下。在这种情况下，软件必须激活预先确定的反应、告警、操作员标志等——都是以对系统和顾客需要适宜的方式。

　　2. 测试用例来源

　　(1) 测试用例有两个基本来源：

　　① 现实随机样本用例。例如：

　　● 市区住房的样本（用于测试新的市税信息系统）。

　　● 交货付款样本（用于测试新的付款软件）。

● 控制记录样本(用于测试制造工厂生产控制的新软件)。

● 将被作为测试用例"运行"的事件的记录样本(用于测试 Internet 站点的联机应用和实时应用)。

② 由测试设计人员编制的综合测试用例(也称为"仿真测试用例")。这一类测试用例不针对顾客、交货或产品,而是针对系统的运行条件和参数(由一组输入数据确定)的组合。这些组合被设计成覆盖所有已知软件运行状况或至少是覆盖所有预期频繁使用或属于高出错概率类的状况。

表 9-16 总结并比较了使用每个测试用例来源的意义。

表 9-16 测试用例来源的比较

意 义	测试用例来源的类型	
	随机样本用例	综合测试用例
编制测试用例文件所需的工作量	工作量小,尤其是在有预期结果可用和不要计算的地方	工作量大;必须确定每个测试用例的参数并计算预期结果
测试用例所需文件的大小	相对大,因为大多数用例针对频繁重复出现的简单状况。为了得到足够的非标准状况数,需要编译相对大的测试用例文件	相对小,因为有可能避免重复参数的任何已知组合
进行软件测试所需的工作量	工作量大(低效率),因为必须对大的测试用例文件进行测试。低效率来自用例条件的重复性,尤其是对于大多数现实用例文件的简单状况	工作量小(高效率),归因于编制了相对小的测试用例文件,避免的重复
有效性——出错检测的概率	(1) 相对低——非测试用例文件非常大——归因于参数的不常见组合的低百分比 (2) 没有覆盖有错的状况 (3) 对未列出状况识别非预期错误的能力	(1) 相对高,归因于设计的良好覆盖率 (2) 通过测试用例文件设计,对有错状况的良好覆盖 (3) 识别未预期出错的可能性小,因为所有测试用例都是按预先定义的参数设计的

在大多数情况下,可取的测试用例文件应当将随机样本用例同综合用例组合起来,以克服测试用例来源单一的缺点,并提高测试过程的效率。对于组合测试用例文件的情况,测试计划经常分两步进行:第一步,使用综合测试用例;第二步,在改正过检测出的错误以后,使用随机测试用例样本。

(2) 分层采样。通过不使用对整个总体的标准随机采样,而是使用分层采样过程,可以实现随机测试用例采样效率的显著提高。分层采样使我们能将随机样本分成测试用例的子总体,所以减少了测试的大多数"常规"总体的比例,同时提高了小总体和高潜在出错总体的采样比例。这种方法的应用使重复数最小,同时提高了低频度和稀有状态的覆盖率。

例如,某市的大约 100 000 住户的总体被分为市区(70%)、郊区 A(20%)、郊区 B(7%)和郊区 C(3%)。郊区和市区在它们的住房和社会经济状况方面有重大差别。有 5% 的住户,其中绝大多数是城市居民,享受 40 种不同的减税折扣待遇(残疾人、大家庭、低收入单亲且有六个以上小孩的家庭等)。最初计划了标准的以 0.5% 样本,后来被下面的分层随机样本所取代,如表 9-17 所示:

表 9-17 分层随机采样——例子

	住 户 数	标准采样数	分层采样数
常规住户	65 000	325	100
享受减税的住户数	5 000	25	250
郊区 A	20 000	100	50
郊区 B	7 000	35	50
郊区 C	3 000	15	50
总计	1 000 000	500	500

(3) 重用软件的测试用例。重用软件除了包含所需的应用外,还包括许多当前软件系统并不需要的应用,这是十分常见的事。对于这种情况,计划制定人员应当考虑测试哪些重用软件模块。重用软件的其他模块就不测试了。

三、自动测试

自动测试(automated testing)代表了将计算机化工具集成到软件开发过程中的又一步骤。这些工具已经加入到计算机辅助软件工程(CASE)工具之中,完成软件分析和设计任务中的一部分,这部分份额正在增长。

有若干因素促进自动测试工具的开发:预期的费用节省、缩短测试期、提高测试的彻底性、提高测试准确性、改进结果报告以及统计处理和后续的报告。高效进行各种测试类(像负载测试之类以前人工不可能进行的测试)的可能性,已经驱动对自动测试开发的投入。

1. 自动测试的过程

一般来说,自动软件测试需要测试计划制定、测试设计、测试用例准备、测试实施、测试日志和报告编制、改正检测出错误后的再次测试(回归测试)和最终测试日志和报告编制(包括比较报告)。最后两项活动可能会重复若干次。

在开发工作的这个阶段,自动测试的计划制定、设计和测试用例准备需要投入相当数量的专业人力。正是计算化的测试实施和报告产生了这个过程在经济、质量的和进度表方面的主要优点。所需专业人力的可用性和他们被使用的范围成为在启动软件测试的自动化之前要考虑的主要因素。

为更好地理解这个问题,表 9-18 展示了自动测试和人工测试的比较。

2. 自动测试的类型

有多种自动测试可用,有些已经或多或少地成为惯例。较成熟的自动测试主要用于那些有大量回归测试的测试任务的测试和那些人工测试不太可行的测试类——例如,负载测试。

自动测试的主要类型有:

(1) 代码审计器。这个测试实施自动的合格性测试。计算机化的代码审计器检查代码与指定标准和编码规程的符合性。审计器的报告包括一份对标准的偏离清单和一份发现统计总结。

代码审计器能够对下列方面进行验证:

① 代码符合代码结构规定和规程吗?

●模块大小。一些代码审计器计算被测试代码的复杂性度量。例如,McCabe 的圈复杂性度量。

●循环嵌套的层次。

●子例程嵌套的层次。

●被禁用的结构,例如,GOTO。

② 编码风格遵守编码风格规程吗?

●变量、文件的命令约定等。

●程序的不可到达代码行或不可到达的整个子例程。

③ 内部程序文档和帮助支持段遵守编码风格规程吗?

④ 注解的格式和大小。

●文件中注解的位置。

●帮助索引和显示风格。

表 9-18 自动测试和人工测试按阶段的比较

测试过程阶段	自 动 测 试		人 工 测 试	
	自动/人工实施	注　释	自动/人工实施	注　释
测试计划制定	M	编制测试计划	M	编制测试计划
测试设计	M	编制测试数据库	M	编制测试规程
准备测试用例	M	编制测试用例及其记录放进测试用例数据库	M	准备测试用例
测试实施	A	测试的计算机化运行	M	由测试人员进行测试
编制测试日志和测试报告	A	计算机化输出	M	由测试人员编制
回归测试	A	测试的计算机化运行	M	由测试人员进行测试
编制测试日志和测试报告,包括比较性报告	A	计算机化输出	M	由测试人员进行编制

(2) 覆盖监视。覆盖监视器生成有关在执行给定测试用例文件时达到的行覆盖率的报告。监视器的输出包括由测试用例覆盖的代码行的百分比以及未覆盖行的清单。这些特性使覆盖监视成为白盒测试的至关重要的工具。

(3) 功能测试。自动功能测试经常取代人工黑盒正确性测试。在进行这些测试之前,将测试用例记录到测试用例数据库中。然后,通过测试程序执行这类测试用例来进行这些测试。测试结果文档除了按测试人员规范要求的各种总结和统计量之外,还包括识别出错误的清单。

在完成改正工作之后,通常需要再次测试整个程序或它的一部分("回归测试")。对整个程序进行的自动回归测试,验证错误改正已经满意地实施和这些改正没有在程序的其他部分无意地引入新的错误。回归测试本身是用已有的测试用例数据库进行的,所以,这些测试能够以最小工作量或专业资源执行。支持功能测试的另一个自动测试工具是输出比较器,它对于回归测试阶段很有帮助。自动比较连续测试的输出,连同功能测试工具的结果,使测试人员能编制有关回归测试结果的一份改进的分析报告并帮助开发人员发现在这些测试中已检测出的错误的原因。在程序的质量等级被认为达到满意之前需要三次或四次回归测试是十分常见的事。

(4) 负载测试。软件系统开发的历史中有许多令人沮丧的篇章:系统通过了正确性测试,但一旦将它们在标准满负载下运行却严重失效并引起巨大的损害。在许多情况下,损害是极严重的,因为当你设想系统开始提供它们的正常软件服务时,它却"非预期地"发生了失效。大多数惊人的失效发生在任何时刻都为大量用户服务的大型信息系统中,或是在处理大量同时事件的实时固件系统中。为了进行负载测试,必须首先建立最大的负载环境。如果是人工执行的,那么测试必须在最大用户负载下进行,而这是一个在大多数情况下不切实际、在其他情况下不可能的状态。所以,对中到大型系统进行负载测试的惟一办法是借助于计算机化的仿真,它可以被编成同现实负载状态非常接近的程序。

负载测试本身是基于最大负载状况的场景——由事件或事务以及它们的频率组成——这些状况是软件系统预计要面对和处理的状况。这使自动负载测试(强度测试)能够同可用性测试和效率测试结合起来,这些测试的执行都需要最大负载环境。

说到这里,"虚拟用户和虚拟事件"就该上场了。为了运行负载测试的场景,需要生成虚拟用户和虚拟事件,并在由系统计划人员确定的硬件和通信环境中运行。虚拟用户或事件模仿人类用户或现实事件的行为。它们的行为是利用从现实用户应用中捕获的实际输出"构造"出来的,然后用做仿真的输入。仿真所需的负载和频率也是计算机建立的。然后,仿真以场景定义的用户混合和频率,生成类似于那些从现实用户捕获的输出。这些输出用做被测试软件的输入。测试是用最终批准的软件版本和计划的硬件和通信配置进行的。

负载测试的计算机化监控产生软件系统按反应时间、处理时间和其他希望的参数的性能测量。将这些测量值同规定的最大负载性能需求进行比较,以评估该软件系统在日常使用时的性能如何。通常,进行一系列的负载测试,将负载逐步增加到规定的最大负载和更大负载。这个步骤能对满负载下的系统性能进行更彻底的研究。基于性能测量信息由计算机生成的表和图,使测试人员能决定对每个测试循环的每次仿真引入哪些修改。例如,测试人员可能希望:

① 修改硬件(包括通信系统),以使软件系统能在每个负载级别满足其性能需求。

② 修改场景,以揭示每个用户或事件占用的负载。

③ 测试一个完全不同的场景。

④ 测试硬件和场景的新组合。

测试人员将继续他的迭代过程直到他找到合适的硬件配置。

例子:Tick Ticket 是一个计划满足下列需求的 Internet 新站点:

① 这个站点应当能够最多每小时处理 3 000 次点击。

② 对最大负载每小时 3 000 次点击所需的平均反应时间为最多 10 秒钟。

③ 对平均负载每小时 1 200 次点击所需的平均反应时间为最多 3 秒钟。

计划:对于负载测试,计划按以下的点击频率进行(每小时的点击次数):300、600、900、1 200、1 500、1 800、2 100、2 400、2 700、3 000、3 300 和 3 600。确定了一个初始硬件配置,根据负载测试结果进行调整。

执行:在确定合适的硬件和通信软件配置前进行了三组负载测试。在第一组和第二组负载测试后,对硬件配置进行修改,以增加系统的容量从而达到所需的反应时间。第二个配置满足平均负载的反应时间需求但不满足最大负载的反应时间需求。所以,容量还要进一步增加。在其最后配置中,软件系统能满意地处理比最初规定的最大负载高 20% 的负载。每轮负载测试的平均反应时间见表 9-19。

表 9-19　Tick Ticket 负载测试——测量的反映时间

点击频率 (每小时点击数)	负载测试平均反映时间(秒)		
	第一组(硬件配置 1)	第二组(硬件配置 2)	第三组(硬件配置 3)
300	2.2	1.8	1.5
600	2.5	1.9	1.5
900	3.0	2.0	1.5
1 200	3.8	2.3	1.6
1 500	5.0	2.8	1.8
1 800	7.0	3.5	2.2
2 100	10.0	4.5	2.8
2 400	15.0	6.5	3.7
2 700	22.0	10.5	4.8
3 000	32.0	16.0	6.3
3 300	55.0	25.0	7.8
3 600	95.0	38.5	9.5

(5) 测试管理。测试涉及许多实际进行测试和改正已检测出错误的参与者。此外,测试一般都要监控测试用例文件中的长清单中每个项的性能。这个工作负担使得进度表跟踪对管理来说是重要的。计算机化测试管理支持这些和其他的测试管理目标。一般说来,计划计算机化的测试管理工具向测试人员提供有关质量等级和可用性的报告、清单和其他类型的信息,并且比人工测试管理系统提供的要多。

自动测试管理软件包提供人工和自动测试都适用的特性以及只适合自动测试使用的特性。测试人员键入的输入,连同软件包的能力确定应用的范围。这里特别重要的是软件包同自动测试工具的互操作性。

表 9-20 给出了自动测试管理软件包所提供特性的一个简明摘要。

表 9-20　自动测试管理包——主要特性

特 性 类 型	自动/人工测试
A. 测试计划、测试结果和改正跟踪	
测试计划的清单、表格和可视讲解的准备	A, M
测试用例清单	A, M
列举检测出的错误	A, M
列出改正进度安排(实施者,完成日期等)	A, M
列出未完成改正以便跟踪	A, M
出错追踪:检测、改正和回归测试	A, M
测试和出错改正跟踪的摘要报告	A, M
B. 测试执行	
自动软件测试的执行	A
自动列出自动软件测试结果	A
自动列出已检测出的错误	A
C. 维护跟踪	
改正用户报告的错误	A, M
按照顾客、软件系统应用等等的维护改正服务的摘要报告	A, M

(6) 自动测试工具的可用性。大多数自动测试工具是专用的,计划用于特定的编程领域和系统应用:客户/服务器系统、C/C++、UNIX 应用、特定软件公司的 ERP(企业资源规划)应用,只举出这少数几个。当前提供的各种工具覆盖大多数流行的编程领域和应用,容易从擅长开发自动测试工具的软件开发公司获得。

3. 自动测试的优缺点

难以做出是否用自动测试工具的决定,因为购买这些工具、并使它们高效执行要充分培训一个小组,这涉及到相当数量的投资。

之前通过列出自动测试的优点和缺点展示了自动测试和人工测试的一个全面定性比较。定量比较,特别是基于实验数据的经济分析,对于支持定性比较来说是极度需要的。

(1) 自动测试的主要优点是:

① 实施的准确性和完备性。计算机化测试以最大可能保证所有测试和测试用例都得以完备和准确地进行。由于测试人员的疲劳周期或注意力不集中造成的测试用例的不准确输入、缺失等会影响人工测试。

② 结果记录和总结报告的准确性。自动测试被设计得能够准确报告检测出的错误。与之相比,进行人工测试的测试人员会偶尔识别不出错误,并在它们的日志和总结中漏掉另外的错误。

③ 信息的全面性。自然,一旦测试用例(包括测试结果)被放进数据库,关于测试及其结果的查询和报告无疑会比在进行人工测试后的相同项更为可用,除了支持测试和改正跟踪之外,改进的出错信息增强了预防性和改正性措施所需的输入。

④ 进行测试所需的人力资源更少。比较起来，测试的人工实施是人力资源的主要消费者。

⑤ 更短的测试期。计算机化的测试期通常要比人工测试期短得多。此外，自动测试还可以不间断地进行，一天 24 小时，一星期七天。与人工测试相比，这可能需要一个测试组三班倒地每天工作，或是用三个测试组，而这在大多数情况下都是不切实际的。

⑥ 完整回归测试的实施。由于时间和人力的短缺，人工回归测试都倾向于对软件包一个相对小的部分进行。所以有了自动测试的这个优点：所需的最少时间和人力资源使它能够基于以前的结果再次运行测试。这种选择实质性地减少了检测不出前一轮改正期间引入的任何错误的风险。

⑦ 实施人工测试范围之外的测试类。例如，计算机使测试人员能对中到大型系统进行负载测试、可用性测试和效率测试。而对比小型系统大一些的系统人工实施这些测试几乎是不可能的。

（2）自动测试的主要缺点是：

① 软件包购买和培训所需的投入高。决定执行自动测试的机构必须在软件包上投入，还要对进行那些测试的员工进行额外的培训使之取得资格。虽然培训因软件包而异，它依然花很长的时间，因此也是很昂贵的。

② 软件包开发的投资费用高。在可用的自动测试软件包不能完全适于系统需求的时候，必须开发顾客定制的软件包。

③ 测试准备的人力需求高。准备自动测试过程所需的人力资源通常要比为同一软件包的人工过程做准备所需的人力资源高得多。

④ 留下未覆盖的数量可观的测试区域。现在，自动软件测试包并不完全覆盖（人工测试可用的或自动测试依然需要的）各式各样的开发工具和各种应用类型。这迫使测试人员在测试计划中混合使用人工测试和自动测试。

（3）定量比较——实验结论。Dustin 等人（1999）报告了由欧洲系统和软件研究所（ESSI）发起的、在 1997～1998 年期间进行的一项研究的结论。选择进行测试的是图形用户界面（GUI）软件。这项研究由 10 个比较性实验组成，在每个实验中并行地进行人工测试和自动测试。表 9-21 给出了实验结果的总结。

表 9-21　自动测试与人工测试——GUI 测试试验结果

	准 备 时 间			测试人员的运行执行时间		
	时间范围			时间范围		
	平均 （小时数）	最少 （小时数）	最大 （小时数）	平均 （小时数）	最少 （小时数）	最大 （小时数）
自动测试	19.2	10.6	56.0	0.21	0.1	1.0
人工测试	11.6	10.0	20.0	3.93	0.5	24.0

这项研究结果同定性估计相符合，意味着自动测试的平均准备时间相当可观地高于类似软件系统的人工测试准备时间，自动测试的准备工作消耗的资源多 65%。也如预期的，自动测试的测试人员的运行执行时间比人工测试少得多，人工测试的这个时间平均说来是测试人员需要在自动测试运行中投入时间的 18.7 倍以上。基于这些数字，这项研究的研究者们估计

了 N——最少测试运行数(即第一次测试运行和后续的回归测试数),它从经济上证实了自动测试应用的合理性("损益两平点")。假设在回归测试中投入的资源对于人工测试和自动测试来说都同第一次测试运行所投入的资源类似,N 可按下述方程导出:

$$19.2 + 0.21 * N = 11.6 + 3.93 * N$$

$$N = 2.04$$

按这个模型,如果测试过程需要一次以上的回归测试运行,自动测试就是更可取的。某些保留意见也是显然的:

① 损益两平点模型忽略了获得自动测试能力及其正常升级所需的巨大投入或者认为这些是无足轻重的。

② 人工回归测试,尤其是第二次、第三次和以后的回归运行,通常是部分进行的,所以只需要第一次测试运行所消耗资源的一部分。

③ 自动测试运行期间没有任何人机交互。

④ 为实施回归测试的自动测试文件不需要任何修改(准备工作量)。

应当强调,即使考虑上述保留意见会将 N 改成 N = 4 或更大一些,自动测试的重要定性优点也会使我们在许多情况下偏爱它(相对于人工测试)。

为两种测试方法的定量和定性比较构造全面的综合模型需要许多另外的研究。这种研究工作应当针对收集足够多的实验数据和建立能够将自动测试的定性优点的良好部分进行量化的模型。

四、α 现场测试与 β 现场测试

α 现场测试(alpha site test)和 β 现场测试(beta site test)用于获得软件包的潜在用户关于其质量的意见。它们通常还被用于识别在商用成品(COTS)中的软件包的软件设计和编码错误。在某种程度上,α 和 β 现场测试取代顾客的验收测试,验收测试在商业软件包开发的条件下是不切实际的。然而,这些测试的特性分析导致人们得出结论说:它们决不应当取代开发者进行的正式软件测试。

(1)α 现场测试。"α 现场测试"是在开发者现场进行的新软件包测试。由于顾客将要把新软件应用于他的机构的特定需求,所以顾客倾向于从不是由测试组预期的角度来考察软件包。预期由 α 现场测试识别出来的错误包括只可能由实际用户使用才能揭示的错误,因此应当向开发者报告。

(2)β 现场测试。β 现场测试要比 α 现场测试常见得多。可将 β 现场测试过程描述如下。一旦可以使用软件包的高级版本,开发者就免费将它提供给一个或多个潜在用户。用户将这个软件包在他们的现场(通常称为"β"现场)安装,并且知道他们将把在试用和常规使用期间揭示的所有错误通知开发者。β 现场测试的参加者常常是以前发布软件包的用户、高超的软件专业人员等。因为 β 现场测试被认为是一个有价值的工具,某些 β 现场测试过程需要几百位甚至几千位的参加者参与测试。

(3)β 现场测试的主要优点是:

① 非预期错误的识别。用户通常以一种完全不同的方式考察软件,当然,同开发者的场景中预期的方式大相径庭。所以,它们揭示出那些专业测试人员难得识别出来的错误类型。

② 搜索错误的更广泛总体。在 β 现场测试中包括范围宽广的参加者,他们的贡献是软件

使用经验和揭示出隐藏的错误,而这些经验和错误超出在开发者的测试现场所提供的那些。

③ 低费用。因为无需对参加者的参与和他们报告的出错信息付费,遇到的仅有费用是软件包的价格以及对顾客的免费交付。在大多数情况下,这些费用包括销售损失是相对低的。

(4) β现场测试的主要缺点是:

① 缺乏系统化测试。因为β现场测试的参加者没有义务编制正规报告,他们倾向于报告零散的体验,所以会留下一些没有应用的以及应用的部分没有进行报告。

② 低质量的出错报告。参加者不是专业测试人员,所以,他们的出错报告经常是有毛病的(某些报告完全没有报告出错),并且经常不可能重新构建他们报告的出错状态。

③ 难以重建测试环境。β现场测试通常是在非受控的测试环境中实施的,当试图识别报告出错的原因时就遇到了困难。

④ 考察报告需要大量工作。由于重复频繁和报告质量低,当考察这些报告时,需要相对多的时间和人力资源投入。

α现场同β现场测试有同样的优点并显示出相同的缺点。α现场测试通常比β现场测试更难组织,但更有成果。

在应用β现场测试时,测试人员和开发人员应当特别小心。不太成熟软件的β现场测试可能检测出许多软件错误,但会给潜在顾客带来极其负面的公开形象。在某些情况下,这些负面印象可能出现在专业杂志上并引起相当可观的市场损害。所以我们建议先进行α现场测试,将β现场测试延迟到完成α现场测试并对其结果进行分析之后。

小　结

1. 测试目标

人们应当区分直接测试目标与间接测试目标。

直接目标是:

(1) 识别并揭示被测软件中尽可能多的错误。

(2) 使被测软件达到可接受的质量水平。

(3) 高效率地和有效地在经费和进度限制内完成所需测试。

间接目标是:

提供软件出错的记录,用于出错预防。

2. 各种测试策略之间的不同、它们的优点和缺点

基本上有两种测试策略:

(1) "全面测试":将软件作为一个整体进行测试,在软件包一旦完成可用时进行。

(2) "增量式测试":在软件完成的过程中按模块测试软件的片段(单元测试);然后用新完成的模块集成已测试的模块组(集成测试);一旦整个软件包完成,就将整个包作为一个整体进行测试(系统测试)。

有两种基本的增量式测试策略:自底向上和自顶向下。在自顶向下的测试中,第一个被测模块是主模块,即软件结构中的最高层模块;被测的最后一个模块是最低层模块。在自底向上

测试中,测试次序相反:先测试最低层模块,最后测试主模块。

(1) 全面测试还是增量式测试。除非程序非常小,非常简单,否则使用全面测试策略就显示出严重的缺点。将整个软件包作为一个"单元"看待,要识别其中的错误是很困难的。且不说投入的资源巨大,这种方法也不是十分有效。此外,在这种环境里完成错误改正常常是一件费力的事。显然,估计所需测试资源和测试进度安排也总是相当模糊的。相比之下,增量式测试通常在相对小的软件单元上实施,可识别出较高的错误百分比,也便于它们的改正。结果,一般认为增量式测试应当是更可取的。

(2) 自底向上还是自顶向下。自底向上策略的主要优点是其相对容易实施,而其主要缺点是较迟的时候才能够将程序作为一个整体观察。自顶向下策略的主要优点是在早期阶段就可能演示整个程序的功能,这个特性支持分析和设计错误的早期识别。这种策略的主要缺点是其实施比较困难。

3. 描述黑盒测试与白盒测试的概念,并讨论它们的优点和缺点

黑盒测试只根据输出中揭示的软件错误功能识别缺陷,不管软件所进行计算的内部路径。白盒测试考察内部计算路径以识别缺陷。

黑盒测试的主要优点是:

(1) 黑盒测试可以使测试人员完成几乎所有的测试类。

(2) 对于白盒和黑盒测试都能实施的测试类,对同一软件包而言,黑盒测试比白盒测试需要的资源少得多。

黑盒测试的主要缺点是:

(1) 有可能将若干巧合的错误识别为正确的。

(2) 缺乏行覆盖控制。

(3) 不能测试编码工作的质量。

白盒测试的主要优点是:

(1) 允许直接检查处理路径与算法。

(2) 它提供行覆盖跟踪,交出还没有执行的代码行清单。

(3) 能够测试编码工作的质量。

白盒测试的主要缺点是:

(1) 需使用大量资源,要比同一软件包的黑盒测试所需的资源多得多。

(2) 不能测试软件在可用性(响应时间)、可靠性、强度等方面的性能。

4. 定义路径覆盖率和行覆盖率

"路径覆盖率"被定义为由测试用例激活的软件处理的可能路径的百分比。"行覆盖率"被定义为测试期间考察的执行代码行的百分比。

路径测试与行覆盖率的概念只适合于估计白盒测试的覆盖率。在大多数情况下,因为其执行所需的资源范围很大,达到完全的路径覆盖是不切实际的。

5. 描述各种类型的黑盒测试

黑盒测试被分类为三个组:运行因素测试类、校正因素测试类、转移因素测试类。

运行因素测试类包括:

(1) 输出正确性测试。在大多数情况下,这个测试类消费最多的测试资源。

(2) 文档测试(针对正确性)。

（3）可用性（反应时间）测试（针对正确性）。

（4）可靠性测试。

（5）强度测试（负载测试和耐久性测试）（针对效率）。

（6）软件系统安全性测试。

（7）培训实用性测试（针对实用性）。

（8）操作实用性测试（针对实用性）。

校正因素测试类包括：

（1）可维护性测试。

（2）灵活性测试。

（3）可测试性测试。

转移因素测试类包括：

（1）可移植性测试。

（2）可重用性测试。

（3）软件接口测试（针对互操作性）。

（4）设备接口测试（针对互操作性）。

6. 描述计划制定与设计测试的过程

计划制定活动包括：

（1）确定测试方法学。

（2）计划单元测试和集成测试。

（3）计划系统测试。

（4）设计测试。

确定测试方法学。主要决定所需的软件质量标准和软件测试策略——大爆炸式测试还是增量式测试（自底向上或自顶向下），并且和自动测试的范围有关。

计划单元测试和集成测试。在制定测试计划之前，必须基于系统特性建立将进行哪些单元测试和集成测试。

计划系统测试。计划制定者主要考虑下列问题：

（1）测试什么？

（2）测试用例有哪些来源？

（3）谁来进行测试？

（4）在什么地方进行测试？

（5）何时终止测试？

设计测试。测试设计阶段的产品是：每个测试的详细设计和规程、测试用例数据库/文件。

7. 讨论测试用例的来源及其优点和缺点

测试用例有两个基本来源：

（1）现实随机样本用例。

（2）由测试设计人员编制的综合测试用例（"仿真测试用例"）。

对每种来源的优缺点的比较：

（1）准备随机样本的测试用例文件所需的工作量少，而准备综合用例的测试用例文件所需的工作量多。

（2）随机样本所需的测试用例相对较大，而综合用例所需的测试用例相对较小。对相对大的随机样本进行软件测试所需的工作量相对较多，而对相对小的综合用例进行软件测试所需的工作量相对较少。

（3）随机样本的测试有效性（揭示出错的概率）相对低，而综合用例的测试有效性相对高，这归因于测试设计者设计的常规和有错状况的良好覆盖。此外，在随机采样中，虽然对无效状况不提供覆盖，却存在着对有效状况识别非预期出错的可能，按定义，这是一种不包括在综合用例建立的覆盖中的质量。

（4）随机样本测试用例的表现可通过分层采样得到实质性改进。在大多数情况下，可取的测试用例文件应当把随机样本测试用例同综合用例组合起来，以克服测试用例来源单一的缺点。

8. 列举自动软件测试的主要类型

（1）代码审计器。计算机化的代码审计器检查代码与指定标准和编码规程的符合性。这是一种自动的合格性测试。审计器的报告包括一份对标准的偏离清单和一份发现统计总结。

（2）覆盖监控器生成有关在执行给定测试用例文件时达到的行覆盖率的报告。

（3）功能测试。自动功能测试经常取代人工黑盒正确性测试。应用于同一测试文件和相同测试用例上的首次测试运行和回归测试运行，是由取代"经典"的测试人员的计算机实施的。

（4）负载测试。负载测试建立在软件系统会遇到的最大负载状况的仿真场景的基础上。自动测试系统使得人们能够测量软件系统在各种负载水平下的预期性能。

（5）测试管理。这些自动工具的主要目标是提供全面的跟踪和报告测试与已检测出错误的改正情况。

9. 讨论自动计算机化测试（与人工测试相比）的优点和缺点

自动测试的主要优点是：

（1）实施的准确性和完备性。

（2）结果记录和总结报告的准确性。

（3）能够得到全面得多的信息。

（4）进行测试所需的人力资源更少。

（5）更短的测试期。

（6）完整回归测试的实施。

（7）实施人工测试范围之外的测试类。

自动测试的主要缺点是：

（1）软件包购买和培训所需的投入高。

（2）测试准备的人力资源需求高。

（3）留下未覆盖的数量可观的测试区域。

10. α 和 β 现场测试的执行和它们的优缺点

"α 现场测试"是顾客在开发者现场进行的新软件包测试。β 现场测试采用这样一个方法：选择的一组用户或顾客收到要安装在他们站点上的软件高级版本，并报告在对程序所做的实验过程中或程序的常规使用中发现的错误。

β 现场测试的主要优点是：

（1）非预期错误的识别。

(2) 搜索错误的宽范围覆盖。

(3) 低费用。

β 现场测试的主要缺点是:

(1) 缺乏系统化测试。

(2) 低质量的出错报告。

(3) 加大了考察参加者的报告的工作量。

复习题

9.1 有不少的软件专业人士坚持认为软件测试的主要目标是"证明软件包已经就绪"。

(1) 用你自己的话解释为什么这不是软件测试的合适目标。

(2) 可以用哪些其他目标取代上面所说的目标? 从这些改变中,在测试组的有效性方面可以获得什么?

9.2 用你自己的话解释为什么对于不太小的软件包而言,全面测试比任何增量式测试方法都要差?

9.3 模块 G12 同七个下层模块和惟一的上层模块耦合。

(1) 讨论耦合数如何影响增量式测试策略所需的工作量。

(2) 考虑上面描述的情况。模块 G12 的具体耦合情况对按自顶向下策略和自底向上策略进行单元测试所需的资源有什么影响?

9.4 之前提到了路径覆盖和行覆盖这两个术语。

(1) 用自己的话解释这些术语的含义并列举这些覆盖率度量之间的主要不同。

(2) 解释为什么在大多数测试应用中路径覆盖实施是不切实际的。

9.5 alpha phone 是一个软件包,包括下列特性:

(1) 管理住房电话地址簿。

(2) 按各种分类产生电话簿的打印件。

(3) 按照上面提到的分类对打入和打出电话的月流量进行分析。

你被召来对非常雅致的 Alpha phone 用户手册进行文档测试。列举手册中至少五种可能的文档编制错误。

9.6 MPT Star 是一个计算年度市房屋税的程序,它基于邻居、财产类型(住宅、商店、公寓等)、房屋的大小、拥有者(残疾人、低收入大家庭、单亲家庭等)享受的减免折扣进行计算。

提出一个对来自公民文件的测试用例进行分层采样的框架。列出你关于总体分布的假设。

9.7 "在大多数情况下,可取的测试用例文件应当将随机样本用例同综合用例组合起来,以克服测试用例来源单一的缺点,并提高测试过程的效率。"

(1) 详细说明如何应用混合来源方法克服单一来源方法的缺点。

(2) 详细说明如何应用混合来源方法提高测试效率。提供一个假想的例子。

9.8 软件测试专家主张,应用现实测试用例的分层样本对于识别错误更为有效,并且比常规随机采样更高效。

(1) 如果你同意,列出你的论据。

（2）如果你不同意，列出你反对的论据。

9.9 复习自动软件测试的优点和缺点。

（1）用你自己的话解释自动测试的主要优缺点。

（2）按照你对(1)的回答，提出哪些项目特性最适于自动测试。列出你的假设。

（3）按照你对(1)的回答，提出哪些项目特性最不适于自动测试。列出你的假设。

9.10 Aleppo 先生是软件开发部门的负责人，他主张 β 现场测试总是应当在开发过程中尽可能早地进行，因为这个方法没有缺点。

（1）β 现场测试真是一个"没有缺点"的方法吗？ 如果不是，它们的主要缺点和风险是什么？

（2）推荐几条使(1)所列的应用 β 现场测试的风险和缺点最小的指南。

第十章 软件维护

知识要点：

(1) 了解软件维护活动的分类以及相关的维护策略。

(2) 了解软件高质量维护的基础。

(3) 了解软件维护前的质量部件。

(4) 了解如何组织维护活动,有效地完成维护任务。

(5) 了解在软件维护时,如何对源程序进行修改。

(6) 了解支持软件维护质量保证的基础设施工具。

(7) 了解控制软件维护质量的管理性工具以及它们的重要性。

第一节 软件维护概述

一、软件维护的定义

人们称在软件运行/维护阶段对软件产品所进行的修改就是维护。

1. 需要进行软件维护的原因

要求进行维护的原因多种多样,归结起来有三种类型:

(1) 改正在特定的使用条件下暴露出来的一些潜在程序错误或设计缺陷。

(2) 因在软件使用过程中数据环境发生变化(例如,一个事务处理代码发生改变)或处理环境发生变化(例如,安装了新的硬件或操作系统),需要修改软件以适应这种变化。

(3) 用户和数据处理人员在使用时常提出改进现有功能,增加新的功能,以及改善总体性能的要求,为满足这些要求,就需要修改软件把这些要求纳入到软件之中。

2. 软件维护活动可以归为以下几类

(1) 改正性维护(corrective maintenance)。在软件交付使用后,由于开发时测试得不彻底、不完全,必然会有一部分隐藏的错误被带到运行阶段中来。这些隐藏的错误在某些特定的使用环境下就会暴露。为了识别和纠正软件错误、改正软件性能上的缺陷、排除实施中的错误使用,应当进行的诊断和改正错误的过程,就叫做改正性维护。例如,改正性维护可以是改正原来程序中未使开关(off/on)复原的错误;解决开发时未能测试各种可能情况带来的问题;解决原来程序中遗漏处理文件中最后一个记录的问题等。

(2) 适应性维护(adaptive maintenance)。随着计算机的飞速发展,外部环境(新的硬、软件配置)或数据环境(数据库、数据格式、数据输入/输出方式、数据存储介质)可能发生变化,为了使软件适应这种变化,而去修改软件的过程就叫做适应性维护。例如,适应性维护可以是为现有的某个应用问题实现一个数据库;对某个指定的事务编码进行修改,增加字符个数;调整两个程序,使它们可以使用相同的记录结构;修改程序,使其适用于另外一种终端。

(3) 完善性维护(perfective maintenance)。在软件的使用过程中,用户往往会对软件提出新的功能与性能要求。为了满足这些要求,需要修改或再开发软件,以扩充软件功能、增强软件性能、改进加工效率、提高软件的可维护性。这种情况下进行的维护活动叫做完善性维护。例如,完善性维护可能是修改一个计算工资的程序,使其增加新的扣除项目;缩短系统的应答时间,使其达到特定的要求;对现有程序的终端对话方式加以改造,使其具有方便用户使用的界面;改进图形输出;增加联机求助(HELP)功能;为软件的运行增加监控设施。

在维护阶段的最初两年,改正性维护的工作量较大。随着错误发现率急剧降低并趋于稳定,就进入了正常使用期。然而,由于改造的要求,适应性维护和完善性维护的工作量逐步增加,在这种维护过程中又会引入新的错误,从而加重了维护的工作量。实践表明,在几种维护活动中,完善性维护所占的比重最大。即大部分维护工作是改变和加强软件,而不是纠错。所以,维护并不一定是救火式的紧急维修,而可以是有计划的一种再开发活动。事实证明,来自用户要求扩充、加强软件功能、性能的维护活动约占整个维护工作的50%。

(4) 预防性维护(preventive maintenance)。除了以上三类维护之外,还有一类维护活动,叫做预防性维护。这是为了提高软件的可维护性、可靠性等,为以后进一步改进软件打下良好基础。通常,预防性维护被定义为"把今天的方法学用于昨天的系统以满足明天的需要"。也就是说,采用先进的软件工程方法对需要维护的软件或软件中的某一部分(重新)进行设计、编制和测试。

在整个软件维护阶段所花费的全部工作量中,预防性维护只占很小的比例,而完善性维护占了几乎一半的工作量。软件维护活动所花费的工作量占整个生存期工作量的70%以上,这是由于在漫长的软件运行过程中需要不断对软件进行修改,以改正新发现的错误、适应新的环境和用户的新要求,这些修改需要花费很多精力和时间,而且有时修改不正确,还会引入新的错误。同时,软件维护技术不像开发技术那样成熟、规范化,自然消耗的工作量就比较多。

二、影响维护工作量的因素

在软件的维护过程中,需要花费大量的工作量,从而直接影响了软件维护的成本。因此,应当考虑有哪些因素影响软件维护的工作量,相应应该采取什么维护策略,才能有效地维护软件并控制维护的成本。在软件维护中,影响维护工作量的程序特性有以下六种:

1. 系统大小

系统越大,理解掌握起来越困难。系统越大,所执行的功能越复杂。因而需要更多的维护工作量。系统大小可用源程序语句数、程序数、输入输出文件数、数据库所占字节数及预定义的用户报表数来度量。

2. 程序设计语言

使用功能强的程序设计语言可以控制程序的规模。语言的功能越强,生成程序所需的指令数就越少;语言的功能越弱,实现同样功能所需语句就越多,程序就越大。有许多软件是用较老的程序设计语言书写的,程序逻辑复杂而混乱,且没有做到模块化和结构化,直接影响到程序的可读性。

3. 系统年龄

老系统比新系统需要更多的维护工作量。老系统随着不断的修改,结构越来越乱;由于维护人员经常更换,程序又变得越来越难于理解。而且许多老系统在当初并未按照软件工程的要求进行开发,因而没有文档,或文档太少,或在长期的维护过程中文档在许多地方与程序实现变得不一致,这样在维护时就会遇到很大困难。

4. 数据库技术的应用

使用数据库,可以简单而有效地管理和存储用户程序中的数据,还可以减少生成用户报表应用软件的维护工作量。使用数据库工具可以很方便地修改和扩充报表。

5. 先进的软件开发技术

在软件开发时,若使用能使软件结构比较稳定的分析与设计技术及程序设计技术,如面向对象技术、复用技术等,可大大减少工作量。

6. 其他

例如,应用的类型、数学模型、任务的难度、开关与标记、IF 嵌套深度、索引或下标数等,对维护工作量都有影响。

此外,许多软件在开发时并未考虑将来的修改,这就为软件的维护带来许多问题。

三、软件维护的策略

根据影响软件维护工作量的各种因素,针对三种典型的维护,詹姆士·马丁(James Martin)等提出了一些策略,以控制维护成本。

1. 改正性维护

通常,生成 100%可靠的软件成本太高,并不一定合算。但通过使用新技术,可大大提高可靠性,并减少进行改正性维护的需要。这些技术包括数据库管理系统、软件开发环境、程序自动生成系统、较高级(第四代)的语言,应用以上四种方法可产生更加可靠的代码。此外,还有以下方法:

(1)利用应用软件包,可开发出比完全由用户自己开发的系统可靠性更高的软件。

(2)结构化技术,用它开发的软件易于理解和测试。

(3)防错性程序设计。把自检能力引入程序,通过非正常状态的检查,提供审查跟踪。

(4)通过周期性维护审查,在形成维护问题之前就可确定质量缺陷。

2. 适应性维护

这一类的维护不可避免,但可以控制。

(1)在配置管理时,把硬件、操作系统和其他相关环境因素的可能变化考虑在内,可以减少某些适应性维护的工作量。

(2)把与硬件、操作系统,以及其他外围设备有关的程序归到特定的程序模块中。可把因环境变化而必须修改的程序局限于某些程序模块之中。

(3)使用内部程序列表、外部文件,以及处理的例行程序包,可为维护时修改程序提供方便。

3. 完善性维护

利用前两类维护中列举的方法,也可以减少这一类维护。特别是数据库管理系统、程序生成器、应用软件包,可减少系统或程序员的维护工作量。

此外,建立软件系统的原型,把它在实际系统开发之前提供给用户。用户通过研究原型,进一步完善他们的功能要求,就可以减少以后完善性维护的需要。

四、维护成本

有形的软件维护成本花费了多少钱,会对其他非直接的维护成本有更大的影响。例如,无形的成本可以是:

(1) 一些看起来是合理的修复或修改请求不能及时安排,使得客户不满意。

(2) 变更的结果把一些潜在的错误引入正在维护的软件,使得软件整体质量下降。

(3) 当必须把软件人员抽调到维护工作中去时,软件开发工作受到干扰。

软件维护的代价是在生产率(用 LOC/人月或功能点/人月度量)方面的惊人下降,这种情况在做老程序的维护时就会遇到。有报告说,生产率将降到原来的 2.5%,例如,开发每一行源代码要耗资 25 美元,而维护每一行源代码则需要耗资 1 000 美元。维护工作可以分成生产性活动(如分析和评价、设计修改和实现)和"轮转"活动(如力图理解代码在做什么、试图判明数据结构、接口特性、性能界限等)。下面的公式给出了一个维护工作量的模型:

$$M = p + Ke^{c-d}$$

其中,M 是维护中消耗的总工作量,p 是上面描述的生产性工作量,K 是一个经验常数,c 是对因缺乏好的设计和文档而导致的复杂性的度量,d 是对软件熟悉程度的度量。

这个模型说明,如果使用了不好的软件开发方法(未按软件工程要求做),原来参加开发的人员小组不能参加维护,则工作量(及成本)将按指数级增加。

五、软件维护高质量的基础

1. 基础一:软件包质量

待维护的软件包的质量明显地决定于开发组的专长和工作以及在开发过程中实施的软件质量保证(SQA)活动。如果软件包的质量很差,维护将会是很差的或毫无效果,这一点几乎是肯定的。11 个质量保证因素(见第二章)中的七个对软件维护有直接影响。尤其是其中的五个产品运行因素中的两个,所有产品校正因素和三个产品转移因素中的两个。

(1) 两个产品运行因素如下:

① 正确性。

● 输出正确性。规定输出的完备性(换句话说,不漏掉任何事先规定的输出)、输出的准确性(系统的所有输出都被正确处理)、输出的现时性(所处理的信息是最新的)和输出的可用性(反应时间不超过规定的最大值,尤其是在联机和实时应用中)。

● 文档正确性。文档的质量:它的完备性、准确性、文档编制风格和结构。文档编制格式包括硬拷贝和计算机文件——打印的手册和电子的"帮助"文件,虽然其作用范围包括安装手册、用户手册和程序员手册。

● 编码合格性。同编码规定的符合性,尤其是限制和降低代码复杂性和确定标准编码风格的规定。

② 可靠性。系统失效的频度以及恢复时间。

（2）三个产品校正因素如下：

① 可维护性。参考软件的模块结构、内部程序文档和程序员手册和其他文档。

② 灵活性。这些特性通过合适的计划与设计实现，提供一个比当前用户群所需更大的应用空间。实际上，这意味着它为未来功能改善留下了余地。

③ 可测试性。可测试性包括用户应用的系统诊断的可用性以及支持中心或维护人员在用户现场的失效诊断的可用性。

（3）两个产品转移因素如下：

① 可移植性。软件在不同硬件和操作系统环境中的潜在应用，包括使得这些应用成为可能的活动。

② 互操作性。软件包同其他软件包和计算机化设备对接的能力。

总之，确保维护服务质量的工作应当在软件开发阶段中早一点开始，就是在项目需求中规定上面概述的每个质量因素的时候进行，并在它们被集成到项目设计里面的时候再次进行。

表 10-1 说明了上述七个因素和它们对各种软件维护部件的不同影响。

表 10-1 质量因素:对软件维护部件的影响

质量因素	质量子因素	软件维护部件		
		改 正 性	适 应 性	功能改善性
正确性	输出正确性	高		
	文档正确性	高	高	高
	代码合格性	高	高	高
可靠性		高		
可维护性		高	高	高
灵活性			高	
可测试性		高		
可移植性			高	
可操作性			高	

2. 基础二:维护方针

影响软件维护成功的主要维护方针部件是在软件生命周期使用的版本开发方针和更改方针。

（1）版本开发方针。这个方针主要同有多少个软件版本应当同时可运行的问题有关。显然，这对于只为一个机构服务的顾客定制软件不是问题，版本数成了计划为形形色色顾客服务的商业成品软件包的一个主要问题。对后者的版本开发方针可以采取"顺序"或"树"的形式。当采用顺序版本方针时，只有一个版本供整个顾客群使用。这个版本包括大量应用，这些应用有高度的冗余，这是一个使软件能满足所有顾客的需要的属性。这个软件必须被定期修订，但一旦完成了一个新版本，它将取代当前由整个用户群使用的版本。

当采用树版本方针时，软件维护组根据在一组顾客或一个重要顾客提出请求，开发一个专门用途的、针对目标的版本来支持市场工作。根据同顾客需要相关的是什么东西，决定加入具体的应用或删除应用而产生一个新版本。这些版本在复杂性和应用水平上各不相同，例如，以面向产业的应用为目标等。如果采用这种方针，软件包可以在服务若干年后演化出多个版本，这意味着它将组装成一棵树，这个树有若干主要分枝和众多二级分枝，每个分枝代表具有特别修订的版本。同顺序版本软件相比，树版本软件的维护和管理更困难、更费时。考虑到这些不足，软件开发机构试图使用一种受限树版本方针，它只允许开发少数的软件版本。

例子：Inventory Perfect 是一个根据树方针开发的库存管理包。在经过几年应用后，已经演化成一个有七个版本的软件包，其主要分枝是：医药、电子、医院、书店、超市、自动车库维修和化学工厂。每个分枝包括 4～5 个二级分枝，它们的软件模块数、实现等级和专门的面向顾客的应用各异。例如，书店版本有如下五个二级分枝（版本）：书店连锁店、单个书店、高级管理书店、LP 书店连锁店的专门版本和 CUCB（城市大学校园书店）的专门版本。软件维护组同时负责总共 30 个不同版本的软件包，每个版本根据顾客请求和小组的技术革新进行定期修订。

所以，维护组的需要根据日常工作，克服由软件包版本结构产生的困难，它们超出同软件本身有关的困难：

① 由特定顾客使用的当前版本的模块结构的不充分标识引起的有错改正。

② 用另一个版本的模块不正确地替换一个有错模块引起的有错改正，后来证明了把另一版本的模块集成到顾客的包版本中是不适宜的。

③ 为说服顾客更新他们的软件包而投入的工作。更新软件包的办法是加入新开发模块或用新版本替换当前模块版本。在成功说服顾客更新他们的软件包之后，当试图集成新开发的模块或用模块的高级版本替换当前版本时出现了问题与失效。

Inventory Star 的维护组的负责人曾经坚持让他的公司开发的软件包向所有顾客只提供一个全面的版本。

显然，Inventory Star 采用的顺序方针需要少得多的维护，因为只有一个版本必须维护，要保持它的质量等级会容易得多。

（2）更改方针。更改方针指的是考察每个更改请求的方法和批准它的准则。显然，宽容的方针——不管是由更改控制委员会实施或是由其他授权批准更改的实体实施，都会使更改任务负担有所增加，而这种增加时常未经证实是有理的。一种要求对更改请求进行彻底考察的平衡折中的方针是可取的，这使得人们能专注于最重要和最有益的更改，以及那些在合理时间内和按所需质量标准的更改。当然，这项方针将只批准更改请求的一小部分。

第二节　软件维护活动

一、维护前的软件质量部件

在考虑维护合同时，应当有一个广泛的整体看法。除了其他的东西外，需要对签入合同的服务种类做出决定。这些决定取决于服务于何种顾客：是已经为之开发了顾客定制软件包的顾客、采购了商业成品软件包的顾客还是内部顾客。所以，在为任何一种顾客提供软件维护服务之前，应当最终完成一个适宜的维护合同，该合同根据相关的条件设定维护责任的总范围。

面对内部顾客的维护服务常常是不签合同的。在典型的状况里，在运行期提供的某些服务是不间断的，没有人去确定继续这些服务的固定义务。在这种情况下，预期双方都不满意：

内部顾客觉得他们需要去请求同意而不是接受他们应享有的常规服务,而开发组会最终感觉一旦开始另一个项目,工作实施维护任务是对他们的侵犯。

为防止这种紧张状况,应当签下"内部服务合同"。在这个文档里,明确规定由内部维护组向内部顾客提供的服务。通过消除同这些紧要服务有关的大多数误解,这样的合同可以成为为内部顾客提供满意维护服务的基础。

维护合同评审活动包括建议草案评审以及合同草案评审。自然地,维护合同评审的目标和执行,是遵循项目前合同评审的路线的。接下来,我们列举软件维护合同评审的主要目标。

(1)澄清顾客需求。特别注意下列问题:

① 所需改正性维护服务的类型。列出要提供的远程服务和现场服务、服务工作时间、响应时间等。

② 用户群的大小和使用的应用类型。

③ 用户的位置,特别是远距离(或海外)现场及每个现场安装的应用的类型。

④ 要提供的适应性维护和功能改善性维护、提交服务请求的规程,以及这些服务的建议和批准实施的规程。

(2)评审提供维护的替代方法。特别考虑下列问题:

① 现场或服务类型的分包。

② 顾客自己在供货商的维护组的支持下实施某些服务。

(3)评审对所需维护资源的估计。首先,这些估计应当在所需维护服务的基础上进行考察,由建议组澄清。然后,应当分析公司能否兑现其关于专业能力的承诺以及维护组的可用性。

(4)评审由分包商或顾客提供的维护服务。这个评审指的是确定由每个参加者提供的服务、向分包商的付费、质量保证和使用的跟踪规程。

(5)评审维护费用估计。这些估计应当基于所需的资源进行评审。

二、维护计划

应当为所有顾客——外部的和内部的,准备维护计划。计划应当提供组织维护服务的框架。所以,如预期的,维护计划和开发计划以类似的概念为基础。

维护计划应当包括下列内容:

1. 合同规定的维护服务的清单

(1)内部和外部顾客、用户数和每个顾客现场的位置。

(2)改正性维护服务的特性(远程的和现场的)。

(3)针对每个顾客的适应性维护和功能改善性维护服务的责任。

2. 维护组的组织描述

维护组组织计划重点在人力需求,应当按下列准则予以仔细考虑:

(1)所需的维护组成员数。如果服务是由若干个机构提供的,要有每个机构的维护组需求。

(2)根据维护任务所需的维护组成员的资格,包括对维护的软件包的熟悉程度。

(3)维护组的组织结构,包括组长的名字。

(4)确定每个组的任务(对顾客的责任、应用类型等)。

(5)培训需要。

3. 维护设施清单

维护设施——能够提供服务的基础设施,包括:

(1) 维护支持中心。它安装了硬件和通信设备,以提供用户支持和软件改正服务。

(2) 有完备文档集合(以打印形式或电子形式)的文档中心:软件文档,包括开发文档;服务合同;由配置管理提供的每个顾客的软件配置和安装在每个现场的软件包的版本;每个用户和顾客的维护历史记录。

4. 已识别的维护服务风险清单

预期不能提供充分维护的状况与维护服务风险有关。这些风险包括:

(1) 整个机构的、在特定维护服务中心的或是对于具体应用的人员短缺。

(2) 对于提供用户支持服务和改正性维护任务的部分有关软件包的熟悉程度不足。

(3) 在顾客发出了大规模的要求时,有资格实施功能改善性维护以及适应性任务的人员不足。

5. 所需软件维护规程和控制的清单

所需的大多数规程指的是由改正性维护组和用户支持中心执行的过程。这些规程一般同下列事项有关:

(1) 处理顾客的应用。

(2) 处理软件失效报告。

(3) 用户支持服务的定期报告和跟踪。

(4) 改正性维护服务的定期报告和跟踪。

(5) 维护组员的培训和认证。

6. 软件维护预算

改正性维护预算所用的估计基于人力组织计划、所要求的设施和建立这些设施所需的投资、小组培训需要和其他任务。一旦确定了人力、设施和过程就可以把它们编制出来。对适应性维护和功能改善性维护任务的估计是根据要进行的更改和改进带来的预期工作量准备的。

三、维护机构

除了较大的软件开发公司外,通常在软件维护工作方面,并不保持一个正式的组织机构。维护往往是在没有计划的情况下进行的。

虽然不要求建立一个正式的维护机构,但是在开发部门,确立一个非正式的维护机构则是非常必要的。例如,图 10-1 就是一个维护机构的组织方案。

维护申请提交给一个维护管理员,他把申请交给某个系统监督员去评价。系统监督员是一位技术人员,他必须熟悉产品程序的某一部分。一旦做出评价,由修改负责人确定如何进行修改。在维护人员对程序进行修改的过程中,由配置管理员严格把关,控制修改的范

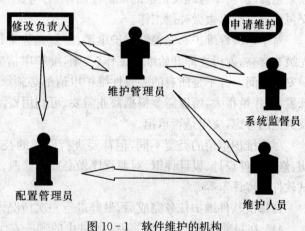

图 10-1 软件维护的机构

围,对软件配置进行审计。

维护管理员、系统监督员、修改负责人等,均代表维护工作的某个职责范围。修改负责人、维护管理员可以是指定的某个人,也可以是一个包括管理人员、高级技术人员在内的小组。系统监督员可以有其他职责,但应具体分管某一个软件包。

在开始维护之前,就把责任明确下来,可以大大减少维护过程中的混乱。

四、软件维护申请报告

所有软件维护申请应按规定的方式提出。软件维护组织通常提供维护申请报告(maintenance request form,缩写为 MRF),或称软件问题报告,由申请维护的用户填写。

如果遇到一个错误,用户必须完整地说明产生错误的情况,包括输入数据、错误清单以及其他有关材料。如果申请的是适应性维护或完善性维护,用户必须提出一份修改说明书,列出所有希望的修改。维护申请报告将由维护管理员和系统监督员来研究处理。

维护申请报告是由软件组织外部提交的文档,它是计划维护工作的基础。软件组织内部应相应地做出软件修改报告(software change report,缩写为 SCR),此报告要指明:

(1) 所需修改变动的性质。

(2) 申请修改的优先级。

(3) 为满足某个维护申请报告,所需的工作量。

(4) 预计修改后的状况。

软件修改报告应提交修改负责人,经批准后才能开始进一步安排维护工作。

五、软件维护工作流程

第一步是确认维护要求。这需要维护人员与用户反复协商,弄清错误概况以及对业务的影响大小,以及用户希望做什么样的修改,并把这些情况存入故障数据库。然后由维护组织管理员确认维护类型。

对于改正性维护申请,从评价错误的严重性开始。如果存在严重的错误,则必须安排人员,在系统监督员的指导下,进行问题分析,寻找错误发生的原因,进行"救火"性的紧急维护;对于不严重的错误,可根据任务、机时情况、视轻重缓急,进行排队,统一安排时间。所谓"救火"式的紧急维护,是指如果发生的错误非常严重,不马上修理往往会导致重大事故,这样就必须紧急修改,暂不再顾及正常的维护控制,不必考虑和评价可能发生的副作用。在维护完成、交付用户之后再去做补偿工作。

对于适应性维护和完善性维护申请,需要先确定每项申请的优先次序。若某项申请的优先级非常高,就可立即开始维护工作,否则,维护申请应和其他的开发工作一样,进行排队,统一安排时间。并不是所有的完善性维护申请都必须承担,因为进行完善性维护等于是做二次开发,工作量很大,所以需要根据商业需要、可利用资源的情况、目前和将来软件的发展方向以及其他的考虑,决定是否承担。

尽管维护申请的类型不同,但都要进行同样的技术工作。这些工作有:修改软件需求说明、修改软件设计、设计评审、对源程序做必要的修改、单元测试、集成测试(回归测试)、确认测试软件配置评审等。

在每次软件维护任务完成后,最好进行一次情况评审,对以下问题做一总结:

(1) 在目前情况下,设计、编码、测试中的哪一方面可以改进?

(2) 哪些维护资源应该有但没有?

（3）工作中主要的或次要的障碍是什么？

（4）从维护申请的类型来看是否应当有预防性维护？

情况评审对将来的维护工作如何进行会产生重要的影响，并可为软件机构的有效管理提供重要的反馈信息。

六、维护档案记录

为了估计软件维护的有效程度，确定软件产品的质量，同时确定维护的实际开销，需要在维护的过程中做好维护档案记录。其内容包括程序名称、源程序语句条数、机器代码指令条数、所用的程序设计语言、程序安装的日期、程序安装后的运行次数、与程序安装后运行次数有关的处理故障次数、程序改变的层次及名称、修改程序所增加的源程序语句条数、修改程序所减少的源程序语句条数、每次修改所付出的"人时"数、修改程序的日期、软件维护人员的姓名、维护申请报告的名称、维护类型、维护开始时间和维护结束时间、花费在维护上的累计"人时"数、维护工作的净收益等。对每项维护任务都应该收集上述数据。

七、维护评价

评价维护活动比较困难，因为缺乏可靠的数据。但如果维护的档案记录做得比较好，就可以得出一些维护"性能"方面的度量值。可参考的度量值如：

（1）每次程序运行时的平均出错次数。

（2）花费在每类维护上的总"人时"数。

（3）每个程序、每种语言、每种维护类型的程序平均修改次数。

（4）因为维护，增加或删除每个源程序语句所花费的平均"人时"数。

（5）用于每种语言的平均"人时"数。

（6）维护申请报告的平均处理时间。

（7）各类维护申请的百分比。

这七种度量值提供了定量的数据，据此可对开发技术、语言选择、维护工作计划、资源分配以及其他许多方面做出判定。因此，这些数据可以用来评价维护工作。

第三节 软件维护的实施

一、分析和理解程序

经过分析，全面、准确、迅速地理解程序是决定维护成败和质量好坏的关键。在这方面，软件的可理解性和文档的质量非常重要。必须理解程序的功能和目标，掌握程序的结构信息，即从程序中细分出若干结构成分，如程序系统结构、控制结构、数据结构和输入/输出结构等；了解数据流信息，即所涉及到的数据来自何处，在哪里被使用；了解控制流信息，即执行每条路径的结果；理解程序的操作（使用）要求。

为了容易地理解程序，要求自顶向下地理解现有源程序的程序结构和数据结构，为此可采用如下几种方法：

1. 分析程序结构图

（1）搜集所有存储该程序的文件，阅读这些文件，记下它们包含的过程名，建立一个包括这些过程名和文件名的文件。

(2)分析各个过程的源代码,建立一个直接调用矩阵 D 或调用树。在这个矩阵中,若过程 i 调用过程 j,则 Dij=1,否则 Dij=0。

(3)建立过程的间接调用矩阵 I,即直接调用矩阵 D 的传递闭包

$$I=D \cup D2 \cup D3 \cup \cdots \cup Dn$$

其中,n 是所包含的过程总数。

例如,过程 i 调用 j,j 调用 k,则有 Dij=1,Djk=1,因此 Iik=1。

(4)分析各个过程的接口,估计更改的复杂性。

2. 数据跟踪

(1)建立各层次的程序级上的接口图,展示各模块或过程的调用方式和接口参数。

(2)利用数据流分析方法,对过程内部的一些变量进行跟踪。维护人员通过这种数据流跟踪,可获得有关数据在过程间如何传递,在过程内如何处理等信息。这对于判断问题原因特别有用。在跟踪的过程中可在源程序中间插入自己的注释。

3. 控制跟踪

控制流跟踪同样可在结构图基础上或源程序基础上进行。可采用符号执行或实际动态跟踪的方法,了解数据是如何从一个输入源到达输出点的。

4. 其他方法

(1)在分析的过程中,充分阅读和使用源程序清单和文档,分析现有文档的合理性。

(2)充分使用由编译程序或汇编程序提供的交叉引用表、符号表以及其他有用的信息。

(3)如有可能,积极参加开发工作。

二、修改程序

对程序的修改,必须事先做出计划,有计划地、周密有效地实施修改。

1. 设计程序的修改计划

程序的修改计划要考虑人员和资源的安排。小的修改可以不需要详细的计划,而对于需要耗时数月的修改,就需要计划立案。此外,在编写有关问题和解决方案的大纲时,必须充分地描述修改作业的规格说明。修改计划的内容主要包括:

(1)规格说明信息:数据修改、处理修改、作业控制语言修改、系统之间接口的修改等。

(2)维护资源:新程序版本、测试数据、所需的软件系统、计算机时间等。

(3)人员:程序员、用户相关人员、技术支持人员、厂家联系人、数据录入员等。

(4)提供:纸面、计算机媒体等。

针对以上每一项,要说明必要性、从何处着手、是否接受、日期等。通常,可采用自顶向下的方法,在理解程序的基础上:

(1)研究程序的各个模块、模块的接口及数据库,从全局的观点提出修改计划。

(2)依次把要修改的以及那些受修改影响的模块和数据结构分离出来。为此要:识别受修改影响的数据;识别使用这些数据的程序模块;对于上面程序模块,按是产生数据、修改数据、还是删除数据进行分类;识别对这些数据元素的外部控制信息;识别编辑和检查这些数据元素的地方;隔离要修改的部分。

(3)详细地分析要修改的以及那些受变更影响的模块和数据结构的内部细节,设计修改

计划,标明新逻辑及要改动的现有逻辑。

(4) 向用户提供回避措施。用户的某些业务因软件中发生问题而中断,为不让系统长时间停止运行,需把问题局部化,在可能的范围内继续开展业务。可以采取的措施有:

① 在问题的原因还未找到时,先就问题的现象,提供回避的操作方法,可能的情况有以下几种:

●意外停机,系统完全不能工作——作为临时的处置,消除特定的数据,插入临时代码(打补丁),以人工方式运行系统。

●安装的期限到期——系统有时要延迟变更。例如,税率改变时,继续执行其他处理,同时修补有关的部分再执行它,或者制作特殊的程序,然后再根据执行结果做修正。

●发现错误运行系统——人工查找错误并修正之。

必须正确地了解以现在的状态运行系统将给应用系统的业务造成什么样的影响,研究使用现行系统将如何及多大程度地促进应用的业务。

② 如果弄清了问题的原因,可通过临时修改或改变运行控制以回避在系统运行时产生的问题。参看表 10-2。

表 10-2 问题回避措施

问 题 原 因	处 理
硬件问题	由硬件人员调查处理。
软件使用方法问题	说明错在哪里,以消除误解。
已查出的软件问题	若已经提供过修改软件,通知用户应修改哪些部分;若还没有提供修改软件,向用户提供修改好的软件。
新出现的软件问题	通知回避方法;准备好修改软件。
规格说明不齐全	向用户提供正确的规格及处理方法;订正规格说明。
其他(可能是新出现的软件错误)	指示如何采集必要的信息;提示代用方法(其他功能);开始详细调查原因;进行临时修改。

2. 修改代码,以适应变化

在修改时,要求:

(1) 正确、有效地编写修改代码。

(2) 要谨慎地修改程序,尽量保持程序的风格及格式,要在程序清单上注明改动的指令。

(3) 不要删除程序语句,除非完全肯定它是无用的。

(4) 不要试图共用程序中已有的临时变量或工作区,为了避免冲突或混淆用途,应自行设置自己的变量。

(5) 插入错误检测语句。

(6) 在修改过程中做好修改的详细记录,消除变更中任何有害的副作用(波动效应)。

3. 修改程序的副作用

副作用是指因修改软件而造成的错误或其他不希望发生的情况,有以下三种副作用:

(1) 修改代码的副作用。在使用程序设计语言修改源代码时,都可能引入错误。例如,删除或修改一个子程序、删除或修改一个标号、删除或修改一个标识符、改变程序代码的时序关系、改变占用存储的大小、改变逻辑运算符、修改文件的打开或关闭、改进程序的执行效率,以及把设计上的改变翻译成代码的改变、为边界条件的逻辑测试做出改变时,都容易引入错误。

(2) 修改数据的副作用。在修改数据结构时,有可能造成软件设计与数据结构不匹配,因而导致软件出错。数据副作用就是修改软件信息结构导致的结果。例如,在重新定义局部的或全局的常量、重新定义记录或文件的格式、增大或减小一个数组或高层数据结构的大小、修改全局或公共数据、重新初始化控制标志或指针、重新排列输入/输出或子程序的参数时,容易导致设计与数据不相容的错误。数据副作用可以通过详细的设计文档加以控制。在此文档中描述了一种交叉引用,把数据元素、记录、文件和其他结构联系起来。

(3) 文档的副作用。对数据流、软件结构、模块逻辑或任何其他有关特性进行修改时,必须对相关技术文档进行相应修改。否则会导致文档与程序功能不匹配,缺省条件改变,新错误信息不正确等错误,使得软件文档不能反映软件的当前状态。对于用户来说,软件事实上就是文档。如果对可执行软件的修改不反映在文档里,就会产生文档的副作用。例如,对交互输入的顺序或格式进行的修改,如果没有正确地记入文档中,就可能引起重大的问题。过时的文档内容、索引和文本可能造成冲突,引起用户的失败和不满。因此,必须在软件交付之前对整个软件配置进行评审,以减少文档的副作用。事实上,有些维护请求并不要求改变软件设计和源代码,而是指出在用户文档中不够明确的地方。在这种情况下,维护工作主要集中在文档上。

为了控制因修改而引起的副作用,要做到:

① 按模块把修改分组。

② 自顶向下地安排所修改模块的顺序。

③ 每次修改一个模块。

④ 对于每个修改了的模块,在安排修改下一个模块之前,要确定这个修改的副作用。可以使用交叉引用表、存储映象表、执行流程跟踪等。

三、重新验证程序

在将修改后的程序提交用户之前,需要用以下的方法进行充分的确认和测试,以保证整个修改后的程序的正确性。

1. 静态确认

修改软件,伴随着引入新的错误的危险。为了能够做出正确的判断,验证修改后的程序至少需要两个人参加。要检查:

(1) 修改是否涉及到规格说明? 修改结果是否符合规格说明? 有没有歪曲规格说明?

(2) 程序的修改是否足以修正软件中的问题? 源程序代码有无逻辑错误? 修改时有无修补错误?

(3) 修改部分对其他部分有无不良影响(副作用)?

对软件进行修改,常常会引发别的问题,因此,有必要检查修改的影响范围。

2. 计算机确认

在充分进行了以上确认的基础上,要用计算机对修改程序进行确认测试:

(1) 确认测试顺序。先对修改部分进行测试,然后隔离修改部分,测试程序的未修改部分,最后再把它们集成起来进行测试。这种测试称为回归测试。

(2) 准备标准的测试用例。

(3) 充分利用软件工程工具帮助重新验证过程。

（4）在重新确认过程中，需邀请用户参加。

3. 维护后的验收

在交付新软件之前，维护主管部门要检验：

（1）全部文档是否完整，并已更新。

（2）所有测试用例和测试结果是否已经正确记载。

（3）记录软件配置所有副本的工作是否已经完成。

（4）维护工序和责任是否已经确定。

验收标准参看表 10-3。

从维护角度来看所需测试种类如：

（1）对修改事务的测试。

（2）对修改程序的测试。

（3）操作过程的测试。

（4）应用系统运用过程的测试。

（5）使用过程的测试。

（6）系统各部分之间接口的测试。

（7）作业控制语言的测试。

（8）与系统软件接口的测试。

（9）软件系统之间接口的测试。

（10）安全性测试。

（11）后备/恢复过程的测试。

表 10-3 系统变更验收标准度量表

No.	标　准	计　测　法	是	否
	管　理　标　准			
1	是在限期内安装起来的吗？	·比较实际完成日期与期限		
2	是在预算内安装起来的吗？	·比较预算与实际开销		
3	是遵循维护作业顺序的吗？	·比较实际执行的顺序与处理		
4	其他	·模型		
	技　术　标　准			
1	避开输入编辑中的问题了吗？	·与规格说明比较检查		
2	处理正确吗？	·与规格说明比较检查		
3	数据文件/数据库正确吗？	·与规格说明比较检查		
4	输出报告正确吗？	·与规格说明比较检查		
5	达到设定目标了吗？	·设定/测试性能/完成目标		
6	用户正确执行了新的功能了吗？	·设定/测试完成目标		
7	操作员正确执行了新的功能了吗？	·设定/测试完成目标		
8	管理员的目的正确实现了吗？	·设定/测试完成目标		
9	软件配置正确反映修改了吗？	·比较修改信息和原有配置		

第四节　维护的软件质量保证工具

一、改正性维护的软件质量保证(SQA)工具

1. 改正性维护活动主要是

(1) 用户支持服务。用户支持服务处理软件代码和文档失效、不完整或文档含糊的情况；它们还可能涉及对那些关于软件的知识不够或不会使用可用文档的用户的指导。

(2) 软件改正(缺陷修复)。软件改正服务(缺陷修复和文档改正)是在软件失效的情况下所要求的,而且一般是在运行的初期(不管在测试中投入的工作如何)和在以后——虽然可能频率低一些。

因为这两种服务根本上是不同的,虽然都是服务质量的关注重点,使用的却是不同的质量保证工具集。然而,在许多情况下,同一维护组要进行这两种改正性维护。

大多数缺陷修复任务需要使用短小生命周期的软件质量保证(SQA)工具,主要是短小测试。需要短小测试规程去处理修复补丁(小型)任务,其特征是存在少量的代码行更改连同快速完成改正的强大压力。拖延修复暗示着常常使用一种测试的节缩形式——短小测试。然而,这种短小测试工具的使用应当保留,以避免不进行测试所带来的危害。

2. 为了确保"短小测试"的质量,应遵循的指南

(1) 测试要由有资格的测试人员实施,而不是由进行修复的程序员实施。

(2) 应当编制测试过程文档(大多数情况是两到三页)。文档中包括对修复的预期效果的描述、改正的范围和待激活的测试用例清单。为了处理以前测试中检测出错误的修复的测试,还应当编制再次测试过程文档,它类似于测试过程文档。

(3) 应当完成一份测试报告,它将测试和再次测试的每个阶段中检测出的错误完整地记录。

(4) 测试组长评审测试文档的改正范围、测试用例的适宜性和测试结果。批准修复过软件投入运行使用(有时称为"生产")的责任归于这位组长。

(5) 对于"简单而微不足道"的修复,尤其是在顾客现场实施的修复,可以避免短小测试。

3. 承包商—分包商合同中的软件质量保证工具

在由维护承包商直接提供这些服务太麻烦或不经济的时候,采用分包(外包)维护服务,尤其是用户支持服务,已经变得十分常见。确保分包商的维护服务质量和建立顺畅关系的主要工具是承包商—分包商合同。包括在合同里面的软件质量保证工具集中在:

(1) 处理规定范围维护召唤的规程。

(2) 服务规程的完整文档。

(3) 记录分包商维护组成员的专业证明的记录的可用性,供承包商评审。

(4) 授权承包商进行维护服务的定期评审以及顾客满意度调查。

(5) 与质量有关的、需要施以惩罚的状况和在极端情况下分包合同的终止。

一旦维护变成了合同,承包商就应当定期进行协商好的维护服务评审和顾客满意度调查。软件维护合同经历的许多令人伤心的失败都归因于分包。失败常常是对分包商的实施放

松控制的结果,而不是因为合同中缺少软件质量保证的条款。分包方面的原因,例如在离需要分包服务的位置遥远的顾客现场缺少维护专业人员,可能带来对分包商服务的不完善控制。换句话说,成功的分包需要合适的组织和规程以执行对实施的正确控制。

二、功能改善性维护的软件质量保证工具

由于功能改善性维护任务同软件开发项目任务的相似性,项目生命周期工具(评审和测试)都被定期用于功能改善性维护,也定期地对大型适应性维护任务执行这些相同的工具。在这里,任务的特性综合了功能改善性任务的特性。

三、软件维护的软件质量保证基础设施部件

基础设施软件质量保证工具组的大部分具有通用的性质,并在软件系统整个生命周期执行。此外,软件功能改善和软件开发过程的相似性使得两个过程能够共享相同的基础设施软件质量保证工具,而只有小的改变。改正性维护活动需要专门的基础设施工具,这归因于这些活动的特性。适应性维护活动根据它们的特性得到基础设施软件质量保证工具的服务。最频繁使用的工具是功能改善软件质量保证工具,再就是改正性维护软件质量保证工具。

实际上,基础设施软件质量保证工具对维护的贡献不是随维护过程的开始才开始的。很明显,软件开发组对软件质量保证基础设施工具的充分应用对维护组活动的效率和有效性做出了相当大的贡献。这些工具以两种方式对维护质量做出贡献:首先,在生产高质量软件时支持软件开发组;其次,支持负责维护同一软件产品的维护组。

软件维护过程尤其是改正性维护需要专门的软件质量保证基础设施工具,这显示了其专有的特性。这里,我们重点注意下列种类的专门用途的软件质量保证基础设施工具:

1. 大多数专门的维护规程和工作条例是用于改正性维护和用户支持活动的,例如:

(1) 软件失效情况下的服务请求的远程处理。

(2) 软件失效情况下的顾客服务请求的现场处理。

(3) 用户支持服务。

(4) 软件改正和用户支持活动的质量保证控制。

(5) 顾客满意度调查。

(6) 改正性维护和用户支持组成员的认证。

2. 支持性质量手段

维护部门必须建立专门的手段以支持软件改正和用户支持活动:模板、检查表,等等。这种手段可以包括:

(1) 定位失效原因的检查表——由维护技术人员使用。

(2) 报告如何解决软件失效的模板,包括改正过程的发现。

(3) 编制短小测试规程文档的检查表。

3. 维护组的培训和认证

处理功能改善性任务的维护组的培训同其他软件开发组的培训没有重大不同。然而,对于改正性维护组来说,特殊的培训和认证是至关重要的。

连续提供维护合同(在内部顾客的情况下是协议)中所规定服务的需要促进了改正性维护专业人员的培训。因此,培训计划应当提供峰值负载期雇工需要的解决办法和机构在短时间内需要替换、退休、解聘和免职人员的解决办法。在许多情况下,这些"预约"维护人员的一般

培训是不够的,必须加上具体系统的培训。换句话说,需要严格的培训程序以使机构能应付为峰值负载期约定的服务等级和不论什么原因引起的维护人员变动的情况。

软件改正和用户支持人员的认证需求植根于这些服务的特性。应当特别注意软件改正专业人员的认证,他们通常在重大的时间压力下单独工作,在许多情况下是在顾客现场完成他们的任务,而在顾客现场,来自维护组负责人和其他人的专业支持是很有限的。

4. 预防性和改正性措施

软件生命周期的运行阶段产生很有价值的信息:软件失效及其修复的记录以及用户支持请求的记录有助于预防性和改正性措施的制定,并因而对现存和新软件系统的改进做出贡献。为使这个过程有效,需要对筛选收集的信息进行归纳和分析,对相关开发和维护过程的改进提出合适的建议。这些软件质量保证活动是受在重要软件开发机构里建立的一个内部委员会——改正性措施委员会的指挥和控制的。

一般提交给这个委员会评审的问题包括:

(1) 顾客请求用户支持服务的内容和频度的改变。

(2) 为适应顾客的用户支持请求投入的平均时间的增加。

(3) 修复顾客软件失效投入的平均时间的增加。

(4) 软件改正失效的百分比的增长。

5. 配置管理

维护组是最依赖于配置管理的小组。因为维护组在为软件包提供服务时,需要增加新版本、老版本替换或许多新的软件的安装与实施更改。

依赖于配置管理的两个常见应用是:失效改正和由维护机构启动的、用一个新版本去成"组"替换当前在用的软件版本。

(1) 失效修复。在软件失效修复过程中,需要下列形式的可靠和更新的支持:有关在顾客现场安装的软件系统的版本信息、当前代码及其文档的拷贝。

对软件质量的贡献是通过失效更改实验中的较少错误和减少在改正工作中投入的资源实现的。

(2) 组替换。在软件质量保证环境里"组"这个术语指的是在其现场安装同一软件版本的所有顾客,所以,"组"替换表示使用所述版本的所有顾客都将差不多同时收到软件的新开发版本或更新版本。

基于关于顾客组成员的信息,配置管理支持组替换:

① 基于替换的范围和同顾客所签的合同类型,做出实施组替换的适当性的决定。

② 制定组替换计划,分配资源并确定进度表。

通过用改进版本替换当前软件版本对软件质量做出贡献,因为改进版本软件失效的可能性通常较小并且需要较少支持。这种质量改进又对软件维护效率做出贡献,因为改正性维护所需的资源更少。

6. 维护文档和质量记录

对文档和质量记录的专门需求同软件改正和用户支持活动有最密切的联系。编制文档和质量记录是为了:

(1) 为预防性和改正性措施提供至关重要的数据(如早先提到的)。

(2) 支持对未来顾客失效报告和用户支持请求的处理。

（3）提供回应未来顾客索赔或投诉的证据。

在各种维护规程中列出的文档需求应当回应所有这些文档需要。

四、软件维护的管理性控制软件质量保证工具

虽然改正性维护活动需要专门的管理性控制软件质量保证工具，但描述功能改善性维护和适应性维护的软件过程与软件开发的相似性使这些过程能利用相同的管理工具。特别是，管理性软件质量保证部件应该通过对服务质量的降低和服务失效比例的上升发出早期警报来改进维护的控制。

1. 软件维护服务的性能控制

对于软件改正（失效修复）服务和用户支持服务，改正性维护服务的管理性性能控制是不同的。管理性控制工具除了产生定期的性能信息之外，还产生诸如以下的警告，以引起管理人员的注意：

（1）软件改正。

① 使用的资源增多。

② 远程失效修复（低费用修复）相对于顾客现场修复的比例下降。

③ 远距离位置的现场修复和海外服务的比例上升。

④ 不能满足修复进度需求的百分比上升。

⑤ 有故障修复的比例上升和极端失效状况的具体"模型"案例清单加长。

⑥ 基于顾客满意度调查的顾客满意度较低。

（2）用户支持。

① 对特定软件系统的服务、对服务类型的请求率上升。

② 用户支持服务中利用的资源增多。

③ 提供所请求的咨询服务的失效率上升。

④ 有故障咨询率和"未完成"失效的具体案例上升。

⑤ 基于顾客满意度调查的顾客满意度较低。

这些管理性失效修复控制（预计它们会产生告警）是通过定期报告、定期安排的员工会议、对提供服务的维护支持中心的访问和对处理软件维护度量和维护质量费用的报告的分析进行的。累积的信息支持有关改正性维护的计划和运作的管理性决定。

2. 软件维护的质量度量

软件维护质量度量主要用于确认维护效率、有效性和顾客满意度的走向。软件质量保证单位通常处理这些度量。这些正面的和负面的走向的改变提供有关下列事项的管理性决定的定量基础：

（1）为下一周期制定维护计划时的资源需求估计。

（2）运行方法的比较。

（3）预防性和改正性措施的启动。

（4）作为新的或调整的维护服务建议基础的资源需求估计。

3. 软件维护质量费用

改正性维护的质量费用被分为六类。下面是每一类的定义和例子。

（1）预防费用：出错预防费用，即维护组的指导和培训费用、预防性和改正性措施的费用。

（2）评价费用：出错检测的费用，即软件质量保证组、外部组开展的维护服务的评审费用和顾客满意度调查费用。

(3) 管理性准备与控制费用:为预防错误进行的管理性活动费用,即维护计划编制、维护组招聘和维护实施跟踪的费用。

(4) 内部失效费用:由维护组启动的软件失效改正的费用(在收到顾客投诉之前)。

(5) 外部失效费用:由顾客投诉启动的软件失效改正费用。

(6) 管理性失效的费用:由管理性措施或无管理性措施引起的软件失效费用,即由维护人员短缺或不合适的维护任务组织引起的损害费用。

4. 软件改正性维护活动的外部失效费用

为了确定外部失效费用,要分别考虑两个维护期,它们是:保证期(通常是在软件安装后的3~12个月)和合同定的维护服务期,它自保证期结束时开始。这里的问题需要一个有关什么情况可被认为是外部失效的决定,只有在做出这个决定之后,才能确认和估计质量费用。提出的外部失效费用定义和对软件改正和用户支持服务的支持性论据如下:

(1) 对于软件改正:

① 在保证期内由用户提出的软件改正的所有费用是外部质量费用,因为它们被认为是软件开发失败的直接结果。所以,开发者负责在此期间的改正。

② 在合同约定的维护期间进行的软件改正被认为是常规服务的一部分,因为开发者对改正的责任只限于保证期。这样,这些服务的费用被认为是常规服务费用,而不是质量费用。

③ 在合同约定的维护期间,只有初始改正工作失败后的再次改正费用被认为是外部失效费用,因为这是软件技术人员在他们常规维护服务中的失败。

(2) 对于用户支持服务:

① 在保证期,用户支持服务被认为是指导工作的固有部分,因此不应当被看成外部失效费用。

② 在合同约定的维护期,所有类型的用户支持服务,不管是处理已识别出的软件失效,还是关于应用选项的咨询,都是常规服务的一部分,因此它们的费用不被认为是外部失效费用。

③ 在这两个维护期间,初次咨询被证明为不适当、需要第二次咨询的情况被认为是一个外部失效。对同一案例的第二次咨询和进一步咨询所花的费用被认为是外部失效费用。

小　结

1. 软件维护活动可以归为以下几类

(1) 改正性维护(corrective maintenance)。

(2) 适应性维护(adaptive maintenance)。

(3) 完善性维护(perfective maintenance)。

(4) 预防性维护(preventive maintenance)。

2. 影响维护工作量的因素

在软件维护中,影响维护工作量的程序特性有以下六种:

（1）系统大小。

（2）程序设计语言。

（3）系统年龄。

（4）数据库技术的应用。

（5）先进的软件开发技术。

（6）其他。

例如，应用的类型、数学模型、任务的难度、开关与标记、IF 嵌套深度、索引或下标数等，对维护工作量都有影响。

3. 软件维护高质量的基础

（1）基础一：软件包质量。

① 两个产品运行因素：正确性、叮靠性。

② 三个产品校正因素：可维护性、灵活性、可测试性。

③ 两个产品转移因素：可移植性、互操作性。

（2）基础二：维护方针。

① 版本开发方针。

② 更改方针。

4. 维护合同评审目标

（1）澄清顾客需求。

（2）评审提供维护的替代方法。

（3）评审对所需维护资源的估计。

（4）评审由分包商或顾客提供的维护服务。

（5）评审维护费用估计。

5. 维护计划

维护计划应当包括下列内容：

（1）合同规定的维护服务的清单。

（2）维护组的组织描述。

（3）维护设施清单。

（4）已识别的维护服务风险清单。

（5）所需软件维护规程和控制的清单。

（6）软件维护预算。

6. 软件维护的实施

（1）分析和理解程序。经过分析，全面、准确、迅速地理解程序是决定维护成败和质量好坏的关键。

（2）修改程序。对程序的修改，必须事先做出计划，有计划地、周密有效地实施修改。

（3）重新验证程序。在将修改后的程序提交用户之前，需要用静态确认、计算机确认、维护后的验版等方法进行充分的确认和测试，以保证整个修改后的程序的正确性。

7. 支持维护质量保证的基础设施工具

主要的软件质量保证维护基础设施工具是：

（1）软件维护规程和工作条例。

（2）支持性质量手段。

（3）维护组的培训和认证。

（4）预防性和改正性措施。

（5）配置管理。

（6）软件维护文档和质量记录。

8. 控制软件维护质量的管理性工具以及它们的重要性

改正性维护的主要管理性软件质量保证部件是：

（1）性能控制——通过定期报告、定期员工会议和访问维护支持中心来实现。

（2）改正性维护的质量度量。

（3）改正性维护的质量费用。

功能改善性维护和适应性维护任务的管理性控制主要应用于控制软件开发项目使用的那些工具。

如同在软件开发阶段一样，计划维护阶段的管理性 SQA 工具是用于帮助管理人员制定有关下列问题的决策：

（1）通过指出极高质量费用的弱项和极低质量费用的强项，定出改进维护服务的投资方向。

（2）软件改进版本的开发（在顾客定制软件的情况下，软件显示极高质量问题指示）或用其他软件包替换采购的软件包。

（3）运行方法的比较。

（4）资源需求的估计（作为准备建议新的或调整过的维护服务的基础）。

复习题

10. 1 要求进行软件维护的原因多种多样，解释由这些原因引起的维护活动可以归为几类。

10. 2 根据影响软件维护工作量的各个因素，针对三种典型的维护，有哪些软件维护的策略？

10. 3 参见软件维护高质量的基础。

（1）用你自己的话解释第一个基础的重要性。

（2）列出和解释影响第一个基础的各种因素的重要性。

（3）用你自己的话解释第二个基础和它如何影响软件维护服务的质量。

10. 4 参见软件维护计划。

（1）维护计划的基本要素是什么？用你自己的话解释每个要素的重要性。

（2）你认为应当由谁负责编制这个计划？应当由谁批准？列出你的论据。

（3）如果不编制这个计划，你预计会引发哪些困难？

10. 5 参见软件维护服务的管理性控制。

（1）列出管理性维护控制处理的主要问题。

（2）每当管理人员收到维护组的正式报告的时候，都需要开会或访问吗？开会或访问对管理性控制可以做出哪些补充贡献？列出你的论据。

10. 6 为了容易地理解程序，要求自顶向下的理解程序现有源程序的程序结构和数据结构，请简述可采用哪些方法。

10. 7 在软件维护过程中，对程序的修改，必须事先做出计划，有计划地、周密有效地实施修改,请描述完成这个过程,需要哪些工作。

10.8 大多数软件改正性维护规程要求为所实施的活动详尽建档。

(1) 列出各种改正性维护文档的主要用途。

(2) 用你自己的话解释所需文档的重要性。

第十一章 软件项目管理

知识要点：

(1) 了解软件项目执行的准备工作。

(2) 了解软件项目执行工作的依据以及执行工作的内容。

(3) 了解软件项目执行工作的步骤和工作成果。

(4) 了解软件项目进展控制包括哪些部件。

(5) 了解软件项目进展控制涉及的执行问题。

第一节 软件项目的执行

一、项目执行的准备工作

1. 项目执行的定义

一般认为,项目执行(Project Execution)是指正式开始为完成项目而进行的活动或努力的工作过程。由于项目产品(最终可交付成果)是在这个过程中产生的,所以该过程是项目管理应用领域中最为重要的环节。

2. 项目执行需要准备的工作内容

在执行一个项目之前,必须事先做好一系列的准备工作,以便为后续的项目执行工作过程创造有利的环境。一般来讲,项目执行需准备的工作内容有:

(1) 项目计划核实。在项目实施前,应对项目计划进行核实,检查前期制定的计划现在是否依然现实、可行、完整及合理,如果发现疏漏和错误,应及时予以补救和修改,还应确认项目所需资源是否具有充足的保证,项目组织应该具有的权利是否得到有关各方的认可。项目团队必须核实项目计划的可行性和合理性,确保资源的有效供应。

(2) 项目参与者的确认。在项目计划中,虽然已经给项目团队成员分配了任务,并明确了相应的权限和职责,但如果在项目计划核实工作中发现了计划的错误和纰漏,就应调整项目计划,并重新安排项目参与者。具体工作如下:

① 告诉项目参与者项目计划已被批准及项目开始实施的时间,使他们能合理安排自己的时间,确保他们能顺利完成所分配的任务。

② 确认项目参与者是否仍可参加该项目。

③ 采用书面协议(如工作安排协议)的形式重申项目参与者需要完成的工作内容、性质、开始时间以及工作延续时间,工作安排协议如表 11-1 所示。

表 11-1 工作安排协议表

工作安排协议			
项目名称:		项目编号:	
工作名称:		工作分解结构代号:	
工作描述:			
开始日期:	截止日期:	工作延续时间(小时):	
批　　准			
项目经理:	项目成员:	项目成员监察人:	
姓名:　　　日期:	姓名:　　　日期:	姓名:　　　日期:	

④ 让项目参与者在项目计划上签字,表明其愿意承担责任和风险及全力支持项目工作的态度。

⑤ 告知项目参与者其他项目成员的名单、项目主要干系人的名单。

(3)项目团队组建。项目是一个复杂系统,各项工作的关联性很强,一个组织要想成功地完成项目,离开团队成员之间的团结合作几乎是不可能的,这就要求项目经理必须组建一个具有合作精神的项目团队。虽然完成项目所需的各项工作和活动已落实到具体人员负责,但是此时各成员之间的关系还是彼此独立的,而项目中的一项工作往往需要很多人共同完成,并且还会涉及到其他成员的工作结果。

(4)项目规章制度的实施。制定项目规章制度的目的是为了项目的执行活动能够有章可循,以保证项目的顺利实施。

(5)项目执行动员。为了增强项目团队的凝聚力、激发项目团队成员的工作热情、鼓舞项目团队士气、统一项目团队认识所做的一项准备工作。在此应充分发挥项目宣传组织的作用,动员和组织各方面的力量,使项目团队成员对项目计划有一个统一的认识,明确自己在项目团队中的作用。

二、项目执行工作的依据

项目执行工作的依据包括:

1. 项目计划

项目执行的主要依据是项目计划,它包括进度计划、成本计划、质量计划、人员管理计划和风险管理计划等具体领域的计划,项目计划可以用来与实际进展情况相比较,以便对变化进行监督与控制,从而保证项目计划的顺利实施。

2. 组织政策

组织政策是指与项目组织相关的正式和非正式的政策,这些政策可能会影响项目的执行。

3. 预防措施

预防措施是指为了减轻项目因受那些可以预测的风险所带来的影响而采取的必要措施。

4. 纠正措施

纠正措施保证了未来的项目执行情况与项目计划的要求相一致。

三、项目执行工作的内容

项目执行工作包括以下内容:

1. 按计划执行

按计划执行是指将项目计划付诸实施,开展计划中的各项工作。

2. 进一步确认任务范围

根据项目执行中所发生的情况,进一步明确项目计划所规定的任务范围。

3. 质量的保证

质量的保证包括按既定的方法和标准,评价整个项目的实际工作,并采取各种项目质量保证和监控措施,确保项目能够符合预定的质量标准。

4. 项目团队建设

项目团队建设是指提高项目团队的工作效率和对项目进行高效管理的综合能力。

5. 信息沟通

信息沟通是指建立信息传递的渠道,让项目干系人及时获得必要的项目信息。

6. 招标

招标包括取得报价、标价或建议书等相关方面的内容。

7. 供应商选择

供应商选择是指根据衡量标准确定供应商,签订合同。

8. 合同管理

合同管理包括管理好项目组织与供应商的各种合同关系以及合同履行情况。

四、项目执行的工作步骤

项目执行工作要经过以下几个步骤:

1. 对将要进行的活动进行安排

这是项目执行中的第一个、也是最重要的管理过程,这个过程主要是对活动的里程碑进行定义(即该活动将要产生的一种可测量的结果),以及选择要参与活动的人员并定义这些人员的角色和职责。

2. 对工作进行授权

对工作进行授权是通过工作授权系统来完成的。工作授权系统是批准项目实施工作的一个正式程序,它赋予项目团队一定的权利,用来确保他们在自己的职责范围内按照恰当的时间、合适的顺序完成项目的预定目标。

3. 安排活动日程

通过运用网络图、甘特图、项目行动计划表和项目责任矩阵来安排项目活动的日程。根据活动所属的层次和服务的对象,对处于工作分解结构最底层的活动进行时间安排。

4. 估算活动所消耗的成本费用

通过项目工作分解结构所描述的活动,确定各个活动所要消耗的资源的类型、数量以及其他的相关信息,从而确定其成本费用。

5. 项目经理组织项目团队按照项目的计划完成预定的工作

五、项目执行工作的成果

项目执行工作的成果主要包括以下两个方面:

1. 工作成果

项目执行的工作成果是指为完成项目工作而进行的那些具体活动的结果。工作成果(包括哪些活动已经完成、哪些活动没有完成、满足质量标准的程度怎样、已经发生的成本或将要发生的成本是多少、活动的进度状况等)的资料都应被收集起来,作为项目实施的一部分,并将其编入执行报告中,有些单位也将这些报告作为项目里程碑。

2. 项目变更申请

在项目的实施过程当中,时常会出现项目的变更申请(包括扩大或修改项目合同范围,修改成本等)。

第二节 软件项目的进展控制

一、项目进展控制的作用

完成项目阶段延期的月数和预算超支 10%是项目管理的危险信号。这些事件,主要是管理自身的故障,可能由如下情况引起:

(1) 进度安排和预算的过度或甚至是盲目的乐观(通常在建议开发阶段就开始了)。

(2) 不够专业的软件风险管理,表现为对软件风险的迟钝或不合适的反应。

(3) 对进度安排和预算困难的识别为时过晚或低估它们的程度。

第一种情况可以通过使用合同评审和项目计划工具来预防。项目进展控制应该用来防止第二种和第三种情况。

设计评审、审查和软件测试都着重于项目的专业性(技术的、功能的)方面,而项目进展控制主要与其管理方面有关,即进度安排、人力和其他资源、预算和风险管理。

在软件开发中使用管理性软件质量保证(SQA)工具的重要性,通过由于忽视它们所带来的后果得以强调:相对较高的项目完成的延期和预算偏离的风险,尤其是同其他行业(例如,民用工程)相比的时候。这些结果的严重性直接同软件开发项目显示出的具体特征有关。

二、项目进展控制的部件

项目进展控制有一个直接目标:早期检测非常规的事件。检测促进了解决问题响应的及时启动。关于进展控制以及成功和极端故障的累积信息也服务于一个长期的目标:改正性措施的启动。

项目进展控制的主要部件是:

1. 风险管理活动的控制

风险管理活动的控制,指的是在项目前阶段中识别的软件开发风险项(这些都列举在合同评审和项目计划文档中）与整个项目进展中识别的其他风险项。软件开发组通过应用系统化的风险管理活动来对付软件风险项。风险管理进展的控制从准备软件风险项状态和接着执行的风险管理行动的预期结果的定期评估开始。在这些报告的基础上，项目经理必须在比较极端的情况下干预并帮助达成解决方案。

2. 项目进度安排控制

项目进度安排控制涉及项目遵守其批准了的并写入合同的时间表。跟踪主要是基于里程碑，它们部分是为了便于识别计划行动完成中的延迟而设立的。合同中设置的里程碑，特别是将特定软件产品交付给顾客或完成开发活动的时间，通常都受到特别的强调。有些延误是可以预见的，但是管理人员仍将关注对于那些关键延误的控制活动，这些延误可能对项目最终完成有重大影响。管理项目进展控制所需的许多信息都是通过里程碑报告和其他阶段性的报告传送的。作为对这些信息的响应，管理人员可以通过分配额外的资源甚至与顾客重新商讨进度安排进行干预。

3. 项目资源控制

这里强调专业人力资源，但是也涉及其他的资产。对实时软件系统和固件，软件开发和测试设施资源尤其需要最严格的控制。这里也一样，管理控制也是基于与计划资源使用相比的实际资源使用的阶段性报告，这里应该强调的是，资源使用中的偏离的真实程度可能只有从项目进展的角度才能评价。换句话说，当考虑到计划资源使用到某个特定的时间点时，看起来似乎只有轻微的资源使用偏离（例如，5％），如果其进展遭受严重延误，那么项目可能实际上遇到严重的累积偏离（例如，25％）。

资源控制的另一方面是内部组成或分配。例如，管理人员可能发现在分配给系统分析员的总人月数中没有发生任何的偏离。但是，分项开支的检查可能发现：25％的人月分配给高层系统分析员，50％的人月实际上是消耗在一个可能最终破坏计划预算的步骤上。虽然项目预算控制也暴露了这种类型的偏离，但是它们在项目晚得多的阶段才暴露出来这种问题，这就妨碍了补救措施的采取。如果这种偏离被证明是有道理的，那么管理人员就可以通过增加分配资源进行干预；或者，管理可以通过重组织项目组、修订项目计划等等来调整资源。

4. 项目预算控制

这是建立在实际开支与计划开支比较的基础上的。像在资源控制中一样，预算偏离的一个更精确景象要求将活动执行中的相关延误纳入考虑范围。需要控制的主要预算项是：

（1）人力资源。

（2）开发和测试设施。

（3）商业成品软件的采购。

（4）硬件的采购。

（5）分包商的付款。

同样，像资源控制一样，预算控制也是基于里程碑和定期报告的，它们有助于早期识别出预算超支。在由内部人员引起偏离的情况下，可选干预的菜单与在项目资源控制中使用的菜单相似。对于由外部参与者引起的偏离，也可以使用法律的和其他的措施。

对于管理人员来说，预算控制显然具有最高优先权，因为它直接对项目盈利能力产生影响。因为管理人员倾向于忽视项目进展控制的其他部件，特别是如果他们受到监控人员的严格约束的话。总的来说，忽视项目进展管理的其他部件自然减少了控制的作用。这是十分可惜的,因为如果正确地应用和以及时的方式应用,这些其他的进展控制工具就可以暴露出未解决的软件风险项、活动完成的延误和项目生命周期早期阶段资源的过度使用。这意味着,在长期的运作中,单纯依赖于预算控制活动可能比大量应用项目进展控制活动花费更多,因为可能延误问题的有效解决办法的执行。

三、内部项目和外部参与方的进展控制

开展项目进展控制是为了向管理人员提供机构中进行的所有软件开发活动的全面视图。尽管如此,在多数机构中,因为不同原因,项目控制只提供内部软件开发进展的有限视图,对外部参与方的进展甚至是更加有限的视图。正如我们将描述的一样,内部项目和外部参与方的控制总是有些缺陷。

内部项目,诸如那些为其他部门进行的项目或是那些与为通用软件市场开发的软件包有关的项目,根据定义,排除了外部顾客。这些项目倾向于占据管理优先级中的较低位置。在没有引起足够重视的同时也伴随着内部顾客的不恰当的或宽松的跟踪(在项目前阶段的早期、在编制开发计划时可以观察到类似的趋势)。通常,这种情况会导致恶劣的延期和严重预算超支的缓慢识别,跟着发生的是对所遇到问题的有限纠正。针对这种情况必然的解决方法是把全范围的项目进展控制用到内部项目上。

外部参与方包括分包商、商业成品软件和重用软件模块的供货商,在某些情况下,也包括顾客自己。项目越大,越复杂,要求外部参与的可能性就越大,分配给他们的工作比例就越大。管理转向外部参与方的管理有多种原因,从经济的到技术的,到同人员相关的利益问题,而且这种趋势在项目承包与分包中正在增长。此外,参与方加入项目的协议已经变得如此复杂,以至于不论对项目组还是对管理人员来说,交流和协作都已经成了问题。作为响应,要求投入更显著的工作来达到控制的可接受等级。因此,外部参与方的项目进展控制必须主要强调项目的进度安排和计划的项目活动中识别出的风险。

四、项目进展管理制度的执行

项目进展管理通常基于一些规程,这些规程确定:

1. 执行进展控制任务的职责分配(分配要适合于项目特征,包括规模)

(1) 负责执行进展控制任务的人员或管理单位。

(2) 所需的从每个项目单位和行政管理层上报的频率。

(3) 要求项目领导立即向管理人员上报的情况。

(4) 要求低层管理人员立即向高层管理人员上报的情况。

2. 项目进展的管理审计

主要处理:

(1) 项目领导和较低层经理是怎样向更高层经理传送进展报告的。

(2) 待启动的专门管理控制活动。

在大型的软件开发机构中,项目进展控制可能在若干管理层上进行,如软件部门管理人员,软件分部管理人员和高层管理人员。尽管每层都必须定义其自身的项目进展管理制度,但是,为了进展控制的有效性,必须要有一个反映从特定位置充分评估项目进展的参数、各层之间的协调的强制性制度。

完整的上报链传送从最低层精选上来的信息——项目领导的阶段性进展报告,它概述了项目风险的状态,项目计划和资源使用,也就是进展控制的前三个部件。项目领导以从组长那

里收集来的信息作为他的进展报告的基础。项目领导的项目进展报告的例子,见表 11-2。

五、项目进展控制的计算机化工具

采用软件项目进展控制的计算机化工具明显是一件必然的事,这一方面是由于项目不断增长的规模和复杂性,另一方面是它们带来的益处。已经在市场上出现多年的综合项目管理工具可以十分有效和高效率地服务于软件项目的大多数控制部件。这些多用途包的大多数都适用于计划评审技术/关键线路法分析以便于将活动的相互作用和每个活动的紧急程度纳入考虑范围。由于这些包提供的选项各式各样,它们通常易于适应各种特定情况。

计算机化工具能提供的服务实例,如下所示:

1. 风险管理活动控制

(1) 按类别的软件风险项及其计划解决日期的清单。

(2) 软件风险项的异常情况和能够影响项目完成日期的超过解决日期的清单。

2. 项目进度安排控制

(1) 延期活动的分类清单。

(2) 延期关键活动的分类清单——这些延期,如果不改正,那么就会影响项目完成日期。

(3) 根据进展报告和适用于组、开发单位等的改正措施生成的更新的活动进度安排。

(4) 延期的里程碑分类清单。

(5) 根据进展报告和适用于组、开发单位等的纠正措施生成的更新的里程碑计划安排。

3. 项目资源控制

(1) 项目资源分配计划——按活动和软件模块的,按组、开发单元、指定时间期限的,等等。

(2) 项目资源使用——阶段性的或累积的,如上面说明的。

(3) 项目资源使用异常——阶段性的或累积的,如上面说明的。

(4) 根据进展报告和应用的改正措施生成的更新的资源分配计划。

4. 项目预算控制

表 11-2 项目领导的进展报告——实例

项目领导的进展报告　　　　　时期:＿＿＿＿＿＿

项目:＿＿＿＿＿＿＿＿＿＿＿＿＿＿＿＿＿＿＿＿

1. 软件风险状态

序号	风险项	涉及的活动	涉及的其他活动	解决情况	风险严重性	注　释
1						
2						
3						
4						
5						
6						

(续表)

风险严重性：1. 预期在一个月内解决；2. 预期在三个月内解决；3. 预期在六个月内解决；4. 有可能的解决办法，有良好成功希望；5. 所有实验失败，未确定可能的解决办法。

2. 资源使用状态

序号	活 动	工 作 时 间					注 释
		计划的	上报时期前使用的	上报时期内投入的	总共投入的	完成活动的百分比	
1							
2							
3							
4							
5							
6							
7							
8							
9							
10							

3. 项目完成评估（标出最可能的评估）

人力资源	使用少于计划的资源完成	没有额外的所需资源	超过10%	超过20%	超过30%	超过40%	超过50%或更多
进度表	在计划日期前完成	按时完成	延期2周	延期1个月	延期2个月	延期4个月	延期6个月或更多

注：

签署：姓名：_____ 日期：_____ 签名：_____

（1）项目预算计划——按活动和软件模块的，按组、开发单元、指定时间期限的，等等。

（2）项目预算使用报告——阶段性的和累积的，如上面说明的。

（3）项目预算使用偏差——阶段性的和累积的，如上面说明的。

（4）根据进展报告和应用的改正措施生成的更新的预算计划。

小 结

1. 项目执行需要准备的工作内容

（1）项目计划核实。

(2) 项目参与者的确认。

(3) 项目团队组建。

(4) 项目规章制度的实施。

(5) 项目执行动员。

2. 项目执行工作的依据

(1) 项目计划。

(2) 组织政策。

(3) 预防措施。

(4) 纠正措施。

3. 项目执行工作的内容

(1) 按计划执行。

(2) 进一步确认任务范围。

(3) 质量的保证。

(4) 项目团队建设。

(5) 信息沟通。

(6) 招标。

(7) 供应商选择。

(8) 合同管理。

4. 项目执行的工作步骤

(1) 对将要进行的活动进行安排。

(2) 对工作进行授权。

(3) 安排活动日程。

(4) 估算活动所消耗的成本费用。

(5) 项目经理组织项目团队按照项目的计划完成预定的工作。

5. 项目执行工作的成果

(1) 工作成果。项目执行的工作成果是指为完成项目工作而进行的那些具体活动的结果。

(2) 项目变更申请。

6. 项目进展控制的部件

项目进展控制有四个主要部件。管理人员应该干预并帮助在极端情况时达成解决办法。

(1) 风险管理活动的控制,指的是在项目进展中采取的有关合同评审和项目计划文件中识别的软件风险项以及以后识别的风险项的措施。管理人员通过评审定期报告和评估进展信息控制这些工作。进展控制的部件直接有助于达到项目的功能性和技术性目标。

(2) 项目进度安排控制,涉及遵守项目批准的和合同约定的时间表。除了跟踪定期报告之外,还跟踪里程碑,它们一起使完成计划活动中的延期得以识别。对合同中提到的顾客需求的里程碑应该给予特别关注。管理人员更注重于控制那些对项目完成日期造成实质性威胁的关键延期。

(3) 项目资源控制,着重于专业的人力资源;同时也涉及软件开发和测试设施,特别是实时软件系统和固件要求的设施。管理人员基于使用资源的定期报告进行控制,应当从实际项目进展的观点来看待这些报告。

（4）项目预算控制，基于真实成本和计划成本的比较。主要要加以控制的预算项是：人力资源、开发和测试设施、商业成品软件的采购、硬件的采购、分包商的付款。

预算控制需要里程碑和定期报告传来的输入。这些报告能早期认识到影响项目可盈利性的预算超支。预期忽视进展控制的其他部件会极大地降低项目进展控制的效率。预期进展控制的其他部件会比预算控制能够更早一点识别异常情况。

7. 解释项目进展控制有关的执行问题

项目进展控制的执行要求：

（1）以下是为每个项目定义的：

① 负责执行进展控制任务的人或管理部门。

② 各个项目管理层要求的进展报告的频率。

③ 要求项目领导立即上报到管理部门的情况。

④ 要求较低层管理人员立即向较高层管理人员上报的情况。

（2）项目进展的管理审计，涉及到项目领导和其他经理怎样上报以及怎样执行管理项目控制活动。

复习题

11.1 简述软件项目执行的工作内容包括哪些，并用自己的话解释这些内容。

11.2 简述软件项目执行的工作步骤，并解释每个步骤的具体内容。

11.3 列举能引起软件开发项目的控制中的管理失败的三种情况，管理人员应采取什么样的措施来防止每一种恶劣情况？

11.4 在四月份，项目进展控制系统关于项目交付日期识别出三个月的非预期延期（原先计划十月交付），导致交付日期被延期到下一年元月。

（1）列出这种情况下你建议的干预措施，包括每个建议所做的假设。

（2）如果这个项目是计划为圣诞节前市场开发的计算机游戏软件包的内部项目，你会改变你的建议吗？

第十二章 软件配置管理

知识要点:

(1) 了解软件配置及管理的基本概念。

(2) 了解软件配置管理包括的四大功能领域。

(3) 了解配置管理活动的作用。

(4) 了解什么是软件配置管理,哪些是软件配置管理的内容。

(5) 了解版本管理的重要性以及版本管理包括哪些活动。

(6) 了解基于基线的变更管理、变更请求管理过程、变更请求管理活动以及变更请求状态的转移。

第一节 软件配置管理的概念

配置的概念最早应用于硬件,例如,计算机系统的 CPU、内存、磁盘以及外设配置等。计算机的硬件之间必须有统一的接口,否则,相互之间就不可能进行匹配。对于生产计算机部件的厂家而言,接口的匹配标准无疑是根本的和最重要的。对它们的任何改动,如果不遵循相应的国际组织或行业实际的标准,没有得到与之相配合的其他厂家的认同,那无疑等于是自杀。

软件配置管理,简称 SCM(Software Configuration Management),它应用于整个软件工程。在软件建立时,变更是不可避免的,而变更加剧了项目中软件开发者之间的混乱。软件配置管理活动的目标就是为了标识变更、控制变更、确保变更正确实现并向其他有关人员报告变更。从某种角度讲,软件配置管理是一种标识、组织和控制修改的技术,目的是减少错误并最有效地提高生产效率。

一、CMM2 的配置管理概念

软件配置管理是 CMM2 中六个关键过程域的第六个关键域。CMM2 认为,配置管理的目的是保证软件项目生成的产品在软件生命期中的完整性,具体体现在配置管理的目标上。

CMM2 的配置管理目标:

(1) 软件配置活动是有计划的。

(2) 所选择的配置工作产品经过标识、受到控制并具有可用性。

(3) 所标识的软件工作产品的更改是受控的。

(4) 让相关小组和个人及时了解软件基线的状态和内容。

从对配置目的的定义可以看出,CMM2 的配置管理应包括这样一些活动:标识给定时间点的软件配置(即所选择的工作产品及其描述),系统地控制这些配置的更改,并在软件生命期中保持这些配置的完整性和可跟踪性。

CMM2 认为,受控于配置管理的工作产品,即通常所说的配置项,包括交付给用户的软件产品(如代码、文档、数据等),以及软件产品生成过程中所产生的有关项(如项目管理文件)。

CMM2 的配置管理活动最主要的内容是:建立软件基线库,该库存储开发的软件基线。通过软件配置管理的更改控制和配置审核功能,系统地控制基线变更和由软件基线库生成的软件产品版本。

二、配置管理功能概述

1. 软件配置管理的四大功能领域

软件配置管理分为四大功能领域:配置标识、变更控制、配置状态统计、配置审核。

(1) 配置标识。配置标识又称为配置需求,包括标识软件系统的结构、标识独立部件,并使它们是可访问的。配置标识的目的,是在整个生命期中标识系统各部件并提供对软件过程及其软件产品的跟踪能力。

(2) 变更控制。配置变更控制包括在软件生命期中控制软件产品发布和变更。发布通常体现为版本管理,变更体现为变更控制,目的都是建立确保软件产品质量的机制。

(3) 配置状态统计。配置状态统计包括记录和报告变更过程,目标是不间断记录所有基线项的状态和历史,并进行维护,它解决以下问题:系统已经做了什么变更? 此问题将会对多少个文件产生影响?

配置变更控制是针对软件产品,状态统计针对软件过程。因此,两者的统一就是对软件开发(产品、过程)的变更控制。

(4) 配置审核。配置审核将验证软件产品的构造是否符合需求、标准或合同的要求,目的是根据软件配置管理的过程和程序,验证所有的软件产品已经产生并有正确标识和描述,所有的变更需求都已解决。

2. 软件配置管理的三个应用层次

软件配置管理从应用层次上可以从低到高分为三级:版本控制、以开发者为中心、过程驱动。

版本控制主要应用于个人独立开发或项目小组开发,它可以控制任何文件的版本,实现分支和归并(集成)功能,进行文本比较,标记注释和版本报告信息,主要工具有目前常用的 Visual SourceSafe 及 Intersolv PVCS。

以开发者为中心主要应用于部门级开发,它可用于软件维护、不断增加的开发任务、并行开发、质量保证及测试,它主要面向大型团队和比较复杂的多版本并行开发,利于交流,能最大限度地利用人力资源,主要工具为 Rational ClearCase 及 MKS Source Integrity。

过程驱动主要用于企业级开发,着重解决新的工具引入、IT 审核、管理报告、复杂的生命期、应用工具包、集成解决方案、资料库等问题,实现真正规范的团队开发。

三、配置管理活动的作用

在质量体系的诸多支持活动中,配置管理处在支持活动的中心位置。质量管理虽然也有过程的验证,但质量管理中的验证主要在评审环节,对软件开发过程的深入和细致都还不够。配置管理只要定义的配置项足够细,则可以管理软件开发的全过程,细到每一个模块、每一个文档、每一条工程记录的变化,因而,可以管到每一个开发的人,是真正"软件流水线"级的管理。配置管理可以从软件开发的最基本活动开始,有机地把其他支持活动,如需求管理、任务分解和进度计划控制、测试与质量管理、风险控制、绩效考核和人力资源管理等结合起来,形成一个整体,相互促进,相互影响,有力地保证质量体系的实施。

进行配置管理活动主要有以下几方面的作用:

1. 缩短开发周期

利用配置管理工具对程序资源进行版本管理和跟踪,建立代码知识库,大大提高了代码的重用率,还便于同时维护多个版本和进行新版本的开发,防止系统崩溃,最大限度共享代码,大大加强开发团队之间的沟通。

2. 减少施工费用

利用配置管理工具可以同时响应多个项目点,防止开发人员分配到各个项目点、力量分散、人员不够的毛病,同时节约大量的差旅费用。

3. 代码对象库的建立

软件代码是软件公司的宝贵财富,长期开发过程中形成的各种代码对象就像一个个零件一样,是快速生成系统的组成部分。配置管理工具为对象管理提供了一个平台和仓库,有利于建立公司级的代码对象库。

4. 建立业务及经验库

利用配置管理工具可形成完整的开发日志及问题集合,以文字方式伴随开发的整个过程,有利于公司积累业务经验,对版本整改或版本升级具有重要的指导作用。

5. 量化工作量考核

开发人员每天对修改的文件检入,记述当天修改的细节,这些描述可以作为工作量的衡量指标。

6. 规范测试

测试工作人员根据每天的修改细节描述,对每天的工作做具体的测试,对测试人员也具有可考核性,这样环环相扣,大大减少了其工作的随意性。

7. 加强协调与沟通

采用配置管理工具可以大大加强项目成员之间的沟通,做到有问题及时发现、及时通知,但不额外增加很多的工作量。

从这些好处足可以看出,配置管理在一定程度上确实能解决困扰软件项目经理的许多问题,对软件的质量做出一定的贡献。

第二节 配置管理项

软件配置管理面对软件的变更,实现对软件产品和过程的控制。那么,哪些是配置管理的内容,或者说,纳入配置管理的配置项是什么? 我们从分析软件开发的环境开始认识软件配置管理的配置项。

一、配置管理的对象

面对复杂的软件系统和同样复杂的软件开发环境,管理的基本思路就是分解。从机器工业时代的生产线管理,到现在的软件项目管理,这个思路在任何领域的管理理论和实践中都是如此。

1. RUP 的配置管理对象

RUP(Rational Unified Process)是一个灵活的软件开发流程平台。借助它可配置的构架,RUP 使您能够只选择和部署项目的每个阶段需要的流程构件。RUP 平台以业界公认的软件工程最佳经验为核心,它包含配置 RUP 以满足项目特定需求的工具。从这种意义上说,RUP 是一个软件开发方法框架,以及一个公认的、灵活的、实用的流程平台,用于成功的软件项目。

配置管理的第一个基本活动是配置标识,通俗地讲,也就是查询、识别和确定配置管理对象——配置项。在生产的软件产品和软件的生产过程中,哪些是配置管理的对象呢? 为了标识配置管理的对象,我们需要对软件系统进行分解。

目前,用于分解软件系统的术语多种多样,没有被标准化。1989 年 Humphery 定义了五个层次:系统、子系统、产品、构件和模块。1991 年 Whitgift 定义了三个层次:系统、子系统和元素。IEEE 定义了三个层次:计算机配置项、计算机软件构件和计算机软件单元。RUP 定义了四个层次:系统、实施(或构件)子系统、构件和文件(RUPS. 5 1999)。

在 RUP 的概念里,最底层的元素是处于版本控制下的文件和目录,构件的层次要高于元素(文件和目录),构件把元素组织起来。一个版本控制的构件是一个具体的物理对象,就是一个根目录。这个根目录以及所属的所有目录和文件是系统的一个子系统。大系统有多个根目录(子系统),小系统则可能只有一个根目录。

产品目录结构为所有可具有版本号的与产品相关的工作产品提供逻辑嵌套的占位符。工作产品是开发流程生命期的结果,用于开发整个系统的各组成部分(构件)。

2. CMM2 的配置管理项

CMM2 把配置管理对象称为软件工作产品,在 CMM2 配置管理定义中,对应置于配置管理下的软件工作产品是这样定义的:可作为配置项/单元标识的软件工作产品实例以及与过程相关的文档(例如,计划、标准)。

(1)软件需求。

(2)软件设计。

(3)软件代码单元。

(4)软件测试计划。

（5）为软件测试活动建立的软件系统。

（6）交付给客户或最终用户的软件系统。

（7）编译程序。

（8）其他支持工具。

不论各体系是如何定义的，我们基本可以认为，它分为两类：软件产品和文档。

二、最基本的配置管理项——文档

软件文档也称文件，通常指的是一些记录的数据和数据媒体，它具有固定不变的形式，可被人和计算机阅读。它和计算机程序共同构成了能完成特定功能的计算机软件。软件文档的编制在软件开发工作中占有突出的地位和相当大的工作量。高效率、高质量地开发、分发、管理和维护文档，转移、变更、修正、扩充和使用文档，对于充分发挥软件产品的效益有着重要的意义。

1. 文档的分类

文档在软件开发人员、软件管理人员、维护人员、用户以及计算机之间起到了多种的桥梁作用。软件开发人员在软件生命的各个阶段中，以文档作为前阶段工作成果的体现和后阶段工作的依据，这个作用是显而易见的，这部分文档通常称为开发文档。

软件开发过程中，软件开发人员需制定一些工作计划或工作报告，这些计划和报告都要提供给管理人员，并得到必要的支持。管理人员则可通过这些文档了解软件开发项目的安排、进度、资源使用和成果等，这部分文档通常称为管理文档，或称为项目文档。

软件开发人员需为用户了解软件的使用、操作和维护提供详细的资料，这部分文档通常称为用户文档。

以上三种文档构成了软件文档的主要部分，我们把这三种文档包括的内容列在图12-1中。

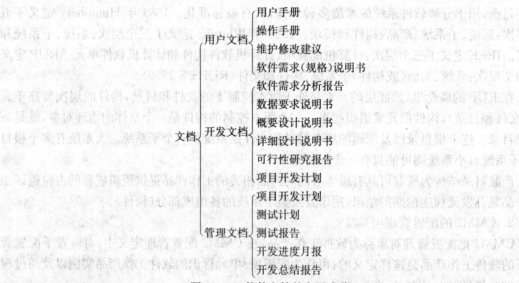

图12-1 软件文档的主要成分

2. 文档的生成阶段

软件文档是在软件生命期中，随着各阶段工作的开展适时编制产生的。其中有的仅反映一个阶段的工作，有的则需跨越多个阶段。表12-1给出了各个文档应在软件生命期中哪个阶段编写，这些文档最终要向软件管理部门或者用户回答哪些问题。

表 12－1　文档的生成阶段

文档 ＼ 阶段	可行性研究与计划	需求分析	设计	代码编写	测试	运行与维护
可行性研究报告	■					
项目开发计划	■					
软件需求说明		■				
数据要求说明		■				
概要设计说明			■			
详细设计说明			■			
测试计划		■	■			
用户手册		■	■	■	■	
操作手册		■	■	■	■	
测试分析报告					■	
开发进度月报	■	■	■	■	■	
项目开发总结					■	
维护修改建议						■

三、统一变更管理目录结构下的配置管理对象

一般认为,软件配置管理经历了三代的发展,作为第三代的软件配置工具,Rational 提出了一些新的配置管理概念。例如,活动、构件、工作流和项目等,Rational 称为"统一变更管理(Unified Change Management,简称 UCM)"。

1. 统一变更管理的发展沿革

第一代统一变更管理:这一时期的软件配置管理工具以版本控制为主要特征,主要是基于文件的软件配置管理,支持签出/签入模型以及简单的分支,但所有的配置项及元数据主要以文件形式存储,代表性产品有 SCCS、RCS、PVCS 等。在流程管理中基本以作业任务单等手工方式为主。

第二代统一变更管理:20 世纪 70～80 年代,随着软件项目规模越来越大,复杂度越来越高,开始出现了基于项目库的将元数据与配置项分开存储的第二代软件配置管理,即所有配置项的元数据,如用户、标签、分支及其他管理信息均放在一个数据库中,与存放配置项的文件存档相分离,从而更好地支持并行开发以及团队协作,并提供了实现过程管理的良好基础。这一代的工具覆盖了较多的功能,实现形式多样,如:由简单直观的 MS 的 VSS,到基于变更请求的 IBM 的 CMVC 以及 Platinum/CA 的 CCC/Harvest 等。

第三代统一变更管理:第二代配置管理面临的一个挑战是,在配置项受控状态下,受控项的变更往往呈线性状态,一个人控制了文件,其他人必须等待。因此,常常有人绕开配置控制,把配置项复制到自己的工作目录中,导致一个配置项的失控的复制、扩散和不同步。第三代的配置管理基于透明的文件访问,它提供了灵活的配置项受控方式,开发人员在不需要保留本地副本的情况下,直接访问受控配置项,从而支持并行开发。第三代统一变更管理引进了以下一些新的概念:

（1）活动（Activity）。用活动来统一变更和变更集。其中变更记录了申请修改工作产品工作的审批流程，而变更集记录了变更所修改的所有工作产品。在统一变更管理中，"活动"成为一个新的、具备更高抽象级别的配置管理单位，大大简化了配置管理工作，例如，可以实现按"活动"提交。

（2）构件（Component）。构件是一个目录、子目录，以及其中所有文件的集合。构件的引入，为配置管理引入了另外一个具备更高抽象层次的配置单位。相应的在第一、二代统一变更管理方式中为文件加注标签，可以在更高层次的构件上，通过附加构件基线来实现。对于由多个构件构成的复杂系统，统一变更管理还可以统一标注多个构件的组合基线。

（3）工作流（Stream）。工作流是开发人员、测试人员、集成人员的个人工作空间。UCM把个人工作空间与活动、基线关联起来，使工作流具有了新的含义。

（4）项目（Project）。统一变更管理中的项目是由工作流、构件和活动组成的开发单位，它可以方便地同实现开发中的项目（如一个产品的发布）进行对应，彻底实现了基于共享代码集（构件）的多项目开发。一个项目可以从另一个项目的稳定基线开始工作，而且多个项目之间可以以活动或基线的方式，进行软件工作产品的传播。

可以看到，在第三代统一变更管理概念下，配置管理对象的提升，不但已经解决了第二代UCM对开发的约束和漏洞，而且因为是更高层次的抽象和提炼，所以为多项目并行开发、代码重用等更高层次的开发管理提供了可能。

2. 配置管理下的目录结构

下面将从系统、子系统、构件这样三个层次来介绍 Rational ClearCase 的目录结构。

（1）系统产品目录结构。尽管经验丰富的构架设计师可能一开始就对系统组成胸有成竹，但是对于主要的开发构件来说，它们还是作为和分析设计相关的活动（用来定义并改进候选构架）的结果出现的。

表 12-2 提供了一个产品系统目录结构模式，该模式可用作项目开发初始阶段中的"产品目录结构"。在该阶段中，各子系统（用来组装系统）以及构架分层的精确细节尚未确定。

表 12-2　产品系统目录结构模式

系统级别产品目录结构

		用例模型	用例包
	模　型	用户界面原型	
	数据库	需求属性	
		前景	
		词汇表	
系　统　需　求	文　档	利益相关者请求	
		补充规约	
		软件需求规约	
		用例模型调查	
	报　告	用例报告	

系统级别产品目录结构

系统设计与实施	模 型	分析模型	用例实现
		设计模型	设计子系统
			接口
			测试包
		数据模型	
		工作量模型	
	文 档	软件构架文档	
		设计模型调查	
	子系统-1	子系统目录结构	
	子系统-N	系统集成构建计划	
系 统 集 成	计 划	系统集成构建计划	
	库		
系 统 测 试	计 划		
	测试用例	测试过程	
	测试数据		
	测试结果		
系 统 部 署	计 划		
	文 档	发布说明	
	手 册	最终用户支持材料	
		培训材料	
	安装工作产品		
系统管理/项目管理	计 划	软件开发计划	
		迭代计划	需求管理计划
		风险列表	风险管理计划
		开发案例	基础设施计划
		产品验收计划	配置管理计划
		文档计划	质量保证（QA）计划
		问题解决计划	分包商管理计划
		流程改进计划	评测计划
	评 估	迭代评估	
		开发组织评估	
		状态评估	
工 具	开发环境工具	编辑器	
		编译器	
	配置管理工具	Rational ClearCase	
	需求管理工具	Rational RequisitePro	
	可视化建模工具	Rational Rose	
	测试工具	Rational Test Factory	
	缺陷追踪	Rational ClearQuest	

(续表)

系统级别产品目录结构			
标准与指南	需 求		需求属性
			用例建模
			用户界面
	设 计		设计指南
	实 施		编程指南
	文 档		手册风格指南

一旦进行分析设计活动,并且对整个系统中所需的子系统的数量和性质有了更好的了解(活动:子系统设计),就需要扩展产品目录结构以容纳每个子系统。

系统产品目录结构中的信息对于整个项目中的所有子系统来说都应该可见,因此,除产品管理之外,需求和测试信息(标准与指南)应属于系统产品目录结构。在此示例中,工具放在系统产品目录结构中,但它们可放在一个级别更高的目录中,在此目录中许多系统可能会使用相同的工具集。

(2) 子系统目录结构。产品子系统目录结构中的信息与该特定子系统的开发息息相关。子系统产品目录结构的"实例化"数量明显与"分析设计"活动所决定的子系统数量相关。子系统产品目录结构如表 12-3 所示。

表 12-3 子系统产品目录结构

子系统级别产品目录结构			
子系统-N 的需求	模 型	用 例 模 板	用例包
			用例示意板
			用例(文本)
			用户界面原型
	数据库		需求属性
	文 档		前景
			词汇表
			利益相关者请求
			补充规约
			软件需求规约
	报 告		用例模型报告
			用例报告
子系统-N 的计划与实施	模 型	分析模型	用例实现
		子系统设计模型	设计包
			接口包
			测试包
			实施模型
			数据模型
			工作量模型
	文 档		软件构架文档
			设计模型调查
	报 告		用例实现报告
	构件-1		构件-1 目录
	构件-N		构件-N 目录

（续表）

子系统级别产品目录结构

子系统-N 集成	计 划	子系统集成构建计划
	库	
子系统-N 测试	测试计划	
	测试用例	测试过程
	结 果	
	测试数据	

（3）构件目录结构。构件的数量取决于子系统的设计决定。对于待开发的各构件来说，需要对以下目录结构进行实例化，如表 12-4 所示。

表 12-4 构件目录结构

构件级别目录结构		构件级别目录结构	
构 件	源代码	构 件	可执行文件测试版本
	可执行文件		测试数据
	接口		测试结果
	测试代码		

以指定的方式嵌套目录的一个优点是，可以获得与构件开发有关的所有环境信息，或者是同一级信息，或者是上一级信息。

此类逻辑嵌套会促使建立开发与集成工作区，这些工作区可以链接到整个开发团队结构上。

在 RUP 的模式下，配置管理按照系统、子系统、构件三个层次，以目录结构为基本框架定义配置项，使我们能比较清楚地看到配置管理的对象是什么，它们是按照什么形式组织起来的，以及它们与开发的系统结构之间的关系。

第三节　版本管理

一、版本管理的必要性

在软件开发这个庞大而复杂的过程中，经常需要对已经部分完成的软件产品进行修改，小到可能只是对某个源文件中的某个变址的定义改动，大到重新设计程序模块甚至可能是整个需求分析变动。在这个过程中，由于软件开发所固有的特征，可能会形成众多的软件版本，而且我们并不能保证不出现错误的修改，这样一个困难局面非常现实地摆在项目开发管理者的面前。因此，应该有效地解决以下一些问题：

（1）怎样对开发项目进行整体管理。

（2）项目开发小组的成员之间如何以一种有效的机制进行协调。

（3）如何进行对小组成员各自承担的子项目的统一管理。

（4）如何对开发小组各成员所作的修改进行统一汇总。

（5）如何保留修改的轨迹，以便撤销错误的改动。

（6）对在开发过程中形成的软件的各个版本如何进行标识管理及差异识辨等。

一个非常直接的反应是，我们必须要引进一种管理机制，一个版本管理机制，而且是广义上的版本管理，它不仅需要对源代码的版本进行管理，而且还要对整个项目所涉及到的文档、过程记录等进行管理。

在软件工程时代，面对这样的问题，通过以往的那种"建立具有良好的编程风格"的做法，诸如在编程或对他人的源程序进行修改时，注释修改原因、修改人和日期等方法来实现。如果是多个成员同时进行了修改，那么可能出现一个库管理员，由他来控制什么人在访问哪个源代码，修改的人向他报告作了什么改动。如果有几个人同时改动，库管理员或者限定同时只能有一个人作修改，并记住这人是谁，或者作同时修改的人工的差异比较和综合，以便形成一个统一的新版本。在3～5人的小组里，这个库管理员还能胜任，但这种做法在当前的大型软件开发中已经越来越困难了，因为靠人工的操作、靠个人的自觉、靠库管理员的维护，充其量只是以小作坊的方式来面对软件的规模化生产，再也不可能行得通了。

二、早期的版本管理

在版本控制工具出现之前，或者在现在国内很多的软件企业中，并不用什么版本控制工具。但他们也做一些简单的版本控制工作。他们是怎么做的呢？

最简单的办法是使用文件拷贝支持不同的版本。具体地讲，就是项目组在项目组的文件共享服务器上，建立一个项目组文件系统，在文件系统下，对涉及到的文件建立不同的版本目录，从个人工作区到系统发布版包括中间结果，甚至可能是所有文件。库管理员不断地增加目录的编号，以标识历史前进的步伐或地域的版本区别。

在一个小型项目，或者时间不长的项目中，这可能还可以应付。但是如果项目周期很长、人员众多，这样的目录几乎没有办法维护。同时，这个目录系统没有任何有效控制的办法，目录的内容可以任意地在目录之间拷贝、散布。当初建立这样的目录的目的是建立一个项目组的共同"系统目录"，但是，到最后，系统目录与私人目录已经没有任何界线。

更严重的问题是：文件被人随意地复制、修改并送回目录。当两个人同时使用同一个文件时（如系统宏定义、库文件等），系统便会发生并行变更。如果没有控制并行变更，那么就会发生交替覆盖。可怕的是，一个人并不知道另一个人何时、为什么及作了什么修改。当系统被组装起来时，不知道会出现什么问题。而且，所有的人都认为，我没有问题，我已经改对了。实际上，你的修改可能根本就没有保存在系统内。

没有一个共同的基线，对于共同部分的修改也没有控制。项目在各地、各自为战地进行开发，不知道系统文件最后的和最新的版本在哪里。系统最后被各个不受控制的个人所牵制。大家只能按时间约定，以某月某日为"截止日"。如果某人不遵守，或者确实不能完成，系统就不知道现在所处的状态。

三、现代版本管理活动

下面介绍被称为第三代统一变更管理代表的 ClearCase 的现代版本管理活动。现代版本管理活动围绕以下情况展开：

（1）支持多人同时修改同一文件。

（2）支持多个小组在同一时间修改同一个软件系统。

（3）现代的工作空间管理。

（4）现代的构建和发布管理。

1. 对同一项目文件进行并发变更

一个开发人员在检出文件时，在其完成这个文件的修改并检入之前，这个文件通常被锁定，一般的统一变更管理工具就是通过"锁定"机制来防止文件的错误覆盖的。但是，锁定操作将使文件的修改变成一种"串行"活动。这无疑使项目开发的时间资源更趋于紧张。某些"聪明"的开发人员会想办法绕开锁定，在不作检出的情况下获取文件拷贝。

一种解决办法是把任务划分得足够细，使两个人使用同一文件的可能性降为最低。但是，不论你把系统打得多碎，两个或两个以上人员访问同一文件的情况总是不能避免的，而且，过碎的系统划分必然使管理成本增加，管理变得更加复杂。

一个好的 UCM 工具应支持两个或两个以上的开发人员对文件的访问和变更，此外，它还可以支持在开发人员认为适当的时候，归并这些变更的内容。

2. 并行开发支持

在行业应用领域，现在的开发规模越来越大，要求交付的时间越来越短，同时，交付的版本（时间的、地域的、功能的不同）越来越多，只能靠大型团队的并行开发来满足这样的要求。并行开发是指两个以上的开发小组，同时在两个以上的版本上进行的开发工作。

在一般的情况下，项目组开发一个版本，发布一个版本。对旧版本的缺陷的修改，反映在新版本的更新中。但是，由于市场、区域用户等的不同，不可能等待这些变化集中到下一个版本发布的时候，版本之间的并行开发就成为必要。版本之间的并行开发如图 12-2 所示。

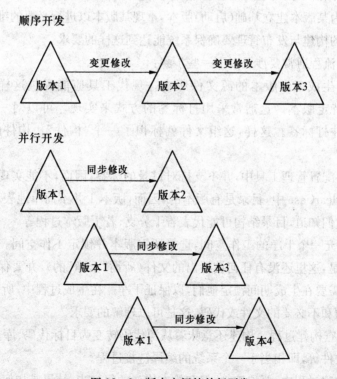

图 12-2　版本之间的并行开发

并行开发必须具有并行开发的能力,这个能力是同步变更、并行修改的合并能力。

在"共享拷贝"的方法下,不可能实现同步变更和并行修改的合并。简单的文件共享与拷贝不能建立版本之间的追踪和回溯能力,没有版本之间的相互联系,这样,就不可能建立版本之间的追踪链。如果需要进行并行修改后的合并,或者对指定版本的同步修改,则在人力、时间和管理上都是非常困难的。

3. 现代的工作空间管理

工作空间就是指开发人员的工作环境。在 ClearCase 中,工作空间又被称为"视图"。视图的目的是为开发者提供一组稳定的、一致的软件内容,在视图的范围内从事变更和单元测试。ClearCase 可以依据一组配置规格定义,从 VOB 的所有版本中选择文件和目录的合适版本,构成一个新的、以另一个发布版本为目标的开发环境。

选择是稳定的,也就是说,正在被变更的文件和目录不会被选择或将被提出警告;选择也是一致的,被选择的文件和目录是没有矛盾的。例如,选择修改版本 1 的 BUG 时,系统不会同时从版本 1 和版本 2 中提取文件和目录。修改版本 1 就只能从版本 1 的目录下抽取,并加上你的修改,从而形成新版本。

每个 ClearCase 视图都包含一个为该视图定义的配置,来决定哪些版本可以被看到。通过这些规格定义,可以浏览、修改、构建可用的文件和目录。

4. 现代的构建和发布管理

与小型的开发团队不同,大型开发团队常常要面对需要重现一个特定版本的要求。例如,发布一个新版本,为某版本建立基础(启动)版本,重现某版本以进行必要的维护等。面对这样的复杂局面,现代的构建与发布管理要确保系统能达到这样的要求。

构建和发布的流程通常要涉及以下一些步骤:

(1) 标识用于生成工作版本的源文件版本。现代工具应能提供这样的机制,用于识别和标识文件的特定版本。这通常采用打标签的方式来实现。可以对一个文件打标签,也可以对一组文件打标签。这样,这组文件就标识了一个"构件"。构件的版本被我们称为"基线"。

在早期的软件配置管理工具中,并不支持对目录的标签,因而,不能实现以目录为结构的版本管理。如在 ClearCase 中,目录是有版本的,因而,版本 1 并不简单地表示一组文件,而是一个目录结构。我们知道,目录结构可能代表若干分支、若干版本过程等。

(2) 创建和填充一个干净的工作空间,选择所需版本并锁定工作空间。这个步骤与创建开发空间相似,但是,这里还没有任何被检出的文件(所谓"干净"的),并要保证在生成阶段也是干净的。因此,需要在生成期间锁定他们,以保证干净。在生成过程中,所谓干净的含义,还必须是没有多余的和不必要的文件或代码,这是可以理解的要求。

(3) 执行和审查构建过程。构建还意味着从源代码转变为目标代码、库文件、可执行文件或可下载的图像文件等,即相当于一个系统的编译链接过程。

执行和审查构建过程中,要追踪、监督和检查构建的每一步,结果是如何产生的、什么人进行的操作、构建工具(编译器、链接器)的参数和选项是什么等。审查的记录可以用于对比两个不同版本的差异,满足重建新版本和打版本标签时的需要。

构件的环境必须是清晰、明确的,这是能及时实现构建的需要和基本条件。要实现这一要求,完整记录版本信息、环境信息、工具信息,甚至操作系统、硬件环境都是必要的。

(4)构建引起基线的进阶和构建生成新的审查文件。在这里,进阶指通过构建,基线被提升(进阶),对新构建产生的文件(新基线),当然也要置于版本控制之下。构建也产生新的审查结果文件,它们也应置于版本控制之下。这样做的目的是完整地标识产品和过程的历史,使版本管理保持连续。

通过打标签的方法,标识这些新的版本和基线。

(5)生成必要的介质。构建的结果通常是生成一个可以在另一个干净的环境下,正确地安装出新系统的"发布介质——系统安装盘",可能是一张光盘,也可能是芯片。

从以上的介绍中,我们可以看到,ClearCase已经把版本管理提高到了一个新的水平,为我们的开发管理提供了强有力的工具。

第四节　变更管理

一、基于基线的变更管理

1. 变更管理下的基线概念

从变更管理的某种角度来说,基线可以被看成项目储存池中每个工作产品版本在特定时期的一个"快照"。当然,在按下这个"快照"的快门的时候,是有一个阶段性、标志性意义的,而不是随意的"留影"。实际上,它提供了一个正式标准,随后的工作基于此标准,并且只有经过授权后才能变更这个标准。建立一个初始基线后,以后对其进行的每次变更都将记录为一个差值,直到建成下一个基线。

参与项目的开发人员将基线所代表的各版本的目录和文件填入他们的工作区。随着工作的进展,基线将合并自从上次建立基线以来开发人员已经交付的工作。变更一旦并入基线,开发人员就采用新的基线,以与项目中的变更保持同步。调整基线将把集成工作区中的文件并入开发工作区。

2. 建立基线的意义

建立基线的三大原因是:重现性、可追踪性和报告。

重现性是指及时返回并重新生成软件系统给定发布版的能力,或者是在项目中的早些时候重新生成开发环境的能力。

可追踪性是指建立项目工作产品之间的前后继承关系,其目的在于确保设计满足要求、代码实施设计以及用正确代码编译可执行文件。

报告来源于一个基线内容同另一个基线内容的比较,基线比较有助于调试并生成发布说明。

建立基线后需要标注所有组成构件和基线,以便能够对其进行识别和重新建立。

建立基线有以下几个优点:

(1) 基线为开发工作产品提供了一个定点和"快照"。

(2) 新项目可以从基线提供的定点中建立。作为一个单独分支,新项目将与随后对原始项目(在主要分支上)所进行的变更进行隔离。

(3) 各开发人员可以将建有基线的构件作为他在隔离的私有工作区中进行更新的基础。

(4) 当认为更新不稳定或不可信时,基线为团队提供一种取消变更的方法。

(5) 还可以利用基线重新建立基于某个特定发布版本的配置,这样也可以重现已报告的错误。

3. 建立基线的时机

定期建立基线以确保各开发人员的工作保持同步。但是,在项目过程中,应该在每次迭代结束点(次要里程碑),以及与生命期各阶段结束点相关联的主要里程碑处定期建立基线,例如,有以下几个阶段:

(1) 生命期目标里程碑(先启阶段)。

(2) 生命期构架里程碑(精化阶段)。

(3) 初始操作性能里程碑(构建阶段)。

(4) 产品发布里程碑(产品化阶段)。

二、变更请求管理过程

1. 变更请求(CR)

一个正式提交的工作产品,用于追踪所有的利益相关者请求(包括新特性、扩展请求、缺陷、已变更的需求等)以及整个项目生命期中的相关状态信息。将用变更请求来保留整个变更历史,包括所有的状态变更以及变更的日期和原因。进行复审和结束项目时都可使用此信息。

2. 变更(或配置)控制委员会(CCB)

变更控制委员会监督变更流程,由所有利益方包括客户、开发人员和用户的代表组成。在小型项目中,项目经理或软件构架设计师一人即可充当此角色。在 RUP 中,由变更控制经理担当此任。

3. 变更控制委员会复审会议

变更控制委员复审会议的作用是复审已提交的变更请求。在该会议中将对变更请求的内容进行初始复审,以确定它是否为有效请求。如果是,则基于小组所确定的优先级、时间表、资源、努力程度、风险、严重性以及其他任何相关的标准,判定该变更是在当前发布版的范围之内还是范围之外。此会议一般每周开一次,如果变更请求量显著增加或者发布周期临近结束,该会议可能每天开一次。变更控制委员复审会复审会议的成员一般是测试经理、开发经理或营销部门的一名成员,将根据"需要"适当增加与会者。

4. 变更请求提交表单

首次提交变更请求时,将显示此表单,表单上只显示需要提交者填写的字段。

5. 变更请求合并表单

复审已经提交的变更请求时,将显示此表单,它含有说明变更请求时所需的所有字段。

三、变更请求管理活动

以下示例中列举了一些活动,某个项目可能会采用这些活动来在变更请求的整个生命期中对其进行管理,如图 12-3 所示。

对变更请求管理活动示例的说明,如表 12-5 所示。

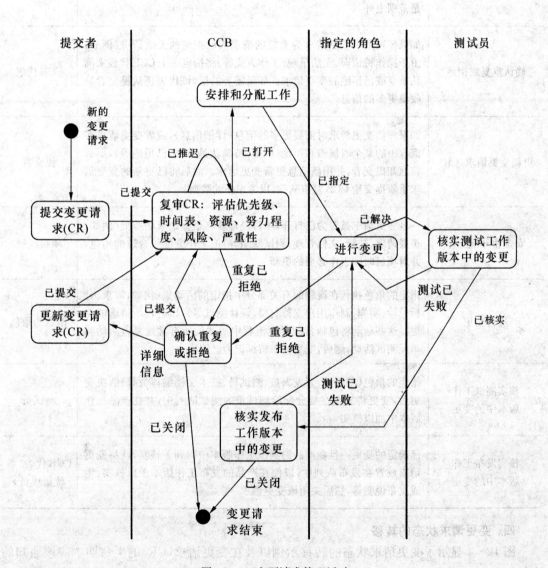

图 12-3 变更请求管理活动

表 12-5 变更请求管理活动示例说明

活 动	说 明	角 色
提交变更请求(CR)	项目的任何利益相关者均可提交变更请求(CR)。通过将变更请求状态设置为已提交,变更请求被记录到变更请求追踪系统中(例如,ClearQuest),并放置到 CCB 复审队列中	提交者
复审变更请求(CR)	此活动的作用是复审已提交的变更请求。在 CCB 复审会议中对变更请求的内容进行初始复审,以确定它是否为有效请求。如果是,则基于小组所确定的优先级、时间表、资源、努力程度、风险、严重性以及其他任何相关的标准,判定该变更是当前发布版的范围之内还是范围之外	CCB
确认重复或拒绝	如果怀疑某个变更请求为重复的请求或已拒绝的无效请求(例如,由于操作符错误、无法重现、工作方式等)将指定一个 CCB 代表来确认重复或已拒绝的变更请求。如果需要的话,该代表还从提交者处收集更多的信息	CCB 代表
更新变更请求(CR)	如果评估变更请求时需要更多的信息(详细信息),或者变更请求在流程中的某个时候遭到拒绝(例如,被确认是重复、已拒绝等),那么将通知提交者,并用新信息更新变更请求。然后将已更新的变更请求重新提交给 CCB 复审队列,以考虑新的数据。	提交者
安排和分配工作	一旦变更请求被置为已打开,项目经理就将根据请求的类型(例如,扩展请求、缺陷、文档管理、测试缺陷等)把工作分配给合适的角色,并对项目时间表作必要的更新	项目经理
进行变更	指定的角色执行在流程的有关部分中指定的活动集(例如,需求、分析设计、实施、制作用户支持材料、设计测试等),以进行所请求的变更。这些活动将包括常规开发流程中所述的所有常规复审活动和单元测试活动,然后,变更请求将标记为已解决	指定的角色
核实测试工作版本中的变更	指定的角色(分析员、开发人员、测试员、技术文档编写员等)解决变更后,变更将放置在要分配给测试员的测试队列中,并在产品工作版本中加以核实	测试员
核实发布工作版本中的变更	已确定的变更一旦在产品的测试工作版本中得到了核实,就将变更请求放置在发布队列中,以便在产品的发布工作版本予以核实、生成发布说明等,然后关闭该变更请求	CCB 代表(系统集成员)

四、变更请求状态的转移

图 12-4 显示了变更请求状态的转移示例以及在变更请求(CR)的生命期中应该通知的人员。

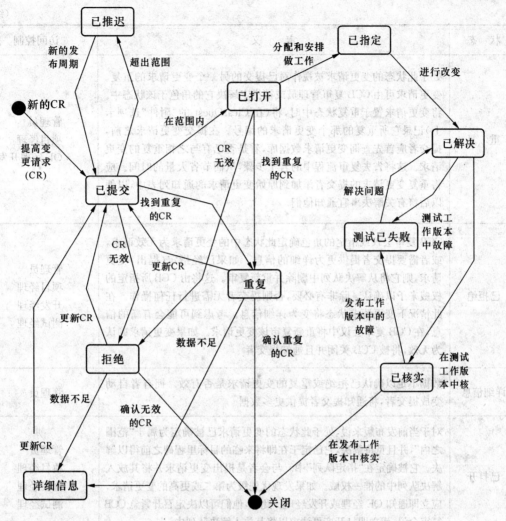

图 12-4 变更请求状态的转移

对变更请求管理(CRM)状态示例的说明,如表 12-6 所示。

表 12-6 变更请求管理(CRM)状态示例的说明

状 态	定 义	访问控制
已提交	出现此状态的原因为:(1)提交新的变更请求;(2)更新现有的变更请求;(3)考虑在新的发布周期中使用已推迟的变更请求。变更请求放置在 CCB 复审队列中。本操作的结果不会指定拥有者	所有用户
已推迟	变更请确定为有效,但对于当前发布版来说属于"超出范围"。处于已推迟状态的变更请求将得以保留,在以后的发布版中被重新考虑并加以使用。可以指定一个目标发布版,以表明可以提交变更请求(重新进入 CCB 复审队列)的时间范围	管理员 项目经理

状 态	定 义	访问控制
重 复	处于此状态的变更请求被视作对已提交的另一个变更请求的重复。变更请求可由 CCB 复审管理员或被指定解决它的角色于该状态中。将变更请求置于重复状态时,将(在 ClearQuest 的"附件"选项卡上)记录它所重复的那个变更请求的编号。在提交变更请求之前,提交者应首先查询变更请求数据库,看是否已有与之相重复的变更请求。这将省去复审流程中的若干步骤,从而省省大量的时间。应将重复变更请求的提交者添加到原始变更请求的通知列表中,以便以后将有关解决事宜通知他们	管理员 项目经理 QE 经理开发
已拒绝	CCB 复审会议或指定的角色确定此状态中的变更请求为无效请求,或者需要提交者提供更为详细的信息。如果已经指定(提出)变更请求,则它将从解决队列中删除并重新复审。这将由 CCB 所指定的权威来予以确认。除非有必要,否则提交者无需进行任何操作。在此情况下变更请求状态将变为详细信息。考虑到可能会有新的信息,在 CCB 复审会议中将重新复审该变更请求。如果变更请求确认为无效,将被 CCB 关闭并且通知提交者	管理员 项目经理 开发经理 测试经理
详细信息	数据不足以确认已拒绝或重复的变更请求是否有效。拥有者自动变成提交者,将通知提交者提供更多数据	管理员
已打开	对于当前发布版来说,处于此状态的变更请求已被确定为属于"范围之内",并且觅待解决,它已定于在即将来临的目标里程碑之前得以解决。它被确定在"指定队列"中。与会者是提出变更请求并将其放入解决队列中的惟一权威。如果发现优先级为第二或更高的变更请求,应立即通知 QE 经理或开发经理。此时,他们可以决定召开紧急 CCB 复审会议,或立即打开变更请求以将其放入解决队列中	管理员 项目经理 开发经理 测试经理
已指定	由项目经理负责已打开的变更请求,他应根据变更请求的类型分配工作;如果需要,还应更新时间表	管理员
已解决	表示该变更请求已解决完毕,现在可以进行核实了。如果提交者是 QE 部门的成员,则拥有者将自动变成执行提交的 QE 成员。否则,拥有者将变成 QE 经理,以重新进行人工分配	管理员 项目经理 开发经理 QE 经理 开发部门
测试已失败	在测试工作版本或发布工作版本中进行测试时失败的变更请求将里于此状态中,拥有者自动变成解决变更请求的角色	管理员 QE 部门
已核实	处于此状态的变更请求已经在测试工作版本中得到了核实,并且可以进行发布了	管理员 QE 部门

（续表）

状　态	定　义	访问控制
已关闭	变更请求不再引人注意，这是可以指定给变更请求的最后一个状态。只有 CCB 复审管理员有权关闭变更请求，变更请求被关闭后，提文者将收到一份有关对变更请求的最终处理结果的电子邮件通知。在下列情况中可能关闭变更请求：(1)其已核实的解决结果在发布工作版本中得到确认之后；(2)拒绝状态得到确认时；(3)被确认为对现有变更请求的重复。在后一种情况中，会将重复变更请求通知给提交者，并将提交者添加到该变更请求中，以便以后通知他们(详情请参见状态"拒绝"和"重复"的定义)。如果提交者希望对关闭变更请求有异议，则必须更新变更请求，并且重新将其提交供 CCB 复审	管理员

小　结

1. CMM2 的配置管理概念

CMM2 的配置管理包括的活动有：标识给定时间点的软件配置（即所选择的工作产品及其描述），系统地控制这些配置的更改，并在软件生命期中保持这些配置的完整性和可跟踪性。

CMM2 认为，受控于配置管理的工作产品，即通常所说的配置项，包括交付给用户的软件产品（如代码、文档、数据等），以及软件产品生成过程中所产生的有关项（如项目管理文件）。

CMM2 的配置管理活动最主要的内容是：建立软件基线库，该库存储开发的软件基线。

2. 配置管理功能概述

(1) SCM 的四大功能领域：配置标识、变更控制、配置状态统计、配置审核。

(2) SCM 从应用层次上可以从低到高分为三级：版本控制、以开发者为中心、过程驱动。

3. 配置管理项

(1) RUP 的配置管理对象：RUP 定义了四个层次——系统、实施（或构件）子系统、构件和文件（RUPS. 5 1999）。

(2) CMM2 的配置管理项：可作为配置项/单元标识的软件工作产品实例有与过程相关的文档（例如，计划、标准）。

不论各体系是如何定义的，我们基本可以认为，它分为两类：软件产品和文档。

4. 最基本的配置管理项——文档

软件文档也称文件，通常指的是一些记录的数据和数据媒体，它具有固定不变的形式，可被人和计算机阅读。

文档的分类：

(1) 开发文档：软件需求分析报告、数据需求分析说明书、概要设计说明书、详细设计说明书、可行性研究报告、项目开发计划。

(2) 用户文档：用户手册、操作手册、维护修改建议、软件需求（规格）说明书。

（3）管理文档：项目开发计划、测试计划、测试报告、开发进度月报、开发总结报告。

5. 现代版本管理活动围绕以下情况展开

（1）支持多人同时修改同一文件。

（2）支持多个小组在同一时间修改同一个软件系统。

（3）现代的工作空间管理。

（4）现代的构建和发布管理。

6. 现代的构建和发布管理

构建和发布的流程通常要涉及以下一些步骤：

（1）标识用于生成工作版本的源文件版本。

（2）创建和填充一个干净的工作空间，选择所需版本并锁定工作空间。

（3）执行和审查构建过程。

（4）构建引起基线的进阶和构建生成新的审查文件。

（5）生成必要的介质。

7. 基于基线的变更管理

（1）建立基线的三大原因是：重现性、可追踪性和报告。

（2）建立基线有以下几个优点：

① 基线为开发工作产品提供了一个定点和"快照"。

② 新项目可以从基线提供的定点中建立。作为一个单独分支，新项目将与随后对原始项目（在主要分支上）所进行的变更进行隔离。

③ 各开发人员可以将建有基线的构件作为他在隔离的私有工作区中进行更新的基础。

④ 当认为更新不稳定或不可信时，基线为团队提供一种取消变更的方法。

⑤ 还可以利用基线重新建立基于某个特定发布版本的配置，这样也可以重现已报告的错误。

（3）建立基线的时机。

① 生命期目标里程碑（先启阶段）。

② 生命期构架里程碑（精化阶段）。

③ 初始操作性能里程碑（构建阶段）。

④ 产品发布里程碑（产品化阶段）。

8. 变更请求管理过程

（1）变更请求（CR）。

（2）变更（或配置）控制委员会（CCB）。

（3）变更控制委员会复审会议。

（4）变更请求提交表单。

（5）变更请求合并表单。

复习题

12.1 列举软件配置管理包括哪几个功能领域，并分别简单说明这些功能领域。

12.2 简述 CMM2 配置管理项包括哪些内容。

12.3 简述什么是统一变更管理以及统一变更管理的发展过程。

12.4　简述现代版本管理活动围绕哪些情况展开,并解释这些活动。

12.5　在基于基线的变更管理中,建立基线有哪些意义? 建立基线有哪些优点?

12.6　在软件配置管理中,变更请求管理包括哪些过程?

附　录

附录 A：设计评审报告

设计评审报告

会议日期：_____ 报告编制人：_____

项目名称：_____

审查文档：_____ 版本：_____

评审组：_____

1 讨论概况

#	讨 论 主 题	措 施 项 数

2 措施项

#	待实施的措施项	责任人	完成日期	完成的批准	
				日期	签字

3 有关设计产品的决定

□ 完全批准

□ 部分批准：批准下列部分继续到下阶段：

□ 拒绝批准

注：

此报告已由下列人员批准

参加者姓名	日期	签字	参加者姓名	日期	签字

所有措施项成功完成的批准

注：

姓名：_____ 签字：_____ 日期：_____

附录 B：审查会议发现报告

审查会议发现报告

会议日期：＿＿＿＿＿＿＿＿＿　报告编制人：＿＿＿＿＿＿＿＿＿＿＿＿＿＿＿＿＿

项目名称：＿＿＿＿＿＿＿＿＿＿＿＿＿＿＿＿＿＿＿＿＿＿＿＿＿＿＿＿＿＿＿＿

审查文档：＿＿＿＿＿＿＿＿＿＿＿＿＿＿＿　版本：＿＿＿＿＿＿＿＿＿＿＿＿＿

审查文档段落：＿＿＿＿＿＿＿＿＿＿＿＿＿＿＿＿＿＿＿＿＿＿＿＿＿＿＿＿＿

评审组：＿＿＿＿＿＿＿＿＿＿＿＿＿＿＿＿＿＿＿＿＿＿＿＿＿＿＿＿＿＿＿＿

1　错误清单

＃	错误类型	错误性质(W/M/E)	错误描述	错误位置	错误严重程度

2　跟踪决定

a	跟踪人：
b	再次审查建议:是/否
c	

3　注

W＝错误,M＝遗漏,E＝多余

附录 C：审查会议总结报告

审查会议总结报告

会议日期：＿＿＿＿＿＿＿＿＿　报告编制人：＿＿＿＿＿＿＿＿＿＿＿＿＿＿＿＿＿

项目名称：＿＿＿＿＿＿＿＿＿＿＿＿＿＿＿＿＿＿＿＿＿＿＿＿＿＿＿＿＿＿

审查文档：＿＿＿＿＿＿＿＿＿＿＿＿＿　版本：＿＿＿＿＿＿＿＿＿＿＿＿＿

审查文档段落：＿＿＿＿＿＿＿＿＿＿＿　总计：＿＿＿＿＿＿页/千文本行

评审组：＿＿＿＿＿＿＿＿＿＿＿＿＿＿＿＿＿＿＿＿＿＿＿＿＿＿＿＿＿＿＿＿

1　投入资源(工作小时数)

＃	组员	概览性会议	准备	审查会议	总计(小时数)	注

2　错误总结

错误严重程度	错误性质			总错误数	严重因子	总错误数(归整化)	注
	W	M	E				

3　缺陷检测度量

编制人：＿＿＿＿＿＿＿＿＿　签字：＿＿＿＿＿＿＿＿＿　日期：＿＿＿＿＿＿＿

W＝错误，M＝遗漏，E＝多余

参 考 文 献

［1］ (以)Daniel Galin,王振宇,陈利,王志海等译.软件质量保证[M].北京:机械工业出版社,2004.

［2］ 张家浩编.软件项目管理[M].北京:机械工业出版社,2004.

［3］ 罗运模,谢志敏等.CMMI 软件过程改进与评估[M].北京:电子工业出版社,2004.

［4］ 云倩,李臻,陈萱.软件质量管理工程师手册——基于 ISO9000 的软件质量管理[M].北京:中国标准出版社,2005.

［5］ 郑人杰.软件工程(高级)[M].北京:清华大学出版社,1999.

［6］ 国家技术监督局发布.中华人民共和国国家标准 GB/T 16260－1996 软件产品评价-质量特性及其使用指南[S].1996.

［7］ 国家技术监督局发布.中华人民共和国国家标准 GB/T 15538－1995 软件工程标准分类法[S].1995.

［8］ 计算机软件工程规范国家标准汇编[G].北京:中国标准出版社,1996.

［9］ 国家技术监督局发布.中华人民共和国国家标准 GB/T 19001－1994 idt ISO9001:1994 质量体系——设计、开发、生产、安装和服务的质量保证模式[S].1994.

［10］ 国务院发布.计算机软件保护条例[S].1991.

［11］ 郑人杰主编.计算机软件测试技术[M].北京:清华大学出版社,1992.

［12］ (美)Brian A White 著,尤克滨,李纪华,王宁 译,软件配置管理策略[M].北京:人民邮电出版社,2003.

［13］ (美)卡耐基梅隆大学软件过程研究所.能力成熟度模型(CMM):软件过程改进指南[M].北京:电子工业出版社,2001.

［14］ 罗运模等编著.软件过程及能力成熟度模型集成(CMMI)培训教程[M].北京:清华大学出版社,2003.

［15］ 洪伦耀,董云卫编著.《软件质量工程》[M].西安:电子科技大学出版社,2004.

［16］ 许育诚编著,王慧文改编.《软件测试与质量管理》[M].北京:电子工业出版社,2004.

［17］ 骆珣等编著.《项目管理教程》[M].北京:机械工业出版社,2004.

［18］ (爱尔兰)Gerard O'Regan 著,陈茵,闪四清译.《软件质量实用方法论》[M].清华大学出版,2004.

［19］ (美)Kim Caputo 著,于宏光,王家锋等译.《CMM 实施与软件过程改进》[M].北京:机械工业出版社,2003.

［20］ 中企联企业管理顾问有限责任公司主编.《软件业质量管理体系文件编制示例》[M].北京:中国计划出版社,2001.